O DIÁRIO DA EMPREGADA

Coordenadora editorial *Francine C. Silva*
Tradução *Júlia Serrano*
Preparação *Wélida Muniz*
Revisão *Aline Graça*
Tainá Fabrin
Adaptação de capa, projeto gráfico e diagramação *Francine C. Silva*

Dados Internacionais de Catalogação na Publicação (CIP)
Angélica Ilacqua CRB-8/7057

W585d White, Loreth Anne
O diário da empregada / Loreth Anne White ; tradução de Júlia Serrano. — São Paulo : Excelsior, 2024.
400 p.

ISBN 978-65-85849-31-9
Título original: *The Maid's Diary*

1. Ficção norte-americana I. Título II. Serrano, Júlia

24-0293 CDD 813

BEST-SELLER INTERNACIONAL!

LORETH ANNE WHITE

O DIÁRIO DA EMPREGADA

São Paulo
2024
EXCELSIOR
BOOK ONE

Para Marlin e Syd:
Obrigada por aguentarem o Hudson e a mim durante um
tumultuoso verão de incêndios florestais.
Amo vocês.

COMO TERMINA

Devagar, ela alterna entre sonho e lucidez. Uma fagulha de consciência a queima. Não, não é um sonho. Não está na cama. Não está segura. O pânico fervilha. Onde ela está? Tenta engolir, mas a boca está seca. Sente um gosto estranho na garganta. Uma fisgada ainda mais forte de consciência a atravessa. Sangue, é gosto de sangue. Ela fica ofegante. Tenta mexer a cabeça, mas não consegue. Um pano molhado e áspero lhe cobre o rosto. Está presa, com os braços bem amarrados de cada lado do corpo. Percebe uma dor. Está insuportável. Ombros, costelas, barriga, entre as pernas. A dor pulsa em seu crânio. A adrenalina lhe invade as veias. Seus olhos se abrem, mas não conseguem ver. O pânico escorre pelo seu cérebro. Ela abre a boca para gritar, mas o grito sai abafado.

O que é isso? Onde estou?

Foco. Foco. Pânico mata. Você precisa pensar. Tente se lembrar.

Mas sua mente está embotada. Esforça-se em busca de um fio de claridade, luta para focar seus sentidos. Frio... como estão frios os seus pés. Mexe os dedos, sente o ar. Ambos os pés descalços? Não, só um. Há um sapato no outro. Está ferida. E muito, ela pensa. Uma memória densa se infiltra em seu cérebro lento: luta, imobilização, ataque violento. Há uma sensação de ser contida, subjugada. E então machucada. No momento, está enrolada em alguma coisa, e em movimento. Sente o sacolejo, as vibrações. Esse é o som de um motor? De um carro? Sim, está em um veículo. Ela nota vozes. Estão no banco da frente; ela, no de trás. As vozes... soam nervosas. Estão discutindo.

Ao fundo, uma música tranquila toca. Um rádio. Definitivamente está em um carro… e a estão levando a algum lugar.

Ela escuta as palavras:

— Larga… culpa dela… estava pedindo. Não é culpa…

Mais uma vez é levada para a escuridão. Desta vez, é total.

TESTEMUNHAS SILENCIOSAS

31 de outubro de 2019. Quinta-feira.

São 23h57. É noite de Halloween. Tudo escuro. Um forte nevoeiro desliza sobre a água, e a chuva fina cai quando um Mercedes-Maybach prateado, com dois passageiros, aparece na curva da estrada lamacenta e segue até o depósito abandonado de grãos. A chuva fraca cintila quando os faróis refletem na base dos silos antigos. O sedan atravessa os trilhos e se sacode ao longo da via esburacada paralela à enseada. O Mercedes para sob a grande sombra de uma ponte que arqueia sobre a pequena angra, ligando North Shore à cidade de Vancouver. Os faróis se apagam. Tudo fica escuro, exceto o brilho que vem do outro lado da água, da cidade encoberta pelo nevoeiro.

Os passageiros sentem-se seguros ali, escondidos, protegidos no aconchego dos bancos de couro macio do carro de luxo. Do alto da ponte, o ruído dos motores chega brando, pontuado pelo tilintar rítmico dos veículos ao atravessarem as juntas metálicas.

O homem e a mulher não perdem tempo admirando o movimento da maré cheia que passa rodopiando feito tinta pelo antigo estaleiro. A luxúria já não pode mais ser contida. Começou cedo esse joguinho deles, durante uma reunião no café da manhã, a panturrilha coberta pela *legging* dela roçando a perna da calça dele por debaixo da mesa, enquanto discutiam calmamente estratégias legais com autoridades do município. O desejo cresceu ao longo das subsequentes discussões sigilosas a respeito de um processo, seguidas de um almoço, e alcançou o clímax no beijo roubado atrás da porta do banheiro masculino. Ambos sabiam que terminaria assim, com uma transa alvoroçada no carro dela, estacionado em algum lugar indecoroso. São nessas preliminares que os dois são viciados. No perigo. No risco. São casados com outras pessoas. Ele é membro da Assembleia Legislativa da província. Ela é uma defensora pública renomada. Ambos têm filhos.

Sempre escolhem um lugar assim: industrial, úmido, abandonado, pichado, cheio de lixo e outros detritos. Um lugar sórdido, mas delicioso de um jeito indecente. É um fetiche dos dois: transar tendo como fundo a paisagem da miséria. Justapor o glamour, o intelecto, a riqueza e o privilégio que têm a estas telas urbanas desoladas... Isso acende a volúpia deles. Faz com que se sintam poderosos. Põe sobre o caso extraconjugal uma granulação típica dos filmes *noir* que lhes alimenta o desejo carnal.

Ela chuta fora os saltos Saint Laurent, procurando pelo zíper da calça dele, e lhe arranca a gravata vermelha. Ávido, ele abre os botões perolados da camisa de seda dela, empurra a saia para cima e rasga a meia-calça cara. A mulher atravessa desajeitadamente o console central e monta no homem. Quando se afunda nele, ele fecha os olhos e geme de prazer. Mas ela para de repente. Vê dois pares de faróis surgirem em meio à névoa. Os feixes de luz abrem túneis no nevoeiro: um carro, depois outro. Os veículos fazem a curva diante dos silos abandonados e seguem em direção aos trilhos.

– Tem alguém vindo – ela sussurra.

Ele não parece notar. Com os olhos ainda fechados, geme e ergue a pélvis, tentando guiar os quadris dela contra sua virilha. Mas, com o coração disparado, a mulher fecha a mão na dele e o faz parar.

– São dois carros – ela diz. – Estão vindo na nossa direção.

Ele abre os olhos, vira a cabeça e se senta direito no banco. Esfrega o vidro embaçado fazendo um círculo. Em silêncio, os dois espiam os faróis atravessando os trilhos e se aproximando, seguindo a costa.

– Merda – ele fala baixinho. – Isso é propriedade particular. Está cercada para construção. Ninguém devia estar aqui, especialmente a uma hora dessas.

– Talvez sejam só adolescentes aprontando alguma no Halloween, ou vendendo droga – ela sussurra.

Os carros se aproximam. O da frente é menor, mas identificar a cor e o modelo dos veículos é difícil com todo aquele nevoeiro, chuva e escuridão. Os dois têm a silhueta iluminada pelo brilho sinistro que vem da cidade lá atrás, do outro lado da água. O carro menor talvez seja amarelo, ou creme, a mulher pensa. Um *hatch*. O maior é um sedan, cinza-escuro, ou azul. Os pares de faróis passam brevemente sobre as águas escurecidas quando os carros seguem por uma curva na estrada. A água do mar cintila à luz tal qual metal batido.

– Estão vindo direto para cá – a mulher diz.

– Não dá pra escapar, não tem outro caminho – ele afirma. – Estamos encurralados.

Os carros se aproximam ainda mais.

– Mas que merda? – Ela volta depressa para o banco do motorista e, com dificuldade, tenta ajeitar a meia-calça rasgada e colocar os saltos. Ele fecha o zíper.

– Espera, espera... Eles estão parando – o homem diz.

O casal fica imóvel. Escondidos no silêncio, assistem à porta do *hatch* se abrir do lado do motorista e uma pessoa alta descer. Veem um logotipo na lateral da porta. Outra pessoa sai do sedan. É mais baixa. Roliça. Os dois motoristas estão vestidos com um traje preto que reluz na chuva. Um usa boné; o outro, capuz. Deixam acesos os faróis. O motor dos carros segue ligado. A fumaça do escape sobe em nuvens brancas até a escuridão.

O nevoeiro se adensa e rodopia por entre os motoristas enquanto eles abrem a porta de trás do sedan. Com dificuldade, puxam de lá algo grande e pesado. Parece um tapete enrolado. Ele bate pesado no chão.

– O que estão fazendo? – a mulher pergunta.

– Tem alguma coisa enrolada naquele tapete – o homem pontua. – Algo pesado.

Nenhum dos dois quer admitir do que suspeitam.

Os motoristas erguem e arrastam a carga na direção da água. Na beira da doca abandonada, com os pés e as mãos, empurram o fardo no mar. O objeto desaparece. Um segundo depois ressurge: um flash branco rodopiando na direção da ponte, levado pela correnteza. Gira e gira na água, então começa a afundar. Um instante depois, some.

A mulher engole em seco.

O interior do Mercedes fica gelado.

O homem não consegue respirar.

Ambos estão aterrorizados pelo que acabaram de testemunhar. O frio os congela até os ossos. O homem mais alto volta depressa para o *hatch*. Inclina-se sobre o banco do motorista e mexe em alguma coisa debaixo do volante. Os dois observam o veículo seguir na direção da água, como se por vontade própria.

– Meu Deus, eles prenderam o acelerador! A gente precisa dar o fora daqui. – A mulher leva a mão à ignição.

– Para. – O homem agarra o antebraço dela. – Não mexa um músculo sequer até que os dois sumam. Eles podem nos matar pelo que acabamos de ver.

Com horror crescente, ambos encaram o *hatch*, que parece hesitar, e depois vira sobre a beira da doca. Ao cair, é iluminado pela luz refletida do trânsito na ponte. É um carro amarelo, a mulher pensa. Um Subaru Crosstrek, como o que ela e o marido compraram para o filho em seu aniversário de dezoito anos. O logotipo na porta lhe parece familiar. Já o viu antes, mas não lembra onde. A água se fecha sobre o carro, deixando apenas uma espuma luminosa que viaja com a correnteza na direção da ponte. Ele desaparece. Não resta nada. Não há qualquer indício de que algo foi arremessado da doca. Só a água escura se debatendo com a corrente.

Os homens se apressam até o sedan que os aguarda. O mais alto toma o assento do motorista, e o mais baixo, o do passageiro. Batem as portas. O sedan acelera pela estrada lamacenta. As luzes de freio se acendem, e o carro atravessa os trilhos, depois faz uma curva e se arrasta por entre os silos do estaleiro. Ele desaparece no nevoeiro.

Nenhum dos ocupantes do Mercedes fala. A tensão que os envolve é densa. Deveriam chamar a polícia.

Mas sabem que não vão.

Nenhum dos dois vai emitir um pio sobre o assunto para vivalma. Porque se alguém descobrir que estiveram ali, juntos, naquele lugar abandonado debaixo da ponte, no escuro, no meio do que agora é a madrugada de sexta-feira, eles vão perder tudo.

O DIÁRIO DA EMPREGADA

É só começar, minha terapeuta disse. Coloque as palavras no papel, mesmo que seja em fluxo de consciência, mesmo que seja só para registrar algo muito banal que você fez durante o dia. Se achar difícil, tente anotar algo que te preocupe. Uma coisa só já basta. Ou pode ser algo que te deixe feliz, ou com raiva, ou que te aterrorize. Escreva sobre coisas que nunca vai deixar alguém ler. Depois, para cada uma dessas coisas, pergunte-se o porquê. Por que você acha isso? Quais as consequências de deixar essa ilusão para lá? Pergunte-se o porquê, escreva o porquê, até você querer gritar. Até não aguentar mais olhar para as palavras, ou até se deparar com um alçapão e despencar em algo novo. E aí se afaste. Mexa-se. Ande, corra, faça uma trilha, nade, dance. E continue até estar pronta para retornar ao papel. O segredo é só começar. Não precisa ser nada elaborado. E, prometo a você, as coisas vão começar a fluir.

Então aqui estou eu, Querido Diário – meu querido terapeuta por tabela –, simplesmente escrevendo palavras no papel. Vou começar com algo simples. Meu nome é Kit. Kit Darling. Tenho 34 anos. Sou solteira. Vegana. Amo animais. Dou comida aos passarinhos.

Sou empregada.

Apaixonada por teatro amador.

Meu superpoder é ser invisível.

É isso mesmo. Foi-me concedido o dom da invisibilidade. Perambulo pela casa das pessoas sem ser vista – um fantasma – espanando em silêncio a poeira que se junta no dia a dia da vida delas, restaurando a ordem ao exterior "perfeito" de seus microcosmos. Lavo, passo, dobro e arrumo a intimidade de seus enclaves elitistas, tocando, cheirando, invejando e às vezes até experimentando seus pertences. E uma coisa que aprendi foi: perfeição é enganação. É tudo ilusão, uma narrativa cuidadosamente preparada, mas falsa. A família exemplar daquela casa luxuosa no fim da rua e que você pensa que conhece? Eles não são o que você pensa que são. Cometem erros, têm segredos. Alguns são obscuros e terríveis. Curiosamente, como empregada, encarregada do lixo e da sujeira, são confiados a mim os segredos íntimos dessas casas. Talvez porque me vejam como irrelevante. Inofensiva. Alguém que não merece tanta atenção. Nada mais que uma serviçal.

Então sigo espanando, aspirando pó e bisbilhotando.

Outra coisa sobre mim: sou viciada em bisbilhotar.

Assim, acho que todo mundo sente aquele disparo de dopamina e adrenalina quando espia algo que não deveria, né? Pode descer desse pedestal. A gente navega pelas redes sociais caçando desastres para acompanhar ao vivo, e não consegue tirar os olhos da tela. A gente clica naqueles links que prometem mostrar uma estrela de Hollywood de biquíni e em uma situação comprometedora, ou sem maquiagem, ou sendo uma péssima mãe no Starbucks. Na fila do supermercado, folheamos a revista de fofoca que brada conter informações privilegiadas sobre o caso de um príncipe britânico. Eu só vou um pouco mais além. Meus dias ficam mais emocionantes.

Quando chego em uma casa, meu plano para bisbilhotar já está armado. Coloco um cronômetro e faço a limpeza rápido o suficiente para que haja tempo de sobra para vasculhar uma cômoda, um guarda-roupa, uma caixa no sótão ou quarto específico.

E sigo as pequenas pistas. Encontro segredos que os moradores tentam desesperadamente esconder até mesmo uns dos outros: a esposa, do marido; o pai, da filha; o filho, da mãe. Vejo as pílulas azuis. Uma seringa. Pastilhas para mau hálito e guimbas de cigarro escondidas em algum vaso quebrado no depósito de jardim. A garrafa de tequila que um adolescente enfiou no fundo da gaveta de roupas íntimas. Links de pornografia que o marido salvou no computador. O bilhete cuidadosamente escondido de um amante não tão antigo assim da esposa, ou um documento do conselho de liberdade condicional. O teste de gravidez oculto em meio ao lixo separado para que eu ponha para fora.

Eu vejo essas pessoas.

Conheço os moradores dessas casas.

Mas eles não me veem.

Não me conhecem.

Se esbarrasse em algum deles na calçada, ou no corredor do mercado, não reconheceriam a garota invisível da vida deles. A garota anônima. Não que eu ligue, não quero ser "vista". Não por eles.

Minha terapeuta tem algumas teorias sobre o meu desejo de me manter invisível. Depois de ter contado que eu era um fantasma na casa das pessoas, ela me perguntou se sempre fui um fantasma. Não soube bem como responder, então simplesmente me fechei. Mas aquela pergunta tem me assombrado desde então. Depois de mais algumas sessões completamente desastrosas de nós duas chegando a lugar nenhum quanto à questão da invisibilidade, ela sugeriu que eu escrevesse um diário.

Ela acredita que me abrir para inofensivas páginas brancas que serão só para os meus olhos pode ser uma forma de eu escavar mais fundo as partes inconscientes da minha psique que escondem coisas do meu eu consciente (e até mesmo subconsciente). A mulher deixou claro que eu não deveria de forma alguma me sentir obrigada a compartilhar meus escritos com ela, mas que eu posso, caso queira.

"É só quando olhamos por tempo suficiente para alguma coisa, Kit", ela disse, "e do jeito certo, que a imagem real começa a se formar. Mas, primeiro, você precisa de algo para olhar. Precisa de palavras em uma página, mesmo que pareçam banais, ou tediosas, ou incongruentes, ou indecentes, ou até mesmo constrangedoras. É desse campo textual que sua verdadeira história vai nascer. E não se monitore", ela alertou, "porque até que a imagem completa se

revele para você, não vai saber quais partes da história são reais, verdadeiras, e quais deve deixar de fora." Ela falou que o processo era parecido com aquelas imagens ambíguas de ilusão de ótica; aquele desenho clássico da moça jovem, sabe? Depois de olhar para ela de um jeito particular, a imagem da moça se transforma na de uma velha. E aí não dá mais para "desver". Tem relação com mudar a perspectiva.

Sendo sincera, duvido que algum milagre vá surgir, como em um passe de mágica, do porão junguiano da minha alma e se derramar nestas páginas, mas aqui estamos, Querido Diário... Eu sou uma empregada. Gosto de bisbilhotar. Provavelmente faço isso até demais. Ok, admito, é um vício. Não consigo parar. E está piorando. Estou me arriscando cada vez mais. A verdade é que foi por causa desse vício que fui atrás da terapia. É o meu "problema aparente", como minha terapeuta chama.

"Você não tem medo de algum dia xeretar demais e acabar vendo o que não deveria?", foi o que meu melhor amigo, Boon, me perguntou não faz muito tempo. "Porque, se isso acontecer, Kit, se você descobrir um segredo cabeludo que alguém faria de tudo para manter escondido, vai acabar encrencada. As pessoas, as pessoas ricas, fazem qualquer coisa para proteger a si e à própria família, sabe", ele disse. "Até mesmo matar."

Aquilo me deu calafrios.

Boon disse que eu precisava ser mais cuidadosa. "Eles são poderosos. Têm um poder que você não tem."

Disse que eu estava passando dos limites, que meu hábito estava se tornando imprudente, que eu estava pedindo para ser descoberta. Que devia maneirar, tomar cuidado.

Achei que ele estivesse sendo dramático. Porque o Boon é assim. E ele só estava estragando a minha diversão.

Disse a ele que se as pessoas realmente quisessem esconder tanto assim alguma coisa, não contratariam empregada.

Mas agora não tenho tanta certeza...

A MULHER NA JANELA

31 de outubro de 2019. Quinta-feira.

Beulah Brown está sentada na cadeira de rodas diante da longa janela no canto do quarto do andar de cima. O sol pálido do amanhecer escapa por uma brecha entre as nuvens e ilumina seu rosto. A poça de luz não tem calor nenhum, mas é sol mesmo assim. O que é bastante coisa nesse clima lúgubre das úmidas florestas temperadas do noroeste do Pacífico. Especialmente durante a temporada das monções no outono. E Beulah não sabe quantas vezes mais verá o sol. Sabe que não vai mais ver outro outono. Um cobertor xadrez cobre seu colo. Um prato de biscoitos de creme de limão descansa sobre a mesinha ao lado, e ela segura uma xícara de chá com leite. Acha impressionante que ainda consiga segurá-la com tanta firmeza. O câncer pode estar sufocando sua vida aos poucos, mas ela ainda tem mãos bem firmes para a idade. A doença não lhe tirou isso.

Nas manhãs, Beulah prefere a janela de canto porque, ora, ela recebe o sol da manhã quando ele se digna a brilhar. Dessa janela, ela também pode ver a "Casa de Vidro" que pertence aos vizinhos, e a angra com o gracioso arco verde da ponte Lions Gate, que une North Shore ao Stanley Park e à cidade de Vancouver. O trânsito da ponte já está intenso. As pessoas já estão na maior correria a caminho do trabalho nesta manhã de quinta-feira, alheias ao fato de que em um piscar de olhos também estarão sentadas na própria cadeira, esperando para morrer. A não ser que algo violento e inesperado lhes leve embora mais cedo.

Talvez valha a pena sofrer um acidente grave, ou um assassinato violento, se isso significar uma morte mais rápida. Ela pondera sobre isso enquanto beberica o chá. Está morno, foi feito pela sua acompanhante do turno da manhã e deixado em uma garrafa térmica ao lado da cama. Como era mesmo o nome? Cuidadora? Hoje em dia, lembrar esse tipo de coisa está se tornando um desafio. A enfermeira de cuidados paliativos, Kathy tagarela, disse a Beulah que uma "cuidadora" pode desgostar da pessoa de quem está cuidando, mas uma "acompanhante" cuida e se importa com a pessoa, ponto.

Com delicadeza, Beulah mergulha o biscoito de limão no chá leitoso, seus pensamentos se voltam para Horton, seu filho, que mora no andar de baixo da casa agora. Mudou-se, supostamente, para tomar conta dela. Mas ela sabe que ele só tem interesse na casa. É uma propriedade de luxo à beira do lago, vale uma fortuna. Horton é um cuidador, não um acompanhante. Às vezes, ela se pergunta se ele tenta apressar seu fim. Horton é o maior arrependimento da vida de Beulah. Ela mordisca o biscoito úmido e imagina o que o rapaz fará com a porcelana da família depois que ela se for.

Enquanto mastiga, deixa a vista passear pelo fiorde Burrard Inlet, na direção dos navios-tanque que esperam autorização para entrar no porto, mas um flash de cor chama sua atenção. Vira o rosto na direção do pequeno Subaru Crosstrek amarelo com um logotipo conhecido que agora entra na garagem da Casa de Vidro. Logo se animou. É a empregada. Beulah checa o relógio. Era a hora, manhã de quinta-feira, sempre pontual. Tão difícil encontrar funcionários de confiança hoje em dia.

Beulah põe a xícara na mesa, apanha o binóculo e o aponta na direção da casa vizinha. É uma monstruosidade da arquitetura moderna: apenas janelas com um pouco de metal e concreto. Não nota nenhum movimento lá dentro. Os donos devem estar dormindo ainda.

As idas e vindas dos vizinhos de Beulah, as pessoas que saem para passear com os cachorros pelo calçadão ali na frente e os barcos à vela na baía são seu entretenimento, seu *reality show* de cada dia. Recentemente, decidiu registrar o ir e vir das pessoas só para provar a si mesma que suas lembranças eram realmente o que de fato aconteceu. Horton vive insistindo que a memória dela está piorando. Acusa-a de fabricar coisas, diz que sua imaginação é muito fértil, tudo culpa dos streamings de *noir* nórdico e dos seriados britânicos de detetive. *Vera* é a série favorita dela. Beulah também gosta de *Shetland*, mas é mais para ver Jimmy Perez atuando. E tem *Wallander*. Como ela ama o pobrezinho do detetive Wallander.

Com as mãos ossudas e manchadas, ajusta com dificuldade o foco do binóculo. É novo, ainda está aprendendo a mexer nele. Ela mira na mocinha loira de coquinho duplo que sai ligeira pela porta do motorista do carrinho amarelo.

Ora, olá, minha querida.

Beulah imita a voz de Vera. Empoderada pelo binóculo novo, agora também pode observar com os mesmos olhos perspicazes da detetive Vera, catalogando cuidadosamente cada detalhe.

A empregada está de uniforme: camisa polo rosa-chiclete, uma calça soltinha azul-marinho bastante prática e tênis esportivos apropriados, brancos, com uma risca laranja de cada lado. Ela usa uma gargantilha preta, e o cabelo loiro está preso num penteado alto: dois coques bagunçados de cada lado da cabeça como se fossem ursinhos de pelúcia.

Ela abre o porta-malas, tira o aspirador de pó. É um Dyson. Olha na direção da janela de Beulah, sorri e acena.

A boca de Beulah se curva lentamente. Ela retribui o cumprimento com o máximo de energia que consegue juntar. Por um breve momento, elas veem uma à outra: a velha e a empregada. Então a empregada dá um último aceno com a cabeça e parte para fazer seu trabalho, tirando o resto dos suprimentos de limpeza da mala para em seguida levá-los até a Casa de Vidro.

– Bom dia, Beulah!

A senhora se assusta quando a enfermeira mandada pelo hospital entra saltitando animada na sala de estar, carregando uma mochila cheia de parafernália médica.

– Como estamos hoje? Dormimos bem? – a enfermeira pergunta ao desaparecer atrás da cadeira da idosa.

– Dormi sozinha – Beulah murmura, virando com grande esforço sua cadeira de rodas, para poder ver a mulher. Céus, ela está vestida com roupa de ciclista. A enfermeira coloca o capacete e a mochila ao lado da cama hospitalar de Beulah, depois começa a separar o equipamento para checar os níveis de oxigênio e o coração velho da paciente.

– Como? – a enfermeira pergunta.

– Disse que não tem nada de *nós*. Sou só eu, sozinha. Eu durmo sozinha.

A enfermeira ri e prende o oxímetro ao dedo de Beulah. Confere o cronômetro enquanto registra as medidas.

– Você está usando o concentrador de oxigênio para dormir?

– Não.

– Pois devia. Ajuda a melhorar a saturação do sangue. Vai te dar mais energia. E as dores, como andam?

O restante da quinta-feira se dissolve na mesmice de todos aqueles dias que vieram antes. A rotina chata de remédios, outra acompanhante vindo para lhe dar banho, fazer o almoço e aprontar mais chá para a tarde. E mais remédios. Outra enfermeira de cuidados paliativos faz a ronda. E mais remédios. Depois fica completamente apagada, um sono profundo induzido por opioides, seguido pelo acompanhante que lhe vem preparar o jantar. E uma dose ainda maior de remédios à noite. Mas, apesar deles, Beulah continua desconfortável e reclinada na cama para conseguir respirar.

Em algum ponto da noite, ela é levada por um sono grogue. Quando acorda novamente, é de supetão. Encharcada de suor. No quarto escuro. Chove lá fora. Permanece deitada, escutando o som da chuva e do concentrador de oxigênio bufando e suspirando enquanto ela tenta se orientar.

Ouviu um grito.

Está certa de que ouviu um grito pavoroso.

O grito de uma mulher. Foi isso que a acordou. Tem certeza. O coração de Beulah acelera. O brilho vermelho do rádio-relógio mostra que são 23:21. Continua prestando atenção por mais um tempo, questionando-se se realmente havia escutado o grito. Horton diria que foi sua imaginação. Instantes depois, Beulah ouve a pancada do portão de madeira na garagem vizinha. Uma porta de carro bate. A idosa ergue o corpo com esforço e arranca a cânula do nariz. Ofegante, grunhindo de dor, tateia em busca da cadeira de rodas e a puxa mais para perto. Pressiona os botões da cama até conseguir abaixá-la. Transfere-se para a cadeira. Beulah está tomada por adrenalina, determinada a alcançar a janela, a ver. Suando, empurra-se na direção da janela no canto do quarto. Espia o jardim dos vizinhos. A luz com sensor de movimento está acesa. Demora um pouco para que seus olhos se ajustem, para que o cérebro registre o que está vendo.

E o que está vendo é errado. Absolutamente tudo. É muito, muito errado. Tem uma coisa *terrível* acontecendo.

Beulah se empurra de volta para a cama e fica tonta. Atrapalha-se para encontrar o celular na mesa de cabeceira.

Com mãos trêmulas, liga para a polícia.

MAL

1º de novembro de 2019. Sexta-feira.

A detetive Mallory Van Alst estaciona sua viatura descaracterizada junto à barreira de segurança que fecha a via. Ela abaixa a janela e mostra o distintivo à policial uniformizada.

– Sargento Van Alst, bom dia – a policial diz enquanto escreve o nome de Mal em um bloquinho. – Boa sorte lá dentro... sangue pra todo lado. – A agente afasta o cavalete de madeira, e Mal entra na rua de mansões exclusivas à beira-mar. Carros da polícia de West Vancouver estão parados, com as luzes acesas, em frente a uma casa feita principalmente de vidro. Policiais fardados conversam próximos aos veículos. No fim da rua, curiosos começam a se aglomerar, cabelos e casacos balançam no vento frio. Mal estaciona atrás de uma van da perícia criminal, desliga o motor e analisa o imóvel.

É um daqueles casos ultramodernos de "design arquitetônico": só janelas, um pouco de concreto e metal. Ergue-se como uma fênix reluzente e angulosa das ruínas do que antes devia ser uma casa comum: única, mas não antiga o suficiente para se tornar patrimônio tombado. Em uma placa de bronze no pilar da entrada está escrito NORTHVIEW. O acesso está bloqueado por uma fita de segurança amarela que balança com o vento. A equipe forense, com suas sapatilhas descartáveis e seus macacões brancos, percorre um caminho bem delineado da van até a casa. Atrás da residência, o fiorde Burrard cintila.

Benoit Salumu, parceiro de Mal, já a espera perto da entrada. Está lá de pé, duro feito pedra. Benoit faz bastante isso de ficar completamente parado.

Ali, ele parece uma estátua guardiã, com seus mais de dois metros de altura e a fisionomia de quem foi esculpido e polido da madeira mais dura e escura. Na verdade, aquela cena como um todo parece surreal. Ainda mais considerando que o plano de fundo é uma rara manhã de céu azul limpo e vento fresco.

Mal engole depressa o restinho do café, solta o cinto de segurança e pega a bolsa tiracolo no banco do passageiro. Lá dentro estão luvas reservas, sapatilhas descartáveis, uma câmera digital, uma garrafa d'água pequena e outros itens que ela pode precisar na cena de um crime. Sai do carro e respira fundo para focar a mente. Precisa compartimentalizar, estabelecer limites. Depois de trinta anos na labuta, tem ficado cada vez mais difícil se concentrar. Há um limite de maldade e morte vã que as pessoas conseguem suportar.

– Dia – ela diz ao se aproximar de Benoit. – Chegou mais cedo que eu. A neném te deixou dormir ontem, foi?

Benoit abre um meio-sorriso.

– Você vai ser a primeira a saber se um dia isso acontecer. A Sadie foi uma santa e assumiu o turno da noite. Não vejo a hora de voltar a ter paz, como nos velhos tempos.

– Pois escute a veterana aqui, meu amigo – Mal diz enquanto cobre os sapatos com as sapatilhas descartáveis. – A paz não volta mais. Depois eles viram adolescentes, depois adultos. Se prepare. O que temos aqui?

– Sinais de um confronto violento; muito sangue; nenhum corpo.

Ela levanta uma sobrancelha.

– Os fotógrafos já fizeram a mágica deles?

– Já. Alguns técnicos ainda estão trabalhando lá dentro. Peguei os depoimentos da equipe que respondeu ao chamado. Estão aguardando mais adiante na rua, caso a gente precise de mais alguma coisa. – Sua voz é grave, retumbante, rítmica. Ele tem sotaque. O francês e o suaíli são suas línguas maternas. E é o francês do Congo, não canadense. O francês que fala Benoit é o que veio da colônia belga que antes ocupava a República Democrática do Congo, seu país nativo.

– Quem ligou para a emergência? – Mal pergunta.

– A vizinha daquela casa. – Benoit aponta para uma casa tradicional ao lado, com paredes de tijolo cobertas por trepadeiras em tons de vermelho e laranja. – Beulah Brown. Oitenta e nove anos. Ligou pouco antes da meia--noite. Está em cuidados paliativos. Mora no andar de cima da casa. Passa a maior parte do dia – e da noite, ao que parece –, vigiando os vizinhos. Ela fez mais cinco ligações para a emergência nos últimos seis meses, que acabaram não dando em nada.

Mal franze a testa.

– Testemunha não confiável?

– Acho que vamos descobrir. Dá uma olhada nisso aqui. – Benoit aponta para o chão de concreto polido na frente da porta. Um buquê de flores murchas – orquídeas brancas, lírios, crisântemos, mosquitinhos – jogado dentro de uma poça d'água. Entre os botões, há um envelopinho branco. Ao lado das flores, está uma caixa esmagada de torta com a tampa transparente. Dentro dela está uma torta de frutas vermelhas amassada. Suco púrpura escorre por debaixo da caixa. Nela, vê-se um logo no formato do símbolo matemático do pi, e a palavra PISTRÔ embaixo.

– Isso alertou os oficiais – Benoit relata. – A porta estava aberta quando chegaram, todas as luzes do térreo acesas, e a porta de correr de vidro nos fundos da casa, escancarada.

Mal ergue o rosto devagar e estuda a porta de vidro e madeira.

– Sem sinais de arrombamento. A casa estava vazia?

– Positivo. Havia apenas os sinais de confronto e as manchas de sangue.

– Sabemos quem é o proprietário?

Benoit checa o bloquinho, passa uma página.

– Vanessa e Haruto North. Explica o nome: North-*view*. Dois veículos ainda estão estacionados na garagem. Um Lexus vermelho e um Tesla Roadster conversível prateado. Ambos no nome dos North. O casal não foi localizado ainda. Sem resposta nos números de celular registrados.

Mal se agacha e examina o arranjo floral murcho e a torta esmagada. Tira as próprias fotos, em seguida, com cuidado, remove o envelopinho molhado, debaixo de uma anêmona-do-japão branca, e um ramo de mosquitinhos. Ela o abre e tira de lá um cartão branco. A tinta escura de uma mensagem escrita à mão se espalha pelo papel úmido. O bilhete diz:

Aproveitem a autonomia antes que ela acabe, amigos. Tem sido uma jornada e tanto.

Obrigada pelo apoio.

Daisy

Bj

No cartão, o logo de FLORES DA BEA está em relevo.

Mal fica de pé. Tem um péssimo pressentimento sobre isso. Tenta imaginar alguém – uma Daisy? – parada na entrada da casa, segurando um buquê de flores brancas e uma torta, com plena visão de quem quer que venha abrir a porta de vidro. Então alguma coisa acontece, e torta e buquê são derrubados. Por quê? Choque? Susto? Alguma ameaça? Algum acidente?

A detetive passa os dedos enluvados pela moldura da porta. Definitivamente sem sinais de arrombamento. Ela entra na casa. E o mau pressentimento aumenta no mesmo instante.

DAISY

17 de outubro de 2019. Quinta-feira.
Duas semanas antes do assassinato.

– Não, mais para a esquerda, mais perto das janelas. Sim, desse jeito. Mas inclina um pouco mais, na direção da vista – Daisy Wentworth Rittenberg instrui dois homens musculosos de turbante a mover o sofá de couro para adequá-lo a suas especificações. Está preparando um luxuoso apartamento de cobertura para um *open house*, mas os móveis alugados chegaram atrasados. Já são 17h43, e ela está cansada e com fome. Apoia a mão na lombar dolorida, tentando ajudar com o peso da barriga de grávida.

Daisy já está quase com trinta e quatro semanas. É a sua primeira gravidez. O bebê está previsto para o dia primeiro de dezembro, mas a data parece que não chega nunca, e os quilinhos extras que *não* são do bebê a estão irritando. O vestido está muito apertado, fica grudando na barriga e na bunda. Os tornozelos estão inchados. O rosto está inchado. Os pés doem. O cabelo geralmente volumoso está mirrado. A pele antes invejável está cheia de manchas e tem uma espinha gigante no meio do queixo.

Daisy tenta esquecer o descontentamento e focar o trabalho. A ideia é usar a disposição da mobília para potencializar a vista gloriosa do mar ostentada pela cobertura. A Wentworth Holdings acabara de anunciar o imóvel pela bagatela de 6,7 milhões de dólares canadenses. A companhia foi fundada antes do nascimento de Daisy, pela sua mãe, Annabelle Wentworth. E a matriarca segue na ativa. É claro, Annabelle Wentworth não *precisa* trabalhar. Faz isso só porque gosta. E porque não consegue abrir mão do controle. A mãe de Daisy tem a reputação de ser o *crème de la crème* dos corretores que trabalham com os mais sofisticados compradores e vendedores de propriedades de luxo da região metropolitana de Vancouver. Ela começou a empresa quando tinha apenas 27 anos, com o dinheiro da família Wentworth, é claro. Casar-se com Labden Wentworth trouxe certas regalias. O pai de Daisy, Labden, já havia fundado a TerraWest Corp. na época, uma empresa que desenvolve e gerencia complexos de resorts de esqui por toda a América do Norte, Japão, e que vem se expandindo para partes da Europa. O marido de Daisy, Jon, foi um atleta de esqui olímpico que ganhou duas medalhas de ouro na modalidade *downhill* nos Jogos de Inverno de Salt Lake City, em 2002. Agora ele trabalha para a TerraWest.

Era a primeira vez de Daisy fazendo *home staging*, sua formação é em design de interiores. Antes, geria uma empresa de móveis sob medida em Silver Aspens, no Colorado, mas tem ajudado a mãe desde julho, quando voltou com Jon para sua cidade natal.

– Assim está bom? – O carregador bigodudo interrompe seus pensamentos. Ela anda tão distraída esses dias. Não consegue se concentrar em nada. Droga de hormônios da gravidez.

– Perfeito. Obrigada, gente. Agora só precisamos trazer aquela mesa de centro aqui para cima e podemos encerrar.

Os dois homens saem da cobertura para pegar o elevador e descer 26 andares até o caminhão de entrega. Daisy olha a hora. Não vai conseguir sobreviver até o jantar. O humaninho que tem dentro da barriga assumiu o controle de seu corpo e mente de um jeito que ela não havia previsto, tal qual um vírus. Ela é apenas a hospedeira. E o vírus está transformando Daisy em uma criatura infeliz que não é mais a mesma de antes. Ela se sacode. Não devia pensar desse jeito. Ela *quer* o bebê. Ele vai mudar as coisas entre ela e Jon. Foi por causa da criança que voltaram para casa. Por isso e pela promessa que seu pai fez de oferecer uma promoção a Jon. O casamento deles *precisa* desse bebê. E Daisy sente que estar perto da mãe e do pai quando o filho nascer é algo de que *ela* precisa. Vai ajudar a deixar aquela bronca toda de Silver Aspens no passado. Talvez pegue uma pizza no caminho para casa, ou comida chinesa...

– Ah, olá, Daisy.

Ela se sobressalta, e o coração acelera. Vira-se a tempo de ver uma mulher alta de cabelos pretos entrar despreocupada no apartamento. É a dona da cobertura. De cima de seus saltos impossivelmente altos, ela joga as chaves do carro na ilha de mármore da cozinha.

Daisy tenta recobrar a calma. Mas aquelas palavras "*Ah, olá, Daisy*" reverberam em seu crânio. São iguaizinhas às das mensagens de texto temporárias que vem recebendo desde que ela e Jon voltaram para Vancouver.

Ah, olá, Daisy.

Seja bem-vinda, Daisy.

Há quanto tempo, Daisy.

Eu sei quem você é, Daisy.

Elas chegam por WhatsApp e desaparecem depois de vinte e quatro horas. Todas vindas de números desconhecidos. Daisy bloqueia todos, mas as mensagens continuam chegando por outros números.

Distraída, a dona do apartamento arranca três uvas de uma tigela que Daisy dispôs cuidadosamente sobre a ilha. Ela desfila até o centro da área de convivência e joga uma uva gorda na boca. Mastigando, dá uma volta vagarosa para avaliar o layout da mobília e as pinturas escolhidas por Daisy. Seu cabelo está cortado em um *pixie* curtinho. Seu rosto é um conjunto de ângulos elegantes. A pele branca é luminosa. Os olhos são grandes, escuros e brilhantes. Tão magra quanto uma modelo, parece um cabide. Daisy sente que fica eriçada.

A mulher come outra uva, com cuidado para não acertar o batom vermelho.

– Desculpa o atraso. A reunião demorou, e eu... – Ela para de falar de repente. Seus olhos se arregalam olhando para uma peça sobre a lareira. Então se vira para encarar Daisy. – Tem certeza de que isso é o mais adequado para...

– Decorar um apartamento para visitação não é o mesmo que decorar um lar. – Daisy a corta.

O tom de sua voz faz a outra mulher franzir o cenho.

Daisy tenta controlar o temperamento e abafar o desgosto que sente pela mulher-cabide. É uma cliente de sua mãe. Reputação é tudo nessa área. O valor do nome Wentworth está em jogo. Ela respira fundo e diz:

– O nosso objetivo é enfatizar, de maneira sutil, a amplitude do espaço fantástico que você tem aqui e atrair todos os olhares para a beleza artística da arquitetura. Queremos algo convidativo, mas ainda assim neutro o suficiente para não ofuscar a vista magnífica. Desse jeito, os possíveis compradores, independentemente do que gostem, vão ser atraídos por ela assim que pisarem aqui dentro. Queremos que eles sejam capazes de se imaginar morando neste espaço.

A dona da cobertura leva a terceira uva à boca.

– Bem, eu confio na Annabelle. Foi bem recomendada e mostra resultado. Então... – Ela para de falar e mastiga, enquanto passa a vista sobre o vestido justo e os tênis confortáveis que Daisy comprou no shopping a caminho dali.

Daisy detesta esses tênis brancos genéricos com essas riscas laranja, mas estava atrasada e o outro sapato estava acabando com suas costas e os pés estavam inchados. Precisou fazer uma substituição de emergência.

– Estou com quase oito meses. – Ela se defende e imediatamente se odeia. Para que falou aquilo? Que idiota. Como se devesse explicações sobre seu corpo e seus sapatos confortáveis a essa... essa lambisgoia.

– Ah. – A mulher vira as costas para ela e encara a paisagem lá fora.

As bochechas de Daisy queimam. Esperava pelo menos um "parabéns" educado. Ela vai até a tigela com as uvas na ilha da cozinha e revira os cachos para esconder o buraco deixado pela mulher.

Sabia que eu não preciso *trabalhar? Posso comprar a porra dessa sua cobertura duas vezes só com a minha poupança.*

Mas em vez disso, Daisy diz:

– Você tem filhos?

Uma risada perversa escapa do fundo de sua garganta.

Daisy se vira.

– É claro que não, que pergunta boba.

– Como assim?

– Dá para ver por essa cobertura que criança nenhuma chega perto daqui.

Os olhos da mulher ficam ligeiramente cerrados.

– Quando nos casamos, eu e meu marido fizemos a escolha consciente, firmamos o compromisso, de não ter filhos. Não queremos colocar crianças neste mundo.

– Então esse não é o seu primeiro casamento?

A mulher pisca confusa.

– Como é?

– Ele fez uma vasectomia, não foi? O seu marido. Pic-pic. Imagino que ele já tenha filhos crescidos. De um primeiro casamento, talvez?

A mulher fica de queixo caído.

Bingo.

– Homens têm esse privilégio, não é? Enquanto isso, eu e você temos que nos preocupar com o tique-taque do relógio biológico. E se seu marido resolver trocar o modelo de novo, vai ser tarde demais para você – Daisy comenta, meiga, e apanha a bolsa. – Bem, foi um *prazer* ajudar você a transformar o seu imóvel em algo mais atrativo. Tem lugares que *pedem* aquela ajudinha extra, sabe? Ah, quando os rapazes da entrega subirem com a mesa de centro, pode mostrar onde quer que fique. Já estou atrasada também. – Com os pés inchados, vai bamboleando até a porta. Durante todo o percurso até o elevador, o coração parece que vai saltar pela boca. Mas quando a porta se fecha, ela sorri satisfeita. Daisy Wentworth Rittenberg reencontrou sua confiança. A *it girl* que Daisy um dia foi na escola *ainda* estava ali, enterrada debaixo do inchaço e dos hormônios da gravidez. A adolescente loira, rica e atraente capaz de acabar com alguém só com um comentário ácido não sumiu completamente. Bem no fundo, Daisy *ainda* é a garota do colégio que conseguiu conquistar Jon Rittenberg, o esquiador famoso, medalhista de ouro e símbolo sexual, quando todo mundo se jogava em cima dele.

Um pouco trêmula e muito eufórica, Daisy entra no elevador e aperta o botão sentindo-se triunfante. Tinha se esquecido como era bom manter-se firme; meter o dedo na ferida... e girar.

Do lado de fora do arranha-céu, o clima de outubro estava frio e agradável. Chegando na BMW estacionada mais adiante na rua, ela vê um envelope branco preso no limpador de para-brisa. Daisy o pega, abre e tira dele um cartão simples.

ESTOU TE VENDO @JUSTDAISYDAILY.
SEI QUEM VOCÊ É.
TIQUE-TAQUE.

DAISY

17 de outubro de 2019. Quinta-feira.
Duas semanas antes do assassinato.

Daisy dirige até em casa segurando o volante com força. A pressão sanguínea só faz subir, sente um aperto na garganta.

Péssimo. Isso é péssimo para o bebê. Fique calma, Daisy. Respire. Foque.

O bilhete deixado no para-brisa está jogado no banco de passageiro.

Seja quem for que está fazendo isso a está espreitando. Ficando mais atrevido. Agora tem um tique-taque, uma bomba-relógio. Um aviso de que algo está prestes a explodir.

Quem enviou o bilhete claramente conhece o seu Instagram, @JustDaisyDaily. O que significa que sabe *bastante* sobre a vida dela: que está esperando um menino; que ela e Jon se mudaram recentemente para Vancouver, de volta do Colorado; que Jon está sendo considerado para um cargo importante em um resort novinho nas montanhas, que está sendo construído ao norte da mundialmente famosa cidade de Whistler. Também sabe o carro que ela tem.

Daisy se dirige até ponte Burrard Bridge, cavoucando a memória. Será que postou sobre o *home staging* da cobertura? Não, definitivamente, não. Então como a pessoa que deixou o bilhete sabia onde encontrar o carro dela? Tinha sido seguida? Precisa mesmo largar esse emprego. Ela o odeia. A mãe vai entender. Jon vai ficar aliviado. Ele não quer que ela trabalhe, diz que não é digno dela, que ela devia ficar em casa e se concentrar na gravidez. De todo modo, quando o bebê nascer, seu trabalho vai ser ficar em casa cuidando da criança.

O interior do carro está quente. A ponte está parada. Ela vê parte das montanhas North Shore do outro lado da enseada, e seus pensamentos são propelidos de volta aos dias em que ela e Jon ainda estavam na escola. Ambos cresceram em North Shore, na encosta daquelas montanhas densamente arborizadas além do mar. Ambos aprenderam a esquiar na montanha Grouse. Conheceram-se no ensino médio, começaram a namorar no segundo ano. As festas eram as melhores... O desconforto toma conta de Daisy. Eles também fizeram umas maluquices quando eram jovens.

Na época, ninguém lhe disse que ela acharia aquelas coisas completamente estúpidas depois de adulta. Ou como as lembranças dos dois apareceriam do nada, como agora, e a fariam pensar *não, aquilo não pode ter acontecido. Eu nunca fiz parte daquilo*. Daisy aperta ainda mais o volante. Voltar para "casa" está mesmo mexendo com ela.

A gente era pirralho, bebendo o que não devia. Adolescentes fazem péssimas escolhas. Tem a pressão dos amigos. A mentalidade de bando. Estupidez coletiva. Misture tudo em partes iguais, e uma coisa sombria, perturbadora e primitiva toma conta.

Daisy fica tão apreensiva que, quando chega em casa, mal se lembra de ter parado para comprar pizza. Ela destranca a porta, equilibrando a caixa quente e a bolsa. Adentra no corredor e desarma o alarme. O interior da residência está impecável, com um cheiro agradável. Da entrada, consegue ver através da sala de estar, até o jardim verdejante no quintal. Relaxa no mesmo instante. Chuta para longe os tênis feios e leva a pizza para a cozinha. Abre a caixa, pega uma fatia cheia de queijo, dá uma mordida enorme, depois mais outra e geme de prazer. Enquanto mastiga, arranca o vestido apertado demais e sobe para buscar uma calça de moletom e uma camiseta folgada.

Depois de se trocar, Daisy volta descalça para a cozinha. Coloca a chaleira no fogo e termina a fatia de pizza em poucas bocadas, tal qual uma besta esfomeada. Enquanto mastiga e engole faminta, pensa que é tudo culpa do pequeno parasita, o que está crescendo na barriga dela, consumindo-a de dentro para fora, controlando suas vontades.

Mais uma vez, Daisy afasta o pensamento macabro. Não faz ideia de onde essas imagens estão vindo. Está mesmo se estranhando. Ao despejar água quente sobre um saquinho de chá, percebe o bilhete que Jon deixou em cima da bancada, bem do lado das imagens do último ultrassom que fizeram. Ela apanha a pequena nota.

Lembre-se! Jantar com Henry no bar — 18h30

Jon começou a deixar bilhetes, diz que ela tem estado muito esquecida ultimamente. Henry Clay, o membro ativo mais antigo do quadro de diretores da TerraWest, convidou Jon para discutir uma questão do trabalho durante uma refeição leve naquela noite. Daisy se pergunta se poderia ter a ver com a aposentadoria repentina do pai. O coração lhe deu um susto duas semanas atrás, um infarto leve. Os médicos sugeriram que ele mudasse o estilo de vida, então Labden deixou todo mundo de queixo caído ao anunciar sua saída imediata da TerraWest, dizendo que queria aproveitar os anos que lhe restavam.

Daisy devolve o bilhete ao balcão e começa a tirar o saquinho de chá da xícara quando um movimento repentino chama sua atenção. Ela fica tensa e encara os arbustos no fundo do jardim planejado. A brisa aumentou e começou a agitar as folhas outonais. Não tem ninguém ali. Mas ela tem quase certeza de que viu alguém de preto se movimentando atrás das árvores que escondem a propriedade da rua que passa do outro lado da cerca. Daisy deixa o chá para lá e caminha devagar até as portas de correr de vidro. Com a mão na barriga, investiga o jardim. Um bando de corvos levanta voo e se espalha no céu poente. Um corvo? Será que avistou um maldito corvo e pensou que era uma pessoa atrás das árvores? Mesmo assim, não consegue afastar a sensação de estar sendo *observada*.

Seguida.

Daisy fecha a cortina. Liga para Jon. Sabe que ele vai estar ocupado com Henry, mas precisa escutar sua voz. A voz de qualquer um.

O telefone toca, depois cai na caixa postal. Uma onda de irritação a perpassa. Liga de novo. Ninguém atende, de novo. Talvez o bar esteja barulhento, pensa. Talvez Jon não esteja escutando o celular tocar. Ainda em busca de alguma conexão humana, manda mensagem para Vanessa, sua amiga.

Topa um almoço amanhã? No Pistrô?

Amanhã é dia de faxina. Daisy sempre sai de casa quando a diarista vem. Não suporta ficar vendo alguém limpar o chão aos seus pés, como se devesse se sentir culpada ou algo assim, sendo que na verdade está pagando caro e dando trabalho a alguém. Então prefere só voltar para sua casa limpa e cheirosa e acreditar que foi obra das fadinhas do lar. Era assim que a mãe chamava o serviço de limpeza quando Daisy era criança: fadinhas do lar.

O celular toca quando chega a resposta de Vanessa.

Ótima ideia! Que horas?

Daisy digita:

Meio-dia? Ou é cedo demais?
(Estou com fome o tempo todo ultimamente!)

Sobe o alerta da resposta de Vanessa.

Sei como é. Haruto e eu temos compromisso nessa hora.
Pode ser um pouco mais tarde? Lá para as 14h?

Daisy sorri. Duas da tarde é tempo demais para esperar até o almoço. Melhor comer alguma coisa antes. Gosta de passar tempo com Vanessa, o bebê dela está previsto para uma semana depois do seu. Dá uma sensação boa conversar com quem realmente entende pelo que ela está passando. E Vanessa não a julga. Daisy não aguenta lidar com aquela gente que lhe diz que não devia reclamar porque é "privilegiada" e que ela devia ser grata por ter tudo que tem. Mas tudo é relativo, será que as pessoas não entendem? Vanessa não é assim. Ela e Haruto vivem em uma daquelas casas de alta arquitetura do outro lado do lago: uma construção deslumbrante feita de vidro cintilante, com uma piscina de borda infinita linda de morrer. Vanessa faz aula de yoga pré-natal para mães perto da casa de Daisy porque Haruto trabalha pela região. Foi lá que se conheceram. Daisy responde:

Fechado!

Sentindo-se um pouco mais calma, leva o chá de camomila até o andar de cima, prepara a banheira e mergulha entre as bolhas, armada de um livro.

Uma hora depois, está na cama com seu romance, lendo entre um cochilo e outro. Quando checa a hora novamente, já são 22h26. Ajeita-se na cama. Jon ainda não chegou. Já devia estar em casa.

Ela pega o celular e liga para o marido. Vai para a caixa postal de novo.

Daisy se recosta no travesseiro pensando *e se ele bebeu demais e sofreu um acidente? E se ele foi parar em algum hospital?*

Espera mais trinta minutos, então liga mais uma vez. Cai na caixa postal. Ela começa a pensar que talvez ele tenha ido a algum lugar depois do bar, para uma boate ou algo do tipo, o que a deixa ainda mais ansiosa.

Quando insiste em ligar mais uma vez, Jon atende. Daisy sente um alívio imenso.

– Oi, amor – diz, receosa. – Está tudo bem? Estava ficando preocupada com você.

– Tudo certo. – Ela escuta um barulho. Música. Uma voz de mulher ao fundo. Jon continua a falar: – Me deixa ir para um lugar menos barulhento. Só um minuto... – Daisy escuta a voz da mulher novamente. O som do telefone fica abafado, como se Jon o estivesse segurando junto ao corpo.

– Jon? Você está aí?

Quando ele volta a falar, limpa a garganta:

– Desculpa, amor. Eu devia ter avisado. É só que uns caras do trabalho apareceram assim que Henry foi embora. Estavam todos falando da nova expansão. Um dos consultores ambientais está junto. Pensei que seria uma boa me aproximar dele, fazer contatos. Ele ainda está aqui. Deve demorar. Tudo bem para você? Posso voltar logo se…

– Não. Não… eu… Sem problemas. – Uma grande emoção toma conta dela. Sente-se sozinha, abandonada. – Deu tudo certo com o Henry?

Um instante de silêncio.

– Deu. Foi tranquilo.

– O que ele queria?

– Ele… ah, ele tinha umas informações interessantes para passar. A gente pode falar disso amanhã, tudo bem?

Aquele desconforto de antes volta. A sensação é de que algo se aproxima. *Tique-taque*. Ela olha para as cortinas fechadas. As sombras das árvores se movem por trás. O vento está ficando mais forte. Vem uma tempestade por aí.

– Você está bem, Dê?

– Eu… Uhum. Estou. – Estava prestes a falar do bilhete no para-brisas, mas decide esperar. – Vejo você mais tarde.

– Descansa, amor. Não vou demorar muito. Não precisa esperar acordada.

Ela se despede, mas, no instante em que vai desligar, escuta novamente a voz feminina ao fundo. Dessa vez consegue pegar algumas palavras: *Jon… cedo. Obrigada… noite ótima.*

Daisy despenca no travesseiro, segurando o telefone contra a barriga. Encara o teto e diz a si mesma que é só um bar movimentado. Fica no térreo de um hotel popular, ao lado do prédio em que Jon trabalha. A voz poderia ser de qualquer pessoa. De uma garçonete, talvez.

Ela imagina uma mulher se inclinando sobre a mesa de Jon, sorrindo para ele, com o decote bem na altura dos olhos do homem. Não, convence a si mesma. Devia ser só uma mulher passando pelo saguão do hotel, chamando alguém. Não pode deixar isso acontecer de novo: a desconfiança crescente… a paranoia… ver coisas nas sombras e arbustos. Só porque ela e Jon foram vítimas de um perseguidor obsessivo no Colorado, *não* quer dizer que vai acontecer aqui também.

Não é?

E se a mulher do Colorado não entendeu o recado e os seguiu até Vancouver?

Vai ficar tudo bem. Isso já foi resolvido. Ela não vai causar mais problemas.

Mas à medida que Daisy mergulha naquele período lúcido e flexível entre o sono profundo e a vigília, escuta a voz da mulher em seu sonho mais uma vez, e seu cérebro preenche os espaços vazios entre as palavras.

Jon... Amanhã preciso acordar cedo. Obrigada, foi uma noite ótima.

MAL

1º de novembro de 2019. Sexta-feira.

Luz natural invade a Casa de Vidro por todas as direções, e Mal pisca para se proteger do brilho forte. O térreo é um ambiente integrado, com piso de mármore branco, paredes brancas, mobília branca, espelhos e algumas pinceladas de arte abstrata furiosa.

– As persianas já estavam abertas desse jeito? – ela pergunta, observando um perito polvilhar uma mesa de centro de vidro virada em busca de digitais. Mais técnicos sobem e descem as escadas. Uma quietude estranha persiste ali dentro, apesar do movimento e das conversas. É um vazio solene e opressivo.

– As janelas que dão para o mar não têm persiana – Benoit diz.

Ela o encara.

– Você está de brincadeira. Essas pessoas vivem em uma caixa de vidro, sem nem a opção de se fechar para o mundo lá fora? Isso é meio…

– Exibicionista. É. Parece um aquário.

– Eu ia dizer *perigoso* – ela rebate baixinho.

Benoit aponta com o queixo as portas de vidro que levam até uma piscina de borda infinita.

– Manchas de sangue humano e rastros de deslocamento saem por aquelas portas. As marcas seguem do deque da piscina até um portão no quintal que leva à saída de carros. A ocorrência principal parece ter sido no andar superior, no quarto. Quer começar por lá?

– Aqui embaixo – Mal diz – refaremos o caminho até o espetáculo principal. – Ela gosta de abordar a cena do crime partindo do perímetro e seguindo em direção ao centro em círculos concêntricos. Mantém sua mente aberta, impede que tome conclusões precipitadas. Depois de uma avaliação geral, volta atrás de detalhes, frequentemente revisitando a cena várias vezes. Mal cruza o mármore polido, atenta para evitar os marcadores deixados pelos peritos. Benoit segue seus passos, reduzindo o risco de contaminação da cena.

O sofá branco está manchado de sangue; o chão, também. Uma taça de vinho quebrada, uma taça de martíni e um copo térmico estão caídos no meio de poças no chão ao lado da mesa de centro virada. Azeitonas recheadas e cebolas em conserva se espalharam na direção da porta. Um controle de televisão está jogado em meio ao vidro quebrado e à bebida derramada. Mal sente o cheiro do álcool: a acidez do vinho e do uísque. Um cinzeiro sobre uma mesa de canto guarda um cachimbo *pipe* de vidro verde que mais parece uma obra de arte.

– Sabe por que casas de vidro são ruins para quem usa droga? – Benoit pergunta.

– Por que fica muito claro?

– Porque o vidro para-a-brisa.

Mal revira os olhos e se abaixa para observar o sangue no sofá. Tira uma foto.

– Consistente com perfil de esguicho – ela comenta. – E ali no chão, gotejamento em trilha mais intenso...

– Pode ser arterial.

Ela concorda com a cabeça.

– Tem mais naquela parede ali.

Benoit se dirige à parede manchada.

– Sinais de luta... Talvez comece ali. – Ele aponta para o sofá. – Três copos, três pessoas bebendo. Começam a discutir, vira briga. Um levanta, é seguido. A vítima é empurrada contra a parede. Talvez a vítima estivesse nesta posição aqui. Possíveis manchas com perfil de impacto ali, na altura média da cabeça. – Ele aponta.

Mal chega atrás dele.

– Talvez tenha sido acertado com um objeto? Aquele padrão pode ser causado por um trauma contundente.

Benoit faz que sim.

– Ou algo cortante… perfurante. A vítima então escorrega pela parede. Talvez rasteje para longe, naquela direção. – Ele aponta. – Sangra próxima ao chão, ali. Tenta usar o braço do sofá para se levantar, leva outro golpe. Esguicha o sangue ali? Então se afasta rastejando.

– E depois o quê? – Mal pergunta. – Para onde nossa vítima foi? Cadê o corpo?

Benoit se agacha.

– Olha essa linha reta de sangue aqui. Parece que tinha alguma coisa que deteve os respingos.

– Um tapete – ela sussurra. – Tinha um tapete aqui. Debaixo da mesa de centro.

– Pode explicar as marcas de arraste – Benoit diz. – A vítima pode ter sido arrastada até lá fora no tapete.

Mal tira mais algumas fotos, então nota um brilho dourado entre as almofadas do sofá. Mais uma foto, depois move a almofada e, com a mão protegida pela luva, levanta um pingente dourado. Ela assovia.

– Um senhor diamante em um pingente de ouro – diz. – A corrente tá quebrada. – Ela chama um técnico para coletar o colar, depois caminha devagar na direção da porta de correr aberta, analisando o chão.

Sai para o deque da piscina. A superfície da água está agitada com o vento. Por detrás da piscina, o Burrard Inlet cintila. Um profissional da perícia coletando amostras no deque olha para cima.

– Encontrei mais traços de sangue aqui – a pessoa avisa. – Alguma coisa foi arrastada para fora da sala, passou pelo deque, pela lateral da casa, depois pelo quintal até a saída da garagem. O portão do quintal foi encontrado aberto. O rastro de sangue termina onde parecia haver um carro estacionado.

– Como se tivessem colocado algo em um veículo – Mal pontua.

– Seria consistente com o que observamos até agora.

Um movimento na porta vizinha chama a atenção de Mal. Ela vira o rosto para mirar a casa ao lado. Uma senhora está na janela do andar de cima, observando. Tem um cobertor xadrez no colo. Ela dá um breve aceno. Mal hesita, sente-se esquisita fazendo isso, mas ergue a própria mão em uma espécie de saudação. Acenar para uma testemunha não era um hábito seu. Discretamente, ela diz a Benoit:

– Deve ser ela, a mulher que fez o chamado. Eu ia surtar se tivesse uma velha me assistindo do alto desse jeito. Ela deve conseguir ver logo acima da piscina até um pedaço da sala de estar lá dentro.

Benoit segue o caminho da visão de Mal.

– Podemos pegar o depoimento dela depois.

Os dois voltam a entrar na casa e vão até o bar. Lá, encontram uma coqueteleira, um balde com gelo derretido, uma garrafa prateada de vodca Belvedere, uma garrafa de uísque Balvenie Caribbean Cask quatorze anos, uma tigela de azeitonas recheadas e uma tábua de queijos meio ressecados.

Mal analisa uma foto emoldurada pendurada lá trás. É a única fotografia ali embaixo. Retrata um homem e uma mulher, provavelmente entre trinta e quarenta anos. A mulher tem pele clara, cabelos castanhos e é consideravelmente bonita. O cabelo é longo e ondulado; o corpo, esbelto. Está vestida com um macacão creme de seda e saltos ridiculamente altos. Ela posa com a elegância de uma modelo da *Vogue* ao lado de um homem que está um pouco mais baixo por conta dos saltos dela. Ele a abraça pela cintura, como se ela lhe pertencesse. Parece ser de ascendência asiática. Estão de pé diante de uma piscina azul-turquesa. Claramente confiantes e confortáveis na companhia do outro. Têm cara de ricos; se riqueza tiver cara. Ao fundo, veem-se palmeiras, uma série de orquídeas, um edifício no estilo colonial, com colunas brancas e móveis de vime em uma varanda de ladrilhos preto e branco.

– Haruto e Vanessa North? – ela sugere ao fotografar a imagem emoldurada. – Chutaria que foi tirada em algum lugar na Ásia, devido à vegetação e àquelas peças de vime na varanda.

Benoit vai até a cozinha. Mal o segue. É imensa, toda em aço inox e branco reluzente. Imaculada. Sem sinais de ter sido usada recentemente. Benoit abre a geladeira de luxo.

– Vazia a não ser por uma garrafa de vinho rosé – ele observa, e segue abrindo e fechando portas. – Nada na lava-louças também. É como se a casa estivesse preparada para uma sessão de fotos. Ah, espera, dá uma olhada nisso aqui. – Ele aponta para um bloco de facas. – Tem uma faltando. – Ele olha nos olhos de Mal. – Uma das facas grandes de trinchar.

A tensão aumenta à medida que eles sobem as escadas, desviando dos marcadores que destacam gotas de sangue nos degraus. Há sangue espalhado pelo corrimão.

Um perito descendo as escadas acena com a cabeça ao passar. O andar de cima é coberto por carpete. Pegadas de sangue traçam um caminho para fora do quarto no forramento macio cor de creme. Os investigadores entram no quarto do casal. Mal trava. Por um momento, não consegue respirar.

Ela já está familiarizada com cenas de homicídio violento, mas esta é chocante. Uma pintura abstrata, quase bela, feita com manchas de sangue na decoração branca do quarto. As faixas e gotas projetadas nas paredes, no teto, no espelho, nos abajures, no carpete... E no centro da cama *king size*, no meio de um amarrotado de lençóis brancos, uma área praticamente preta devido à exacerbada concentração de sangue.

Ela sente um calafrio. Engole em seco. Dá um passo para a frente.

– Uau – fala baixinho.

Os dois peritos coletando traços de sangue de uma estátua de jade no chão ao lado da cama olham para cima.

– Né? – ambos dizem, quase em uníssono.

– E nenhum sinal do corpo? – ela pergunta.

– Até agora, não – a perita responde. – Mas impossível alguém que perdeu esse sangue todo ter saído daqui andando.

– A estátua foi usada como arma? – Benoit pergunta.

– Possivelmente – o perito responde. – Achamos traços de cabelo emaranhado e sangue no canto dela, fios curtos loiros com raízes escuras. Também encontramos fios mais longos de cabelo escuro nos lençóis. Tem uma coisa do outro lado da cama que vocês podem achar interessante.

Mal e Benoit circundam a cama até o lado oposto. Um tênis solitário está caído de lado: um sapato branco com um famoso logotipo laranja decorativo na lateral. Uma meia surrada e ensanguentada pende dele.

Mal franze a testa.

– Só um tênis? – pergunta. – O outro está desaparecido?

– Até o momento, sim – o perito responde.

Mal se agacha, tira uma foto, depois analisa o sapato.

– Um tênis feminino funcional, modelo intermediário. Feito para ser confortável. – Ela o apanha, examina o interior. – Tamanho 36.

– O esperado seria encontrar um tênis de corrida com tecnologia de ponta num lugar assim, não um meia-boca como esse – Benoit diz.

Mal morde o interior da bochecha.

– Parece mesmo destoar do restante. Pode ter caído do pé da vítima, e a meia ficou junto, talvez ao ser arrastada. Vamos pegar amostras de DNA daquela meia, ver se bate com o resto do sangue. – Ela inspeciona a cama *king size*, a roupa de cama está desarrumada. Um porta-retrato com outra foto do casal descansa sobre a cômoda. Estão em trajes formais, vestidos para um evento de gala. Muito elegantes, muito charmosos. Ela pensa nas taças no andar debaixo, na torta e nas flores do lado de fora. Nenhum corpo. Donos da casa desaparecidos, carros de luxo ainda na garagem. Ela fica de pé e vai até o closet. Abre as portas, liga as luzes. O cômodo é tão grande quanto o escritório que o marido de Mal tem em casa. Ela e Benoit entram. Roupas femininas cobrem o lado direito do closet, e do lado esquerdo, vestimentas masculinas. Tudo muito bem passado, cuidadosamente pendurado e uniformemente organizado. A parede no fundo foi destinada aos calçados, prateleiras deles. Há sapatos de marca de ambos os sexos. Mal pega um *stiletto* e o vira.

– Tamanho 38 – murmura.

Benoit checa outro, e mais outro.

– Todos os sapatos femininos são 38 ou 39 – ele pontua. – E os masculinos são 42.

– A mulher na foto lá embaixo parece alta – Mal comenta. – Pode facilmente calçar 39. E o homem com ela, um 42, fácil.

– Entretanto o tênis feminino do lado da cama é um 36 – Benoit comenta.

– Aquele tênis definitivamente não se encaixa – Mal fala com tranquilidade, examinando a quantidade escandalosa de peças de grife no closet.

– Se o tênis não é da sra. North da foto, talvez seja da vítima – Benoit diz.

– Então onde ela está? – Mal encara Benoit. – Onde está o corpo? Onde estão os donos da casa?

– E quem diabos é "Daisy"? – ele acrescenta.

Um grito vem do térreo.

– Sargento, encontramos a faca!

O DIÁRIO DA EMPREGADA

Apesar de o vício em bisbilhotar ser meu problema "aparente", o que minha terapeuta busca descobrir são as *razões* por trás dele. Por meio do diário, percebi dois grandes episódios que recentemente serviram de estopim para mim, deixando minha compulsão ainda mais exacerbada, levando meu comportamento a um terreno arriscado e perigoso. Na verdade, os episódios aconteceram no mesmo dia, o que acabou deixando tudo cem vezes pior. Engraçado como às vezes não conseguimos perceber essas coisas sozinhos, mesmo que estejam gritando bem na nossa cara.

Vou te contar o que aconteceu nesse dia. Vou só escrever tudo, Querido Diário, conforme foi acontecendo, detalhe por detalhe, em tempo real:

Boon e eu nos levantamos de manhã cedinho para dar um passeio no Lighthouse Park antes do trabalho.

O dia amanheceu triste, frio. A chuva forma um véu gentil diante de nós enquanto caminhamos com dificuldade pela trilha obscurecida de lama preta e raízes torcidas. Coníferas imensas e encharcadas pingam sobre nós, e a neblina se espalha como fantasmas por entre os troncos ancestrais. Isso causa uma sensação inquietante, como se as árvores fossem sencientes e estivessem nos observando lá do alto, nos abrigando. Protegendo. Desde que ficássemos na trilha.

Dentro da mochila pequena nas minhas costas, carrego uma urna cilíndrica biodegradável de bambu com as cinzas da minha mãe. São surpreendentemente pesadas as cinzas de um ser humano.

Minha mãe morreu doze meses atrás, contando de hoje. O processo todo até sua morte acabou comigo, e continua acabando. A voz da minha mãe rodopia pela minha mente enquanto procuro o lugar certo para espalhar suas cinzas.

– Você tinha tanto potencial, Katarina. Era a melhor da turma em matemática, química, física. Ganhou a competição de redação na aula de inglês. Estava na lista de mérito. Poderia ter se tornado tudo o que quisesse, mas agora é uma empregada, limpa a casa dos outros.

– Você também fazia isso, mãe. Puxei você.

– Seu pai e eu nos tornamos imigrantes, Katarina, para você não acabar que nem a gente. Fizemos isso por você. Todo o sacrifício foi por você. Limpava casas e quartos de hotéis por você. Tudo por você. Tudo. E é isso que você faz com a gente.

E aí ela adoeceu.

Ficou muito doente.

Tentei ajudar. Tentei impedir que piorasse. Levei minha mãe a todas as consultas médicas, exames e procedimentos. Passamos dias no centro de oncologia para a quimio. Nada resolveu.

Ela entrou em cuidados paliativos. Morreu. Tudo dentro de oito meses depois do diagnóstico. Não pensei que isso me abalaria tanto, que sentiria tanta falta das queixas e repreensões dela. Talvez agora esteja reclamando com meu pai lá no céu, sacudindo as mãos calejadas e rachadas de empregada na direção dele. Posso até escutar o sotaque ucraniano que nunca desapareceu:

– Ah, Pavlo, olha só a filha que deixamos nesse mundo. Já passou dos trinta, Pavlo, e ainda faz faxina para os outros…

– Que tal ali embaixo? – Boon pergunta, interrompendo minha mãe dentro da minha cabeça.

Miro na direção que ele está apontando. Gotas de chuva pingam da aba do meu boné. Pingam dos galhos tristes e pesados da floresta verde-escura. É como se chovesse no meu coração.

– A descida é um pouco íngreme – digo, olhando sobre a beirada do penhasco com cuidado, enquanto me apoio na manga do Boon. – As pedras na borda parecem escorregadias. Não quero cair de um precipício e direto na água com as cinzas da minha mãe. Ela ia ficar muito contente com isso.

Ele ri. Boon tem um jeito bem estranho e único de rir. Basta ouvir uma vez, e você reconhece em qualquer lugar. Ele me lembra um grou-americano quando fica animado, ou nervoso. Vejo pouco o Boon ficar nervoso, mas, quando fica, ele levanta a voz e ri do jeito esganiçado de um grou. Isso sempre me faz sorrir, mas sei que outras pessoas acham muito irritante.

– Você fala como se ela estivesse te observando – ele diz.

– Ela sempre está me observando. Não sai da minha cabeça.

– Viu só? – Boon diz. – É você... Você que é o problema, não ela. Nunca foi. Ela é só a voz internalizada da sua própria consciência. E você deu um nome à sua consciência, sua juíza interior: "Mãe".

– Ai, nem vem você também, Boon.

Já estou ouvindo coisa demais desse tipo da minha terapeuta. Começo a me afastar, mas paro e me viro para ele abruptamente. Inclino-me para a frente e prendo meu olhar no dele. Boon dá um passo para trás, surpreso. Cerro os olhos e o encaro irritada. Deixo minha expressão, minha postura toda, mais intensa, agressiva. Seu sorriso some. Ele dá mais um pequeno passo para trás, mais para perto da beirada rochosa e escorregadia.

– O que você está fazendo, Kit?

– Ela já entrou na sua cabeça, Boon? – Aponto para o nariz dele. – É você aí dentro, mãe? – Dou mais um passo para perto dele. – Está possuindo o Boon, habitando o corpo dele, mamãezinha?

– Para com isso.

– Ah! Você ficou assustado. – Bato de leve na minha coxa.

– Não fiquei, não. E vê se cresce.

– Agora está parecendo o meu pai.

– E qual foi a última vez que você ouviu seu pai falando? Ele morreu faz uns dez anos, não faz? Você sempre me disse que eram só você e sua mãe depois disso.

Dou de ombros e retomo a caminhada pela trilha tortuosa que margeia a água aqui do alto. Lá de baixo sobe o murmulho das ondas. Boon segue atrás de mim, chapinhando pela lama. Minha bota tira pedrinhas do lugar, que caem barulhentas pelo precipício. Mas ele está certo. Eu ouvi mesmo meu pai de novo, direto do passado, falando comigo quando eu tinha dezesseis anos:

– Você precisa crescer e criar responsabilidade, Katarina. Sempre mentindo. É mentira atrás de mentira. Você me dá nojo, Katarina. Sua vadia, você desgraçou a família. Sabia? Sabia que envergonhou a família inteira...

Acelero o passo. Caminho mais resoluta.

Escuto minha mãe o contradizer:

– Deixe a Katarina em paz.

O balão de luto no meu peito de repente explode. Lágrimas escorrem dos meus olhos, sinto que vou ser engolida por essa coisa. Vidas perdidas. Oportunidades perdidas. Falhei com eles. Falhei comigo. E agradeço à chuva, a essa bruma litorânea traiçoeira, por esconder a umidade em meu rosto.

Tropeço de leve em uma raiz exposta. Segurando-me para não cair, levanto o rosto e vejo: um banco de madeira afixado em uma placa lisa de pedra com vista para o mar metálico.

– É isso – digo, virando-me para Boon. – É aqui.

– Alguém já usou esse lugar para homenagear uma pessoa, Kit. Olha, tem uma placa no banco... Alguém vem aqui buscar consolo. Pagaram por esse banco.

– Ah, não seja ridículo. Foi doado em nome dessa outra pessoa morta. Além disso, seria apropriado, não acha? Eu e minha mãe, as parasitas recicladoras do lixo de gente rica, usando o memorial

de alguma pessoa rica. Roupas usadas, bancos usados. – Olho para ele. – Não é como se eles fossem donos dessa pedra, nem do parque. É um espaço público, para o proveito de todos. Eles só financiaram.

– Foi uma piada, Kit. Nossa... O que está rolando com... – Mas ele engole as palavras. Sabe o que está por vir. Não estou sabendo lidar com tudo. É isso que está acontecendo.

– Desculpa – falo. – Vamos acabar logo com isso.

– Certo. Está bem.

Tiro a mochila das costas e pego a urna. E então congelo. Não consigo fazer isso.

Então nós ficamos sentados no banco por um tempo, no chuvisco e na bruma. Eu, agarrada ao cilindro de bambu biodegradável em meu colo, de repente incapaz de deixar minha mãe partir.

Todos esses anos pensando que ficaria bem sem seus julgamentos errados sobre mim... E agora...

Passo a mão sobre o bambu. É tão liso. O diretor da funerária me disse que poderia enterrar a urna depois de espalhar as cinzas, talvez até plantar uma árvore em cima dela, e ela se decomporia.

O nevoeiro se fecha. A floresta pinga mais rápido. Podemos ouvir os sons distantes da cidade, o urro longínquo de uma sirene.

Boon fala baixinho, com carinho, pois sempre foi gentil comigo:

– A gente devia ir logo com isso, Kit. Tenho que trabalhar, e você também. – O trabalho de cenografia na "Hollywood North" o espera. Ele trabalha na segunda temporada de uma série de TV sobre um legista. E a casa dos meus novos clientes me aguarda. Estou com o uniforme da Holly Ajuda debaixo do casaco. Ainda assim, não consigo me mexer. Estou soldada ao banco com a urna das cinzas da minha mãe nas mãos. Lágrimas escorrem pela minha face. Meus ombros tremem.

Já faz um ano que as cinzas estão em cima da minha lareira, porque eu não tinha coragem de fazer isso. Como se eu quisesse ela ali para continuar apontando o dedo para mim e me acusando.

– Viu, Katarina? Limpa a bagunça dos outros, mas não consegue limpar a sua. Agora não consegue nem se livrar das cinzas da sua querida mãe, da mãe que desistiu de tudo na Ucrânia para que você pudesse ter uma vida melhor. E você nunca nem conseguiu terminar direito as coisas. Até largou a escola depois de termos guardado todo aquele dinheiro para pagar a universidade. Tanta bebedeira. Tanta festa. Muita companhia ruim.

Boon me envolve com um braço. Não diz nada. Só me apoia. Existe todo tipo de amor, e o que tenho por Boon é só um deles. Ele é meu melhor amigo. Faria tudo por ele, e ele por mim. É um laço mais forte que o de sangue.

– Sabe quais foram as últimas palavras que ela disse para mim? – pergunto baixinho.

Boon faz biquinho debaixo da capa de chuva.

– Deixa eu adivinhar. – Então dá início a uma imitação perfeita do sotaque ucraniano da minha mãe. – Você poderia ter sido alguém, Katarina.

Eu me engasgo de rir.

– Não, não... Foi assim... – Preparo minha própria voz cenográfica por um momento, e então, em um perfeito eco da nossa "conversa" no hospital, digo:

"Preciso sair daqui, Katarina. Me ajude a sair dessa cama. Vamos logo.

"Mãe, você está fraca. Vai cair. Vou chamar uma enfermeira para...

"Não, não! Por Deus, tenho que sair desse lugar.

"Para, mãe. Deixa eu te ajudar a voltar para cama.

"Me deixa em paz! Me larga! Minha Nossa Senhora! Ave Maria, Jesus Cristo, polícia, alguém me ajude! Me ajude a tirar Katarina de cima de mim. Me larga. Eu vou te dar um chute, Katarina. Vou chutar tão forte, que mais vai parecer um coice de burro."

Boon fica me encarando. E um sorriso lento se forma em seus lábios.

– Coice de burro?

Eu prendo a risada, limpo o nariz com as costas da mão e aceno que sim.

– Como é o coice de burro? Parece um movimento de yoga.

– Provavelmente o pior coice em que ela conseguiu pensar. Sabe, que nem o de um cavalo.

– Talvez alguém da fazenda onde ela cresceu tenha sido escoiceado por um burro.

– Não faço ideia. Era em parte a medicação, em parte o processo natural da morte. Existem estágios, sabia? Igual aos estágios da gravidez, existem estágios identificáveis e previsíveis do processo de ir embora deste mundo.

– Deve ser por isso que as doulas estão nas duas pontas, tanto a entrada quanto a saída podem ser violentas e traumáticas. E assustadoras.

– É.

Boon fica em silêncio por um tempo.

– Acho que o coice de burros é bem forte.

– Acho que sim. Injetaram algumas medicações nela, e ela morreu algumas horas depois. – De repente, sinto que preciso libertar as cinzas. – Vamos acabar com isso.

Fico de pé, solto o pino na tampa da urna, giro a tampa e libero as cinzas dela para o vento. Os restos mortais da minha mãe se espalham para todos os lados. Ela literalmente se explode da urna. Contra a névoa cinzenta, a nuvem explosiva de cinzas é branca e prateada. Ela se ergue no ar, tal qual uma pequena nuvem atômica, voa de volta na nossa direção, se espalha lá para baixo, para o mar, e para o alto, para os galhos e para o céu. Vai para todo canto. E eu rio, e rio, e mais um pouco, sentindo sua imensa satisfação. A liberdade caótica dela. Reciclada. De volta para o universo.

Inspiro fundo, sinto-a ir embora. Mas me sinto perdida também. De repente à deriva no oceano da vida.

E foi isso.

Fizemos a trilha de volta até os carros. A mochila nas costas está leve com a urna agora vazia.

Quando chegamos ao estacionamento, tem um Tesla Roadster azul-claro estacionado na ponta oposta, o mais distante possível que ele podia parar da lata-velha que são o Honda marrom milenar do Boon e o meu Subaru Crosstrek amarelo.

– Para... Espera – digo a Boon.

Ele nota o brilho nos meus olhos e abre um sorrisão. Nosso joguinho começou. Nossa pegadinha contra o mundo do dinheiro e das farsas, porque as coisas nunca são o que parecem ser.

Sem dizer nada, andamos em sincronia até o Tesla azul. Daí começamos a improvisar, acertando naturalmente nossas poses ao nos recostar no carro. Boon passa o braço sobre meus ombros. Olho para ele com adoração, ergo o celular e clico. Dá para fazer tanta coisa só mudando a postura e as expressões faciais. Dá para exalar confiança, parecer que manda no mundo inteiro. Esse é o nosso jeito de zombar daqueles que pensam que mandam, e que exploram os outros.

Mudamos a pose, outro clique. Mando um beijinho para ele, ele joga a cabeça para trás e ri.

Tiramos mais uma.

Boon entra no Honda velho e vai embora para o set de filmagens em Burnaby (que está se passando por Boston). Sigo para o meu Subaru, com os rodos e o aspirador na mala, e o logo da Holly Ajuda nas portas. Enquanto o motor esquenta e o embaçado some do para-brisa, escolho uma das fotos. Abro minha conta no Instagram, @foxandcrow (malandros que são, a raposa e o corvo... eu tenho uma quedinha por corvídeos). Faço o upload da imagem. Digito as hashtags *#eueomozinho #trilhamatinalantesdocafé*

#amordaminhavida #vivernolitoral #teslalove #próximaviagem. Posto a imagem.

Engato a marcha e começo a dirigir para o trabalho novo.

Mal sei eu, ao me juntar ao fluxo do tráfego na avenida, que, depois desse momento, tudo vai mudar.

Eu te disse, Querido Diário: dois episódios. No mesmo dia. Amalgamando-se. Soltar as cinzas da minha mãe. E… os novos clientes em uma casa chamada Chalé Rosado.

JON

17 de outubro de 2019. Quinta-feira.
Duas semanas antes do assassinato.

Jon Rittenberg está no Cão e Caçador com Henry. É um daqueles estabelecimentos para homens. Grandes painéis de madeira, sofás de couro escuro, iluminação fraca, luminárias verdes retrô. Foi ali que o membro do conselho da TerraWest, Henry J. Clay, marcou de encontrar Jon para uns drinques e um jantar. O que, na definição do executivo de cabelos grisalhos, significa o uísque caro e bife Wagyu.

Henry está curvado do lado oposto da mesa tal qual um sapo, partindo, agressivamente, o filé com uma faca de cabo de madeira. A carne dele está tão malpassada que está quase mugindo. Henry começa a levar um pedaço à boca, mas para no meio do caminho. Aponta com a cabeça para a carne intocada de Jon.

– Sem fome, filho?

Jon observa o sangue escorrendo para o purê de batata no prato de Henry. Perdeu o apetite. Ainda está tentando digerir o que o velho acabou de lhe dizer.

– Come, é a melhor carne que tem por essas bandas. – Henry pega o copo com o Balvenie quatorze anos e toma para ajudar a descer a carne.

– Então tem *dois* nomes sendo considerados? Você tem *certeza*? – Jon pergunta, porque não faz sentido.

Henry ri, toma outro gole do uísque e faz sinal para a garçonete bonitinha de blusa decotada, pedindo mais uma rodada. Ele limpa o canto da boca com o guardanapo e responde:

– Veja bem, se o Labden não tivesse inventado de se aposentar assim, de repente, a promoção com certeza seria sua. Sabe disso.

– Mas?

– Mas a situação mudou, Jonny. Labden não dá mais as cartas. Entregou as rédeas a sangue novo. Sou o único velhaco que ainda está se aguentando por lá.

Um caldeirão de ácido começa a borbulhar no estômago de Jon.

Era para ser a minha oportunidade. Labden me prometeu o cargo de diretor de operações do novo resort quando ele começar a operar. Fiz das tripas coração para a empresa por anos. A TerraWest capitalizou em cima do meu nome, da minha fama nas Olimpíadas, das minhas medalhas de ouro, pelo amor de Deus. Eu sou casado com a filha do fundador.

– E francamente, rapaz, mesmo o Labden via que estava na hora de mudar. Perspectiva é tudo, Jonny. As pessoas precisam ver que a TerraWest está acompanhando as mudanças sociais.

– Quem é ele? O meu concorrente?

– Já parou para pensar que seu concorrente pode ser *ela*, e não ele?

– Mas *é* uma mulher?

Henry ri novamente.

– É um homem. – Seus olhos se estreitam. – Vocês já se conheceram, na apresentação da semana passada. Recém-saído do avião vindo de Zermatt. É o cara novo.

– Ahmed Waheed? O cara do norte da *África*? – Jon fica perplexo. Seus pensamentos repassaram o encontro com o novato na semana passada. – E o Waheed sabe *alguma* coisa sobre gerenciar resorts de esqui?

– Bastante. Ele pode ter nascido na África, mas, ainda criança, se mudou para a Europa com a família. O pai dele era diplomata. Waheed aprendeu a esquiar na Itália. Fala cinco línguas, incluindo árabe. Ele se formou em Administração na Grenoble Ecole de Management, que, como você sabe, é famosa por ensinar inovação em gestão. O homem ralou e foi crescendo no mercado de esquiação . Foi de Kitzbühel, Val d'Isère, até Chamonix. Também é um ótimo atleta de *snowboard*.

– *Snowboard*? – Caralho. – Por isso trouxeram ele para a sede? Já estava sendo considerado para a minha posição? E o Labden sabia disso tudo? Porque o *timing* é… Sabia, não é? Meu próprio sogro, que me convenceu a voltar para cá com a Daisy com a promessa de uma promoção… arranjou outra pessoa para o trabalho.

Henry se recosta na cadeira e mexe o uísque. Um reflexo acobreado dança no líquido.

– Perspectiva que nada. É uma baita de uma enganação, isso sim – Jon diz com rispidez ao apertar o copo. Vira a dose de uísque e estremece enquanto a bebida desce queimando. – É esse negócio de politicamente correto. Dá o cargo executivo para o cara marrom porque ele é marrom. Todo mundo sabe. Não tem nada a ver com experiência e competência.

A garçonete chega com mais bebidas e um sorriso bonito no rostinho liso. Ela se estica para desocupar a mesa, e Jon sente o cheiro de sabonete na pele dela. Ele também nota uma pequena tatuagem no canto do seu pulso. E, por um breve momento, sente-se velho. Não como Henry, só cansado e irritado com a forma como a vida se desenhou. No instante em que a garçonete sai, ele pega o copo. Ao inclinar a cabeça para trás e dar um gole, dá-se conta de uma mulher na ponta mais distante do balcão do bar. Observando-o.

Tem a pele clara e bastos cabelos escuros longos e ondulados. O olhar deles se encontra. Jon sente o corpo fervilhar. Ela o encara, e, por um breve momento, uma corrente de energia passa entre os dois, cruzando o estabelecimento agitado. A música ao vivo se dissolve em ruído, Henry vira um borrão. Ela é linda. E está interessada nele. Como nos velhos tempos, quando era um deus do esqui olímpico. Um garanhão de ouro. A mulher vira a cabeça e interrompe a conexão. Jon volta à realidade. Mas o coração bate mais rápido agora. Continua sentindo a eletricidade latente. Então percebe que Henry está de olho nele.

Jon pigarreia, toma um gole da bebida e olha nos olhos do outro homem. E tudo que queria poder fazer neste instante é rasgar a própria pele e se libertar, deixar solto o fogo que tanto se esforça para manter preso. Anseia pela adrenalina, pela saída explosiva no topo da montanha, pelo rugido do vento passando por seu rosto, pelo tilintar da sineta enquanto ele segue percurso abaixo. Anseia por aquela velha sensação de estar no pódio, com os braços erguidos. O número um, o menino de ouro, o "Bombardeiro-Rittenberg". A multidão torcendo: "JonJon! JonJon! JonJon! JonJon!" As garotas implorando para chegar perto dele na balada... Agora vive encarcerado, preso em um casamento cada vez mais chato. Mora em um lugar chamado "Chalé Rosado". Um filho prestes a nascer. Está sendo esmagado pela responsabilidade de se tornar pai de alguma forma. Mas como se faz isso? O próprio pai nunca descobriu. Livrou-se das amarras do casamento e abandonou Jon e a mãe. Ok, ele mandava dinheiro da Europa, dormia com uma modelo atrás da outra, mas o custo para a mãe foi maior, bem maior. Ela buscou consolo no álcool, depois se meteu em várias situações complicadas que culminaram em sua morte. *Meu pai matou a minha mãe*. As únicas vezes em que o pai ligava era quando Jon fazia algo incrível, tipo levar o ouro nas Olimpíadas. Nessas horas, o pai queria dizer ao mundo: *Olha, esse é o* meu *filho.*

– Olha... – Henry começa. – Sei que você sente que merecia a posição...

– Foi só por isso que nos mudamos para cá. – Jon fala sem energia enquanto acena para pedir outro uísque. – Foi por isso que eu e a Daisy saímos do Colorado. Foi por isso que me matei pela TerraWest todos aqueles anos no Japão. Foi tudo preparação para esse próximo passo.

– O mundo está mudando, Jonny.

Jon se inclina para trás enquanto a atendente serve outra rodada e leva embora o prato de comida praticamente intocado. O que será que Daisy vai dizer? O que todo mundo vai pensar? Que humilhação. Ele já até encomendou cartões de visita novos. Nunca teria voltado para essa cidade se não fosse pela promessa do Labden. Agora Jon sente que as portas estão se fechando. Os olhos de Henry pesam sobre ele. Jon retoma o foco e percebe um brilhinho malicioso naqueles olhos... sombrios e perversos.

– Você... está olhando para mim como se já não estivesse tudo resolvido, Henry.

– Nada nunca está completamente resolvido, Jon.

Jon umedece os lábios. Vê a mulher de cabelos escuros observando-o novamente. Ela desvia o olhar, e o cabelo esconde seu rosto. Há uma sensação dissonante. É o fim de algo? Ou o começo?

– Quer dizer que ainda tenho chance? Falando sério?

Henry se inclina para a frente. O tom de sua voz muda.

– Vou te dizer o seguinte, rapaz. Nunca deixe as pessoas decidirem o que você pode ou não pode ter ou fazer. Talvez você não seja tão velho quanto eu, mas eu te conheço, Jon. Sei bem quem você é. – Ele deixa as palavras maturarem. Jon se pergunta se Henry está se referindo a um episódio em particular que ocorreu no passado.

– Caras como nós – Henry diz –, quer queira, quer não, estão no mesmo time. E estamos sob ameaça. Nós, homens de meia-idade ou mais velhos, por termos nascido brancos... e do sexo masculino. Na nossa época, nos diziam para crescer e "virar homem", ser o homem da casa. Não tem como. Precisamos nos unir contra essa onda crescente de ações afirmativas que dá mais mérito à cor da pele do que à experiência. – Ele ergue o copo e aponta para Jon. – Você tem que *tomar* o que é seu, filho. Lutar pelo que quer. – Uma pausa. Seus olhos penetrantes acertam fundo na alma de Jon.

– E por que você me chamou aqui para me dizer isso?

– Para você ficar sabendo. Caso contrário, seria pego de surpresa. – Ele se aproxima mais. Jon consegue sentir o hálito de carne e bebida. – Se dependesse de *mim*, o cargo seria seu, Jon. Mas fui voto vencido. Então agora quero te dar a oportunidade de criar um plano. Você costumava ser bom de briga, JonJon. Sabia dar golpes baixos. Não deixava ninguém pisar em você. O que você fez quando te disseram que não ia ganhar a medalha de ouro? Foi lá e provou o contrário. Trouxe para casa não uma, mas *duas* medalhas. Ou será que o "Bombardeiro-Rittenberg" não está mais aí?

O peito de Jon se aperta de tensão.

Henry se recosta.

– Todo mundo tem um ponto fraco. Sempre tem uma brecha. – Seu olhar não desgruda do de Jon. – Todo mundo, Jon, *todo mundo* tem um passado. Algum erro que cometeu. Algum segredo. Alguma vulnerabilidade.

– Ele pausa. – Especialmente jovens como Ahmed Waheed. – Henry desliza um cartão branco pelo tampo da mesa. – Encontre a dele.

Jon apanha o cartão. Há nele um logo simples: PRESTON – DETETIVE PARTICULAR. Seu celular vibra sobre a mesa. É Daisy. Deixa parar na caixa postal. Como vai dizer à esposa que o pai dela pisou na bola com eles? Jon se sente enganado. Levou gato por lebre. Ele encara o cartão.

– O que é isso?

– Um especialista. Ex-policial. Sabe o que está fazendo. Quando ligar, diga que quer falar com Jake. Diga que foi Henry Clay que o indicou.

Henry se levanta e sai.

Jon encara o cartão. A mulher sentada no bar observa. Ele tem a sensação de estar amarrado a uma bomba-relógio prestes a explodir.

O DIÁRIO DA EMPREGADA

Depois de me desfazer das cinzas da minha mãe, sigo as coordenadas do GPS até o Chalé Rosado, a residência dos meus novos clientes. A urna vazia está no banco do passageiro. Ainda tem um pouco de pó grudado na borda. Pedacinhos da minha mãe. Apesar dos meus esforços, de alguma maneira continuo com ela.

O Chalé Rosado fica em Point Grey, um bairro luxuoso no oeste da cidade, perto da universidade, com belas praias. A vizinhança abriga muitos dos "um por cento" para quem eu faxino.

Enquanto passo pela Burrard Bridge e avisto as montanhas North Shore além da enseada, penso na Casa de Vidro na margem oposta. É um dos meus trabalhos mais antigos. A casa pertence a Vanessa e Haruto North, e consigo até ver a velha Beulah Brown, a vizinha deles, sentada na janela do andar de cima, com o binóculo novo focado nos acontecimentos ao redor da angra. Inclusive, pode estar observando o trânsito aqui enquanto atravesso a ponte.

Quando pego a saída e me aproximo do Chalé Rosado, a expectativa cresce. Fico mais animada. Adoro atender novos clientes. É tipo um primeiro encontro: a gente não sabe o que esperar, mas torce por uma boa surpresa. Uma casa nova é um pacote novo; um mistério fresquinho cheio de pistas que podem levar a segredos escondidos. O que será que essa casa me dirá de seus moradores? Por quanto tempo os novos clientes vão me entreter e me intrigar?

Vou me dedicar demais para desvendar os mistérios deles? Será que têm redes sociais que eu possa seguir? Será que vão ser pessoas interessantes de perseguir? Pergunto-me se um detetive sente algo parecido quando chega a uma nova cena de crime.

Paro o carro na rampa da garagem e analiso a residência. O Chalé Rosado de chalé não tem nada. Talvez tenha tido um dia, mas sua estrutura foi completamente redesenhada e renovada. O mais moderno da costa oeste. Tem painéis solares no telhado, um bocado de vidro e madeira crua para dizer ao mundo "Eu me importo com o meio ambiente!". Enfiaram uma placa no meio da grama recém-plantada na frente da casa com as palavras DESIGNS PASSIVOS – AQUECIMENTO SOLAR. Minha primeira pergunta é: Os moradores do "Chalé Rosado" deixaram a placa pra provar alguma coisa? Esses são eles? Ricaços com uma narrativa alimentada por uma culpa que grita: Eu me importo! Com o clima! Com o ambiente! Com a igualdade racial! Com os mais pobres!

Checo a lista de afazeres do Chalé Rosado no celular. Holly sinalizou que os clientes querem o serviço duas vezes na semana: segundas e sextas. Limpeza pesada na segunda-feira, depois do fim de semana, e uma mais superficial nas sextas.

Não parece ter ninguém em casa. Saio do carro e toco a campainha para me certificar. (Uma vez peguei clientes fazendo sexo. Não quero repetir nunca mais a experiência).

Sabendo que o lugar está vazio, sigo as instruções no telefone para retirar a chave de um cofre. Abro a porta, vou direto para o alarme na parede e digito a senha para desativá-lo.

Fico parada no corredor por um momento, absorvendo o ambiente. Tudo bem desenhado, moderno, um ambiente majoritariamente branco com um toque rústico e um pouco de cores vivas para quebrar a monotonia. A entrada tem vista para um jardim exuberante. Meu sangue corre mais rápido. Sim, eu sei, eu sei: são as viciantes dopamina, adrenalina e serotonina, um delicioso coquetel bioquímico e hormonal usando minhas veias como avenida.

Um bálsamo para o murro que levei do luto mais cedo. Não perco a oportunidade. Aceito a proteção que ele me oferece das minhas emoções mais profundas.

Vou no carro pegar o aspirador e os demais suprimentos de limpeza, troco os sapatos, penduro o casaco impermeável e coloco o avental. Então sigo meu passo a passo. (Como sempre, me mantenho ciente da possibilidade de existirem câmeras de babá/empregada ou de pets que podem exigir ajustes no meu padrão de bisbilhotice).

Primeiro a cozinha.

É branca e preta. Tem uma adega, uma máquina de café expresso moderna. A louça do café da manhã foi colocada na pia: restos de ovo e farelo de torrada. Xícaras de café sujas. Uma toranja meio comida. Tem um pedaço de papel no canto da ilha da cozinha. Sou atraída por ele. É a impressão de um ultrassom, com o lembrete de algum compromisso. Sinto um calafrio. Pego o ultrassom e sinto um chute na boca do estômago. Olho para cima, chocada. Mas não tenho certeza do porquê. O fato de os moradores do Chalé Rosado serem um casal à espera de um filho, além de ricos o suficiente para contratar serviço de limpeza duas vezes por semana, não deveria me pegar de surpresa. Ainda assim, algo nisso cava um buraco no meu peito.

Olho a imagem com mais atenção. Meu humor muda mais uma vez. Ponho o ultrassom de volta no balcão e vou até a sala de estar. Meus olhos são atraídos pelo jardim bem cuidado que fica do outro lado das enormes portas de correr. Lá longe no jardim há uma sebe espessa e árvores. Os fundos da propriedade parecem dar em uma ruela. Viro-me e vejo duas pinturas enormes, uma de cada lado da lareira. E fico paralisada.

Congelada.

Não consigo me mexer.

Não consigo pensar.

Escuto um zumbido em meu cérebro. Ele só aumenta, como rajadas de tempestade de areia batendo nas janelas da minha mente, banshees *emissárias da morte gritando e arranhando para invadi-la. Meus pés criam raízes no chão de madeira. O coração acelera. Vou desmaiar. É um ataque de pânico. Meu corpo está reagindo e minha cabeça não consegue acompanhar.*

Minha terapeuta me disse, enquanto discutíamos trauma, que o corpo registra tudo, mesmo quando a mente não o faz. Às vezes, a pessoa não consegue montar uma narrativa plausível para um evento traumático, então a mente consciente o bloqueia por completo, tenta agir como se nada estranho tivesse acontecido. Mas o corpo lembra. Ela explicou assim: uma mulher sofre um acidente grave de carro e vê pessoas sofrerem mortes terríveis. Aquela mulher tenta não pensar naquilo. Tenta "seguir com a vida". E ela segue. Pensa que está tudo bem. Meses ou anos depois, ela passa pelo mesmo lugar onde o acidente aconteceu. Um gatilho químico é ativado. Todos os hormônios de sobrevivência, o instinto de lutar ou fugir, alagam o corpo. As memórias neurais são reavivadas. E porque a mulher nunca estabeleceu uma narrativa adequada para lidar com esse evento, ela entra em pane.

Meu corpo está entrando em pane, reagindo às pinturas. Elas dominam a sala. Devem ter uns dois metros de altura e um de largura cada. Retratam heroicamente um esquiador de capacete e óculos, seu corpo musculoso envolto por lycra, e as coxas parecendo pistões. Está descendo uma montanha feito um raio. E a impressão é de que vem na minha direção. Em uma das pinturas, seu corpo está em um ângulo maluco, e ele passa raspando por um pórtico de slalom. Na outra, derrapa com uma rajada de neve, levantando vitorioso um bastão envergado de esqui.

Tento engolir. Tento respirar.

É ele.

Tento me convencer de que isso não significa que estou na casa dele. Não significa que o bebê do ultrassom é dele. O Chalé Rosado pode pertencer a qualquer pessoa. Alguém pode ter comprado aquelas pinturas em um leilão. O casal do Chalé Rosado pode ser fã de esqui.

Olho ao redor, estou suando. Há vários porta-retratos em uma estante. Dou uma guinada na direção deles. Um casamento... uma foto de noivado. Um casal feliz diante de pirâmides, e de leões, e de elefantes, e do mar, e de florestas, e de montanhas. Uma atrás da outra. As mesmas pessoas ao longo de seus anos juntos.

É ele.

Jon Rittenberg.

Com a esposa, Daisy.

Ele está aqui. Está de volta. Na minha cidade; esta cidade é minha agora. Ele foi embora. Faz tempo.

Mas cá estou eu, dentro da casa dele, sendo paga para fazer a faxina dele.

Um raio me parte. Rodopio na direção da cozinha. O ultrassom na bancada: Jon Rittenberg vai ter um filho.

Minhas mãos se fecham, as unhas perfuram as palmas. Sinto a visão embaçar. Estou tremendo. Esse tempo todo, minha vida nova inteirinha, tudo que trabalhei para construir nos últimos anos... os novos amigos, um pouco de paz. Finalmente feliz. E, de repente, parece que nada disso aconteceu.

Meu estômago embrulha, sou pega de surpresa. Corro para o banheiro. Vomito na privada e despenco no porcelanato frio, agarrada ao sanitário, vomito outra vez.

Primeiro as cinzas da minha mãe. E agora isso.

Duas coisas.

Gatilhos acionados.

Caí pelo alçapão, Querido Diário. E tudo mudou. Estou na casa de Jon Rittenberg... E tenho a chave dela.

MAL

1º de novembro de 2019. Sexta-feira.

Mal e Benoit batem à porta de Beulah Brown.

A faca que faltava do bloco na cozinha da residência Northview foi encontrada no fundo da piscina de borda infinita. E está a caminho do laboratório junto às outras evidências. Mal também incumbiu agentes locais de recolherem depoimentos na vizinhança, esperando encontrar novas testemunhas. A equipe na delegacia está tentando localizar os donos do imóvel, Vanessa e Haruto North. Mais tarde, farão uma reunião, quando souberem melhor com o que estão lidando.

Benoit bate de novo, com mais força. Trepadeiras crescem em abundância ao redor da porta. A entrada da casa é escura e triste se comparada à austera estrutura de vidro ao lado.

Um homem de rosto pálido e redondo abre a porta.

– Sim? – Ele se agarra à maçaneta, sério.

– Eu sou a sargento Mallory Van Alst, e esse é meu parceiro, o policial Benoit Salumu. – Ambos mostram o distintivo. – Estamos investigando o incidente reportado por uma mulher que mora neste endereço, o nome dela é Beulah Brown. Gostaríamos de conversar com ela.

– Com a minha mãe? Ela liga para emergência pelo menos uma vez ao mês desde que começou a tomar opioides. Está em estágio terminal de câncer. Fica vendo coisas o tempo todo, ouvindo sons pela casa. Vê pessoas espreitando no jardim, luzes nos arbustos durante a noite, barqueiros espionando lá da água. A polícia manda os agentes, e eu tenho que acordar e explicar que não tem nada de errado acontecendo. De todo jeito, eles dão uma olhada porque nunca acreditam no cara que atende a porta e diz que está tudo bem, né? Mas dá sempre no mesmo. No máximo encontram um gato de rua ou um guaxinim na lixeira, ou algum velhote pegando latinhas nas lixeiras de coleta seletiva. – Ele fica onde está, segurando a porta junto ao corpo, para que Mal não consiga ver o lado de dentro.

Ela mantém a expressão neutra.

– E qual o seu nome, senhor?

– Horton. Horton Brown. Esta casa é minha. Bem, da minha mãe, mas eu moro aqui.

– Podemos entrar? Fui informada de que a sra. Brown não sai do andar de cima.

Ele suspira e se afasta da porta, abrindo caminho. Mal troca um breve olhar com Benoit. Ele confirma com um aceno sutil e diz:

– Sr. Brown, tenho algumas perguntas para o senhor também. Podemos conversar aqui na sala enquanto a sargento Van Alst sobe para falar com sua mãe?

O homem grunhe e leva Benoit até uma sala de estar mobiliada com poltronas estampadas com rosas-de-cem-pétalas. Toalhinhas de crochê cobrem as costas da mobília. Claramente pertencem à mãe de Horton. Um maltês sujo anda atrás de Horton, batendo as unhas no chão da madeira.

Mallory sobe as escadas, perguntando-se com que frequência Beulah Brown vai ao andar de baixo, se é que vai.

No alto da escada, uma pequena janela dá vista para o mar. A porta está aberta, e Mal bate.

– Sra. Brown? Sou a sargento Mallory Van Alst. Vim falar com você sobre seu chamado para a polícia.

– Pode entrar – a voz fala, sem força.

Mallory adentra um quarto grande, equipado com uma cama hospitalar, um concentrador de oxigênio, uma cadeira de rodas, um sofá aparentemente confortável e uma poltrona. Uma porta leva ao banheiro, e uma pequena cozinha foi instalada ao longo da parede dos fundos. As janelas da frente apontam para o mar. Da janela do canto, pode-se ver perfeitamente a garagem da casa vizinha. Portas duplas levam a uma pequena sacada. Pelo menos ela pode ir lá fora, Mal pensa.

Beulah Brown está sentada encolhida em uma cadeira de balanço, virada para o oceano. Suas pernas estão inchadas e apoiadas em um pufe. Uma manta de crochê lhe cobre o colo. Na mesinha redonda ao lado, estão uma garrafa térmica, uma xícara de chá, biscoitos e um binóculo.

– Não pensei que alguém fosse vir – a idosa diz.

Mal detecta um leve sotaque britânico.

– Porque eles todos pensam que sou loucas, sabe? Chegue mais perto. Sente-se. Aceita um chá? Precisa pegar uma xícara na cozinha, mas tem mais chá na garrafa. Ainda está quente.

– Não precisa, obrigada.

– Então sente-se, por favor. É tão bom ter companhia.

Mal se senta em uma das poltronas.

– Vista bonita – comenta. Daqui consegue ver os técnicos de macacão trabalhando ao redor da piscina e parte da sala de estar onde a mesa de centro está virada. Vê a movimentação também nas janelas do andar de cima. A faixa de segurança da polícia fechando a garagem balança com o vento.

– Sim, é maravilhosa. Horton comprou um binóculo para mim duas semanas atrás para eu poder ver o outro lado do fiorde. Às vezes consigo ver os marinheiros nos navios-tanques na baía. Eles chegam do mundo todo, sabia? Hoje é um dia movimentado, doze navios-tanques. Olha só eles todos ali esperando para aportar.

Mal olha. A água do mar reluz.

– Você também tem uma visão boa da casa ao lado, inclusive da garagem.

Beulah torce os lábios, mas seus olhos lacrimejantes se iluminam.

– Já estou velha demais e não tenho mais tanto tempo de vida assim para fingir que não aponto minhas lentes na direção da casa dos vizinhos. – Ela se inclina para a frente e começa a cochichar com sua voz fraca em tom de conspiração. – Cá entre nós, é claro. E o binóculo melhora tanto a vista, meus óculos não estavam sendo o suficiente.

Mal sorri.

– Por acaso você vai até o térreo com frequência?

A expressão de Beulah muda, ela desvia o olhar. Então, baixinho, diz:

– O Horton… tem boas intenções. Até comprou o binóculo para mim.

Mal abre o bloquinho e clica a caneta.

– A senhora disse ter ouvido gritos hoje pela manhã, sra. Brown. Pode me contar, com suas palavras, o que viu e ouviu?

– Pode me chamar de Beulah, por favor. Alguma coisa me acordou às onze e vinte e um da noite. Fiquei deitada ali por um tempo e tive certeza de ouvir mais gritos, gritos de uma mulher.

Mal toma nota.

– Parece bem certa da hora.

– Ora, é claro. Eu mantenho um registro agora.

Mal levanta o olhar.

– Um registro?

– Que nem um diário. Um registro de tudo que vejo. Lá fora no jardim. Na água. No vizinho. Ao longo do calçadão à beira-mar aqui na frente. Às vezes um iate aporta na baía, e fico observando as pessoas a bordo tomar sol e anoto tudo: quando ancoraram, quando saíram. Quem passa fazendo *stand up paddle* e quando passa. Comecei há algumas semanas, porque o Horton ficou dizendo que eu não estava lembrando e via coisas que não eram reais. Disse que eu estava me esquecendo de tomar os remédios e que precisava aumentar a dose. Fiquei com medo de ele estar certo, ou que eu talvez esteja tomando os comprimidos errados, porque os dias estão tão confusos e misturados. Então agora anoto quais remédios tomei e quando. Escrevo os nomes de todos os meus cuidadores e enfermeiros. Também anoto minhas idas ao banheiro. – Ela ri. – Senão me obrigam a ir de novo. Envelhecer e adoecer não é para os fracos, já fique sabendo. – Ela hesita, tosse. – Dá tanto trabalho que às vezes me pergunto se vale a pena continuar lutando para ficar viva.

Mal sente um aperto no peito.

– Sinto muito, Beulah.

– Mas ligar para a emergência até que ajuda a aliviar um pouco a sensação.

A sargento questiona mais uma vez a confiabilidade dessa testemunha.

– Sobre o que você viu…

– Me passa aqueles óculos. – Beulah a interrompe abruptamente e ao mesmo tempo pega o caderno.

Mal passa os óculos de leitura para a mulher, que os encaixa no nariz. Abre o caderno e arrasta o dedo ossudo pela página.

– Vou começar de quando acho que tudo se iniciou ontem. Às dezoito horas e catorze minutos, na quinta-feira, dia 31 de outubro, ou seja, Halloween. Quando eu era criança, a gente não costumava celebrar o Dia das Bruxas. Nós...

– Prossiga. O que aconteceu às dezoito e catorze?

– Chegaram visitas à Casa de Vidro, é como todo mundo da vizinhança chama o lugar.

– Quem eram os visitantes?

– Um casal em um Audi cinza-escuro. O carro parou na garagem às seis e catorze da noite. E, às seis e quinze, o casal desceu. O homem era alto, forte e de cabelo loiro-escuro. A mulher tinha o cabelo longo, castanho e ondulado.

– Uma descrição muito precisa, praticamente um relato policial, Beulah.

– Ah, eu adoro histórias de mistério e de detetives, sargento. Assisto o tempo todo nos serviços de *streaming*. E o que mais eu poderia fazer, não é mesmo? Quase todos do Reino Unido. Também costumava ler muitos livros de mistério quando eu era menina, lá em Yorkshire. – Um sorriso triste acentua as rugas no rosto da idosa. – Já pensei em escrever um livro. Um mistério sobre uma detetive. As pessoas deviam seguir seus sonhos, sabia? Porque antes que perceba, seu tempo nesta Terra acaba e você está com o pé na cova.

Com tato, Mal a conduz de volta ao assunto, um senso de urgência vai se intensificando. As primeiras quarenta e oito horas da investigação de um homicídio são cruciais. O sucesso pode depender do depoimento dessa mulher, mas Mal entende que tentar apressar essa testemunha pode ser um tiro pela culatra.

– O que mais pode me dizer sobre o casal, Beulah?

A idosa consulta suas notas.

– Bem, o homem estava na casa dos quarenta, a mulher parecia um pouco mais jovem. Ela estava com um barrigão de grávida.

Mal cerra os olhos até quase fechá-los.

– Grávida?

– Sim, igual a Vanessa North.

– Vanessa North, a dona da casa, também está grávida?

– A barriga já está mostrando. Vi Vanessa na sexta passada. Foi a primeira vez que vi a moça de cabelo castanho também. As duas almoçaram um pouco tarde na beira da piscina. Ambas estavam claramente grávidas.

Mal se agita. Pensa naquele sangue todo, nos sinais de violência, e o senso de urgência apita ainda mais alto.

– Beulah, esse casal que fez a visita ontem, por acaso carregava alguma coisa?

Beulah consulta seus registros.

– Flores, a maioria branca, e acho que uma caixa de bolo. Pareciam ter vindo para um jantar.

Mal faz mais uma anotação.

– E o que aconteceu depois?

– Não sei. Minha cuidadora chegou, então era hora de jantar e tomar banho. Depois ela me deitou na cama e eu... devo ter dormido por causa do remédio. Mas acordei me sentindo quente e desconfortável no escuro. Estava chovendo, e percebi que foi um grito que me acordou. Consegui sentar na cadeira de rodas e ir até a janela. Foi aí que vi aquilo.

– Viu o que, Beulah?

– A casa estava toda acesa, parecia uma caixa gigante de vidro reluzente. Até as luzes da piscina estavam acesas, um verde meio fantasmagórico. As portas da sala de estar estavam escancaradas, apesar da chuva, e a mesinha de centro estava virada. Depois eu os vi, o casal, com capas de chuva pretas, arrastando alguma coisa pesada enrolada no tapete branco da sala. Foram pela beira da piscina, na direção do portão do quintal. Sei que era o tapete, porque quando olhei pelo binóculo hoje de manhã, ele não estava mais lá. Arrastaram o tapete pelo portão, até a entrada da garagem. Os sensores de movimento acenderam as luzes, e deu para ver a chuva caindo. A neblina estava forte também.

– Prossiga, Beulah. O que aconteceu depois?

– Bem, eles tiveram muita dificuldade. O tapete parecia pesado, e ela estava sem jeito, por causa da barriga, mas conseguiram colocá-lo no banco de trás do carro. O Audi, não o outro.

Mal sente uma pontada de frustração.

– Que *outro* carro?

– O amarelinho. O Subaru da empregada com o logo da Holly Ajuda nas portas. Ela veio mais cedo, pela manhã, mas o carro ainda estava lá na frente quando o casal chegou no Audi. Supus que a empregada estivesse ajudando na cozinha, ou esperando para limpar as coisas depois do jantar.

– Sabe dizer se viu a mulher do Audi arrastando o tapete, ou se era Vanessa North, a dona da casa?

Beulah faz uma expressão pensativa.

– Não tenho certeza. Estava sem meus óculos, e a cabeça dela estava coberta pelo capuz da capa de chuva. Mas supus que era a de cabelo castanho, porque ela entrou no Audi.

– E a empregada não apareceu mais?

– Não. Depois que o tapete foi posto no Audi, os dois carros saíram em disparada. Não pararam nem na placa de PARE no final da rua. Dá para ver a placa pela janela do canto. Eles cantaram pneu e saíram na escuridão da neblina adentro. Fiquei preocupada que pudessem atropelar alguém atrás de doces-ou-travessuras, mas acho que as crianças já estavam na cama àquela hora.

– Você viu mais algum movimento na casa depois daquilo?

– Não, mas também estava ocupada, tentando ligar para a emergência. Meu celular estava do lado da cama.

– Poderia descrever a empregada?

– Lá para os vinte, trinta anos. Mais ou menos da idade da neta da minha prima. Ela faleceu, a minha prima, no caso, no mês passado.

– Meus pêsames, Beulah. E o que a empregada estava vestindo? Qual a cor do cabelo dela?

– Ela é loira, e bonita. Já vi o rosto de perto com o binóculo. Ela sempre acena quando me vê, uma querida. Ela usa o uniforme da Holly Ajuda: calça de moletom azul e camisa rosa. Penteia o cabelo em dois coques no alto da cabeça, que nem orelhinhas de gato. Tem um jeito alegre. E está sempre de gargantilha. – Beulah franze o cenho. – Talvez o penteado me dê a impressão de ela ser mais nova, mas ela é animada que nem os jovens são, anda a passos energéticos. – Ela apanha a xícara. Suas mãos tremem. Aparenta estar cansada, bebe devagar um gole do chá, que com certeza já está frio a essa altura. Seus olhos lacrimejam.

Mais gentilmente, Mal pergunta:

– Por acaso notou qual sapato a empregada usava ontem?

– Ah, sim, claro. Tênis de corrida branco com uma marquinha laranja de cada lado. – Beulah dá outro gole trêmulo, depois abaixa com cuidado a xícara até o pires. – Horton já falou com ela. Vi os dois conversando por cima da cerca do jardim, uma vez. Perguntei se ele sabia o nome dela. – Pausa. Uma expressão estranha toma o seu olhar. – Ele disse que era Kit.

O DIÁRIO DA EMPREGADA

No pequeno banheiro do térreo do Chalé Rosado, jogo um pouco de água no rosto e encaro meus olhos no espelho. Eles me julgam. E reclamo comigo mesma, com todas as partes de mim. Todas as vozes interiores vêm à vida e gritam para que as escute, uma mais alta que a outra:

– Desista desse cliente enquanto pode. Ligue para a Holly e explique.

– Mas imagina o que você vai encontrar aqui. Todos os segredos obscuros dos Rittenberg. Se liga, garota, você tem a chave. Sabe como desativar o alarme. O Chalé Rosado está na palma da sua mão, garota. Você vai ficar entretida por MESES.

– Tá falando sério? É cilada, Kit. Você precisa ir embora da merda desse lugar AGORA.

– Isso vai acabar contigo. Se você fizer isso, não dá mais para voltar atrás. É autossabotagem, Kit. É loucura.

– Ai, por favor! Vai ser divertido! Qual foi a última vez que você faxinou a casa de um atleta famoso?

– Sabe o que a sua terapeuta diria? Que você precisa de ajuda. Isso não é normal, não.

– Quem liga se é normal? O que é "normal"? A normalidade é superestimada.

Ouço todas as vozes e noto uma delas começar a se sobressair à Kit cuidadosa e medrosa. A Kit atrevida e imprudente está ganhando. Seco o rosto, me ergo, ajeito os ombros e respiro fundo.

Tiro o batom cor-de-rosa do bolso do avental. Sempre trago um batom vibrante comigo. É a minha armadura. Inclino-me mais para perto do meu reflexo e reaplico bem o pouquinho de cor alegre, vibrante e agressivamente feminina. Finalizo apertando meus lábios um no outro. Pronto. Analiso minha obra: aprovada. Tem uma feminilidade meio fofa e divertida, mas também calculada. Com certeza minha terapeuta tem opiniões incisivas sobre isso. Ajeito alguns fios soltos, meto um chiclete de canela na boca e começo a mastigar. Isso sempre me ajuda a controlar a adrenalina, a direcionar meu foco.

Checo a hora: apenas tempo suficiente para uma volta rápida antes de começar a trabalhar. Ligo o cronômetro no relógio.

Com cuidado para evitar as pinturas intensas do "Bombardeiro--Rittenberg" na sala de estar, passo correndo para o andar de cima. Há quatro quartos espaçosos e um escritório. Os dois primeiros têm camas queen size e parecem ser de visita, intocados. O escritório é de Jon Rittenberg. Seu cantinho de macho, com fotografias de montanhas escarpadas em preto e branco e emolduradas. Estantes cheias livros de não ficção escritos por "sobreviventes" de aventuras radicais: conquistadores de picos, oceanos e selvas. Uma quantidade considerável de livros de autoajuda: como se tornar melhor, maior, mais forte, como fazer as pessoas lhe darem ouvidos. E livros de dieta low-carb e cetogênica: "aumente a musculatura", "mantenha a boa forma". Uma bicicleta ergométrica Peloton com um monitor grande e sapatilhas de ciclismo penduradas na parte traseira. Um tapete de yoga. Halteres. Tudo isso é indício de um atleta olímpico envelhecendo e engordando, vendo o talento se esvair e ficando preocupado por isso. Toco a mesa de vidro com um iMac e um monitor curvo gigante. Tenho a sensação de que Daisy e Jon Rittenberg não moram aqui há muito tempo. Tudo parece tão recém-chegado.

Viro-me para sair do escritório, mas paro quando uma das fotos de montanha prende a minha atenção. Reconheço os penhascos, é um dos picos que paira sobre o vilarejo em que cresci.

Uma comunidadezinha mundialmente famosa pelo esqui, duas horas ao norte da cidade de onde meus pais emigraram depois que a administração do resort ofereceu um emprego ao meu pai. Ele era engenheiro de saneamento, trabalhava na estação de tratamento de água que tratava o esgoto da cidade. Escuridão toma minha mente. Começo a escutar as provocações, as vozinhas das crianças da minha escola cantarolando: "O pai da Katarina Cocô-vich trabalha na estação de cocô. Ei, Bost-ovich, qual é o nome do seu cachorro? Caquinha?" Ouço o coro de risos zombeteiros. Minhas velhas conhecidas, a dor e a ansiedade, moem meu coração. De repente, me sinto gorda e cheia de espinhas novamente. Meus olhos se enchem de lágrimas. Minha mãe costumava me abraçar quando eu chegava chorando da escola. Acariciava o meu cabelo e me dizia que eu era bonita. Nossa, como sinto saudade dela.

Saio apressada do cômodo e bato a porta, trancando as gargalhadas maldosas dos riquinhos filhos da puta lá dentro. Aquelas crianças cujas casas minha mãe faxinava, cujas camas arrumava, cujas roupas ela dobrava.

Passo para o quarto de casal. O cômodo está pintado em tons de cinza e tem janelões que deixam a luz entrar em um ângulo muito bonito. O quarto é uma suíte, com banheiro e um closet. De olho no cronômetro, entro e tento assimilar meu entorno. Encaro a cama king size. Vou andando devagar até a mesa de cabeceira com uma caixa de lenços e um livro.

Apanho o livro. Ele conta a história por trás da produção de um reality show sobre donas de casa ricas. Deve ser o lado da Daisy. Meu olhar mira o de Jon. É nessa cama que eles fazem amor, é onde geram filhos.

Meu âmago se endurece.

Imagino a voz da minha terapeuta: "Por quê, Kit? Por que sente essas coisas? Por que está fazendo isso? Escreva o porquê, todos eles, tudo, até cair pelo alçapão e descobrir algo novo."

Não preciso me perguntar o porquê. Eu já sei.

Já caí pelo alçapão. Tudo que consigo ver aqui são túneis que levam ainda mais fundo na escuridão, para dentro de criptas cheias de espelhos distorcidos que refletem milhares de imagens caleidoscópicas de mim. Em um dos espelhos, vejo a Katarina Cocô-vich adolescente, gorda e triste. Tinha conseguido apagar as memórias dela por um tempo. Agora estão de volta, e a vejo vividamente.

Vejo a Katarina que tirava boas notas. Um zumbido começa na minha cabeça quando ela larga a escola no ensino médio e se dissipa em fumaça. Então vejo Kit, a empregada, que tem ótimos amigos e uma vida decente, limpando casas, porque não existe pressão para se sair bem na profissão, e ela pode ficar invisível. Vejo Kit em um palco, sob a luz de holofotes, com o grupo de teatro amador, atuando em incontáveis papéis, usando máscaras, sendo personagens diferentes dela mesma, e com facilidade. Vejo Kit na rua durante o verão, improvisando, interagindo com a plateia no teatro interativo, enchendo balões para as crianças... e tenho vislumbres de outras Kits e Kats... Não consigo ver essas muito bem. Elas escapam dessa casa de espelhos retorcidos e caem mais fundo nas sombras dos túneis. Ficam correndo, observando, sussurrando nos limites da minha consciência.

Balanço a cabeça, me livrando de todas as Kit-Kats na minha cabeça antes de entrar no banheiro. Rapidamente, abro e fecho as portas dos armários, passando a vista pelos cosméticos e medicamentos. Vejo remédios para ansiedade. Estimulantes e calmantes. Tem um bocado aqui para me fazer voltar depois. O cronômetro toca. Meus batimentos aceleram. Preciso começar a faxina.

Apresso-me para o último quarto, abro a porta e congelo.

É o quarto do bebê.

Entro com cuidado, passo a mão pela grade do berço vazio. Tem um ursinho de pelúcia lá dentro. Encho-me de uma emoção estranha. Acima do berço está pendurado um móbile musical de elefantes e unicórnios circenses em cores pastel. Aciono a música para tocar. Os elefantes e unicórnios começam a girar ao som de uma canção de ninar tilintante que me faz pensar em cabaninhas em florestas escuras e garotinhas perdidas com seus chapeuzinhos vermelhos à procura de suas vovozinhas, mas encontrando lobos. Enquanto a música sinistra toca e os animais dançam, vou até a cômoda e espalmo o trocador. Esse quarto suga minha energia, me sufoca.

Depois eu volto.

Querido Diário, se eu chegar a ler esta entrada para a minha terapeuta, sei que ela me perguntaria se quero, ou queria, ter filhos. Talvez eu diga que já fiquei grávida uma vez. E que não posso mais ter filhos; que meu útero foi danificado na primeira vez e que tive uma infecção. Talvez eu explique como aconteceu. Talvez até diga a ela que foi por isso que meu casamento sucumbiu antes mesmo de decolar. Ou... talvez não diga nada.

Desço e mais uma vez examino atentamente a imagem do ultrassom.

Se eu limpar a casa rápido o suficiente hoje, talvez eu tenha tempo o bastante para correr de volta lá para cima e posar para uma selfie *com os elefantes e unicórnios dançantes enquanto seguro o ultrassom na frente da minha barriga.*

#surpresa #bebêabordo #felicidadeplena #eueomozinho

Vou postar na minha conta @foxandcrow. Uma piada secreta. Eu rindo na cara de todas as outras falsas narrativas que existem por aí.

Isso me faz sentir uma onda de puro prazer. Ligo o aspirador de pó.

JON

17 de outubro de 2019. Quinta-feira.
Duas semanas antes do assassinato.

Em uma das mesas do Cão e Caçador, Jon encara o cartão de visita que Henry deixou.

Está abalado. A sensação é a de que se agarra a uma corda de escalada que foi rompida, tendo sido enganado pelo seu parceiro. Está despencando, e o vento berra em seus ouvidos. Ouve o clamor "JonJon! JonJon! JonJon!" enquanto gira no ar.

Será que a hora do Bombardeiro-Rittenberg já passou...

– Senhor?

Jon se sobressalta, e seu olhar se volta para a garçonete que interrompeu seus pensamentos.

– Não quis assustar você – ela diz ao colocar um novo porta-copos e uma dose de uísque diante dele. – É da mulher ali no bar.

Jon olha ao redor. A morena atraente ainda está lá. Ela ergue o martíni e sorri.

Confuso, e no mesmo instante lisonjeado, Jon ergue o drinque oferecido. Ele hesita, mas acena e articula com a boca: "Gostaria de se juntar a mim?".

Ela balança a cabeça. Sorri calorosamente, depois se vira de costas para ele.

Com a curiosidade atiçada, Jon toma um gole e a observa. Depois se levanta, abre caminho por entre a massa crescente de clientes no balcão do bar, e é forçado a se espremer entre um banco ocupado à esquerda e a mulher à direita, o que os deixa próximos. Muito próximos. O cheiro dela é gostoso. A música fica mais alta... a música ao vivo começou no palco: um duo de violinos irlandeses.

– Obrigado – ele diz.

Os lábios dela se curvam. Estão pintados com um batom vermelho--escuro. É tão bonita de perto quanto é de longe.

– Não precisava vir até aqui – ela responde.

– Seria grosseria da minha parte.

– Me desculpe... mas o drinque não foi uma cantada. Talvez tenha sido um erro.

Ela tem sotaque, mas muito leve. Jon não tem certeza de onde. Alemão? Talvez um toque de holandês? Ou francês? Fica ainda mais intrigado, e algo primitivo e instintivo acorda dentro dele.

– Então foi o quê? – ele pergunta. – Parecia que eu precisava de uma força?

– E precisa?

Ele bufa.

– Talvez. Provavelmente. É.

Ela solta uma risada sarcástica.

– Eu me senti mal por encarar. Você me pareceu absurdamente familiar, e fiquei tentando lembrar de onde te conhecia, mas aí você me pegou no flagra – ela diz. – Eu tinha *certeza* de que te conhecia de algum lugar. Sabe como é? Quando você esbarra com um astro da TV que já apareceu tantas vezes na tela da sua casa que agora parecem amigos, e vem aquela sensação de familiaridade instantânea? Você *conhece* a pessoa, mas não de verdade. Foi aí que lembrei: você é Jon Rittenberg, campeão de esqui *downhill*. – Ela sorri e levanta a taça. – Ao Bombardeiro-Rittenberg. Eu costumava ser tiete de esqui, milhões de anos atrás. Estive em Salt Lake City nas Olimpíadas de 2002. Estava lá no meio da torcida quando você ganhou aquele primeiro ouro. Meu Deus, foi eletrizante só de estar ali. Também presenciei o acidente de antes, na Copa de Esqui Alpino. Foi uma tristeza. Todo mundo achou que você não ia mais conseguir andar, muito menos voltar a esquiar *e* ganhar duas medalhas de ouro. Então me desculpa por te encarar. – Ela toma um gole. Ele observa os lábios dela. – A bebida foi só meu jeito de agradecer pelos momentos espetaculares do esqui e por nos dar algo por que torcer.

Jon fica petrificado. Sente-se como se sentia nos circuitos de esqui, lá no fim da adolescência e início de seus vinte anos. Essa mulher *vê* o herói dentro dele. Ela o *conhece*, tem orgulho de ter presenciado parte da vida do atleta. Está *grata* por isso. Essa mulher conectou Jon direto a uma corrente magnética, e ele sente os vestígios de quem era se reerguerem. É inebriante. Está *vivo* novamente.

Ela inclina a cabeça, olha-o nos olhos, e ele precisa chegar mais perto para escutá-la, pois a música fica mais alta.

– Para falar a verdade, Jon – ela começa –, tinha me esquecido do Bombardeiro-Rittenberg até te ver naquela mesa. Um brinde aos anos de glória.

Ele sorri torto, o corpo agora tão próximo ao dela que seus braços se tocam.

– Parece nome de alguma música velha e triste do Springsteen.

– E veja onde estamos.

– Você também esquia?

O telefone dele vibra no bolso. Daisy outra vez. Jon não tem coragem de falar com ela agora. Teria que confrontar a falsidade de todas as razões pelas quais voltaram. Sente raiva dela também. E algo um pouco mais sinistro o atormenta: será que ela sabia? Daisy é muito próxima dos pais, especialmente da mãe. Por que eles *não* contariam à filha que a volta para lá não daria em nada? A não ser que... Talvez seja uma armação. Talvez os Wentworth quisessem Daisy em casa antes de cortar relações com Jon. Seu coração começa a martelar.

– Sim.

– Quê?

– Eu esquio. Você me perguntou se eu esquiava.

– Ah, sim. Você é daqui? Eu percebi um sotaque.

– Nasci na Bélgica, mas hoje em dia moro na Suíça. Venho aqui com frequência a trabalho.

– Com o que você trabalha?

Ela se cala, seus olhos o avaliam.

– Perdão. Eu… nem sei seu nome e estou aqui perguntando com o que você trabalha.

– Tudo bem. Me chamo Mia e sou banqueira.

Impressionado, Jon estende a mão.

– Prazer em conhecê-la, banqueira Mia.

Ela ri e pega a mão dele… magra, a pele macia, delicada e fria. As unhas estão pintadas de vermelho-escuro. Combinam com os lábios. Ele não vê nenhum anel no dedo anelar. E ela o nota reparando. Afasta a mão da dele.

– Por acaso Mia tem um sobrenome?

Ela hesita mais uma vez. E Jon rapidamente recua.

– Sem problemas – diz –, podemos deixar por isso mesmo. – Mas agora ele quer saber. Quer saber tudo sobre Mia, a banqueira atraente que despertou a fera que, com o tempo, a complacência e o ordinário, mirrava dentro dele.

– Eu preciso ir. – Ela termina o martíni e começa a sair do banco.

– Você… é… gostaria de se juntar a mim para mais um drinque? Na mesa… Está barulhento aqui, muito perto da banda.

Ela checa o relógio, e o peito de Jon se afunda um pouquinho.

– Eu… tudo bem. Só um, rapidinho. Amanhã o dia começa cedo.

Jon volta a se animar na mesma hora e pede mais dois drinques. Eles vão para a mesa. É tão fácil estar na companhia de Mia. Ela lhe afaga o ego em todos os lugares certos. Fala com propriedade sobre as corridas e a indústria de esqui. Ele sente afinidade e atração sexual.

Ela fala que seu sobrenome é Reiter. Mia Reiter.

Ele diz que ainda trabalha para a TerraWest.

– Combina bem com um esquiador, o ramo de resorts de esqui. – Ela ri. Ele também, e se aproxima.

– Aquele homem com quem estava mais cedo era um colega do trabalho? – Mia pergunta.

– O Henry? É, um dos macacos velhos. Ele e o Labden Wentworth têm muita história juntos.

– A conversa pareceu intensa.

Jon dá de ombros.

– Ele queria me dar um toque sobre um concorrente no trabalho.

– E a competição é séria?

– Nada de que eu não possa dar conta.

Ela o observa intensamente, depois diz:

– O negócio de resorts de esqui do Labden Wentworth se tornou destaque internacional com impacto global. Os últimos relatórios quadrimestrais mostraram que a taxa de ocupação no verão está bombando. Em alguns dos resorts da TerraWest, até supera a de inverno.

– Graças ao ciclismo *mountain bike.*

O olhar dela se prende no dele.

– As revistas especializadas também me dizem que você é casado com a filha dele.

O rosto de Daisy paira na mente de Jon. De imediato é lembrado da alegria que sentiu ao segurar a mão dela e ver o filhinho deles se movendo no monitor do ultrassom. Que droga ele está fazendo ali? Olha o relógio, e o coração acelera.

Mia o percebe olhar a hora, e muda de expressão.

– É claro, eu... você sabe, não quis te prender aqui desse jeito. Acho que vou indo. Melhor encerrar a noite. – Ela estende a mão para pegar a bolsa e começa a se arrastar pelo banco acolchoado.

– Obrigado pela conversa, Mia – ele responde. – Estava precisando disso.

Ela para.

– Do que exatamente?

O telefone de Jon vibra de novo.

Mia sai da mesa.

O celular continua a vibrar. Tensão estrangula o peito dele. Antes que pudesse mudar de ideia, ele deixa escapar:

– Espera. Não vai embora ainda. Preciso atender, espera só um minuto?

Ela hesita, então se senta. Ele atende.

– Oi, amor – Daisy fala imediatamente. – Está tudo bem? Estava ficando preocupada com você.

Ele ergue os dedos na direção de Mia e articula as palavras *Dois minutos.*

– Tudo certo. Me deixa ir para um lugar menos barulhento. Só um minuto...

Jon sai da mesa. Apertando o celular na camisa, acelera por entre a multidão até a recepção mais afastada do bar. Leva o telefone de volta no ouvido.

– Desculpa, amor. Eu devia ter avisado. É só que uns caras do trabalho apareceram assim que Henry foi embora. Estavam todos falando da nova expansão. Um dos consultores ambientais está com eles. Pensei que seria uma boa me aproximar deles, fazer contatos. Ele ainda está aqui. Deve demorar. Tudo bem para você? Posso voltar logo se...

– Não. Não... eu... Sem problemas. Deu tudo certo com o Henry?

Jon fala que foi tranquilo. Daisy insiste, e ele diz que explica quando chegar em casa. Que ela não precisa esperar acordada, mas antes de desligar, Mia aparece na recepção.

– Jon, amanhã preciso mesmo me levantar cedo – ela fala baixinho. – Obrigada por tudo. A noite foi ótima. – Mia passa por ele, depois pelas portas do hotel e desaparece na noite de outono.

Jon desliga, guarda o celular e sai correndo.

– Mia! – ele grita.

A mulher para na calçada e se vira. As luzes da rua reluzem nos cabelos dela. Lança um olhar ávido na direção de Jon.

De repente, ele se sente encabulado. Põe as mãos nos bolsos da calça.

– Eu... boa noite – diz. – Obrigado.

Ambos ficam parados ali por um momento. Encaram-se. Homem e mulher. A química estala entre os dois. Um mistério se apresenta: ou fazem o que desejam, transformando aqui em alguma coisa. Ou deixam para lá e vão embora. Jon não faz nada.

Mia avança a passos rápidos. Aproxima os lábios da orelha dele e sussurra:

– Tchau, JonJon Rittenberg. Foi um prazer te conhecer. Finalmente, em carne e osso, depois de todos esses anos. – Com um beijo delicado na bochecha dele, ela se vira e se afasta.

– Caralho – ele murmura enquanto a observa ir embora. O balanço sedutor de seus quadris. Aqueles saltos altos sexy. O movimento dos cabelos longos nas costas. Ele fica duro de tesão. Está suando, ofegante. Ela desaparece ao virar a esquina, e se vai.

Jon engole em seco, pouco a pouco se dando conta dos sons da cidade. Da realidade. E faz uma prece silenciosa a quaisquer deuses que comandam o universo, por ter sido poupado de cometer um erro terrível. Ele se vira e retorna ao bar. Fez a coisa certa, se segurou. O pensamento lhe dá uma injeção de autossatisfação, mas assim que volta à mesa para pegar a conta, vê um guardanapo manchado de batom vermelho-escuro. É como um dilema de Schrödinger, pensa. Ele quer e não quer ver Mia Reiter outra vez.

Cogita dobrar o guardanapo e pôr no bolso, mas o deixa na mesa e vai até o balcão pagar a conta.

– A moça já pagou – o bartender diz enquanto Jon pega o cartão de crédito na carteira.

Ele olha para cima.

– Eu também ia pagar pelo jantar e os uísques de mais cedo – diz.

– Como disse, já está pago.

– *Tudo*? Os filés e as bebidas?

– Tudo.

Jon se vira para sair, mas para.

– Por acaso ela pagou com cartão de crédito? Deixou algum endereço ou algo assim?

– Boa tentativa, parceiro. Ela pagou em dinheiro.

O FOTÓGRAFO

Jon Rittenberg não parece fazer ideia de que está sendo observado por um veículo do outro lado da rua enquanto conversa com uma mulher de cabelos castanhos em frente à entrada de um hotel.

O observador levanta a câmera e aponta a lente teleobjetiva pela janela aberta. Ajusta o foco para garantir que está pegando tanto o nome do hotel logo acima quanto Rittenberg e a mulher.

Clique. Clique. Clique.

A mulher avança e beija Rittenberg na bochecha. O fotógrafo tira outra foto.

A mulher se vira e vai embora, andando pela calçada com o charme e a naturalidade sofisticada tão frequentemente exibida pelas mulheres nas ruas de Milão. Ou Paris. O fotógrafo sorri ao testemunhar Rittenberg observando a mulher se afastar.

Em vez de segui-la, Rittenberg volta ao saguão do hotel.

O observador tira outra foto, capturando o retorno de Rittenberg.

O fotógrafo abaixa a câmera, imaginando se as coisas poderiam ter terminado diferentes hoje à noite caso Rittenberg tivesse ido atrás da mulher. Ela pareceu ter dado uma abertura. Mas ele não aproveitou.

MAL

1º de novembro de 2019. Sexta-feira.

Já é fim de tarde quando Mal e Benoit se reúnem com os outros integrantes da unidade de crimes hediondos. Sentados com eles ao redor da mesa da sala de inquérito estão mais dois investigadores, Arnav Patel e Jack Duff; a secretária executiva Lula Griffith e Gavin Oliver, um escrivão que lida com pedidos de mandados de busca e apreensão e com toda a documentação dos casos. Apesar de sua equipe principal ser pequena, Mal tem à sua disposição uma unidade de perícia forense, policiais à paisana em vários distritos policiais, analistas e suporte técnico. Ela pode chamar ou dispensar alguém em um instante.

Como responsável pela investigação, Mal se senta à cabeceira da mesa com o notebook diante de si e um monitor às suas costas. A sala está quente demais, e alguém trouxe pizza. O cheiro de pepperoni, alho e queijo derretido é enjoativo. Mal está ansiosa para sair dali e voltar a campo.

– Ok, não temos indícios conclusivos de que estamos lidando com um homicídio, mas estamos trabalhando com a hipótese de que sim. Então vamos nos apressar. – Ela aperta uma tecla no computador. Uma imagem da Casa de Vidro preenche a tela atrás dela.

– Até o momento, temos sinais de um confronto violento e uma ocorrência sangrenta em uma residência de luxo à beira-mar em West Vancouver, conhecida como Northview, ou a Casa de Vidro. O incidente foi informado pela vizinha Beulah Brown, uma idosa perto dos noventa, que afirma ter sido acordada pelo grito de uma mulher às 23h21 na noite passada. Brown faz uso de opioides e de outros medicamentos em razão de um tratamento paliativo. Devemos ter em mente que seu testemunho pode não ser de todo confiável, apesar de ela registrar os eventos à medida que ocorrem durante o dia, justamente para ajudar com a memória.

Mal aperta outra tecla. Uma imagem da garagem e das casas vizinhas aparece em tela cheia.

– A janela de canto do quarto de Brown fica no andar de cima da casa, aqui. – Ela aponta. – E consegue ver de cima essa rampa aqui. Ela diz que uma empregada da Holly Ajuda chegou ontem pela manhã e parou um Subaru Crosstrek amarelo aqui. – Ela aponta com a caneta. – O veículo tem o logo da Holly Ajuda em ambas as portas. – Mal mostra uma referência do logo.

– O carro da empregada ainda estava estacionado na entrada quando um Audi cinza-escuro sedan chegou atrás dele às 18h14, de acordo com os registros da sra. Brown. Um homem e uma mulher, de cerca de quarenta anos, desceram do carro. Brown informou que a mulher de cabelos longos, castanhos e ondulados estava no fim da gravidez. O homem era alto, forte e de cabelo loiro-escuro. A mulher carregava um buquê de flores brancas e o que parecia ser uma caixa de bolo. – Mal reproduz a imagem de flores murchas no concreto na frente da porta e ao lado de uma caixa de torta amassada vazando. – As flores e a torta parecem ter sido derrubadas aqui, diante da porta. O buquê continha um cartão de alguém chamada "Daisy". – Mal aperta uma tecla. Outra imagem preenche a tela. – Isso estava escrito no cartão.

Aproveite a autonomia antes que ela acabe, amigos. Tem sido uma jornada e tanto.
Obrigada pelo apoio.
Daisy
Bj

– O cartão tem uma marca em relevo na parte inferior: Flores da Bea, uma floricultura de Point Grey. A torta veio do Pistrô, também em Point Grey.

Arnav fala:

– Então, essa Daisy compra flores e uma torta de frutas vermelhas em Point Grey, depois vai com o homem no Audi até a Casa de Vidro. Eles chegam pouco depois das seis da tarde. Talvez para jantar? E a torta é a sobremesa? Talvez esse casal more na vizinhança de Point Grey.

– Vou visitar a floricultura com Benoit assim que acabarmos aqui – Mal diz enquanto move o mouse e clica para abrir mais arquivos. Fotos da porta da frente a da sala de estar cheia de sangue surgem na tela.

– Sem sinais de arrombamento – ela diz. – Nenhuma vítima foi encontrada na cena. Ninguém em casa. Portas da frente e de trás foram deixadas abertas apesar do clima frio e chuvoso. Todas as luzes estavam acesas, cortinas abertas e as câmeras de segurança estavam desligadas, então não existem gravações do ocorrido. – Ela consulta as notas. – Os donos da propriedade são Haruto e Vanessa North. Nenhum dos dois foi localizado, apesar de dois veículos registrados no nome deles estarem parados na garagem.

Mal descreve ao time o que ela e Benoit encontraram dentro da casa. Enquanto fala, exibe as fotografias correspondentes na tela, inclusive as marcas de arraste, as manchas de sangue, os móveis derrubados, a estátua ensanguentada encontrada no quarto de casal, o tênis e a meia cheios de sangue encontrados próximos da cama, a faca de trinchar retirada do fundo da piscina de borda infinita, o pingente de diamante encontrado no sofá...

A próxima imagem que Mal mostra é a de uma mulher loira, visivelmente em seus trinta e poucos anos.

– Benoit, quer assumir daqui?

Benoit se inclina para a frente. Tem uma presença dominante, e a atenção de todos se volta para ele.

– A sra. Brown afirma ter visto um casal com roupas impermeáveis arrastar o que poderia ser o tapete enrolado que está faltando na sala de estar. Eles teriam colocado o tapete no Audi, no banco traseiro. Uma pessoa entrou no Audi, a outra no Subaru da Holly Ajuda. Os dois veículos saíram da Casa de Vidro em alta velocidade. – Ele aponta para a imagem da mulher loira.

– Essa é Kit Darling – explica. – A empregada que Beulah Brown viu chegar naquela manhã. A foto foi cedida pela chefe da Darling, Holly McGuire, dona e gerente do serviço de limpeza Holly Ajuda.

Todos na sala ficam muito parados enquanto analisam a fotografia.

Kit Darling é atraente de um jeito não convencional. Tem um olhar ardiloso e um sorrisinho nos lábios, como se estivesse achando graça de alguma coisa em segredo. Está usando batom rosa-choque e cílios postiços. Os fios finos e loiros estão presos em coques duplos bagunçados. E ao redor da garganta há uma gargantilha preta de veludo.

Benoit continua:

– Holly McGuire disse aos nossos oficiais que a Darling é uma funcionária antiga, benquista e confiável. Já trabalha para a empresa há oito anos. Faz a limpeza básica da Casa de Vidro duas vezes por semana há pouco mais de seis meses. A sra. McGuire confirmou que Darling dirige um Subaru Crosstrek amarelo com o logo da Holly Ajuda nas duas portas. De acordo com McGuire, Darling não mandou atualizações ao fim do turno ontem, e não compareceu à festa de Halloween da empresa ontem à noite. – Benoit observa a foto de Kit Darling por um momento.

– O contato de emergência de Darling é seu melhor amigo, Boon-mee Saelim. De acordo com McGuire, ela telefonou para Saelim, que também não tinha notícias de Kit. Ela também não atende o celular. Boon-mee foi ao apartamento dela e não a encontrou. O carro não está lá. O sr. Saelim já tentou registrar um boletim de ocorrência do desaparecimento.

– As coisas não parecem nada boas para Kit Darling – Jack observa.

– Nem para os outros – Lula aponta. – Ainda não localizamos Vanessa e Haruto North, nem o casal misterioso do Audi, e até o momento temos duas grávidas desaparecidas – ela hesita. – Dois bebês possivelmente em perigo.

Mal fala:

– Arnav, você pode começar com as redes sociais? Tudo que pudermos encontrar sobre Kit Darling, amigos, comentários, qualquer indicação da movimentação mais recente dela, ou planos até a noite passada.

O investigador confirma com um aceno.

– Pode deixar.

Mal se vira para Jack.

– Como estamos em relação a outras testemunhas e sistemas de monitoramento? Por acaso alguma câmera filmou o Audi e o Subaru na vizinhança durante a fuga do local?

Jack responde:

– Bater de porta em porta rendeu uma testemunha adicional, que estava na esquina, passeando com o cachorro perto da meia-noite. Ele viu dois carros que batem com a descrição do Audi e do Subaru. Como no depoimento de Beulah Brown, ele disse que os veículos não obedeceram à placa de PARE. Escutou pneus cantando quando os carros fizeram a curva para a direita, entrando na Marine Drive. Temos uma equipe de peritos vasculhando as imagens das câmeras da via e da ponte. Se os veículos seguiram para leste na Marine, não têm muito para onde ir: ou saíram da via e entraram em uma área residencial e agora estão escondidos em algum lugar em North Shore; ou foram até o fim, na direção da região de Deep Cove; ou atravessaram uma das duas pontes sobre o fiorde e foram até o centro da cidade.

– Deem atenção às câmeras da ponte Lions Gate. Se esse Audi veio de Point Grey, há a possibilidade de ter voltado naquela direção – Benoit instrui.

– Ou não – Jack responde. – Talvez tenham ido desovar o tapete em algum lugar antes.

– Certo – Mal diz. – Vamos seguir com o que já sabemos. Precisamos localizar esses veículos. Precisamos identificar nosso casal misterioso. Precisamos encontrar os North. E precisamos descobrir tudo sobre a empregada desaparecida, Kit Darling. Temos muita estrada para percorrer ainda hoje. Nós nos reencontramos aqui amanhã às seis em ponto. Vamos esperar que a perícia nos dê alguns resultados preliminares e aí conseguiremos ter noção de com que estamos lidando.

Ela encontra o olhar de cada membro de seu time.

– Dada a perda de sangue e o tipo de mancha, nossa vítima ou está gravemente ferida ou estamos procurando por um corpo. Lula, será que você consegue alguém para checar os hospitais? – Mal atribui outras tarefas e confere o relógio. – Vamos. O tempo está passando.

O DIÁRIO DA EMPREGADA

Holly me ligou logo após o turno no Chalé Rosado ontem. Foi um sinal. Uma chance para implorar que ela me livrasse do contrato com os Rittenberg antes que eu me afunde ainda mais, mas travei. Não consegui fazer minha boca se mexer. Então não disse nada enquanto ela perguntava se eu poderia encaixar mais alguns turnos nos próximos dias, para substituir uma empregada que ligou avisando estar doente. Aceitei. Isso me ocuparia e me impediria de jogar o nome de Jon e Daisy Rittenberg no Google. Também me impediria de vasculhar as redes sociais deles. Eu teria mais tempo para desistir, pois é o que a Kit sábia faria. A Kit esperta sabe que nada de bom pode vir de xeretar a casa dos Rittenberg.

Então hoje foi um dia super agitado, trabalhei sem parar. Estou em casa agora. Exausta. E devo sair para o teatro daqui a uma hora, nossa companhia sem fins lucrativos está apresentando uma produção de As três vidas de Mary. *Faço o papel de Mary. Faltam duas noites para encerrar nossa temporada de oito semanas. Amanhã as cortinas se fecham pela última vez. Depois disso, Mary fica no escuro. Então preciso me apressar com a entrada de hoje no diário, pois tenho que sair daqui a pouco.*

Agora você já sabe, Querido Diário, do meu problema de bisbilhotar. Mas quem não tem problemas, né? Se minha terapeuta insiste em chamar de vício, então sou uma viciada de "alto desempenho", pois disfarço muito bem. Por fora, o restante da minha vida é muito divertido, para ser sincera. Meu hobby, *minha paixão, é o teatro amador. Improvisação, teatro imersivo, performances pop-up "no meio da rua", teatro de fantoches, mímica... Gosto de tudo isso. Também amo me montar para shows de drag com o Boon. Toda aquela opulência, os figurinos, as narrativas imaginadas, como eu amo. Posso ser quem eu quiser sem deixar de ser a Garota Anônima, a empregada invisível que remexe nas gavetas alheias. O fantasma da casa das pessoas.*

Boon e eu temos um grupo de amigos próximos. Todos fazemos parte da trupe de teatro amador. Atuamos juntos, saímos juntos e nos encontramos regularmente para jogar D&D. D&D também é atuação. Então aí está. Sei o que você está tentando fazer, Querido Diário, quer me mostrar que mesmo a minha vida social feliz, a parte "normal" de mim, esconde-se por trás de papéis, máscaras, personagens teatrais. Sou eu sendo o fantasma. Sou eu escrevendo nestas páginas pois a terapeuta quer saber o porquê de eu querer tanto continuar sendo um fantasma.

Mas o que quero mesmo dizer para você, Querido Diário, é que estou orgulhosa de mim. Até agora consegui resistir à tentação de pesquisar os Rittenberg na internet. Não conferi as redes sociais para encontrar as deles. E ainda posso dizer à Holly que preciso sair desse trabalho.

Ainda estou no controle.

Olho a hora no relógio de pulso.

Preciso ir, Mary me espera. A peça fala de uma moça que tem três chances de fazer uma escolha decisiva em sua vida. A cada vez, ela escolhe uma diferente. Cada escolha faz a vida dela tomar um rumo extremamente diferente. Em uma das vidas, Mary escolhe manter o bebê de uma gravidez indesejada e se casa com o pai da criança. Em outra, ela dá um pé na bunda desse homem, aborta e vira uma mulher de negócios poderosa. E em outra ainda, ela vira uma mãe solteira boemia e despreocupada. Cada vida tem seus altos e baixos.

Antes de sair, dou uma olhada no meu Instagram, @foxandcrow. Abro a postagem mais recente: um "reel" de mim dentro do quarto de bebê do Chalé Rosado, segurando o ultrassom de Daisy e Jon na frente da minha barriga, sorrindo. Os elefantes e unicórnios dançam em círculos às minhas costas. A musiquinha parece a trilha sonora de alguma série de terror. Coloquei um filtro que passa a impressão de algo ao mesmo tempo inocente e assustadoramente obscuro. #bebêabordo #escolhadevida #qualvidaelaescolheu

Já está com 207 curtidas. As pessoas amam meu post. A seção de comentários está cheia de parabéns, emojis felizes e mais corações. Não faço ideia de quem são essas pessoas que decidiram seguir uma vida falsa aleatória chamada @foxandcrow, mas estão felizes por mim.

Normalmente isso também me deixa contente.

Mas hoje me deixa estranhamente vazia.

Cavei dentro de mim uma ânsia.

Às vezes o rumo que a vida toma não é uma escolha, é uma imposição. Vem contra a nossa vontade.

Mas e se, anos depois, tivermos a oportunidade de reparar as coisas? Como a Mary. Escolhemos um caminho diferente.

DAISY

18 de outubro de 2019. Sexta-feira.
Treze dias antes do assassinato.

Daisy segura o celular bem no alto, inclina a cabeça, sorri e tira uma foto. Depois muda de posição e tira outra. Está à procura da imagem perfeita para a *selfie* diária do Instagram @JustDaisyDaily. Para a próxima, ela tenta encaixar ao fundo as pessoas pescando ao longo do calçadão do Stanley Park. Estão sentadas com baldes ao lado, e as linhas balançando nas piscinas pedregosas. Enquanto tira a foto, Daisy pondera as possíveis *hashtags*:

> #PescadoresDoCalçadão #ManhãNoStanleyPark
> #OSolAbriu #MãesGrávidasPrecisamDeExercício

Ela gosta de colocar a primeira letra de cada palavra da *hashtag* em maiúsculo. Ajuda os programas de leitura assistida, assim como os membros da rede que têm dificuldade de identificar padrões e conexões entre palavras. Pessoas com dislexia, talvez, ou alguma deficiência cognitiva. Pelo menos, foi o que lhe disseram. O objetivo dela com a conta da rede social é mostrar que é calorosa e inclusiva, culturalmente consciente. Sua narrativa, a história curada com tanto esmero por Daisy, precisa ser entregue do jeitinho certo.

Não, #PescadoresDoCalçadão não funciona, porque também tem uma mulher pescando com uma criança. #PovoQuePesca? Também não lhe agrada muito. As pessoas pescando parecem ter ascendência asiática. #Povo pode ser lido como um grupo inferior. Então decide:

#Pesca #RaroDiaEnsolaradoNoOesteDoPacífico
#GrataPorEstarNaVancouverMulticultural
#MãesGrávidasPrecisamDeExercício
#MatandoTempoAtéOAlmoçoNoBistrô

Daisy tira mais algumas *selfies* mostrando a barriga, e de um dos arranha-céus reluzentes que se elevam sobre a Coal Harbour, em que hidroaviões vêm e vão. Jon trabalha no último andar de uma daquelas torres de vidro, senta à mesa como um deus dourado banhado pela luz do sol, vigiando o oceano, as montanhas e as descidas de esqui do outro lado do fiorde. Daisy fica tentada a usar *hashtags* que declaram:

#EscritórioDoJon #Cobertura #TerraWest #VidaDeEsqui
#EsposaDeAtletaOlímpico #DuasMedalhasDeOuro

Mas ela nunca faria isso. Jon abomina seu hábito de usar o Instagram. Diz que chama problema. Ele detesta particularmente o fato de Daisy ter se tornado um tipo de *influencer* e por empresas conhecidas de produtos para grávidas enviarem itens para ela. Semana passada, recebeu um móbile para berço lindinho, com elefantes e unicórnios dançantes. Na anterior, chegou um pacote no Chalé Rosado com umas *leggings* super sexy, feitas para acomodar barrigas em crescimento.

Jon as achou incríveis, até Daisy dizer que posaria vestida com elas para uma foto no Instagram. Ele disse que aceitar "presentes" em troca de publicidade era humilhação. Disse que aquilo não estava à altura dela.

A gente não precisa de caridade, Daisy. Fica parecendo que somos necessitados. Passa a impressão de que sou um fracassado que não consegue tomar conta da própria esposa. Fica parecendo que somos pobres, pelo amor de Deus.

Daisy abaixa a câmera, o olhar fixo na torre de escritórios reluzente na qual o marido trabalha. A voz dele reverbera em sua mente.

O único motivo para você ter esses milhares de seguidores é o fato de ser minha *esposa. Você se aproveitou do nosso relacionamento lá no início da conta. E sabe que é perigoso, Daisy. Não é como se a gente já não tivesse sido perseguido por pessoas piradas antes. Qualquer um pode usar a localização para determinar exatamente onde você está e quando está lá. Se posta uma foto assim que se senta no restaurante, até que sua comida chegue, o stalker pode chegar também.*

Daisy afasta a lembrança, mas o tom de repreensão de Jon fica grudado como algo frio e apertado dentro do peito dela. Seus pensamentos se voltam para a noite anterior, quando Jon chegou em casa cheirando a bebida.

Ele se deitou sem fazer barulho, no escuro, crente que ela estava dormindo, mas não. Esteve deitada ali por horas, nervosa, questionando se tinha imaginado a voz de mulher quando ligou para Jon. E para piorar, já andava preocupada com ele não estar mais achando esse novo corpo rechonchudo sexy. Já faz tempo que ele não tenta transar com ela. Daisy revive, detalhe por detalhe, a interação que teve com Jon naquela manhã, quando ele desceu para tomar café.

– Então, sobre o que o Henry queria conversar? – ela pergunta enquanto serve um café fresquinho para ele.

O rosto de Jon está tenso; os olhos, na defensiva. Receio agita o interior de Daisy.

– Jon?

Ele inspira, esfrega a testa. Está de ressaca, ela pensa. Deve ser apenas isso.

– Jon, por favor. Fale comigo. Por que Henry te chamou para jantar?

– Uma coisa aconteceu na última reunião do conselho. Henry queria discutir o assunto em sigilo. Sentiu que precisava me alertar. – Ele aceita o café, dá um gole, e quando volta a falar, as palavras vêm rápido. – Ele me disse que não sou o favorito para a nova posição de DIRETOR DE OPERAÇÕES.

– O quê?

– Existe outro concorrente.

– Não estou entendendo. Como assim "concorrente"?

Jon coloca a caneca na mesa e começa a ajeitar a gravata. Ondas de tensão vazam dele.

– Jon! Fala comigo.

– Você já sabia disso, Daisy?

– Sabia do quê? Do que você está falando?

– Da TerraWest ter contratado alguém, que já foi trazido para a sede e está sendo cotado para ser o novo DIRETOR DE OPERAÇÕES *do Resort Claquoosh. Seu pai ou sua mãe falaram algo sobre isso?*

– Claro que não. Nunca esconderia uma coisa dessas de você.

– Não? Assim, talvez fizesse parte do plano, Daisy: você e seus pais me enganando com o objetivo de voltar para casa. Do mesmo jeito que você parou de tomar o anticoncepcional.

– Como você tem a coragem…

– Esquece. Desculpa, não foi o que eu quis dizer.

Lágrimas quentes enchem os olhos dela.

– E o que você quis dizer? Acha que te enganei para ficar grávida? E que eles te enganaram para te fazer voltar para cá? Por que eu faria isso? Você me disse que era o que você queria. Um bebê, uma família. Um recomeço. Depois daquele… daquele pesadelo no Colorado.

Jon se afunda no banco. Seus ombros ficam caídos. Ele esfrega o rosto com força.

– Me perdoe. Ontem à noite foi um choque. Desculpa. Eu… ainda estou tentando processar tudo, Dê. – Jon levanta o rosto e olha para ela. – Acho que já está decidido… que esse outro cara vai ficar com o cargo.

Daisy encara o marido. O mundo dela se estremece.

– Quem é essa pessoa?

– Ahmed Waheed. Um cara aí, muito mais novo, muito menos experiente.

– Por que a TerraWest faria isso? Qual é o problema de ter você como…

– Qual é o problema*? Vou te dizer o problema, Daisy. Esse tal de Waheed é marrom, e eu sou branco: um cara branco quase de meia-idade, e os tempos mudaram e todos precisam da aparência da diversidade. Eu cheguei ao auge na porra do tempo errado. Perdi a porra da minha vaga. Fui roubado por essa… essa nova onda do politicamente correto.*

– Jon, isso não…

– Não? Ganhei duas porcarias de medalhas de ouro para este país. Esquiar está no meu sangue. Eu nasci bem aqui… – Ele bate o dedo no balcão com força. – Bem na encosta dessas montanhas em North Shore, bem na cidade em que a TerraWest nasceu. Eu era um ícone. Meu nome tinha valor nesse mundo. Valia dinheiro. Minha

cara e meu corpo podiam vender de cerveja a pós-barba ou pasta de dentes, cotas em clubes e estilos de vida. A empresa... A empresa da sua família... fez negócios usando minha fama, me usando. Já me exploraram pra caralho e agora acham que a mina secou, porque não tenho pele escura nem falo cinco línguas.

– Não fique falando palavrão aqui em casa, e não ouse meter minha família nisso. Meu pai infartou e foi obrigado a se aposentar. Essa decisão não é dele. Aposto que decidiram depois de ele se afastar por causa da aposentadoria.

– Sabe o que isso significaria, então? Que seu pai e talvez o Henry sejam os únicos na TerraWest que me queriam no cargo de DIRETOR DE OPERAÇÕES. *É o que está dizendo? Que todo mundo só deu o bote para me cortar no instante em que Labden saiu pela porta?*

– Você já pensou que talvez esse tal de Waheed seja um candidato melhor?

– É sério? Você disse mesmo isso?

– Jonny...

– Não vem com "Jonny".

– Só estou dizendo... Cinco línguas? Ele parece impressionante, e dado o esforço recente da TerraWest em expandir para o mercado mundial, pode ser que...

– Que eles precisam de um muçulmano? E ele é a porcaria de um muçulmano, então agora podem marcar essa caixinha.

Raiva se acumula no fundo da garganta dela.

– Bem, ele é muçulmano?

– Provavelmente.

– Está vendo? Você só está fazendo suposições. Não sabe nada sobre o cara, sabe?

– E você sabe? Merda, Daisy. Pensei que ao menos teria o seu apoio. Eu... Eu preciso ir. – Ele sai do banco de supetão e vai na direção da porta.

– Por favor, não me deixe desse jeito.

– Estou atrasado. – Ele pega o casaco no armário do corredor.

– E o café da manhã? Eu tive o maior trabalho de preparar. Por favor, senta, come alguma coisa.

Ele dá uma olhada na bela mesa de ovos, torradas, geleia de laranja, suco e toranjas vermelho-rubi. Ela até colheu flores no jardim, das cores do outono. Laranja e amarelas com ramas de folhagem verde.

– Foi para o Instagram, não para mim – ele reclama enquanto passa, irritado, os braços pelas mangas do casaco.

– Isso não é justo.

– Ah, vai dizer que ainda não tirou fotos e postou lá. – Ele pega a pasta.

Daisy vibra por dentro. Cheia de raiva, medo e um desejo intenso de acalmar o marido, aplacá-lo, consertar aquilo. Fazer toda essa grosseria desaparecer.

– É – ele fala, seco. – Já está no Instagram. – Ele estende a mão para a maçaneta.

– Quer falar com o meu pai? – ela grita enquanto ele sai pela porta. – Quer que eu ligue para ele? Ver se ele consegue resolver isso?

O marido murmura alguma coisa e bate a porta ao passar. Daisy a encara. Escuta o Audi de Jon dar a partida lá na frente.

Lágrimas escorrem por suas bochechas.

• • •

Uma centelha de sol brilha na torre de vidro, e Daisy é propelida de volta ao presente. Dá-se conta de que os olhos estão cheios de lágrimas novamente. Ela as enxuga depressa e olha a hora. Alívio a inunda. Já está quase na hora de encontrar Vanessa no bistrô favorito delas em Point Grey. Daisy começa a ir na direção do carro. Dirigiu até o parque para se exercitar à beira-mar, e sair da casa enquanto a empregada estava lá. Frequentemente se encontra com Vanessa quando é dia de faxina.

À medida que atravessa o gramado, convence a si mesma de que Jon não queria machucá-la. Disse aquelas coisas porque estava magoado, com o orgulho ferido, na defensiva. Sentindo uma preocupação visceral por causa do, agora incerto, futuro deles. Conhece bem o marido. Bem demais. Está intimamente familiarizada com os cantos escuros e cheios de raiva da psiquê guerreira dele. São os mesmos atributos que o ajudavam a vencer atletas dedicados de todos os cantos do mundo em um esporte perigoso e competitivo. Não existia um sem o outro. E agora Jon não tem mais uma válvula de escape físico. Ela vai falar com o pai, com certeza ele vai poder ajudar. Não vai dizer a Jon, isso só o faria se sentir mais humilhado. Uma esposa precisa guardar alguns segredos do marido.

Quando aperta o botão do alarme para abrir a pequena BMW, um pensamento mais sinistro serpenteia em sua mente.

Será que Jon estava exagerando na raiva mais cedo para distraí-la do fato de ele ter estado com uma mulher noite passada?

Novamente, Daisy afasta aquele pensamento distorcido. Entra no carro, bota o cinto ao redor da barriga redonda e dá a partida. Mas, antes de sair, olha as *selfies* mais novas no rolo da câmera.

Escolhe uma e faz o *upload*. Digita as *hashtags* e sorri satisfeita ao notar como capturou a luz do sol refletindo no pingente de diamante pendurado logo abaixo do pescoço. Um presente de Jon para celebrar a gravidez. Ela coloca o celular no banco do passageiro e engata a marcha.

Vamos ficar bem, bebezinho lindo. Todos nós. É só um pequeno contratempo. Desafios deixam a vida mais interessante. A única constante é a mudança.

E logo antes de sair de ré da vaga, o celular toca um alerta. E mais outro, e outro. Respostas ao *post* no Instagram. Daisy não resiste dar uma olhadinha rápida. Anseia pela dopamina que isso gera. Aqueles coraçõezinhos de aprovação e validação. Precisa deles. Pega o celular e passa rápido pelos comentários:

PLMDDS como pode ser tão linda?
Qual é o segredo, mulher? Desembucha!
Amei o casaco!
Que foto linda.
Amo amo amo Vancouver.
Só mais um mês e meio! Estamos na contagem regressiva também.

Um sentimento de satisfação e conexão se infla no corpo de Daisy. Seus seguidores adoram a foto. Aprovam sua vida. Aprovam a *ela*. Sente-se menos só, menos gorda, menos feia.

Mal posso esperar por mais fotos de barriguda.

Outro comentário aparece. Ele paralisa Daisy.

Você não é nada além da esposa do ex-famoso
e acabado JonJon Rittenberg.

E outro.

**Estou te VENDO @JustDaisyDaily. SEI QUEM VOCÊ É.
Tique-taque.**

A mensagem é seguida de olhinhos observadores que vão de um lado ao outro, seguidos de uma bomba explodindo.

Outro alerta.

Espero que seu filho morra. MORRAMORRAMORRAMORRA
bebezinho Rittenberg.

A mão de Daisy lhe cobre a boca. Ela pisca, incrédula. Sem pensar, deleta os comentários horrorosos. Percebe que uma mensagem chegou na DM. Fica com medo de olhar, as mãos tremem ao abri-la.

É o GIF de um boneco Chucky segurando uma faca. Chucky está coberto de cicatrizes e sangue, e faz estocadas repetidas com a lâmina, para cima e para baixo, para cima e para baixo, para cima e para baixo. O GIF é acompanhado por mensagens.

Chucky sabe qm a mamãezinha malvada é.

Chucky sabe o q a mamãezinha malvada fez.

Morra morra morra morra bebezinho lindo morra.

O DIÁRIO DA EMPREGADA

A noite passada foi o encerramento de *As três vidas de Mary*. Não mais usarei os figurinos de Mary, nem serei ela em três vidas diferentes. Sinto-me estranhamente vazia. Deveria ter saído com os demais para celebrar, mas pedi ao Boon para dizer a eles que não estava me sentindo bem. Voltei sozinha para casa. Sei que ele está preocupado comigo. Tem estado desde que me desfiz das cinzas da minha mãe. Está percebendo algo. Não falei dos clientes novos. Ele não sabe nada sobre o Chalé Rosado. Mas meu silêncio diz muito. Normalmente, eu e o Boon contamos tudo o que acontece com a gente. Então o que isso significa, Querido Diário? Já sei pelo meu hábito de bisbilhotar que o que as pessoas escolhem esconder dos outros diz muito sobre elas.

Tentei mesmo falar com a Holly ontem, quando fui ao escritório pegar meu pagamento. Ela estava ocupada. Perdi a coragem e saí.

O que significa que estou a caminho da casa dos Rittenberg hoje. Perdi a oportunidade de escapar, agora tenho um compromisso.

Acordo ainda mais cedo, pego alguns restos da geladeira para alimentar Mórbido, o corvo perneta que visita minha sacada, depois me largo no sofá, desembrulho um pirulito vermelho, coloco na boca e ligo meu iPad.

Tenho duas horas antes de ter que ir para o Chalé Rosado.

Começo com o Facebook.

Não encontro nenhuma conta em nome de Jon ou Daisy Rittenberg. Abro o Instagram e procuro por "Daisy Rittenberg".

Adivinha? "Daisy" mais "Rittenberg" aparentemente é uma combinação rara... pesquisa aí. Há apenas duas ocorrências. A primeira definitivamente não é a Daisy do Chalé Rosado. A segunda é. Apesar de ter se registrado com o nome de verdade, o usuário é @JustDaisyDaily.

Enquanto chupo meu pirulito, passo rapidamente pelas postagens mais recentes (depois volto para elas), até chegar a uma foto tirada no Colorado. Ela mostra Jon e Daisy Rittenberg sentados à uma mesa de piquenique rústica sobre um enorme deque de madeira. Estão em uma região alpina, cercados por picos cobertos de neve e céu azul. Uma placa atrás deles diz "Resort de Esqui Silver Aspens". Ambos estão bronzeados e usam óculos escuros. Garrafas de cerveja cobertas de gotinhas de água estão diante deles. Estão vestidos com roupas de esqui. Analiso Jon minuciosamente.

Ele parece uma caricatura do atleta que foi um dia. O corpo está mais flácido, mas a expressão, mais dura. O rosto parece mais largo, um pouco inchado. Linhas marcam as laterais dos lábios. Não consigo ver os olhos atrás dos óculos.

Examino a legenda.

Um dia nas montanhas com o meu cara. Neve de primavera. Esqui de velocidade.
#Regalias #VidaDeEsqui #CanadensesNoColorado #DiasNoColorado #VidaDeDesignDeInteriores #MelhoresCorridasDaTemporada

Minhas emoções escorregam até um lugar escuro e úmido. O mundo ao meu redor desaparece.

Vou de post a post, voltando no tempo. A bela Daisy fazendo isso. A bela Daisy fazendo aquilo. Yoga. Saída com as amigas. Noite do vinho. Noite da pintura. Clube do livro. Compras e almoço. Sapatos novos. Viagem a Denver. Visita a vinhedos. Refeições gloriosas. Mais férias em lugares remotos do globo: Índia, Austrália, um safári no Botsuana e um passeio pelo Nilo.

Um zunido cresce na minha cabeça. Sempre quis viajar, desde os oito anos, quando vi um programa na Knowledge Network que falava da região do Serengeti e aqueles animais todos. Queria ir ao Quênia, às ilhas Galápagos, à Amazônia, à Indonésia. Sempre pensei que viajaria... pelo mundo todo. Não só para a Nicarágua com a equipe de filmagens do Boon quando consegui um papel de figurante.

Mas esse sonho é de antes de ter largado a escola. Meus sonhos saíram do meu alcance por vários motivos complicados sobre os quais prefiro não me debruçar.

Mas isso aqui, Daisy e Jon, o Chalé Rosado, o bebezinho que está para nascer, está fazendo rachar aquele baú velho e pesado com todos os anseios que enterrei no fundo da alma. Posso sentir o conteúdo dele emergindo, se desenrolando lentamente dentro de mim. Igualzinho a uma lama visceral desgrudando do fundo de um lago, porque com os sonhos emergentes vêm também detritos enlodados... coisas que não quero ver. Nem sentir.

Arrasto mais a tela, mais rápido, chupando meu pirulito com mais urgência.

#DiasNoColorado #NotíciasDoBebê! #TrabalhoNovoParaOJon #VoltandoParaCasa #VancouverAíVamosNós #AdeusFestas #DiaDeMudança! #DeVoltaAoLarEmVancouver #CasaNova #ChaléRosado #RevisitandoWhistler #EsquiNaPrimavera #AntigoRedutoDoJon

Descubro pela conta de Daisy que ela se juntou a um grupo de yoga para mães.

#YogaPréNatalParaMãesNoParque

Descubro que ela ama o #OPistrô. Ela postou fotos de tortinhas que comprou lá. Outra foto mostra Daisy com uma amiga almoçando no bistrô.

#DescobriUmÓtimoLugar #BemPertinho
#UmPerigoParaAMinhaCintura #ComFomeOTempoTodo

Sinto-me enjoada.

Paro porque preciso respirar. Sei que não é de verdade. A vida de ninguém é tão perfeita assim. É uma curadoria feita para iludir. Uma cortina de fumaça. Prestidigitação. Assim como minha conta @foxandcrow. Estou deixando isso me afetar.

Mas tem mais uma coisa sobre realidade e percepção. Como a Mary da minha peça, quando você escolhe a sua História, você está, na verdade, escolhendo sua vida. Nós somos, ou nos tornamos, aquilo que fingimos ser, então é preciso ter cuidado com quem fingimos que somos.

Checo a hora. Tenho ainda alguns minutos antes de precisar colocar o uniforme.

Abro o navegador e procuro por "Jon Rittenberg" "Colorado" "Resort de Esqui Silver Aspens".

Artigos do jornal local do Colorado aparecem. Os mais antigos mencionam que Silver Aspens, uma propriedade da TerraWest, tem um novo gerente de operações: o medalhista de ouro Jon Rittenberg. Há histórias que citam coisas que Jon disse da situação dos negócios de esqui. Uma tomada em que Jon diz a uma repórter que depois das vitórias em Salt Lake uma pista de esqui foi nomeada em homenagem a ele em Whistler, onde ele costumava treinar, e onde sua equipe tinha um alojamento. Ele fala para a jornalista que considera Whistler a sua "casa" na montanha.

Uma nuvem preta me cobre.

Lembro do dia que colocaram o nome dele naquela pista.

Encontro mais artigos: sobre Jon deixando o cargo em Silver Aspens para ocupar uma posição interina na sede da TerraWest, em

Vancouver. O artigo diz que há rumores de Jon Rittenberg estar sendo preparado para a posição de diretor de operações no Resort Claquoosh, uma "propriedade" novíssima que a TerraWest está desenvolvendo nas montanhas ao norte de Whistler.

Pesquiso mais um pouco, cavando mais fundo. E bam! Outra manchete surge. Fico atônita.

A data é de quase um ano atrás.

> Esquiador famoso e gerente de operações do Resort de Esqui Silver Aspens, Jon Rittenberg e a esposa, Daisy Rittenberg, alegam ser vítimas de perseguição. Uma mulher com cerca de trinta anos foi presa como suspeita desse crime. A mulher, dançarina e garçonete no Clube Carmesim, também está formalmente acusando Jon Rittenberg por violência sexual, depois de Rittenberg e um grupo de amigos supostamente terem passado uma noite no clube. A dançarina alega que agora está grávida de Rittenberg. Ela foi presa enquanto se escondia atrás de arbustos no exterior da mansão do casal na montanha. Ela afirma que Rittenberg arruinou sua vida, e que por isso ficou obcecada por seguir a ele e a esposa. A mulher declarou não ter intenção de causar danos físicos ao casal...

Meu sangue corre mais rápido. Passo pelas páginas da internet. De acordo com outro artigo, o nome da dançarina é Charlotte Waters. Os amigos a chamam de Charley. Há uma foto: ela é loira, magra, tem uma aparência um pouco cansada, olhos tristes. Leio mais.

"Nunca aconteceu", Rittenberg disse.

As palavras berram como uma buzina ecoando em meu cérebro.

"Essa mulher é uma mentirosa interesseira", afirmou Tom Gunn, um amigo de Rittenberg presente no Clube Carmesim na noite em questão. "É uma oportunista. Me mostre uma prova de que ela está grávida, porque eu não acredito. Ela só quer dinheiro. Tem problemas de cabeça."

Encontro outra notícia:

A polícia confirma que as queixas foram retiradas no suposto caso de perseguição contra os Rittenberg. Os advogados de Jon Rittenberg dizem que Charlotte Waters também retirou a queixa de estupro contra o cliente.
Em uma declaração por escrito, fornecida por seus advogados, Charlotte disse: "Sinto muito, eu me equivoquei. Nunca fui violentada. Nunca estive grávida. Me arrependo profundamente de qualquer dano que possa ter causado à família Rittenberg.

A srta. Waters agora está sujeita a uma medida protetiva e concordou em buscar ajuda psicológica. O advogado de Rittenberg afirma que o cliente não pretende ir atrás de nenhuma outra medida adicional.

"Esperamos que ela fique bem, e que encontre a ajuda de que precisa" Jon Rittenberg disse em uma declaração por escrito. Ao *Silver Aspens Times*, falou que sente pena de Charlotte Waters.

"Não sei o que aconteceu na vida dela que a levou a fazer uma coisa dessas. Mas fui acusado de algo que nunca aconteceu, e isso tem o poder de destruir vidas.

O alarme do relógio apita e me sobressalto. Respiro tão rápido que estou tonta. Pisco, é como se estivesse emergindo de um buraco de minhoca. Às pressas, salvo os links dos artigos. E gravo o nome da "suposta" stalker.

Charlotte "Charley" Waters.

DAISY

18 de outubro de 2019. Sexta-feira.
Treze dias antes do assassinato.

Daisy se senta a uma mesa rústica no Pistrô, em frente à janela que dá para a rua. Suas pernas tremem, as mãos se remexem. Está de costas para a parede, encarando a porta. Sente-se mais segura com a parede atrás de si. Dali, pode observar todos dentro do bistrô e qualquer pessoa que se aproxime pela calçada.

O alerta de Jon serpenteia em seus pensamentos.

"E *sabe* que é perigoso... Qualquer um pode usar a localização para determinar exatamente onde você está e quando está lá. Se posta uma foto assim que se senta no restaurante, até que sua comida chegue, o *stalker* pode chegar também."

Devia ligar para Jon. Devia contar para ele dos comentários chocantes na postagem do Instagram. Mas não consegue, não agora. Não depois do GIF de Chucky:

> Chucky sabe quem a mamãezinha malvada é. Chucky sabe o q a mamãezinha malvada fez.

Não pode deixar Jon ficar sabendo do Chucky. Aquilo era– é – um segredo dela. Um segredo obscuro. Esposas às vezes precisam fazer certas coisas para conseguir manter os casamentos intactos, manter o rumo da própria vida.

Além disso, se ela mencionar esses comentários horrorosos, mesmo em um contexto hipotético, Jon vai insistir para que ela encerre a conta. Daisy não aguentaria perder seu espaço no Instagram. O que lhe restaria? Não teria a conexão diária, nem amor, curtidas ou validação. *Precisa* disso para sobreviver. Senão, a vida seria vazia, solitária. Por que não consegue mais ser como a antiga Daisy adolescente da época da escola? O que aconteceu com aquela garota forte e sarcástica? Seus pensamentos se voltam para aquela vadia da cobertura de $ 6,7 milhões. Daisy quer se sentir daquele jeito de novo; aquela sensação de enfiar o dedo na ferida e girar só um pouquinho.

O sino na porta do bistrô toca, e ela se assusta. Um grupo de jovens entra. Todos corados e alegres, com cachecóis coloridos e cabelos bagunçados pelo vento. A exuberância deles é irritante, que nem as folhas mortas se espalhando pela calçada. Cadê a Vanessa? Olha o relógio. Ela já deveria estar ali a essa hora.

Daisy desvia o olhar até os outros clientes. Estão sentados próximos, conversando com energia e intimidade. Alguns riem. Bebem seus *lattes* de *pumpking spice* acompanhados de sopas de legumes e pão fresquinho bem cheiroso. Um homem sentado sozinho lê o jornal. Daisy o encara. Sente um frio crescer na barriga.

Estou segura aqui. Não postei que vinha para cá, postei?

Ela abre o Instagram novamente e checa a publicação mais recente:

#MatandoTempoAtéOAlmoçoNoBistrô

Daisy sente o pânico dar as caras. Ela mencionou o almoço. Qualquer um que a segue no Instagram sabe que ela ama o Pistrô, que é perto do Chalé Rosado. Como pode ter sido tão estúpida? Nervosa, deleta a postagem da *selfie* matinal.

O sino toca de novo. Vanessa entra com uma brisa de ar frio. Abre o sorriso. As bochechas estão rosadas.

Alívio corta Daisy como uma faca. Como sempre, Vanessa está impecável. Os cabelos longos foram escovados: castanhos com mechas cor de mel. O vestido tem bom caimento, o que já é mais do que Daisy pode falar das próprias roupas no momento, até mesmo as de grávida. Vanessa está com botas de saltinho, não com tênis esportivos em promoção comprados às pressas. Daisy faz uma nota mental para ir ao shopping comprar botas confortáveis, para poder jogar fora aqueles tênis horrorosos.

– Desculpa o atraso – Vanessa diz ao tirar o cachecol e se sentar na cadeira à frente de Daisy. Seus olhos cor de avelã estão radiantes, mas assim que Vanessa se acomoda, eles se estreitam. – Está tudo bem, Daisy? Você parece... O bebê está bem? Deu tudo certo na consulta e no ultrassom?

Daisy ajeita o cabelo, lutando contra o desejo de contar tudo para a amiga.

– Estou bem. – O sorriso forçado vacila.

O olhar penetrante de Vanessa mergulha no de Daisy.

– Certeza?

Daisy faz que sim com a cabeça.

– Já pediu alguma coisa?

– Eu... fiquei esperando você chegar. – Daisy esconde o telefone debaixo do guardanapo enquanto fala. Vanessa observa a mão de Daisy, depois volta a olhar nos olhos da amiga.

– Pensei em experimentar a sopa do dia, de abóbora-manteiga – Vanessa fala.

– Ah, sim, por mim pode ser. Sopa – Daisy responde.

Vanessa a analisa.

– Tem certeza de que está se sentindo bem?

– Tenho! – Daisy diz, ríspida, mas logo se recompõe. – Estou com uma fome braba, acho. – Finge uma risada. – Ou braba de fome, eu diria. Meu humor piora muito quando não como no horário.

Vanessa chama alguém para atendê-las. As duas fazem os pedidos e Daisy pede um copo de água. Assim que a garçonete se afasta, Vanessa se inclina para a frente e fala mais baixo com sua voz rouca:

– Ok, desembucha. Qual é o problema? É o bebê? Porque dá para ver que tem alguma coisa errada.

Daisy olha pela janela e fecha a mão ao redor do pingente de diamante no pescoço. Desesperada, procura por uma desculpa para o comportamento arredio. Mas, em vez disso, algo se amontoa em seu peito, e ela não consegue mais se segurar.

– Acho que estou ficando louca – diz, mirando o olhar acolhedor da amiga. – Virei uma montanha-russa de emoções. Em um momento, estou alegre; no outro, caí em um poço de desespero. Fico nervosa, com medo e até paranoica. E tão esquecida, minha memória está uma desgraça. Não consigo regular minha própria temperatura, quero comer o tempo todo. Estou me achando gorda. Estou cheia de espinhas. Me sinto feia. – As emoções lhe embaçam a vista. – Olha para mim. Não consigo controlar porcaria nenhuma. Vou ficar aqui aos prantos em cima da minha sopa.

Vanessa põe a mão sobre a de Daisy.

– Está tudo bem. Isso é *normal*, Daisy.

– Não para você. Caramba, olha para isso. Você está…

– Ah, não. Acredite, tenho meus momentos. Até conversei com minha obstetra sobre isso. Ela me disse que durante a gravidez e no pós-parto, muitas mulheres passam por alguma alteração psicológica. Em termos leigos isso se chama "cérebro de grávida". Minha obstetra disse que os sintomas mais comuns são esquecimento, distúrbios na memória, dificuldade de concentração, maior desatenção, dificuldade para ler e se concentrar. A gravidez pode até te deixar mais medrosa ou paranoica. Ela me deu algumas coisas para ler. Posso te emprestar, se quiser.

Elas se recostam quando a garçonete chega e coloca as tigelas de sopa e copos d'água na mesa. Então, quando a atendente sai, Vanessa diz:

– Minha médica disse que é o jeito de o corpo se preparar para a maternidade, para o cuidado e se adequar biologicamente para proteger o bebê em detrimento de todas as outras coisas do mundo. A gente fica com medo de coisas das quais não tinha medo antes, para proteger a si e ao bebê também. – Ela ri. – A gravidez pode literalmente te transformar em uma vadia burra e medrosa.

Daisy dá um sorrisinho e segura a colher de sopa.

– Não se preocupe tanto – Vanessa reitera, e toma um gole de água. – Vai passar… tudo vai desaparecer.

– Não sei, não. – Daisy mexe a sopa. Olha para cima. – Acho que tem alguém me observando, me seguindo. Tenho quase certeza.

– Como é?

E já era... agora já disse a pior parte; não tem escolha senão continuar. Ela respira fundo.

– Tem alguém vigiando a minha casa, da rua atrás do quintal. E enquanto a gente estava na yoga dia desses, tinha um cara vestido de preto espreitando na calçada.

– Não reparei.

– Mas eu reparei. E tenho certeza de que ele estava olhando para a gente... para mim. E eu... recebi umas mensagens esquisitas nos meus aplicativos... de números desconhecidos que desaparecem. E...

– Desaparecem?

Ela nota a dúvida no rosto da amiga.

– É. Sabe aquelas mensagens temporárias? Você pode programar um tempo para que elas desapareçam. E aí, hoje, pela primeira vez, recebi um monte de comentários péssimos, ameaçadores, em uma postagem no Instagram.

– Dizendo o quê?

– Que queriam que meu bebê morresse.

Vanessa empalidece.

– Posso ver?

– Eu... Eu deletei. Logo em seguida. Acabei com eles bem na hora, foi instinto. E aí uma DM com um GIF horroroso.

– Então você não tem nenhum meio de descobrir que conta mandou essas coisas?

– Não, a não ser que façam de novo. Eu sei, não deveria ter apagado. Podia servir como prova se eu precisar ir à polícia ou algo assim.

– Você não tem *nada*?

– Não.

– E o que os comentários diziam exatamente?

– Que eu não sou nada além da esposa de um atleta de esqui acabado. Outra dizia que estão me "vendo", como se estivessem observando tudo que faço.

– Você precisa abrir suas configurações, Daisy, e desabilitar os comentários – Vanessa orienta. – E deixe seu perfil privado.

Daisy sente um aperto no peito com a ideia de cortar todo aquele amor e validação.

– Não é só on-line, alguém colocou um bilhete no meu para-brisa com o meu perfil do Instagram. Quem quer que esteja fazendo isso está na cidade. A pessoa *sabia* que eu estaria preparando um apartamento no centro da cidade.

Vanessa a encara.

– Meu Deus – ela sussurra –, você precisa denunciar isso, Daisy. Precisa falar com a polícia.

Daisy inspira fundo, vira o rosto. Olha para todos os rostos passando pela janela. Rostos anônimos. Poderia ser qualquer um deles. Ela já tem mais de oito mil seguidores, e quem quer que tenha feito aqueles comentários não precisa nem ser um seguidor.

– O que eu falaria para a polícia? Aparecer lá na delegacia de mãos vazias?

– Você ainda tem o bilhete, não tem?

ESTOU TE VENDO @JUSTDAISYDAILY.
SEI QUEM VOCÊ É...

Daisy sente que está prestes a vomitar. Não quer que a polícia faça muitas perguntas sobre o que ela pode ter feito para causar isso.

– Olha – Vanessa diz –, os *haters* sempre vão existir. Se você se expõe, alguém, por qualquer motivo que seja, vai resolver implicar. Quanto mais seguidores, mais você cresce, e mais vão querer te destruir, te diminuir. Os humanos são assim. E o anonimato das redes sociais permite isso. É como estar atrás do volante. As pessoas fazem coisas nos carros que nunca fariam cara a cara com alguém. As redes sociais são como uma fúria ao volante anabolizada. – Ela enche a colher de sopa cor de laranja e a põe na boca. – Já pensou em largar a conta? Sair de todas as redes sociais agora que está para ter um filho? Sabe, um monte de gente nunca posta nada sobre os filhos, pelo menos a princípio, por segurança.

– Isso não deveria ser uma necessidade – Daisy resmunga. – Tem milhares de perfis de mães grávidas, mães e seus nenéns. Eles discutem assuntos da gravidez, do pós-parto, dos desafios da amamentação, falam de grupos de apoio, de decoração. Postam roupas lindíssimas de bebês, problemas de família, receitas, dietas para o pós-parto e exercícios. Por que a maternidade precisa ser uma coisa ameaçadora, assustadora e perigosa? Eu me recuso... – Ela chega à conclusão avassaladora de que, não, desistir não é uma opção. De jeito nenhum, nem por um minuto. E fica furiosa porque um babaca por aí a colocou contra a parede. Mais baixo, ela fala: – Me recuso a ser intimidada. *Não* vou recuar.

Os lábios de Vanessa formam um sorriso.

– De verdade, que se fodam. – Daisy enfia a colher na tigela de sopa encorpada. *Mete mete mete como o Chucky com sua faca.*

O sorriso de Vanessa se alarga.

– Aí está ela. É isso aí, mamãe.

Daisy assente, o coração martela no peito, ainda insegura, mas agora firme.

– Você já falou desses comentários com o Jon?

– Não. Ele não gosta que eu esteja na internet para começo de conversa. Só me faria encerrar a conta.

– Homens – Vanessa fala.

– É – Daisy concorda. Então continua a comer a sopa, já se sentindo melhor. Ela e Vanessa jogam conversa fora. Riem de uma das mães na turma de yoga, falam da loja favorita e avaliam um restaurante novo incrível que abriu no centro. Daisy começa a pensar ter imaginado a coisa toda.

– E você? – ela pergunta a Vanessa. – Por que não tem redes sociais?

– Ah, eu tinha – Vanessa responde –, mas apaguei todos os meus perfis cerca de um ano atrás e parei de vez.

– Por que estava planejando o futuro da família?

Vanessa inspira, solta a colher e limpa bem a boca com um guardanapo. De maneira comedida, fala:

– Já te contei que o Haruto trabalha com segurança cibernética, não é? Bem, ele conseguiu um novo contrato com uma companhia sediada em Singapura. É alguma coisa governamental sigilosa, e ele ficou preocupado que, se alguém achasse algum perfil da esposa na internet, isso pudesse... comprometer o trabalho dele. E poderia custar nossa segurança. Não sei bem, apenas decidimos que era melhor assim.

Daisy ergue as sobrancelhas, subitamente esquecida de seus próprios *haters* cibernéticos.

– Custar sua segurança? Você diz… ser sequestrada ou algo assim?

Vanessa dá de ombros.

– Então o Haruto trabalha com, tipo, a inteligência do governo ou contrainteligência… É isso?

– Algo desse tipo.

Agora Daisy está muito curiosa.

– Então o Haruto queria que você saísse das redes sociais?

As bochechas de Vanessa esquentam. Ela parece envergonhada, o que apenas deixa Daisy mais intrigada.

– O que *exatamente* o Haruto faz? – ela pergunta.

Com um balanço da mão, Vanessa diz:

– Desculpa, mas não posso ficar falando disso. Nossa, olha minha sopa. Já acabei todinha. Quer sobremesa?

Daisy olha para a tigela e percebe que precisa fazer xixi. Tipo, naquele momento. É outro sintoma irritante da gravidez. Ela pede licença e vai apressada para o banheiro. Quando volta, vê que o celular não está mais escondido debaixo do guardanapo, como estava certa de que tinha deixado. Está do outro lado da mesa, virado para baixo.

Ao se sentar novamente, avalia Vanessa, então pega o telefone e o coloca na bolsa.

– A garçonete levou nossos pratos – Vanessa diz. – Não tinha certeza se você ainda queria.

Provavelmente foi isso que aconteceu: a garçonete moveu meu celular.

Daisy está prestes a sugerir pedir um pedaço de sua torta favorita quando um homem de casaco aparece do lado de fora da janela. Ele para bem ao lado da mesa delas e espia. Vanessa se assusta. Daisy se vira para a amiga.

– O que foi?

– É o Haruto – ela sussurra. Suas bochechas ficam completamente vermelhas. Nervosa, ela vasculha a bolsa em busca da carteira, depois bate um punhado de dinheiro na mesa. – Não reparei na hora. Eu… eu tinha combinado de encontrar com ele lá na esquina depois do almoço. – Ela afasta a cadeira da mesa, mas antes de conseguir ficar de pé, a porta se abre com uma rajada de vento frio, e um homem forte de aparência asiática entra no bistrô. Ele olha feio para Vanessa.

O sujeito não é muito alto, mas tem ombros largos, e uma presença que faz o espaço ao redor dele parecer menor. Algo que com certeza faz minguar a bela e bem composta Vanessa, que de repente está abalada, quase em pânico e definitivamente sem nenhuma compostura.

O homem se aproxima da mesa. Vanessa, meio de pé, diz:

– Haruto, eu não...

– Perdeu a hora de novo? – Sotaque britânico, voz seca, rosto indiferente.

– E... eu estava quase saindo. Essa é minha amiga, Daisy Rittenberg, aquela que te falei, da turma de yoga para mães.

Haruto dá um aceno desinteressado a Daisy, depois segura o braço da esposa. Não de um jeito gentil. Agarra firme e a puxa da cadeira.

O coração de Daisy para por um instante.

– Prazer em conhecê-la, Daisy – Haruto diz. – Vamos, Vanessa. Vamos.

Vanessa lança um olhar desesperado e encabulado.

– Me desculpa, Daisy. E... eu preciso mesmo ir. – Ela dá uma risadinha fraca que sai meio engasgada. – É aquele cérebro de grávida... Esqueci *completamente* da hora que combinei com Haruto.

O marido a arrasta até a porta e para a ventania lá fora. A porta se fecha. Aturdida, Daisy os assiste pela janela. Haruto guia a esposa até o outro lado da rua, para a calçada oposta, debaixo das árvores mudando de cor. Daisy se dá conta de que está de queixo caído e fecha a boca.

Vanessa, tão confiante, elegante, calma e contida, desmoronou na presença daquele homem.

Daisy fica com um gosto amargo na boca. Não lhe agrada o reconhecimento daquilo. Notou algo de si em Vanessa no momento em que o marido dela passou pela porta. Daisy sabe direitinho qual é o sentimento de ser confrontada por um marido forte, coercitivo e irritado.

Talvez tenha sido isso que aconteceu com a Daisy adolescente sarcástica, a garota confiante da época da escola. Foi aos poucos erodida pelo próprio casamento. Pensava que tinha o controle da relação, mas talvez não fosse o caso. Talvez nunca tenha estado no controle, e estar afastada dos amigos e da família a cegou para o que estava se tornando. Quem sabe a campanha para convencer Jon de que um bebê e o retorno para casa resolveriam todos os problemas do casal tenha sido um equívoco, ou um pedido de ajuda, um pedido de proteção, do subconsciente.

Um sino de alerta começa a tocar em seu cérebro.

DAISY

18 de outubro de 2019. Sexta-feira.
Treze dias antes do assassinato.

Depois de pagar a conta do almoço com Vanessa e de cumprimentar Ty Binty, o dono do bistrô, que deu uma saída da cozinha, Daisy veste o casaco e vai caminhando pela calçada até onde havia estacionado a pequena BMW branca. Segue na direção oposta de Vanessa e Haruto, com os pensamentos tomados pelo casal. Repassa várias vezes a chegada do homem, e a saída deles; o jeito com que Haruto forçosamente manuseou a esposa; o medo dela. Daisy não imaginava que a amiga graciosa e lindamente grávida pudesse viver amedrontada debaixo de uma sombra tenebrosa. Talvez Vanessa não seja de fato graciosa e controlada. As aparências enganam tanto.

Daisy decide que está preocupada com a amiga.

Talvez devesse passar na casa dela qualquer dia desses. Chegar sem avisar, porque não apenas Daisy está preocupada, também está morta de curiosidade. Finalmente chega ao carro. O vento do outono sopra o cabelo em seu rosto. Daisy destranca o carro e entra em seu casulo seguro de couro macio. Ao dar partida, o vê. Um bilhete. No banco do carona.

AH, OLÁ, DAISY.

Está *dentro* do carro dela.

O coração palpita com força.

Está dentro do carro *trancado* dela.

O celular soa um alerta. Ela se sobressalta e o agarra. Uma mensagem de WhatsApp aparece. Veio de um número desconhecido. Um barulho ensurdecedor agita seus pensamentos. Com as mãos trêmulas, ela abre a conversa.

É outro GIF: Chucky com sangue na faca. E com o GIF estão as palavras:

Chucky agora está do lado de DENTRO.

Tique-taque.

O relógio está correndo.

MAL

1º de novembro de 2019. Sexta-feira.

– Sabe o que eles nunca mostram nos programas de televisão? – Benoit pergunta enquanto guia o carro em meio ao trânsito intenso da ponte Lions Gate.

– Sei que você está prestes a me contar. – Mal digita uma mensagem para o marido enquanto fala.

– O trânsito. Os policiais das séries sempre vão direto do ponto A ao ponto B e ainda conseguem parar bem na frente do estabelecimento que procuram. Nunca ficam presos por horas no trânsito.

Mal ri e continua a digitar.

Encontrou a lasanha?

Aguarda uma resposta de Peter. Os limpadores de para-brisa guincham enquanto espalham a chuva pelo vidro. Um temporal está caindo. São cinco da tarde e já está completamente escuro. O céu aberto durou pouco, como geralmente é nesta parte do mundo e nesta latitude, nesta época do ano.

– Está tudo bem? – Benoit pergunta, olhando para o celular de Mal.

Mal franze os lábios e faz que sim com a cabeça, ainda esperando uma resposta de Peter. Pode ser que o marido esteja de fone de ouvido e não consiga escutar o telefone. Ou talvez tenha esquecido de ligá-lo. Ou esqueceu onde o deixou. Mal se vira para observar as águas escuras do Burrard Inlet. Vê a silhueta dos antigos silos de trigo e das docas abandonadas na costa lá embaixo. A área está sendo cotada para um novo empreendimento residencial. Ela nota uma câmera no alto de um dos suportes da ponte. Aquela câmera é amiga dos policiais. Já pegou pessoas tentando passar pelas cercas da ponte para pular, já salvou inúmeras vidas.

– O Peter está piorando – diz, enfim. – Deixou o fogão ligado de novo ontem. O dia inteiro. Por sorte, não tinha óleo em nenhuma panela ou coisa do tipo. Está esquecendo as palavras, usando algumas de forma errada e depois fica furioso consigo mesmo, ou com quem estiver falando, que geralmente sou eu. – Há um longo silêncio. – Tanta raiva... – ela fala baixinho. – É a vergonha, a humilhação. Para um homem tão inteligente quanto ele, um professor de psicologia forense que se define pela própria cognição... – A voz dela some.

– Sinto muito, Mal.

A onda de emoção que as palavras de Benoit faz chegar aos seus olhos surpreende a detetive. Ela não se abriu muito com ninguém sobre a demência precoce do marido. Mas Benoit sabe do diagnóstico de Peter. Mal é próxima de seu parceiro de trabalho. Isso acontece quando se confia a vida a alguém. Benoit também tem sido franco com ela, sobre os desafios de ser um pai jovem de primeira viagem, sobre as noites insones com um recém-nascido. Contou um pouco da infância terrível dele no Congo, quando foi sequestrado por rebeldes aos sete anos e forçado a matar pessoas da própria vila como uma criança-soldado sob efeito de drogas. Se não fosse por uma trabalhadora ganesa-canadense de uma ONG, Benoit talvez nunca tivesse se desvencilhado daquilo. A trabalhadora trouxe o jovem Benoit a Quebec para tratamento. Sem essa intervenção e a subsequente adoção, a vida dele provavelmente teria acabado de maneira violenta há muito tempo. Como o parceiro conseguiu sobreviver, Mal nunca saberá. Um trauma como esse não some. Ela suspeita que uma parte da psiquê de Benoit Salumu ainda habita aquele espaço obscuro dos pesadelos infantis, e que para sempre vai ficar lá. Ser policial, lutar pela justiça, ele diz que é isso que o motiva a seguir em frente. E tem Sadie, a esposa, e agora a filha. Sadie está na jornada para concluir a faculdade de direito a distância enquanto cuida da recém-nascida. Mal se impressiona com os dois.

Quando finalmente chegam à vizinhança de Point Grey e atravessam a rua Quatro, Benoit fala em um tom exagerado:

– Ah, veja só, detetive, uma vaga bem de frente à floricultura Flores da Bea, igualzinho na televisão. – Ele ri ironicamente e estaciona. Mal não consegue conter o sorriso.

O logo com uma abelha mamangaba na porta corresponde à do cartão encontrado na Casa de Vidro. Mal e Benoit entram na loja. Está úmido lá dentro, quente. Tem o mesmo cheiro de uma estufa. Samambaias estão penduradas em vasos presos às vigas que atravessam o teto. Uma parede cheia de refrigeradores abriga um arco-íris de flores recém-colhidas. A música ambiente é agradável, piano clássico, relaxante.

– Eu moraria em um lugar assim – Mal sussurra para Benoit.

Uma mulher surpreendentemente bonita perto dos quarenta anos se aproxima. Sua pele é escura e perfeitamente lisa. Longas tranças decoradas com um fio prateado estão presas em um rabo de cavalo que cai por suas costas. Ambos os braços estão cobertos por pulseiras prateadas. Nenhuma maquiagem. Ela se move como uma bailarina, com passos de uma graciosidade fluida e poderosa. É o tipo de mulher que Mal nunca poderia ser. O tipo de mulher que faz Mal se sentir como um labrador com sobrepeso e desengonçado.

Eles mostram os distintivos, e Mal pergunta se ela é a gerente.

– Sou a dona, Bea Jemison. Do que se trata? – A mulher olha de Mal para Benoit. E Mal vê a fagulha de interesse que surge quando ela olha para o parceiro. Mal é uma interrogadora experiente, uma estudante aplicada das reações humanas. E mesmo que o interesse detectado em Bea Jemison seja sutil, ele definitivamente existe, então a detetive recua e deixa Benoit liderar a conversa. Assim vão conseguir mais respostas.

– Srta. Jemison – Benoit diz. – Esperávamos que pudesse nos ajudar com um desaparecimento.

Boa, Mal pensa. Todos querem ajudar a encontrar pessoas desaparecidas. Mas basta falar de violência ou assassinato para ver a desconfiança brotar.

Com o celular, Benoit mostra a Bea Jemison uma fotografia do cartão encontrado no buquê murcho.

Jemison se aproxima para ver melhor.

– O cartão e o buquê foram encontrados do lado de fora de uma casa em North Shore. Saberia nos dizer quem comprou esse arranjo? Presumimos que ele veio daqui.

– Sim, é um dos nossos. – Ela aponta para a imagem. – As orquídeas dendróbio com mosquitinhos, anêmonas-do-japão, crisântemos *spider*, copos-de-leite... Eu mesma montei ontem. O que aconteceu?

– É isso que estamos querendo descobrir.

– Ela... está bem? Foi a pessoa que comprou isso que desapareceu? – Há preocupação nos olhos dela. – Ela está grávida... Vocês sabem que ela está grávida, não é?

Um frisson corre pela espinha de Mal.

– Por acaso o nome dela é Daisy? – Benoit pergunta.

– Eu... Nós não podemos divulgar informações pessoais.

– Amanhã voltamos com um mandado, srta. Jemison – ele diz –, mas perderemos um tempo precioso. A vida dessa mulher e do bebê podem estar em perigo.

– Ah, Deus, ah... Sim, eu... O nome dela é Daisy. Vem aqui com frequência desde que se mudou para a vizinhança, lá por julho, eu acho.

– Por acaso Daisy tem um sobrenome, endereço ou telefone para contato?

Jemison analisa Benoit, tentando decidir o risco para o próprio negócio.

– Sim, é claro. Por aqui, no computador.

Ela faz uma busca no sistema.

– O nome dela é Daisy Rittenberg. Chalé Rosado, Terceira Oeste, número 4357. Fica basicamente a alguns quarteirões daqui, na direção do mar. – Ela passa o número do celular.

Os investigadores agradecem à florista, e ao saírem, Mal diz:

– O Pistrô é bem ali, na esquina do outro lado da rua. Quer dar uma olhada antes de seguir para a Terceira Oeste?

– Por que não? Já estamos aqui.

Eles avançam pela calçada escura. A rua molhada crepita debaixo dos pneus, e as gotas de chuva brilham sobre os carros que vão passando. Enquanto caminham, Mal disca o número do celular que Jemison lhes deu.

A chamada vai parar na caixa postal. "Oi, aqui é a Daisy. Deixe o seu recado."

Mal encerra a chamada.

– Não atende – avisa a Benoit. Em seguida, liga para Lula na delegacia.

– Cabo Griffith. – A voz de Lula vem clara.

– Ei, Lu, preciso de tudo e qualquer coisa que você puder encontrar sobre Daisy Rittenberg do Chalé Rosado, Terceira Oeste, 4357. Histórico criminal, empregatício, o que você conseguir desenterrar. Estamos a caminho do endereço agora mesmo.

– Essa é a "Daisy" em questão?

– É o que parece.

– Pode deixar.

Mal guarda o telefone no bolso, e Benoit empurra a porta do Pistrô. Um sino tilinta logo que entram. O interior está bem aquecido e é aconchegante, o ar cheira a pão fresco. A fome de Mal bate forte, mesmo ela tendo devorado uma fatia de pizza endurecida antes de sair da sala de inquérito.

– Parece o público saudável vegano da yoga de sempre – Benoit comenta baixinho enquanto passam pelas mesas rústicas. No balcão, pedem para falar com o gerente. Um homem lá pelos seus 35, 40 anos sai do ambiente integrado da padaria. Está bronzeado, apesar da estação, é magro e musculoso. O cabelo castanho-claro está queimado de sol. Debaixo do avental de padeiro, veste uma camisa de manga longa desbotada e estampada com uma prancha de surf e o nome de uma cidade litorânea do México.

– Ty Binty – ele se apresenta enquanto limpa a farinha das mãos com um pano, que depois enfia no bolso do avental. – Como posso ajudar?

Mal mostra o distintivo, explica que estão investigando um desaparecimento e que esperam poder descobrir a identidade de alguém que comprou uma torta de frutas vermelhas ali ontem.

O padeiro arqueia as sobrancelhas.

– Uma das minhas tortas está envolvida em um crime?

Mal e Benoit não dizem nada.

– Isso é *sério*? Uma das minhas tortas de amora e mirtilo está ligada a um incidente policial? O que aconteceu?

– O que faz você acreditar que tenha sido uma torta de amora e mirtilo? – Mal pergunta, pensando no suco púrpura escorrendo pelo concreto do lado de fora da porta da Casa de Vidro.

– É a única torta de frutas vermelhas que estamos produzindo. Vendemos por encomenda.

– Uma mulher grávida por acaso comprou uma ontem? – Mal pergunta. – Muito provavelmente no final da tarde.

– Fala da Daisy? O que aconteceu? Ela está bem? – A preocupação dele parece genuína.

– Você também parece bem certo de que foi a Daisy – Mal responde.

– Olha, ontem foi Halloween. É outubro. Estamos atolados de tortas de abóbora. Daisy ligou para pedir especificamente uma mistura de mirtilo e amora, e elas são feitas por encomenda, porque leva frutas frescas, nem sempre temos em estoque.

– Então você conhece a Daisy? – Benoit pergunta.

– Com certeza, sim. Daisy Rittenberg. Ela vem aqui pelo menos uma vez na semana, normalmente para almoçar ou tomar um chá da tarde, e quase sempre com a amiga, Vanessa, que também está grávida. Às vezes, outras mães da turma de yoga também se juntam a elas, a aula é no parque do outro lado da rua. Quando o clima está bom, a aula é do lado de fora, na grama, debaixo das árvores – ele explica. – Mas quando chove, elas vão para o estúdio que fica nesse quarteirão. Daisy veio no fim da tarde ontem para pegar o pedido. Acho que lá para as cinco e meia da tarde? – Hesita. – Podem me dizer se ela está bem?

– Estamos tentando entrar em contato.

– Ela é casada com Jon Rittenberg.

– Você fala o nome dele como se fôssemos reconhecer – Mal diz.

– Foi mal, acho que nem todo mundo gosta de esportes de inverno. O Jon é um atleta olímpico canadense, corredor de esqui *downhill*. Trouxe duas medalhas de ouro para casa nas Olimpíadas de Inverno de Salt Lake City, em 2002. Jon, chamavam ele de Bombardeiro-Rittenberg, cresceu nas montanhas North Shore. É um herói local, ou foi. Estudou parte do fundamental e do ensino médio em uma escola perto da minha, e nós, os pirralhos, alguns anos mais novos, todos queríamos *ser* JonJon Rittenberg. Ele era um ímã de garotas. Tinha umas festonas na casa dele e no alojamento da equipe de esqui, em Whistler. Uma ou duas saíram do controle, a polícia precisou ir lá dar um fim nelas. O Jon se casou com a Daisy Wentworth, da famosa família Wentworth. O pai dela, Labden Wentworth, fundou a empresa TerraWest, e o nome deles é, tipo, peso pesado na área de resorts de esqui e de golfe. A Daisy me disse que o Jon agora trabalha no escritório da TerraWest no centro. Eles voltaram para Vancouver recentemente, vindos de Silver Aspens, no Colorado. Ela queria estar mais próxima dos pais quando tivesse o bebê. – Ele hesita. – Pode, por favor, me dizer o que está acontecendo?

– Não temos certeza ainda – Mal responde. – Estamos no começo da investigação. Apenas coletando informações. Você nos ajudou bastante, sr. Binty, de verdade. Por acaso saberia o sobrenome dessa Vanessa? A amiga grávida?

– Sei, é North. Vanessa North.

O DIÁRIO DA EMPREGADA

O vento arranca folhas das árvores quando entro com meu Subaru na garagem dos Rittenberg.

Pego os equipamentos, entro na casa e quase subo correndo pelas escadas até o banheiro principal. Ainda pensando em Charley Waters, abro o cesto de roupa suja. Estou ofegante. Todo cesto tem um cheiro específico: odor de corpo humano misturado com fragrância de shampoos, loções, perfumes, desodorantes... O cheiro de Daisy e Jon enche minhas narinas, e um barulho dissonante começa na minha mente enquanto faço uma checagem rápida dos bolsos para que nada que não possa ser lavado vá parar na máquina. Imagino uma breve gargalhada rouca. Congelo.

Uma memória ressurge. Escuto os acordes musicais se sobressaírem à risada. Erguem-se como se de um jazigo obscuro da memória. Melodias velhas que já foram populares um dia. Vozes berrantes ribombam na minha cabeça. Mais gargalhadas. Transformam-se em escárnio, zombaria. Torcida. Minhas mãos começam a tremer. Respiro fundo, remexo o bolso do avental, encontro um chiclete de canela. Extra picante. Coloco na boca; é um gosto que queima. Ele clareia minha mente, me ajuda a focar. Mastigo, mastigo e continuo mastigando enquanto levo a roupa para lavar no andar debaixo.

Coloco as roupas na máquina, dou início à lavagem, depois me apresso para chegar à cozinha. Os Rittenberg deixaram mais uma bagunça cheia de ovos. O cheiro gorduroso do bacon impregna o ar. É nojento, já sou vegana há dez anos. Passo uma água nos pratos e completo a lava-louças, tendo o cuidado de evitar por completo as pinturas poderosas do Bombardeiro-Rittenberg na parede da sala de estar. Mas posso senti-lo, como uma presença. Como se me provocasse para eu olhar. Olha, Kit! Olha para mim, o deus dourado do esqui. Vai dizer que não tinha um pôster meu dentro do seu armário, sua gorda, Katarina Cocô-vich.

Pego a faca de trinchar no balcão e a lavo agressivamente, minha pele formiga de calor. Foco a lâmina afiada e brilhante. Imagino a mão do Jon ou da Daisy segurando o cabo. Cortando, partindo alguma coisa. Não consigo não olhar mais, então levanto o rosto.

Encaro as pinturas ao lado da lareira. Sinto meu punho se fechar no cabo da faca. Imagino-me fatiando aqueles quadros. Começo a arfar quando percebo que me cortei. Merda.

Corro para o banheiro, encontro um band-aid e protejo a ferida. Encaro meu sangue, rosado na pia enquanto o enxáguo. Meus pensamentos se tornam cada vez mais negativos. Percebo que me meti em encrenca. Deveria ter deixado para lá essa Caixa de Pandora que é o Chalé Rosado. Não deveria ter aberto a tampa. Deveria ter dito a Holly que não limparia esta casa. Agora é tarde demais. Estou caindo.

Começo a tirar o pó, passar o aspirador e organizar as coisas. Os sapatos do Jon estão na entrada. Abro o armário do corredor para guardá-los. Lá, vejo os cachecóis e casacos deles pendurados em perfeita ordem. Há uma cesta de luvas para o inverno, chaves reserva do carro no gancho. Os chaveiros me dizem que os Rittenberg dirigem um Audi e uma BMW. Guardo na cabeça, assimilo tudo. Estou gravando tudo na memória.

Mas é quando subo com o aspirador até o escritório de Jon que encontro meu tesouro. Sem nem tentar.

Enquanto aspiro o carpete, na minha pressa frenética, esbarro na escrivaninha. O monitor do computador se acende. Meu coração bate mais rápido. É um Mac, e a bolinha colorida está girando sem parar na tela. Jon deve ter tentado desligar o computador, ou colocado em repouso, mas o sistema travou. Talvez algo esteja preso na fila de impressão, ou um dispositivo de bluetooth esteja tentando religar a máquina, ou é algum arquivo corrompido.

Meu coração palpita. Sento-me devagar na cadeira dele.

O calendário está à mostra na tela. Todos os compromissos diários de Jon estão listados lá. Sinto uma centelha de euforia. Passo a vista pelos próximos. Vejo reuniões, uma partida de golfe marcada, um agendamento para a revisão do Audi, uma consulta com a dentista... A vida toda dele está ali. É a caverna de tesouros do Aladdin.

Pego o mouse e abro o Finder. Um alerta soa. Fico sobressaltada, mas percebo que é a máquina de lavar. Olho a hora. Preciso colocar as roupas na secadora. Estou ficando sem tempo. Tenho que terminar de bisbilhotar e de limpar a casa antes que Daisy Rittenberg chegue e me pegue no flagra.

Mas antes de tentar colocar o computador de novo em repouso, dou uma olhada rápida na lista de pastas e arquivos modificados recentemente. E eu vejo.

Ah, rapazinho estúpido.

Dentro de uma pasta intitulada PESSOAL *está uma planilha do Excel chamada, é isso mesmo que você pensou, Querido Diário, SNHS. Acredite ou não, algumas pessoas guardam um arquivo exatamente assim no computador. Elas não esperam ter a intimidade violada dentro do espaço acolhedor e protegido da própria casa. São ingênuas o suficiente para acreditar que não serão hackeadas. Abro o arquivo.*

Listadas em ordem alfabética estão as chaves de acesso para a vida digital de Jon: senhas para tudo, desde a Netflix e o Dropbox, até a Apple ID, inclusive a senha deste próprio desktop.

Meu primeiro pensamento é: um pen drive! Preciso passar todas as senhas para um pen drive!

Mas não tenho um.

Olho para a impressora. Poderia imprimir?

Tenho uma ideia melhor.

Abro o navegador Safari, acesso minha conta do Gmail e anexo uma cópia do arquivo das senhas. Envio para mim mesma, depois deleto o histórico recente. Estou com a boca seca, mal consigo engolir. Minha pele formiga. Agora possuo o "Abre-te, Sésamo" para a caverna do Aladdin. Consigo acessar o computador do Jon e todo seu conteúdo sempre que quiser. Posso saber onde Jon Rittenberg vai estar a qualquer momento, desde que esteja marcado na agenda. Posso até mandar mensagens e fazer ligações usando o número dele.

Ponho o computador em repouso.

Com o coração acelerado e o rosto quente, aspiro depressa o restante do cômodo. Arrasto o Dyson para fora do escritório, arrumo o avental e dou uma última checada na sala. Parece que está tudo igual a quando cheguei.

Fecho a porta com cuidado.

JON

18 de outubro de 2019. Sexta-feira.
Treze dias antes do assassinato.

Sem parar, Jon revira entre os dedos o cartão que Henry lhe deu. Ele está sentado em sua escrivaninha da torre da TerraWest. A cabeça de ressaca lateja. Os pensamentos estão longe do trabalho, sendo consumidos por Ahmed Waheed, que está sentado em um escritório de vidro diagonalmente ao dele, também de vidro.

Jon para de fitar o cartão e avalia Ahmed. Enquanto observa, Anna Simm, recepcionista da TerraWest, entra no escritório do homem, levando uma caneca fumegante. Ahmed olha para cima e a observa se aproximar da escrivaninha. O vestido vermelho da mulher cai tão bem em suas curvas que parece pintado no corpo dela. A recepcionista deixa a xícara diante de Ahmed e sorri enquanto tira o cabelo do rosto de maneira sedutora. Ahmed fala alguma coisa, e a recepcionista joga a cabeça para trás, rindo. Rindo mesmo. Como se Ahmed tivesse dito a coisa mais engraçada que ela já ouviu na vida. Jon nunca viu Anna rir tanto.

Um chorume desgostoso invade suas veias. Ele vira o cartão mais rápido em seus dedos. Não tolera perder. Se perder a posição de Diretor de Operações para aquele homem, isso significa que a mudança toda, esse negócio de constituir família, foi por absolutamente nada. Perder sequer é opção. Jon supõe que Ahmed tem trinta e poucos anos, talvez vinte e tantos. Jovem demais para as responsabilidades de gerenciar um novíssimo resort montanhês de excelência mundial nas quatro estações do ano. Está evidente que não tem nada a ver com competência e sim com aparência. Por Deus, basta olhar para o cara, não sabe nem organizar o próprio cabelo, quanto mais um resort. Os cachos pretos e lustrosos ondulam até quase a altura dos ombros. Desgrenhados, na opinião de Jon. Nada profissional. Parece que ele acabou de se levantar da cama depois do sexo ou algo assim. E Ahmed tem barba. O que dá a ele um certo magnetismo latente que mulheres como Anna claramente acham irresistível. Ele também usa óculos, que lhe conferem uma aura pseudointelectual. Para Jon, o homem fica parecendo uma coruja com aqueles óculos redondos. Uma porra de um *poser*. Jon não faz ideia de por que as mulheres mais novas no trabalho grudam nele. Não dá para ver quem ele é de verdade?

Seus pensamentos se voltam para Mia Reiter, a banqueira gostosa que ele deixou escapar por entre seus dedos casados ontem à noite. Pensa em como as coisas poderiam ter sido diferentes se tivesse corrido atrás dela em vez de só a assistir ir embora.

Contrai o maxilar. Pequenas ondas de adrenalina passam por seu corpo. A respiração começa a ficar ofegante. Olha para baixo, para o cartão entre os dedos.

Preston – Detetive Particular.

Jon deixa o cartão sobre a mesa. Tira o notebook da maleta e o abre. Digita o site registrado no cartão de visitas.

O site de Preston – Detetive Particular aparece na tela.

Um banner móvel no topo da página promete: "Resultados Rápidos. Todos os tipos de serviço. Discrição."

Jon desce a página.

Casos extraconjugais, Adultério, Infidelidade, Cônjuges Infiéis e Traição: esses termos geram uma quantidade enorme de estresse para aqueles que suspeitam das atividades do cônjuge. Chame do que quiser, mas as estatísticas mostram que é mais comum do que se pensa. Elas também mostram que, infelizmente, depois que a suspeita de infidelidade finca raízes, a probabilidade de estar certo é maior.

Jon levanta o rosto e analisa mais uma vez o rival no escritório de vidro. Ahmed está ocupado com seu trabalho no computador novamente.

Quantidade enorme de estresse.

O site acertou essa parte. É exatamente isso que Ahmed Waheed causa em Jon. Estresse.

E se eu descobrir que ele está tendo um caso? Ou algo pior?

Jon reflete sobre o que Henry lhe disse no bar pouco iluminado.

Um especialista. Ex-policial. Sabe o que está fazendo. Quando ligar, diga que quer falar com Jake.

Jon se pergunta que trabalhos esse "Jake" já fez para Henry. Ele observa Anna-do-vestido-vermelho trotar diante da parede de vidro sem nem olhar nesta direção. Muito menos uma xícara de café e um sorriso.

Sua mandíbula se contrai.

Ele gira a cadeira para que as costas fiquem na direção da parede de vidro interna e, usando o celular pessoal, digita o número de Preston – Detetive Particular.

Uma mulher atente. Jon pergunta por Jake.

Um homem de voz rabugenta fala:

– Jake Preston.

Jon pigarreia.

– Eu... É, aqui é Jon. Henry Clay me recomendou o seu trabalho.

– E como eu posso ajudar, Jon?

Jon lança um olhar furtivo sobre o ombro, depois explica que tem alguém querendo algo que é dele por direito.

– Preciso saber com quem estou lidando.

– Quer dizer que quer saber os podres? Algo que possa usar para eliminar a competição?

As palavras escapam a Jon por um momento. A implicação, a realidade do que ele está pedindo de repente se mostra. Ele morde o lábio.

– Olha, Jon Fulaninho, se concordarmos em fazer negócios, uma coisa que você precisa saber sobre mim é que não meço palavras. Falo as coisas como as vejo. Fica muito mais fácil para evitar confusão e mal-entendidos. E me ajuda a operar dentro da lei. Por exemplo, se você finge que está me contratando para uma coisa, mas quer...

– Sim – Jon logo diz. – Sim, quero os podres. Informações sigilosas. Qualquer coisa que eu possa usar para minar alguém que está tentando roubar meu emprego.

– Certo – Jake fala devagar. – Essa é uma das minhas especialidades. Se houver qualquer "*kompromat*" a se encontrar, eu vou encontrar. Posso te mandar um e-mail com uma cópia do nosso contrato e orçamento antes de seguirmos adiante? Ou prefere tratar pessoalmente? Como preferir.

– Prefiro pessoalmente.

– Boa escolha. Hoje à noite? Ou à tarde? Por que área você costuma circular, Jon?

Jon engole em seco. Está se equilibrando na beira de uma pista preta, nível dificílimo. Já está em posição. Caso se comprometa ainda mais, vai começar uma corrida sem volta, ladeira abaixo até a base. Precisa ter certeza de que é isso que quer. Mas também precisa vencer. E, para vencer, Jon não exclui a possibilidade de sabotar a competição. É capaz de jogar sujo. Ele era, afinal de contas, um atleta de alto nível que faria qualquer coisa para ter sucesso no esporte.

– Trabalho no centro de Vancouver. Moro em Point Grey – diz.

– Por acaso o estacionamento da praia Jericho fica bom para você?

– Fica. Sim, tudo bem.

– Certo, Jon. O que preciso de você é o nome da pessoa que quer investigar e qualquer informação extra que possa ser relevante, ou que possa me dar pistas. Endereço, idade, *hobbies*, gênero, preferência sexual... Por acaso essa pessoa é casada, tem filhos, irmãos, pais? Quem são os amigos dela? Aonde costumam ir? O nome de uma academia, do bar preferido, se bebe, se usa drogas, se frequenta alguma igreja...

– Uma mesquita. Se ele for religioso, tenho certeza de que vai a uma mesquita.

Silêncio.

– Ok. – Mais silêncio. – Se nosso alvo tiver alguma forte inclinação política ou ideológica, também pode ajudar. Quanto mais informações pessoais, melhor. Que tal às 18h30, no estacionamento da Jericho?

– Está bem. – Jon vai acessar a base de dados do RH da TerraWest. Vai compilar um arquivo ou quaisquer detalhes que possa encontrar antes de ir embora do escritório. Pode se encontrar com Jake a caminho de casa. A praia Jericho não é muito longe do Chalé Rosado.

– Eu dirijo um Toyota Camry azul-claro – Jake informa. – Se mistura em qualquer lugar, imperceptível é o meu sobrenome. – A ligação é encerrada.

Jon fica sentado, com o celular na mão. O coração está batendo rápido. Mas um sorriso começa a se formar em seus lábios. Sente-se mais poderoso. Está agindo. Está *tomando providências*. Pode sentir que o velho Jon que Mia despertou ontem está se agitando e ficando mais forte. Encorajado pela conversa com o detetive particular, Jon faz uma busca rápida na internet para tentar encontrar "Mia Reiter".

Muitas Mias Reiter aparecem, mas nenhuma se parece com a Mia *dele*. Melhor assim. Seu lugar é com Daisy e o bebê. Continua orgulhoso por ter se afastado ontem à noite. É fundamental que mantenha a cabeça no lugar, porque perder Daisy além de perder a promoção na TerraWest... é inviável. Daisy e o bebê também são o seu vínculo com a grana dos Wentworth. Jon sabe bem que quem procura acha, e que se Labden ou Annabelle Wentworth descobrirem suas escapadas... ele está ferrado. Vão arrastá-lo pelos tribunais e tirar dele até o último tostão. Precisa ficar esperto, manter-se na surdina.

Ele também não lidou muito bem com Daisy naquela manhã. Decide que vai comprar rosas na Flores da Bea depois do encontro com Jake. Vai mandar mensagem e dizer que está levando o jantar.

São 18h10 quando Jon sai da garagem no subsolo e se junta ao trânsito do centro da cidade.

Uma pasta de papel pardo o acompanha no banco do carona. Ela contém informações pessoais de Ahmed Waheed.

O FOTÓGRAFO

Quando o carro de Jon Rittenberg sai da garagem do prédio da TerraWest, o fotógrafo de tocaia no carro do outro lado da rua sai da vaga e começa a segui-lo, mantendo-se a dois carros de distância. Já escureceu, então confia que não será detectado pelo seu alvo. A câmera do fotógrafo descansa sobre o banco do passageiro.

Às 18h29, o Audi de Jon Rittenberg entra em um estacionamento aberto próximo à praia Jericho. Ele para perto de uma construção baixa de concreto com quiosques, chuveirões e banheiros.

O fotógrafo estaciona debaixo de uma árvore na rua residencial que passa ao lado do estacionamento. Ele desliga o carro e observa o Audi.

Dois minutos depois, um Toyota Camry azul-claro chega ao estacionamento e para próximo ao Audi. A porta do motorista se abre. As luzes do estacionamento iluminam um homem robusto e barrigudo saindo do Camry. A careca dele reluz. O homem vai direto até a porta de passageiro do outro veículo, abre e entra.

O fotógrafo ergue a câmera e mira a lente através da janela aberta.

Clique, clique, clique.

A porta do Audi se fecha. O fotógrafo espera.

Quase sete minutos depois, o careca sai do carro. Dessa vez, carrega um envelope pardo. O fotógrafo tira outra foto, certificando-se de capturar tanto o envelope quanto a placa do Audi.

O careca assume o volante do Toyota.

Com outro clique, o fotógrafo registra a placa do Camry enquanto o carro se afasta.

E hesita. Pode esperar até que Rittenberg saia e então segui-lo, ou pode seguir o careca. O fotógrafo se abaixa no banco para sair de vista enquanto o Camry passa pelo seu carro estacionado. Depois se ajeita, liga o motor, engata a marcha e vai atrás do Toyota pela via pouco iluminada.

O veículo o leva até uma pequena galeria em Burnaby, entra no estacionamento e para diante de uma lavanderia. O careca sai do carro e se dirige até uma porta recuada escondida entre a lavanderia e um restaurante vietnamita movimentado.

O fotógrafo espera. Clientes entram e saem do restaurante. Duas pessoas estão na lavanderia. Agora são 19h52. Ele nota uma luz se acender no andar de cima da lavanderia, sai do carro e se aproxima da porta recuada por onde o outro homem desapareceu. Há uma plaqueta ao lado com o nome de três empreendimentos localizados no andar superior. Um é um estúdio de dança de salão, outro é um sapateiro, e o terceiro é Preston – Detetive Particular.

O fotógrafo sorri. Então Jon Rittenberg está trabalhando com um detetive particular.

Retorna a seu veículo, abre o celular e encontra o site de Preston.

Casos extraconjugais, Adultério, Infidelidade, Cônjuges Infiéis e Traição: esses termos geram uma quantidade enorme de estresse para aqueles que suspeitam das atividades do cônjuge…

Será que Jon Rittenberg suspeita que a esposa é infiel? Ou algo ainda mais sinistro?

O fotógrafo espera um pouco mais dentro do carro. Começa a chover. Ninguém sai. Ele dá a partida e volta para casa, pensando em Jon Rittenberg.

As pessoas podem parecer ordinárias na superfície, mas se arranhar o revestimento vai sempre encontrar um segredo por debaixo do verniz.

MAL

1º de novembro de 2019. Sexta-feira.

Ao chegarem no Chalé Rosado em busca de Daisy Rittenberg, Mal e Benoit veem um Audi cinza-escuro estacionado na rampa de entrada. Entreolham-se rapidamente enquanto Benoit para atrás do veículo. Os faróis iluminam a placa do Audi, mas está tão suja de lama que não dá para ler.

Quando estão prestes a sair do carro, o telefone de Mal toca. É Lula.

– Oi, Lu, te coloquei no viva-voz. O que você descobriu?

– Vamos lá, não achei antecedentes criminais para Daisy Rittenberg, nem para o marido, Jon, mas as fotografias que achamos deles batem com a descrição de Beulah Brown do casal misterioso que esteve na Casa de Vidro com um Audi. Ainda estamos recolhendo mais informações, mas acabamos de descobrir uma coisa. Os Rittenberg do Chalé Rosado estão listados como clientes de Kit Darling, de acordo com a lista fornecida pela Holly Ajuda. – Lula faz uma pausa, aparentemente consultando a lista. – Kit Darling limpou o Chalé Rosado até o dia 27 de outubro. Ela parou de trabalhar quatro dias antes do incidente na Casa de Vidro.

– Os Rittenberg cancelaram a contratação? – Mal pergunta.

– Não. Holly McGuire disse que foi Kit Darling quem pediu para não ser mais a responsável pelo Chalé Rosado por conta de um "conflito de horários" inesperado. McGuire nos informou que o pedido foi inusitado, mas reiterou que Darling é uma de suas melhores funcionárias, e que tem trabalhado consistentemente para a empresa nos últimos oito anos. A empregadora acha que alguma coisa dos Rittenberg pode ter incomodado Darling, mas a funcionária se negou a dar mais detalhes quando ela tentou confrontá-la sobre o assunto. Então acatou o pedido, queria mantê-la feliz. E mandou outra pessoa limpar o Chalé Rosado a partir da segunda-feira, dia 28 de outubro.

Mal olha para Benoit. Eles agora sabem de outra ligação entre Kit Darling e Daisy Rittenberg. Uma fazia a limpeza da outra. E ambas estiveram na Casa de Vidro na noite de Halloween. As duas ainda estão desaparecidas.

Mal agradece a Lula e desliga. Ela e Benoit saem do carro ainda mais motivados. Um sinal de neblina soa na escuridão. A chuva continua a cair, e eles passam pelo Audi a passos lentos.

– Lama nos pneus e nas placas – Benoit diz enquanto seguem na direção da casa.

Mal bate à porta.

– Não me parece um chalé – Benoit fala.

Uma luz se acende lá dentro. Mal detecta movimento através do painel de vidro fosco ao lado da porta, mas ninguém atende.

Mal bate com o punho fechado na porta, e Benoit toca a campainha repetidas vezes.

– Olá! Aqui é a polícia! – ela chama. – Alguém em casa? Abra a porta, por favor.

Uma pequena fresta finalmente se abre.

Um homem alto, musculoso, perto dos quarenta, os observa com olhos inchados e vermelhos. Arranhões recentes marcam a bochecha e o pescoço dele. Veste calça de pijama e moletom sujo. Está descalço, descabelado e fedendo a bebida. Segura a porta colada ao corpo. Mal percebe um curativo com manchas frescas de sangue na mão dele. O homem inclina a cabeça, como se tentasse focalizar os policiais.

– Sr. Rittenberg? – Mal pergunta.

– Quem é você?

– Sou a sargento Mallory Van Alst, e esse é meu parceiro, cabo Benoit Salumu. Gostaríamos de fazer algumas perguntas a você e sua esposa, Daisy.

Um olhar de desespero explode no rosto do homem.

– O que querem saber?

– Daisy Rittenberg está em casa? Por acaso você é o marido dela, Jon Rittenberg?

Ele fica tenso, como se estivesse prestes a fugir, e Mal se prepara. Ela sente que Benoit faz o mesmo, reposicionando-se um pouco mais para trás e para a direita.

– Sim, eu sou o Jon.

– A sua esposa está em casa, senhor?

– Não.

– Onde podemos encontrá-la?

– Ela foi embora.

Um frisson enche Mal.

– Embora? Para onde?

– E como eu vou saber? Ela só fez as malas e foi, e não está atendendo o celular.

– Podemos entrar, sr. Rittenberg?

– Para quê?

– Só para dar uma olhada, confirmar que sua esposa não está.

– Eu já disse, ela se foi. O que vocês querem?

– Como você feriu o rosto e a mão, senhor? – Benoit pergunta.

O homem esconde a mão atrás das costas.

– Não é da sua conta.

– Você ou sua esposa conhecem Vanessa e Haruto North? – Mal pergunta.

O homem empalidece. Um músculo se contrai em seu maxilar. Mas ele não diz nada. Mal pode ver que o sujeito está tendo dificuldades de pensar com clareza em meio ao torpor alcoólico.

– Poderia responder à pergunta, por favor, sr. Rittenberg? – Benoit pede.

– E pra que você quer saber?

– Estamos investigando um caso de desaparecimento em North Shore. Temos razões para acreditar que você e sua esposa podem nos ajudar nisso. Você se importa de nos deixar entrar? – Mal pergunta.

Ele semicerra os olhos. Aproxima ainda mais a porta de si. Parece ficar mais sóbrio, mais contido, reservado. Está se fechando. Ele engole em seco e fala bem devagar:

– Sinto muito, oficiais. Não sou o responsável pela minha esposa. Não sei tudo que ela faz e não sei onde ela está agora.

– Sabemos que sua esposa está nos últimos estágios da gravidez, senhor. Ela e o bebê podem estar em perigo. É importante que...

Ele começa a fechar a porta. Mal a segura com a bota. Está andando sobre uma linha muito fina que não pode cruzar sem um mandado, mas o sangue pulsa em seus ouvidos, e ela teme pelo bem-estar da esposa e do bebê desse homem.

– Por acaso aquele Audi é seu, senhor?

Sem dizer nada, Rittenberg olha furioso para ela.

– Esteve em uma residência chamada Northview ontem à noite? Com aquele Audi? – Mal insiste.

Ele não responde.

– Temos uma testemunha que coloca você e sua esposa no local, senhor. A residência também é conhecida como Casa de Vidro, lar de Vanessa e Haruto North.

Ele tenta empurrar a porta, mas a bota de Mal está no caminho.

Ela continua.

– Quem é sua empregada, sr. Rittenberg?

– O que diabos isso tem a ver com o seu caso?

– Por acaso você contratou os serviços da empresa Holly Ajuda, senhor? – Benoit pergunta.

Os olhos de Rittenberg disparam para encontrar os de Benoit. Um grande desgosto impregna o rosto dele.

– Não faço ideia. É minha esposa que cuida disso.

– Você conhece Kit Darling, a empregada da Holly Ajuda? – Benoit pergunta.

Rittenberg xinga, seus olhos ainda estão presos nos de Benoit.

– Qual é o problema de vocês? Eu já disse: minha esposa, Daisy, cuida do serviço de limpeza, e eu duvido que ela saiba quem é a pessoa que vem aqui nos dias de faxina. Ela nunca está em casa quando isso acontece. Agora tira a porra do seu pé da minha porta.

Com muita calma, Mal diz:

– Sr. Rittenberg, quando você e sua esposa chegaram a Northview em seu Audi, por volta das dezoito e catorze, com um buquê da Flores da Bea e uma torta de mirtilos encomendada no Pistrô, você chegou a ver um Subaru Crosstrek amarelo com o logo da Holly Ajuda lá na frente?

– Não havia outro carro lá.

– Então confirma que esteve na casa?

– Sumam da minha propriedade imediatamente antes que eu decida processar vocês dois. E se quiserem qualquer coisa de mim, consigam a porra de um mandado ou falem com meu advogado.

Mal dá um passo para trás, tirando a bota do caminho.

– Precisamos saber onde sua esposa...

Ele bate à porta.

Eles escutam a chave virar.

Ela olha para Benoit. O rosto dele está tenso, e o olhar, duro. Mal sabe que ele também está pensando naquela faca de trinchar encontrada no fundo da piscina de borda infinita, nas manchas de sangue por todos os lados daquela Casa de Vidro, nas evidências de um confronto violento. E ambos estão pensando nos cortes recentes no rosto e mão de Jon Rittenberg.

– Precisamos ver a esposa dele – ela diz.

– E encontrar essa empregada – Benoit responde.

JON

1º de novembro de 2019. Sexta-feira.

De uma janela no andar superior, no quarto do bebê, Jon observa os detetives abandonarem sua porta. O coração está galopando. Ele tenta se recompor, afastar a embriaguez. Está em pânico, tremendo, suando.

Foco. Foco.

Com um olho nos policiais indo na direção do Audi, Jon tenta ligar para o celular de Daisy. Chama, chama, mas vai parar na caixa postal.

"Oi, aqui é a Daisy. Deixe o seu recado."

– Daisy, atende, pelo amor de Deus! *Me liga.* Onde quer que você esteja, por favor. A gente precisa conversar.

Enquanto fala, observa os policiais circundando o Audi com lanternas em mãos. Eles se abaixam para examinar os pneus e as placas lamacentas. A policial limpa a lama da placa e tira uma foto com o celular.

A ligação seguinte é para o advogado.

O DIÁRIO DA EMPREGADA

Hoje faço faxina em uma cobertura de luxo de um condomínio bem lá no alto da cidade, na região badalada de Yaletown, onde torres cintilantes de vidro dão vista para todas as direções. Tantas pessoas empilhadas umas sobre as outras em caixas de vidro. Esse apartamento é usado como Airbnb. Holly é responsável por vários desses lugares com aluguel por diárias. Dessa vez, o trabalho é bem rápido. O hóspede que acabou de sair não parece ter feito nada além de dormir na cama, tomar banho e fazer a barba. Provavelmente era algum homem de negócios que passou só um dia na cidade. Nenhum sinal de sexo selvagem como da última vez. Tinha garrafas de bebida em todo canto, sinais de consumo de cocaína, camisinhas usadas, um vibrador no lixo. Achei até um par de algemas acolchoadas debaixo da cama na semana passada.

Abro as cortinas para deixar a luz fraca do sol entrar. Do outro lado da rua, vejo uma placa de neon acima de uma boate chamada CABARET LUXE. É o point do momento. Não sei como aquele letreiro rosa piscando vinte e quatro horas por dia, sete dias por semana não enche o saco das pessoas morando em caixas de vidro.

Faço a cama enquanto penso no meu trabalho na Casa de Vidro ontem, e como peguei Horton Brown atrás da cerca-viva me espionando pela janela do quarto que eu estava aspirando. A memória me dá um leve calafrio. Horton sempre me causa um arrepio ruim. Afasto a lembrança, acabo a faxina e uso o pouco de tempo livre que tenho para me sentar em uma mesa perto da janela e anotar meus pensamentos.

Faz tempo que não escrevo no diário. Estou repensando a prática. Também faltei à última sessão de terapia. Acho que sinto medo de a minha psicóloga confirmar o que já sei: estou me embrenhando cada vez mais em terreno perigoso. Tanto mental quanto fisicamente. E o próprio fato de eu querer abandonar o diário provavelmente também é sinal de que estou chegando a algum lugar que o meu inconsciente quer manter escondido.

Falei com a Charlotte "Charley" Waters ontem.

Eu a encontrei depois de ligar para a boate mencionada nos jornais de Silver Aspens, o Clube Carmesim. Ela ainda trabalha lá. Assim como eu ainda trabalho para a Holly. Moças como Charley e eu não costumam ir embora. Ficamos onde a sociedade acha que devemos ficar. O gerente não podia me dar o número dela, é claro, mas disse que se eu ligasse durante um dos turnos da Charley, talvez eu desse sorte.

Depois de muitas tentativas ao longo dos últimos dias, finalmente consegui.

Então, Querido Diário, a história é a seguinte:

Consigo contato com Charlotte Waters pelo telefone, digo a ela que sou uma ex-funcionária de Jon Rittenberg e que acredito que ela poderia me ajudar.

Ela logo suspeita. O que não é surpresa.

– Li sobre você no jornal – digo, com cautela – Mulheres como nós precisam ajudar umas às outras, né?

Ela fica em silêncio por um tempo. Escuto música ao fundo, vozes.

– Como é mesmo o seu nome?

Eu hesito, pigarreio e digo:

– Katarina Popovich, mas todos me chamam de Kit. Meu nome de casada é Darling, mas sou divorciada. – Fazia muito tempo que não me apresentava como Katarina Popovich, e isso me causa uma sensação estranha. Sinto algo mudar dentro de

mim. A antiga Katarina começa a ocupar mais espaço, tenta se fundir à mais nova, mais feliz, "Kit". Temo que não vou voltar a ser como era antes... que não dá mais para voltar atrás a partir daqui. A cova que eu mesma cavei para mim. Mas estar dentro da casa de Jon Rittenberg... ver aquelas pinturas enormes dele descendo a montanha na minha direção... mudou tudo. Não há mais como voltar atrás agora. Mesmo que eu tente. Lá no fundo, eu sei muito bem.

– Kit. – Charley repete meu nome, e posso até ver as engrenagens do cérebro dela girando, tentando descobrir o que quero. Mas ela ainda não desligou o telefone, o que é um bom sinal. Ela diz: – Não tenho muito tempo. Estou só fazendo uma pausa. Seja rápida.

Então ela está curiosa. Bom, é só isso que peço. Ela pode aceitar, ou não, mas só quero que me escute e reflita sobre minhas perguntas. Se ela der para trás, talvez ainda possa falar no futuro, depois de a ideia maturar em seus pensamentos.

– Olha, Charley, tudo o que sei é o que li nos jornais... Tudo bem se eu te chamar de Charley?

– Todo mundo chama.

– Ok. Enquanto lia algumas notícias na internet, de um ano atrás, me deparei com um artigo em que Jon Rittenberg alegava que você estava perseguindo a ele e a esposa. Você, por outro lado, acusou Jon de estupro... de batizar sua bebida e te engravidar. Você prestou queixa depois de ser presa na propriedade dele, e de ser acusada de perseguição e assédio. Mais tarde, a polícia retirou todas as acusações. E você abandonou todas as alegações dos crimes sexuais e disse que inventou a coisa toda. Aparentemente concordou em buscar tratamento psicológico. O que aconteceu de verdade?

– Que merda é essa? O que você quer comigo, porra? Por que está falando desse assunto? Isso aconteceu há mais de um ano. Você por acaso é jornalista? Foi ela que te mandou fazer isso?

Meus batimentos aceleram.

– Quem é ela?

Silêncio.

Ela vai desligar... Vou perdê-la.

Depressa, eu digo:

– Ei, eu acredito em você, Charley. Acredito na sua história... na original. A que você desmentiu. Acredito que é a verdade e... – Minha voz engasga. De repente, tenho medo, mas não há como voltar atrás agora. – Não sou repórter. Eu... ok, também não fui completamente sincera. Não sou ex-funcionária de Jon Rittenberg. Ainda trabalho para ele. Limpo a casa dele. Sou a empregada. – Hesito. Charley ainda está me escutando. – E preciso de ajuda porque... porque sei que ele já fez isso antes. Acho que ele fez isso muitas vezes. Depois de encontrar suas histórias, sei que não sou a única.

Um grande silêncio se faz.

– Ele fez alguma coisa com você?

Dessa vez sou eu que fico calada.

– Você está bem? – ela pergunta.

– Não – sussurro. – Acho que não. Eu... eu precisava falar com alguém. Tinha a sensação de que ele já tinha feito isso antes. Não tenho certeza do que faço agora. Tenho medo de prestar queixa, eles podem me arrastar pela lama como fizeram com você.

– Como sei que você é mesmo quem diz ser? Por que devo confiar em qualquer coisa que você diz?

– Não precisa, mas também não podia não tentar contato. Me perdoe, eu não devia...

– Espere. – Ela xinga. – Olha, quero acreditar em você, mas, mesmo que eu quisesse falar, não posso. Estou presa a uma ordem de silêncio. Assinei um termo de sigilo. Ambas as partes assinaram.

Meu coração começa a martelar. O suor me pinica. É isso... acertei na loteria. Sabia!

– Um acordo de confidencialidade? Eles te fizeram assinar um acordo de confidencialidade?

– Não posso falar sobre isso. Recebi uma grana e assinei um contrato. É só o que vou dizer.

Inspiro fundo, recobrando a calma, tentado controlar a animação.

– Certo – falo baixinho. – E se eu só soltar uma ideia geral. Não precisa concordar, mas, se eu estiver errada, sinta-se à vontade para desligar. Pode ser? Pode só me escutar, por favor?

Ouço alguém chamar o nome dela.

– Meu intervalo está quase acabando. Preciso ir.

– Espera! Por favor. Me diz o que aconteceu com seu bebê. Eu acredito em você, que ele te engravidou. Eles te obrigaram a abortar? Isso fez parte do acordo financeiro? Te pagaram para abortar, retirar as queixas e em troca eles também retirariam as deles? Ele te tratou feito bosta, Charley, e aposto que disse que "nunca aconteceu". Acertei?

Muitos palavrões chegam do outro lado da linha. Escuto-a limpar a garganta e assoar o nariz.

– Charley, entendo se você tiver perseguido o cara. Entendo mesmo. Essas merdas deixam a gente louca. Ainda mais essa história de bebida batizada, porque a gente começa a duvidar das próprias memórias, do mesmo jeito que os outros duvidam de nós e dos nossos motivos. Mas você não merece isso. Mulher nenhuma merece.

Muito discretamente, ela fala:

– Talvez você seja quem você diz ser, moça, talvez não. Mas vou te dizer uma coisa: não foram os advogados dele, foram os dela. Foi tudo ela.

– Como assim?

Ela inspira fundo.

– Foi ela que me fez assinar o acordo de confidencialidade. Jon Rittenberg não sabia nada sobre isso. Ele sabe que me estuprou, porque estuprou. Mas agora ele só acha que eu inventei a parte da gravidez. Porque ela cuidou de limpar a sujeira dele, para proteger

a própria reputação e o nome da família. No começo, ela tentou me intimidar para que eu abortasse. Eu... Minha nossa, vou me meter em uma puta confusão se você espalhar o que estou dizendo, mas não fazia parte do acordo explicitamente... Os advogados dela nem sabem dessa parte...

– Que parte?

– Primeiro, ela tentou me intimidar, me espantar. Tentou me passar por doida. Me assediou, me assustou, ficou me mandando GIFs *do boneco Chucky com uma faca e as palavras: "Nem tudo é brincadeira de criança... Morra bebê, morra, morra, morra. Espero que seu bebê morra." – Uma pausa. – Não sei o que você quer com os Rittenberg, Kit, mas tenha cuidado. Pode achar que Jon Rittenberg é mau, e ele é, mas ele é só um macho escroto de sempre. Só que a esposa dele... Daisy Rittenberg... Ela é perigosa.*

DAISY

18 de outubro de 2019. Sexta-feira.
Treze dias antes do assassinato.

Daisy está alerta. Prepara uma refeição simples e gostosa: o peixe que comprou no mercado a caminho de casa, depois do almoço com Vanessa. Jon ligou mais cedo para dizer que traria comida, mas ela disse que ficaria feliz em cozinhar. Mesmo enquanto derrete manteiga na frigideira, a mente de Daisy segue remoendo o bilhete deixado *dentro* do carro dela.

Não havia sinais de arrombamento. Ela tem certeza de que apertou o botão para destravar o veículo, e que ele *estava* trancado. A única outra pessoa que tem a chave da BMW é Jon. E Jon não a perturbaria dessa forma. Fora de questão, não é? A única coisa que Daisy pode deduzir é que talvez ela estivesse *errada*... que talvez tenha deixado o carro *destrancado*. Mesmo assim, o fato de alguém saber que ela havia estacionado perto do bistrô... Deve ter sido por conta da *hashtag* que ela postou, #MatandoTempoAtéOAlmoçoNoBistrô. Um daqueles *haters* deve ter visto o *post* antes de ela apagar.

O que mais assusta é saber que o *hater* está fisicamente a seguindo.

Daisy se sobressalta quando a manteiga começa a queimar e soltar fumaça. Ela tira a frigideira do fogão e solta um palavrão. Joga a manteiga queimada fora e começa de novo. Enquanto espera a nova porção derreter, resolve parar de postar no Instagram por um tempo. E vai alterar as configurações de privacidade. Talvez os *haters* se esqueçam dela. Mas, ao espremer um limão sobre a manteiga e provar, seus pensamentos circulam de volta ao GIF do Chucky.

Ela está enlouquecendo por *isso*. Chucky.

Há apenas uma pessoa nesse mundo que poderia saber o que o Chucky significa para Daisy.

Mas pode ser apenas coincidência. O brinquedo assassino é um meme de terror comum, um GIF universal para denotar coisas ruins. É apenas a culpa lhe fazendo transformar um Chucky genérico em um monstro de verdade. Não é nada. *Nada*. Vai ficar tudo bem. E certamente não pode dizer nada a Jon. A melhor coisa a fazer é ficar fora das redes por um tempo. Tal qual Vanessa.

Ela pensa na amiga e em Haruto.

Está preocupada com o aperto que ele deu no braço de Vanessa. O medo que viu nos olhos da amiga. Daisy derrama o molho de manteiga e limão em uma travessa e a coloca em um forno elétrico. Pega a faca mais afiada do suporte para cortar os filés de peixe. Enquanto fatia e remove a pele cinza da carne rosada delicada, decide que vai conversar com Vanessa sobre Haruto. Vai mencionar o assunto, com tato, é claro, começando pelas beiradas.

Dá início ao processo de tirar as espinhas da carne brilhosa, cantarolando sozinha.

Talvez até confesse a Vanessa algo pessoal, para quebrar o gelo. Vai mostrar à amiga que também está vulnerável, que é alguém em quem se pode confiar. E talvez ajude Vanessa a abrir o bico sobre o marido.

Daisy escuta o carro de Jon se aproximando da entrada. O coração palpita. As luzes de segurança lá fora se acendem. Depressa, ela larga a faca afiada, limpa as mãos e acende velas. Coloca uma playlist tranquila de jazz para tocar. Por um instante, questiona-se se fez demais; a última coisa de que precisa é ser acusada de criar um jantar de Instagram.

Daisy logo joga os filés do peixe na frigideira quente. O vinho está gelando. Para ele, é claro. Ela não está bebendo no momento.

Jon chega com uma pilha de correspondências, a maleta e um buquê imenso de rosas vermelhas. Daisy ama rosas. Foi por isso que quis manter o nome Chalé Rosado, apesar de a casa ter sido modernizada e não se parecer mais com um chalé.

Ele deixa a correspondência no balcão, dá um beijo nela e a presenteia com as rosas.

– Caramba, o cheiro está bom, hein, amor. Estou faminto. – Ele sorri aquele sorriso charmoso dele, e Daisy se derrete. Jon segura sua barriga. – Como está o nosso rapazinho?

– Chutando igual a um jogador de futebol. – Ela pega um vaso e o enche de água. Jon leva a maleta para o escritório lá em cima e volta com as mangas enroladas, sem gravata, parecendo relaxado. É bom vê-lo assim de novo. Mas é um momento frágil, e Daisy fica receosa, até mesmo um pouco desconfiada.

Ela põe os pratos na mesa. Jon abre o vinho. Ele murmura sons de aprovação ao provar a comida. E, enquanto comem, ela espera que ele aborde o assunto sensível da promoção. Mas isso não acontece. Então Daisy decide não perguntar nada. Jon relaxa visivelmente a cada novo gole de vinho.

Enfim, ele diz:

– Desculpa por ter perdido a cabeça hoje de manhã, Dê. – Ele se serve de mais vinho. – É só que as novidades do Henry sobre Ahmed Waheed me abalaram. Eu precisava desopilar um pouco, processar. Mas você está certa, talvez o conselho veja o Ahmed como a melhor opção no momento. Entretanto, tenho algumas semanas para mostrar a eles que sou uma opção ainda melhor. Só preciso me impor para que eles vejam que sou o *único* digno deste trabalho. – Jon toma um gole de vinho. Seus olhos brilham.

Daisy guarda para si a surpresa com essa reviravolta. Ela se pergunta o que poderia ter mudado durante o dia de trabalho de Jon. Um pequeno fio de suspeita a enlaça: ele só pode estar tramando alguma coisa.

– Tem certeza de que não quer que eu fale com o meu pai? – ela pergunta. – Sei que ele não está mais no conselho, mas...

– Tenho. – Ele limpa a boca com o guardanapo e o deposita com firmeza sobre a mesa. – O conselho tem algumas caras novas, e quero apoio integral delas. Pretendo conseguir a posição de DIRETOR DE OPERAÇÕES do jeito certo, provar que sou o melhor para levar adiante o novo resort da TerraWest.

– Mesmo que você não fique com a vaga, Jon, está tudo bem. Quer dizer, voltamos para casa, estamos perto da família. Podemos ter nosso filho aqui, e você vai continuar a trabalhar no escritório do centro. Nada disso vai acabar. E aí, quando o neném chegar, podemos repensar as coisas.

Os olhos dele tremem com a menção de permanecer em Vancouver se ele perder a promoção. Um erro. Jon não vai aceitar bem a derrota, não mesmo. Ele tem apenas um plano: vencer. Assim como fazia quando competia no *downhill*, sempre queria o ouro. Não havia plano B, nem espaço para concessões.

– Bom – Jon diz –, tenho certeza de que o Labden vai querer manter a *princesa Daisy* em "casa", onde ele pode...

– Jon – ela o alerta –, por favor. Não começa.

Ele pega a garrafa de vinho e se serve de mais, enche bem a taça dessa vez.

– Mas é verdade, não é, Daisy? – Ele coloca a garrafa na mesa e toma um bom gole da taça. – Talvez o papai Wentworth tenha nos enganado para nos trazer de volta.

Ela o encara, boquiaberta. O vento bate um galho na janela.

– Isso é absurdo – ela fala baixinho.

– Será? – Ele aponta para ela com a taça. – Eu vi aquela ponta de dúvida na sua cara. Até *você* sabe que é possível. Vai ver mamãe Wentworth sugeriu. Talvez eu nunca tenha sido cogitado de verdade para ser DIRETOR DE OPERAÇÕES. Talvez este sempre tenha sido o plano: trazer você e o netinho de volta, depois me largar.

– E por que eles fariam isso?

O marido fecha a cara. Daisy sente o coração bater mais rápido. Sabe que o pai é manipulador, controlador. Mas ele nunca faria uma coisa dessas... faria?

– Porque eles te amam, Dê. Isso é fato. E os Wentworth sempre conseguem o que querem. Eles possuem coisas e pessoas. Nada mais, nada menos. E se tiverem decidido depois daquela confusão no Colorado que eu não sirvo mais para a menininha deles, a *princesinha* deles? Você nunca devia ter contado a eles.

– Não jogue a culpa para mim, Jon. Saiu nos jornais. Todo mundo em Silver Aspens ficou sabendo. É claro que meus pais ficariam sabendo da *stalker*. Pelo menos vindo de mim, eu pude controlar a narrativa e diminuir o impacto. Além disso, a poeira baixou sozinha. Todos viram que a mulher era mentalmente instável e só queria atenção. Ela armou para você, te escolheu como alvo. Ela mesma admitiu.

Jon olha fixamente para Daisy. Algo nele parece recuar. Ele sorri, mas tem uma ponta de dureza no gesto.

– Desculpa. É só que... Henry botou isso na minha cabeça. E terem trazido Ahmed Waheed para a sede duas semanas atrás... cheira a algo premeditado, já decidido. Não acha? Mas tudo bem. E é melhor que o Labden tenha saído da empresa. Não quero que pensem que só consegui a vaga por ser casado com a filha dele. – Jon se levanta, dá um beijo na esposa. Segura o rosto dela entre as mãos. – Vai dar tudo certo. Você vai ver.

Ela sorri um pouco nervosa, e seus batimentos aumentam a marcha. Jon recolhe os pratos e os leva para a cozinha.

– E como foi o seu dia? – ele pergunta enquanto coloca tudo na lava-louças. – A empregada vinha hoje de manhã, não é? Foi para onde dessa vez? Almoçou de novo com a Vanessa?

– Fui caminhar e depois encontrei a Vanessa no bistrô.

– Como ela está?

– A gravidez cai melhor nela que em mim.

– Não pode ser verdade. Você está radiante.

– Gigante.

Ele ri.

– Para mim, está linda.

Daisy hesita.

– Conheci o marido dela, Haruto. Foi breve, ele entrou no bistrô para apanhar ela.

– Apanhar? Falando assim parece um cachorro indo atrás da bola.

– Bem, pareceu um pouco com isso.

Ele congela.

– Como assim?

– Mais ou menos... Eu... eu não tenho certeza.

Ele espera.

– Ele pareceu um pouco controlador, acho. A Vanessa sempre tem uma elegância invejável, mas quando Haruto apareceu na janela do bistrô, ela se desmanchou. Ficou toda sem jeito. Não conseguia nem falar direito. Sinceramente, Jon, ela parecia assustada. E o jeito que ele agarrou o braço dela... Quanto mais penso nisso, mais fico preocupada.

– *A* Vanessa perfeita? Com medo do próprio marido?

– Talvez a gente devesse chamar os dois para um jantar ou algo assim. Aí você pode conhecer o casal e ver o que acha.

– Talvez.

Jon arruma o restante da mesa, e Daisy pega a correspondência no balcão. Enquanto abre as contas e as malas-diretas, o celular de Jon apita. Daisy estende a mão para o último item da pilha, um envelope pardo. Mas um silêncio estranho de Jon a faz erguer o rosto. Ele está olhando para uma mensagem na tela, com o corpo tenso. Daisy nota a expressão do marido mudar. Por um momento, parece que ele nem sequer está respirando. De repente Jon a nota, guarda depressa o telefone e vai rápido colocar o resto do vinho na taça.

– O que foi? – Daisy pergunta.

– Nada.

– Hum, e quem mandou "nada"?

– Era só spam, propaganda. – Ele não a olha nos olhos.

– Jon?

– O que é?

– Nós não escondemos as coisas. Não somos esse tipo de casal, não mais.

– Jesus, Daisy. Era só spam, ok? Relaxa.

– Posso ver?

– O quê?

– Posso ver a mensagem de spam?

– Eu deletei.

Ela o observa fixamente, lembrando-se da rapidez com que apagou as mensagens dos *haters*, sem nem pensar. Só um reflexo. Por que não consegue acreditar nele? Por que está tão desconfiada? Ela se lembra das palavras de Vanessa de novo:

"A gravidez pode até te deixar mais medrosa ou paranoica."

– Desculpa – ela diz. – Não quis me intrometer.

– Tudo bem.

Daisy se dá conta de que segura com força o abridor de cartas, como se ele fosse uma adaga. Volta a abrir o envelope pardo com cuidado, mas o coração martela no peito. Uma imagem corta seus pensamentos como vidro: o GIF. Consegue ver a faca *para cima e para baixo, para cima e para baixo, para cima e para baixo.* Consegue até se imaginar segurando a lâmina, esfaqueando uma carne branca.

O telefone de Jon apita outra vez. Dessa vez ele não checa na frente dela. Diz que precisa mandar um e-mail de trabalho, pede licença e leva o vinho para o escritório.

De mandíbula contraída, Daisy abre o envelope pardo com um corte. Uma foto A4 brilhante escapa e cai sobre a mesa.

É uma imagem do boneco Chucky ensanguentado, com a faca em riste.

Daisy derruba o abridor de cartas com um breve suspiro alarmado.

Debaixo da foto estão as palavras:

EU Sei O quE VOCÊ é.

EU sel O quE VocÊ Fez.

EU voU DEStrUIR vOCÊ.

MOrraMorRRAmOrraMORRABeBEzinHOmorRRA

Daisy fica sem ar. O bebê chuta. Em câmera lenta, ela vira o envelope para ver o que está escrito na frente. Estava tão absorta em Jon que não parou para olhar.

Sem nome.

Sem endereço.

Nada.

Alguém foi até a casa deles, chegou bem na porta e colocou o envelope com as próprias mãos na caixa de correio.

Primeiro o carro, agora a casa dela.

Daisy lança um olhar na direção das escadas por onde Jon acabou de desaparecer.

Está aterrorizada. Devia contar para ele. Prestar queixa.

Mas aí todos vão saber o que ela fez.

JON

18 de outubro de 2019. Sexta-feira.
Treze dias antes do assassinato.

Jon deixa a taça de vinho na escrivaninha e tranca a porta do escritório. Um calafrio o perpassa. Mia Reiter descobriu o número do seu celular. Deve ter tido trabalho. Ela o *quer*. Isso lhe afaga o ego do jeitinho certo.

Ele se senta, toma um golão de vinho e abre a mensagem, que não deletou de verdade, ao contrário do que disse à Daisy.

> Foi tão bom te encontrar ontem, Jon. Não consigo te tirar da cabeça.

Jon engole em seco, excitado. Começa a pensar em Mia, naqueles lábios vermelho-sangue, nos olhos verdes e vibrantes. E o jeito que ela olhou para ele como se, naquele momento, ele fosse a única pessoa no universo. Aquele sorriso... que o fez sentir um poder emanando de si, vindo do próprio peito. Imaginou também as unhas do mesmo vermelho, o toque da mão esguia e fria na dele, o sotaque sedutor. E o jeito como ela andava naqueles saltos altos: os quadris balançando com cada passo que dava na calçada, com as luzes da cidade cintilando no cabelo dela.

Isso sim é sentir-se vivo, bem-sucedido. O casamento dele, essa familiazinha em crescimento, esse "chalé"... estão sufocando algo dentro dele.

Jon abre a segunda mensagem enviada pelo mesmo número.

Adoraria te encontrar de novo. Espero cruzar com você um dia desses. Em breve. Um brinde ao acaso. Mia. Bjs

Jon abre uma gaveta e retira dela seu uísque especial e um copo. Serve alguns dedos para si. Dá um gole. É melhor que o vinho. Então começa a digitar uma resposta.

Vamos nos encontrar. Mesmo lugar? Ou podemos ir a um lugar mais tranquilo. Quando você volta à cidade? JR

Jon hesita com o polegar logo acima do botão ENVIAR. Pensa em Daisy lá embaixo na cozinha. A culpa se expande no peito. Um sentimento conflituoso se retorce dentro dele. Um pouco de ressentimento também... Porque não pode perder Daisy. Se der motivos para ela se divorciar, ele perde tudo.

Mas e se algo "acontecer" com a Daisy?

Jon se repreende. É o vinho, o uísque. É a promessa dessa mulher, Mia Reiter, da Suíça, que esquia e é sexy pra cacete, além de uma banqueira cabeça. Ela parece e cheira a riqueza também. Pode até ser mais rica que Daisy e a poupança dela. Ele fecha os olhos, o coração palpita. Está com um diabinho em um ombro dizendo: "Faça logo"; e um anjinho no outro que tenta com afinco proteger Jon de si mesmo. Mas aí o diabinho sussurra para a parte secreta da alma de Jon: "A vida não se resume à Daisy. Que mal faz só um casinho se você ficar quieto? Não machuca se ninguém descobrir, não é? Um homem como você, Jon, precisa de uma válvula de escape. Você tem que liberar um pouco dessa energia alfa toda acumulada.

Jon aperta ENVIAR.

MAL

1º de novembro de 2019. Sexta-feira.

Com ajuda das lanternas, Mal e Benoit examinam o exterior do Audi S6 sedan estacionado na entrada do Chalé Rosado. Gotas de chuva pingam da aba do boné de Mal, e água escorre pelo casaco dos policiais. O ar está frio. No fiorde, a sirene de neblina berra lamurienta.

– Nenhuma avaria – Benoit diz. – Mas pode ter seguido por uma estrada de terra, dada a quantidade de lama.

Mal aponta a lanterna pelas janelas do carro. Não encontra nada fora do comum.

Uma faixa de luz amarela no andar de cima do Chalé Rosado chama sua atenção. Mal olha para lá. Uma cortina volta a se fechar e corta a luz.

– Ele está lá em cima, nos observando – Benoit diz. – Esse cara está mentindo na cara dura, e não gostei nada daqueles ferimentos.

– Dá para sentir o cheiro de medo nele – ela responde. – Sem falar do álcool.

– Precisamos entrar naquela casa, e apreender e vasculhar esse Audi – ele diz.

– É, mas também não temos nada concreto para conseguir os mandados. – Mal se agacha, tira a lama da placa traseira. Então fotografa o número de registro e tira mais algumas fotos do exterior do carro e dos pneus.

De volta à viatura descaracterizada, envia as fotos para Lula. Benoit dá a partida, e Mal tenta ligar mais uma vez para Daisy Rittenberg. De novo, vai parar na caixa postal.

– Ty Binty do Pistrô afirma que os Rittenberg voltaram a Vancouver para ficar perto dos pais de Daisy. Como era o nome que ele disse? Do pai dela? – Mal pergunta.

– Wentworth – Benoit responde enquanto volta de ré à rua residencial. – Labden Wentworth.

– Encosta ali do outro lado da rua. Quero esperar aqui até conseguirmos alguém para vigiar Jon Rittenberg. Ele parece pronto para fugir.

Enquanto Benoit estaciona debaixo de algumas árvores do outro lado da rua, Mal faz uma ligação requisitando uma equipe de vigilância para o Chalé Rosado. Passa o endereço dos Rittenberg, depois pede que a chamada seja passada para Lula.

– Lu, você consegue puxar um número de telefone e o endereço de Labden Wentworth? Ele é pai da mulher grávida, Daisy Wentworth. Ela não está em casa, e temos razões para acreditar que o bem-estar dela e do bebê estão comprometidos.

– É pra já – Lu diz.

Mal desliga e faz uma busca rápida por "Labden Wentworth" na internet. Um conjunto de links associados ao nome aparecem. Ty Binty estava certo: o nome Wentworth é *importante*.

Mal passa a vista pelos artigos relacionados.

– Diz aqui que Labden Wentworth fundou a empresa TerraWest, uma desenvolvedora e operadora global de resorts de luxo em regiões montanhosas. A companhia também é dona de outros negócios, incluindo uma franquia de artigos esportivos. Empregam mais de 55 mil pessoas ao redor do mundo. A receita anual é de cerca de 5,2 bilhões. Ao que parece, a esposa de Labden Wentworth, Annabelle, também é uma figura importante, mas do mercado imobiliário de luxo na cidade. Ela é dona da própria empresa. Vivem em North Shore, no bairro British Properties, mas até agora nenhum telefone.

Enquanto esperam a equipe de vigilância chegar, e também as informações de contato que Lula ficou de conseguir, Mal manda uma mensagem breve a Peter.

Tudo certo?

Sem resposta.

A preocupação com o marido aumenta. Esse caso deve ser seu último. Vai precisar se afastar da polícia mais cedo do que esperava para poder tomar conta de Peter.

O celular toca. É Lula com o número e endereço de Labden Wentworth.

– Eyefield Drive, quatro, quatro, cinco, seis. British Properties – Lula fala pelo viva-voz e, nesse mesmo momento, uma viatura policial chega lentamente à rua.

Mal sai do carro e corre debaixo de chuva para falar com o policial dentro da viatura. Ele abre a janela, e ela começa a passar instruções.

– Se Jon Rittenberg sair, liguem para a delegacia, e não o percam de vista. – Ela explica a situação, depois volta depressa para Benoit, que espera no carro. Enquanto ela coloca o cinto, ele começa a dirigir, e seguem na direção da ponte que os levará à North Shore. No caminho, Mal liga para o número de Labden.

Vai parar na caixa postal.

Então liga para Peter. Quando o marido atende, ela sente um alívio tremendo. Controla a voz, precisa manter-se calma com ele.

– Oi, como você está? – pergunta.

– Bem. Vai ficar até tarde hoje? – Ele já esqueceu.

– É, parece que sim. Peguei um caso novo. Você não está olhando suas mensagens.

– Ah, eu... ó...

– Sem problemas. Conseguiu esquentar a lasanha?

Silêncio.

– Viu meu bilhete falando da lasanha? – Mal se repreende pela forma como fez a pergunta. Ela tem recebido indicações sobre como falar com Peter de um jeito que não o obrigue a confrontar a falta de memória, porque isso o deixa na defensiva. O que não ajuda ninguém.

– Sim, eu esquentei a lasanha, Mallory.

Ela fecha os olhos ao ouvir o tom condescendente.

– Ótimo. Não espera acordado, ok?

– É um homicídio?

– Parece que sim.

– Quem é a vítima?

Mal sente um aperto no peito. Costumava sempre discutir os casos com Peter. Antes um professor brilhante de psicologia forense, ele se aposentou precocemente ano passado por conta dos problemas de saúde mental. Eles eram um time, e Mal sente o marido, a relação deles, quem eram juntos, esvaindo-se.

– Não temos certeza ainda de quem é a vítima – ela diz. – Mas alguém sofreu ferimentos graves, provavelmente fatais. Se ainda estiver com vida, o tempo não está a nosso favor.

– Pega eles, amor.

Emoção se converte em lágrimas quentes nos olhos dela.

– Uhum, vamos, sim. Vamos nos esforçar. – Ela se despede e desliga. Sente a curiosidade e empatia de Benoit. E é a empatia que deixa tudo pior. Mal não quer que sintam pena dela. Mas em defesa de Benoit, ele deixa estar e não diz nada. Navegando pelo trânsito, assim que entram na ponte, é Mal quem finalmente quebra o silêncio.

– A Sadie está ok com você ficar até tarde?

Ele sorri.

– Não é bem uma escolha, é?

– Há cargos administrativos no departamento, sabe disso.

Ele ri.

– Não é para mim, Mal.

– É, eu sei.

Uma pausa.

– Além disso, não é como se a gente tivesse um caso de homicídio todo dia, não é? Nos dias mais tranquilos, eu que fico com o turno da noite em casa, e tomo conta do bebê nas folgas.

– Sadie ainda está correndo atrás do diploma?

– Mais determinada do que nunca. Está a distância agora. Aquela mulher é imparável. – Ele olha para Mal. – Vai ser uma bela de uma advogada de imigrantes e refugiados. Estou com um orgulho danado dela.

Mal sorri.

– O mundo está em boas mãos.

Ele gargalha, cheio de sarcasmo.

– O mundo não está em nossas mãos, chefe.

– Bem, pelo menos a minha equipe vai ficar em boas mãos quando você estiver no comando.

– Você ainda tem alguns meses pela frente – Benoit aponta.

Ela abre um sorriso pesaroso.

– Talvez sim, talvez não.

O DIÁRIO DA EMPREGADA

Querido Diário, desculpa não te visitar por tanto tempo. Eu não só não escrevi, como oficialmente larguei a terapia. Minha psicóloga disse: "Você está regredindo, Kit. Ao desistir de mim, está deixando a sua parte ferida se esgueirar de volta ao esconderijo dela. Descobrir o que mexe com você dá medo, eu sei, mas sempre o momento mais difícil é aquele logo antes de uma grande descoberta. Você está quase lá, Kit."

Talvez eu esteja.

Mas discordo da parte de voltar ao esconderijo. Não estou levantando a ponte. Não estou me esgueirando. Dessa vez, estou me mantendo firme. Estou sendo quem realmente sou. E como adquiri esse poder? Da Charley. E do cofre da Daisy.

Te contei lá no começo que sei onde as pessoas costumam guardar seus segredos. Sei onde procurar.

Nesse dia, fazendo faxina na Chalé Rosado, termino de lavar as roupas, tirar o pó, aspirar, lavar e guardar a louça na cozinha. Programo o cronômetro para a minha sessão de bisbilhotice.

Decido que não vou mexer no computador do Jon. Hoje é dia do banheiro. Comprimidos e segredos médicos são o que busco. Mas o armário de remédios não entregou nada instigante: alguns comprimidos para gripe, estimulantes, calmantes, analgésicos velhos, removedor de verrugas, vitaminas para a gravidez, spray antisséptico, band-aids, aspirina, esse tipo de coisa. Agacho-me e abro o armário debaixo da pia do lado "dela". Encontro um gaveteiro dentro, cheio de produtos de higiene feminina. Há protetores diários, pacotes de absorventes internos, lubrificante, lenço íntimo. Tateio os pacotes de protetores e absorventes. Mulheres adoram esconder coisas nesses lugares, particularmente de homens. Maridos e namorados não costumam sair mexendo em produtos menstruais. Sinto alguma coisa dentro de um dos pacotes de absorvente interno. É pequena, dura e angulosa. Não é um absorvente. Abro a caixa. Escondida em uma das embalagens está uma chave.

Meu sangue corre mais rápido.

Eu a pego. Sei em que fechadura ela serve; tenho certeza. Na minha última visita ao Chalé Rosado, na parte de trás da gaveta de calcinhas da Daisy, encontrei um cofre de documentos com uma tranca e um puxador. Ele é de um azul-claro. Muitos clientes meus têm cofres de tamanho e forma variados. Não apenas para guardar segredos, mas como proteção contra incêndios. A cor desse cofre, o fato de estar escondido no fundo da gaveta de calcinhas, e a chave com os absorventes íntimos... Tudo isso aponta para uma esposa querendo esconder algo do marido.

Sou assolada pela tensão. Olho o relógio. Quase não tenho mais tempo para bisbilhotar. Eu devia parar. Agora. Faça isso da próxima vez. Se Daisy chegar um ou dois minutos mais cedo, estou ferrada. Mas não posso deixar para lá.

Deixo a porta do armário aberta, corro para o quarto, puxo a gaveta, remexo a lingerie e pego o cofre.

É pesado, de metal sólido. Minha euforia está nas alturas.

Com a boca seca, sento na beirada da cama king size, encaixo a chave na fechadura. Entra perfeitamente. Giro, e ela abre a tampa.

Dentro estão dois envelopes pardos e um pen drive.

Toco o pen drive, não posso levar comigo para ver o que tem nele. Se ela descobrir que está faltando e denunciar para a Holly, com certeza vou ser demitida. Puxo um dos envelopes e o abro.

Lá dentro há um documento com várias páginas. Começo a ler. À medida que o juridiquês vai ficando mais claro para mim, vou ficando mais tonta, sem ar. O mundo ao meu redor desaparece, e o tempo para no vazio enquanto me esforço para processar o que estou vendo. Meu olhar corre para as assinaturas no final da página. Fico atônita. Com mãos trêmulas, abro o outro envelope.

Ouço o sangue pulsar em meus ouvidos, tento engolir em seco, processar o peso do texto, o que ele significa para mim. O cronômetro vibra. Pulo para trás. Escuto um carro chegando. O frio do pânico escorre na minha barriga.

Merda!

Corro para a janela e olho para a entrada. Quase desmaio de alívio. É uma van de entrega. O motorista sai do veículo e vai até a porta com um pacote. Corro de volta para a cama, ignorando a campainha; o entregador vai deixar o pacote ou voltar amanhã. Espalho os documentos pela cama. Tiro várias fotos com o celular. Minhas mãos tremem tanto que rezo para que as imagens não fiquem borradas.

Enfio tudo de volta nos envelopes e os devolvo ao cofre. Vejo o pen drive ainda na cama. Dado o conteúdo desses documentos, não consigo nem imaginar o que tem nele. Apanho o pen drive e o seguro com força. Minha mente gira. Definitivamente não tenho tempo de ver o conteúdo no computador do Jon. Se eu o levasse para examinar em casa e devolvesse da próxima vez, estaria correndo um risco enorme.

Ouço as palavras de Boon em minha mente.

Se você descobrir um segredo cabeludo... pode acabar encrencada. As pessoas, pessoas ricas, fazem qualquer coisa para proteger a si e à própria família... Até mesmo matar.

Este é um desses segredos.

Ele vai destruir os Rittenberg e todos que forem próximos a eles se eu contar.

E se não contar, vai me destruir.

Não tenho mais opção, não mais.

Guardo o pen drive no bolso e corro para fechar a porta do armário. Guardo correndo os produtos de limpeza e o Dyson no carro. Estou suando, desesperada com a ideia de Daisy ou Jon chegando em casa, aterrorizada com a possibilidade de Daisy descobrir que o pen drive desapareceu e começar a caçar a empregada.

Mas também estou apostando que ela não vai dizer nada a Jon.

Considerando o conteúdo daqueles documentos, também estou contando com ela não me denunciar para Holly.

Como eu disse, é um segredo obscuro. E Daisy vai lutar para mantê-lo enterrado.

MAL

1º de novembro de 2019. Sexta-feira.

Quando Mal e Benoit chegam à casa número 4456, a mansão Wentworth, ela está acesa como um castelo na escuridão de uma escarpa montanhosa. As luzes externas ladeiam o caminho pavimentado da entrada que sobe em curva até a casa. Uma pequena BMW branca está estacionada diante das quatro portas da garagem. Os policiais param atrás dela, saem do veículo e caminham até a escada que leva à entrada. Benoit toca a campainha enquanto Mal se vira para olhar a vista noturna da cidade ao longe. A cidade propriamente dita está coberta por um nevoeiro denso. Os cabos suspensos iluminados da Lions Gate despontam no alto da neblina como festões. Os prédios mais altos do centro também se projetam como faróis acima das nuvens. A mansão Wentworth fica em uma elevação nos flancos da montanha Hollyburn. Não há chuva ou nuvens ali. O ar está gelado, e o céu noturno, estrelado; mas lá embaixo na neblina está chovendo.

– Parece de mentira – ela sussurra.

A porta se abre.

Mal faz a volta e se depara com uma mulher grávida de cabelos castanhos. O coração acelera.

– Daisy Rittenberg? – pergunta.

– O que você quer? – Ela olha para Mal, depois para Benoit. Tem o rosto de quem andou chorando.

Graças a Deus ela está bem. Mulher grávida um: a salvo.

– Sou a sargento Mallory Van Alst, e esse é o cabo Benoit Salumu. Podemos entrar? Queremos fazer algumas perguntas sobre...

Uma voz masculina retumba pelo corredor.

– O que foi, princesa? Quem está aí? – Um homem aparece. É alto, esguio, de cabelos grisalhos e está bronzeado. Tem um rosto forte e postura igualmente forte. Mal o reconhece das fotos que acabou de ver na internet.

– Sr. Wentworth – Mal diz, e reapresenta a si e a Benoit. – Estamos investigando um caso de desaparecimento, e o tempo é precioso. Temos razões para acreditar que sua filha pode ter informações que talvez nos ajudem. Podemos entrar, por favor?

Labden Wentworth hesita. O olhar dele se volta para a filha. A "princesa" balança a cabeça de maneira quase imperceptível.

Wentworth enrijece a postura, parecendo aumentar de tamanho.

– O que a Daisy teria para dizer sobre... – As feições dele mudam quando algo parece lhe ocorrer. – Tem a ver com o Jon?

Mal sente o sangue esquentar.

– Podemos entrar?

Com relutância, Daisy e Labden se afastam para deixar os dois detetives passarem ao calor da opulenta residência. Mal e Benoit são guiados até uma sala de estar cavernosa, onde o fogo tremula em uma lareira a gás. A vista da janela da sala na direção da cidade é ainda mais espetacular. Uma mulher elegante aparece. Ela se move como uma dançarina e tem uma presença tão poderosa quanto a do marido, mas mais feminina e incisiva.

– O que está acontecendo? – a mulher pergunta, olhando de Mal para Benoit – Quem *são* essas pessoas?

– Está tudo bem, amor. É apenas a polícia. Querem fazer umas perguntas a Daisy sobre uma pessoa desaparecida.

Ela e o marido se entreolham descontentes. Mal e Benoit também trocam olhares. Tem alguma coisa acontecendo aqui, Mal pode sentir.

Tanto o sr. quanto a sra. Wentworth começam a se sentar no sofá da sala de estar.

– Gostaríamos de falar a sós com a Daisy – Benoit diz.

Eles hesitam. Wentworth examina a filha.

– Estamos logo ali se precisar da gente, princesa. – Ele se volta para os detetives. – Daisy está cansada, precisa descansar. Teve um dia ruim, e estamos preocupados com o bebê.

– Entendido – Mal diz.

Os Wentworth saem da sala e fecham com cuidado as portas duplas de vidro.

Daisy, de olhos inchados e rosto manchado, senta-se com dificuldade em uma cadeira próxima à lareira. Parece ao mesmo tempo nervosa e hostil, mas também angustiada.

Os detetives se sentam no sofá de frente para ela. Benoit deixa que Mal conduza a conversa.

– Sra. Rittenberg – Mal diz, inclinando-se para a frente –, estamos investigando um incidente que ocorreu em uma residência chamada Northview, conhecida localmente como Casa de Vidro. Soubemos que você conhece os donos, Vanessa e Haruto North, não é isso? – Mal sonda até que ponto a mulher está disposta a colaborar.

Daisy engole em seco.

– O que aconteceu... Que incidente?

– Por acaso visitou a casa dos North recentemente?

Daisy parece encurralada. Olha para as portas, e a mão protege a barriga de grávida.

– Eu preciso de um advogado?

– Precisa? – Mal rebate.

O rosto de Daisy fica vermelho.

– Olha, sra. Rittenberg, você não está encrencada. Estamos apenas tentando juntar informações a esse ponto. Sabemos que você comprou uma torta de mirtilo e amora no Pistrô em Point Grey ontem à tarde. E que comprou um buquê de... – Ela dá uma olhada no bloquinho, passa para a página certa – orquídeas dendróbio, mosquitinhos, anêmonas-do-japão, crisântemos *spider* e copos-de-leite, em uma floricultura chamada Flores da Bea. – Mal olha nos olhos de Daisy. – Tanto a torta quanto as flores foram deixadas em Northview em algum momento depois das dezoito e catorze. Dentro do buquê estava um cartão seu. – Mal se levanta, vai até Daisy e mostra uma foto do cartão pelo celular.

Aproveite a autonomia antes que ela acabe, amigos. Tem sido uma jornada e tanto.

Obrigada pelo apoio.

Daisy

Bj

– Para quem era esse cartão, sra. Rittenberg?

A mulher não pisca, nem fala.

Mal volta a se sentar.

– O que aconteceu em Northview? Por que você e seu marido estavam lá? Por que derrubou a torta e as flores na porta da casa?

Daisy umedece os lábios e diz, bem devagar:

– Meu marido, Jon, e eu fomos convidados para um jantar na casa dos nossos amigos.

– Quem são seus amigos?

Ela rompe o contato visual e alisa a calça.

– Vanessa North, ela é uma amiga grávida minha. E o marido dela, Haruto.

– São amigos próximos?

Ela hesita.

– Eu... conheci a Vanessa em agosto, em uma aula de yoga pré-natal. – Lágrimas aparecem nos olhos dela. – Como disse, ela também estava grávida.

– Estava? No passado? Aconteceu alguma coisa?

– Eu... Não, quer dizer, ela *está* grávida. O Haruto eu só encontrei uma vez. Jon ainda não conhecia nenhum deles. Pegamos as flores e a torta no caminho para lá.

– Pode nos explicar como derrubou as flores e a torta na frente da casa?

Sem hesitar, ela diz:

– Senti uma contração forte. Pensei que estava entrando em trabalho de parto ou algo assim. Me assustei. Larguei tudo que tinha nas mãos para segurar a barriga.

Mal inspira longamente.

– E como foi o jantar com seus amigos?

– Não chegamos a ficar lá. Por conta das minhas dores, voltamos para casa. O Jon teve receio de que eu precisasse ver minha médica.

– E como estavam os North na noite passada?

– Bem.

– Chegou a falar com eles desde então?

– Não.

– Então seus amigos não ligaram para saber como você estava depois das contrações?

Ela não responde.

– Sra. Rittenberg, havia alguém além de Vanessa e Haruto North na Casa de Vidro naquela noite?

– Não vi mais ninguém.

– Viu mais algum carro parado do lado de fora?

Daisy empalidece, sua respiração acelera. Ela olha de novo para as portas.

Mal muda de estratégia.

– A sua casa se chama Chalé Rosado, certo?

– O que minha casa tem a ver com isso?

– Quem limpa o Chalé Rosado, sra. Rittenberg? – Mal pergunta.

– Não vejo qual a relevância diss…

– Podemos fazer isso na delegacia, senhora – Benoit diz. – Ou você pode nos ajudar aqui.

Os lábios de Daisy se achatam. Quando ela volta a falar, a voz está fraca e constrita.

– Contratamos um serviço de limpeza. Holly Ajuda. O serviço começou três dias depois de nos mudarmos para a casa, em julho.

– Sabe o nome da pessoa responsável por sua casa?

– Não. – A resposta vem firme e rápido. Rápido demais.

Mal acena com a cabeça lentamente.

– Por acaso chegou a ver um Subaru amarelo com a logo da Holly Ajuda estacionado na entrada da residência dos North quando você e seu marido chegaram com o Audi?

– Não. Já disse. Não vi mais ninguém, nem outro carro.

– Tem certeza?

– Não havia outro veículo na entrada. – Os olhos dela correm para as portas. A mulher está ficando arredia, parecendo cada vez mais acuada. Mal percebe que a abertura para obter informações de Daisy Rittenberg está se fechando depressa.

– E se eu dissesse que temos uma testemunha alegando ter visto tanto você quanto o seu marido estacionando na Northview em um Audi S6 sedan cinza-escuro às dezoito e catorze? Vocês pararam logo atrás de um Subaru amarelo, e nossa testemunha viu o seu Audi e o Subaru amarelo ainda na entrada da casa pouco antes da meia-noite. Depois disso, tanto o Audi quanto o Subaru foram conduzidos para longe juntos, e em alta velocidade.

– Eu diria que sua testemunha está mentindo, ou vendo coisas. E que terminamos aqui.

Benoit fala:

– Alguém se feriu gravemente dentro daquela casa, sra. Rittenberg, e sua cooperação seria...

– *O quê?*

– Eu disse que alguém se feriu...

– Quem? *Quem* se machucou? – Pânico ilumina os olhos dela. Pontos vermelhos se formam em suas bochechas.

– Se você pudesse simplesmente responder às perguntas – Mal fala.

– Pai! – Ela se levanta e cambaleia na direção das portas duplas, com uma mão na parte debaixo das costas. As portas se abrem antes que ela as alcance.

O pai de Daisy entra na sala. Olha para a filha e diz:

– Ok, detetives, vocês precisam ir embora. Agora.

Mal salta de pé.

– Só mais uma pergunta, por favor. A vida de uma mulher pode depender disso.

Labden Wentworth vacila e depois olha para a filha. Mal usa a abertura para pegar o celular. Rapidamente, ela recupera a imagem de Kit Darling fornecida por Holly McGuire. Ela segura o telefone na direção de Daisy.

– Você reconhece essa pessoa?

Daisy se inclina para a frente e engole em seco.

– Não.

– Tem certeza? Olhe bem.

– Claro que tenho. Quem é ela?

– Sua empregada. Até o dia 27 de outubro.

Daisy fica branca como um fantasma.

– O quê?

– O nome dela é Kit Darling. Ela limpava o Chalé Rosado para o serviço Holly Ajuda até o dia 27 de outubro, depois disso, uma nova empregada foi mandada para a sua casa.

Daisy olha fixamente para a foto, como se estivesse com medo de encontrar novamente os olhos de Mal.

– Sempre saio de casa quando a empregada vai. Nunca pus os olhos nessa pessoa. Se a Holly mandou alguém diferente no final de outubro, também não sei. Tudo que sei é que minha casa fica limpa. – As mãos dela começam a tremer. – Pai, eu... eu acho que vou desmaiar. Preciso me deitar. Mande essas pessoas embora daqui. Agora.

Enquanto Annabelle Wentworth arrasta os detetives até a porta da frente, Mal escuta a voz de Daisy Rittenberg esganiçar ao falar para o pai:

– Eu não sei! Não tenho *ideia* do que aconteceu na casa. É claro que estou falando a verdade.

O DIÁRIO DA EMPREGADA

Estou quente e agitada de ansiedade ao conectar o pen drive no meu notebook. Faço isso assim que chego ao meu apartamento. Estou sendo assolada por um senso de urgência. O que vi, o que agora sei, as provas que tenho em meu telefone, colocam Jon e Daisy em perigo, o que, por consequência, me coloca em perigo. Preciso devolver isso *rápido*.

Abro a pasta do pen drive. Só tem um arquivo nele. Um vídeo. Clico nele e aperto PLAY.

A princípio, a gravação é confusa. Ângulos ruins, câmera tremida, muitas pessoas se mexendo, imagem pixelizada, baixa iluminação. Há música, vozes altas, gargalhadas. Mas à medida que o vídeo vai se desenrolando na minha tela, me dou conta do horror que estou vendo.

Alguém gravou aquela noite.

Essa é a prova visual que sustenta o conteúdo dos documentos que Daisy mantém trancafiados no cofre.

Assisto em horror crescente. Então escuto algo na filmagem. Um riso, mais alto que a música e as vozes. Uma gargalhada estridente. Ela termina ainda mais alta. Eu gelo. Não consigo respirar. Aperto STOP.

Eu me reclino na cadeira, com dificuldade para recobrar o fôlego.

Volto um pouco o vídeo e dou PLAY *outra vez. Ali está. Quase inaudível a princípio, enterrado no barulho da festa. Mas aí cresce, fica bem aguda e termina quase como um grito. Meus olhos estão queimando, e meu coração, acelerado. Volto, aperto o* PLAY *de novo. E de novo. E de novo. Eu me aproximo do monitor. Consigo identificar muitos dos rostos que estão na gravação daquela noite terrível, inclusive o meu. Mas não consigo ver o Boon. Ele nunca disse que estava lá, mas está. Está aqui, nessa gravação; não tenho dúvida nenhuma. Essa risada é a dele. Eu a reconheceria em qualquer lugar do mundo. Ninguém tem uma risada como a do Boon. Não é?*

Jogo-me para trás, toda a energia é drenada de mim. Esse tempo todo, tantos anos de amizade, de ele cuidando de mim... E ele sabia. Estava lá. Ele viu. E nunca falou nada.

Nunca disse à polícia o que com certeza deve ter testemunhado, dada essa filmagem. Não só isso, o Boon parece ter achado a violência daquela noite digna de riso.

Ele me disse que acreditava nas minhas acusações "daquele tempo", mas nunca confessou ter estado lá. Nada disso. A traição é demais para eu suportar. Especialmente na parte de trás daquelas assinaturas ao fim de um dos documentos que Daisy guarda no cofre. Não sei nem como começar a entender como isso muda tudo que pensei ser verdadeiro na minha vida nas duas últimas décadas. Como é mesmo a história de cair por um alçapão? E aquilo sobre imagens ambíguas? Quando você subitamente vê a bruxa velha e má no lugar da moça bela e jovem, não dá para desver.

Caio no choro. Uma baita choradeira de fazer tremer o corpo.

Porra.

Perdi um amigo, se é que já tive um.

Tapo os olhos com as mãos. Aperto a cabeça. A dor é intensa. Bam. Bam. Bam. Uma marreta bate no meu crânio.

Mas agora tenho provas. Depois de dezoito anos, tenho provas. Está tudo aqui. Esteve aqui esse tempo todo, todos aqueles anos perdidos, dolorosos e vazios. Trancado no cofre da puta da Daisy Rittenberg.

Mas para quê, porra? Para que ela guardou isso? Ela deve ter pensado no que isso causaria ao marido caso vazasse. Talvez tenha sido exatamente por isso que guardou, para controlar o Jon.

O aviso de Charley sibila nos meus pensamentos. "Não sei o que você quer com os Rittenberg, Kit, mas tenha cuidado. Pode achar que Jon Rittenberg é mau, e ele é, mas é só um macho escroto de sempre. Só que a esposa dele... Daisy Rittenberg... Ela é perigosa."

Fico sentada, encarando o nada, tentando compreender tudo, até a noite ficar preta como tinta. Permaneço sentada enquanto continua escuro. Fico assim até ouvir a chuva começar, até saber o que fazer. Aquelas semanas desde que entrei pela primeira vez no Chalé Rosado, desde que vi as pinturas pela primeira vez, me trouxeram até aqui. Todas as peças vêm se juntando por um motivo.

Pego o celular. Recomponho-me com dificuldade, inspiro fundo e ligo para Boon.

– Kit? – A voz dele vem sonolenta. Eu o acordei. – Você está aí, Kit? Sabe que horas são? O que está acontecendo?

– Não estou nada bem, Boon. Preciso te ver. Tenho que te mostrar uma coisa.

DAISY

25 de outubro de 2019. Sexta-feira.
Seis dias antes do assassinato.

Daisy está irritadiça enquanto dirige até a casa de Vanessa para um almoço tardio. É sexta-feira, dia de faxina, então precisa estar fora de casa, mas preferiria estar na cama, com as pernas inchadas para cima. Faltam apenas dois dias para completar as trinta e cinco semanas de gravidez, e sente como se o mundo estivesse se fechando ao redor dela de todas as formas. Seu corpo está desconfortável. Ela está profundamente abalada pelo Chucky que chegou no envelope semana passada. E o comportamento estranho de Jon está piorando. Além disso, está cada vez mais paranoica, com a sensação de estar sendo seguida, cada vez mais esquecida e perdendo coisas. Não conseguiu achar o pingente de diamante hoje de manhã. Jurava que tinha deixado no balcão do banheiro. E Jon ficou gritando com ela, querendo saber onde *ela* botou a porcaria dos sapatos dele.

Só quer que o bebezinho saia logo. Quer se sentir normal.

Mas assim que vira a BMW na rua litorânea e vê mais adiante a brilhante casa de vidro de Vanessa North, Daisy recobra a energia. Vanessa a convidou para almoçar, e não dá para negar que o clima neste dia de outono está glorioso. O céu está azul; a temperatura, agradável, e por todos os lados as folhas estão ganhando tons de vermelho, laranja e amarelo. Diz a si mesma que o bebezinho vai chegar logo. Enquanto isso, vai continuar longe das redes sociais. O trabalho de Jon vai se resolver. Essa fase vai passar.

Daisy estaciona em frente à Casa de Vidro. Ao sair do carro, um bando de pássaros pretos irrompe de uma árvore próxima, fazendo a maior barulheira. Ela se assusta, depois os observa: harpias maltrapilhas se movendo no azul do céu. Corvos. Esses bichos feios. Bando de aves esquisitas. O que é que eles comem mesmo? Bicho morto. Daisy sente um calafrio, porque na mesma hora que a palavra *morto* surge na sua cabeça, ela vê as lápides no gramado do outro lado da rua, e um esqueleto pendurado pelo pescoço em uma janela no andar superior. *Essa idiotice de Halloween.*

– Daisy! – Vanessa sai pela porta de vidro da casa, com um vestido de malha jersey verde-esmeralda que acentua a barriga de grávida. Está belíssima.

As duas se abraçam e trocam beijinhos no ar.

– O dia está maravilhoso – Vanessa comenta. – Pensei em comermos perto da piscina. Tudo bem por você?

– Claro.

Vanessa conduz Daisy pela sala de estar até uma mesa posta para duas pessoas, ao lado da piscina de borda infinita que dá vista para o fiorde. No mesmo instante, Daisy fica da cor da inveja. A casa dela e de Jon é do lado oposto da costa e nada perto da água. Sua preferência era por morar deste lado, em frente ao mar. Estar deste lado do fiorde também a deixaria mais próxima dos pais. Na verdade, quanto mais Daisy pensa no assunto, mais chega à conclusão de que o Chalé Rosado não projeta a imagem que ela gostaria. A propriedade foi uma compra apressada feita a distância e que custou 7,7 milhões de dólares, um lugar para onde pudessem se mudar no momento em que chegassem do Colorado. Um tapa-buraco, a bem dizer. Porque a ideia era se realocar para o novo resort assim que oferecessem o cargo de DIRETOR DE OPERAÇÕES a Jon. Agora Daisy já não tem muita certeza de que isso vai acontecer.

– Senta – Vanessa convida. – Vou só pegar a comida.

Daisy se senta, olhando para a piscina e o oceano, aliviada por sair de cima dos seus pés latejantes. Vanessa volta carregando uma tábua de charcutaria com uma combinação de queijos, carnes defumadas, picles, azeitonas, uvas, legumes fatiados e nozes. Ela põe a tábua sobre a mesa, e titubeia.

– Eu pensei... Não, deixa para lá.

– "Deixa para lá" o quê? – Daisy pergunta.

– Eu sinto *tanta* falta de um vinhozinho. Eu pensei que… talvez só um pouquinho de *spritzer*. – Vanessa torce os lábios. – Ou um espumante rosé, mas…

– Ah, vamos. Só um golinho. Vai ser relaxante. – Daisy se agarra à ideia. Ambas estão para dar à luz em cerca de um mês mais ou menos. Certamente não pode mais fazer mal aos bebês a essa altura, não é?

Vanessa franze a testa.

– Tem certeza?

Daisy sorri.

– Claro que tenho.

A amiga põe uma mão sobre o peito.

– Você é das minhas, graças a Deus. Pode cortar o salame enquanto eu pego as bebidas? A faca está ali. – Ela desaparece pelas portas de vidro da bela casa.

Daisy inspira fundo e pega a faca afiada. Enquanto corta o salame com cuidado, pensa em como seria bom tomar uma taça de vinho agora, algo para diminuir um pouco a tensão. A ansiedade e todo o cortisol resultante circulando por seu corpo provavelmente são muito piores para o neném do que um pouquinho de vinho sob o sol ameno do outono.

Vanessa retorna com um sorrisão, duas taças de vinho e uma garrafa de rosé francês gelado. Ela serve o vinho, e as duas bebem sob a luz amena do sol enquanto beliscam os frios, os queijos e as frutas. O álcool desabrocha como calor no peito de Daisy, e ela se sente ótima.

– Minha nossa, como senti falta disso – Daisy diz enquanto Vanessa completa as taças.

– Eu também. – A amiga coloca a garrafa na mesa e toma um bom gole de sua taça. – É tão injusto. Os homens seguem como se nada estivesse acontecendo, indo a bares, bebendo, sei lá, e a gente tem que virar santa e praticar a abstinência.

– E depois temos que parir e amamentar, e lidar com os seios vazando e as bombas de tirar leite.

Vanessa ri.

– Sem falar nas vaginas laceradas. Estava comentando isso com o Haruto outro dia desses.

Daisy pega um pouco de queijo Cambozola, que Vanessa aqueceu ligeiramente. Então passa o queijo macio e amanteigado em uma torradinha. A lâmina da faca cintila com o sol.

– Foi bom conhecer o Haruto lá no bistrô – ela começa, sondando.

– Foi?

Daisy levanta o rosto.

– Bem, sim – diz, e dá uma mordida na torrada. – Acho que seria ótimo se vocês dois pudessem conhecer o Jon também. Quem sabe podemos jantar todos juntos.

Vanessa a observa em silêncio por um momento, depois se inclina para a frente.

– Olha, Daisy. Eu sei o que você viu. Sei o que deve ter pensado. Estava escrito na sua cara. Mas precisa entender... O Haruto é um bom homem. Ele só é... um pouco autoritário, às vezes. Também tem pavio curto, sem muita paciência. Mas esse temperamento é o que faz ele ser bom no trabalho. O homem tem uma mente brilhante. Não tolera idiotices nem pessoas que pensam devagar demais. É assim que ele consegue as montanhas de dinheiro que nos permitem morar em um lugar como este. – Ela gesticula para a casa. – Sei que pode entender o que digo.

Sabe bem a que Vanessa se refere. Está segurando um espelho na direção de Daisy e pedindo a ela para olhar para si mesma, para a própria vida, para o próprio homem. Para pensar em suas próprias concessões, nos próprios valores.

– Veja o Jon, por exemplo – Vanessa diz. – O seu marido foi campeão de esqui *downhill*, ganhador de medalhas olímpicas. O esporte dele é extremo, de alto risco, perigoso. Tem tudo a ver com poder. E dinheiro, também. Apenas certas pessoas privilegiadas de personalidade tipo A conseguem se destacar, prosperar, consistentemente em um ambiente como aquele. Mas esses super alfas trazem outros problemas também, não é? Não dá para ter as duas coisas. – Ela pausa. – Não concorda?

Essa mulher está dentro da cabeça de Daisy. Ela pega a taça e toma um gole tranquilamente, porque não sabe a melhor forma de responder.

– Há quanto tempo vocês estão casados? – Vanessa pergunta. – Acho que você nunca mencionou.

Daisy sopra uma risadinha.

– Casamos praticamente assim que o Jon voltou com as medalhas de ouro em 2002. Éramos jovens. Provavelmente jovens demais. Mas a gente namorava desde o ensino médio. E meus pais o amavam. Papai acreditava que o Jon era um ótimo pretendente em todos os sentidos, pensando também nos resorts de esqui da família. – Outro gole de vinho... Desce tão fácil e tão rápido que Daisy está ficando inebriada. – Papai acreditava que o Jon tinha muito potencial.

– Tinha?

As bochechas de Daisy enrubescem. Não era aquilo que queria dizer, mas pode ser verdade. Ela pigarreia e se esquiva da resposta.

– E quanto a você e o Haruto? Como se conheceram?

– Em um bar de aeroporto. Muito clichê, não é? – Vanessa pega a própria taça, toma um gole. – Começamos a conversar e descobrimos que estávamos no mesmo voo de volta para Vancouver. Ficamos depois daquilo, e seguimos dali. Casamos em Singapura, onde o Haruto nasceu. A mãe dele é japonesa, e a família do pai tem forte ancestralidade no Reino Unido.

– Então é daí que vem o sobrenome dele?

Vanessa faz que sim.

Daisy bebe mais vinho. Ainda está muitíssimo curiosa sobre Haruto, mas não quer que Vanessa volte a se retrair. Quando as pessoas se sentem humilhadas, julgadas, elas entram na defensiva. Então Daisy mira em outra direção.

– Vi a fotografia emoldurada perto do bar quando passamos. Aquela sua e do Haruto. É espetacular. Tão exótica. Aquela cachoeira, as pedras, a mata e as orquídeas ao fundo, seus pés descalços e a saia longa e branca com um bordado colorido, parece mexicana. A foto foi tirada lá?

– Na Nicarágua. – Vanessa sorri. – Alguns anos atrás. Encontrei a saia em uma feira local.

O silêncio recai sobre o par. O vento fica mais forte, e o tempo esfria. Nuvens começam a deslizar pelo céu. Vanessa não acrescenta nada, mas agora que já começou, Daisy quer mais detalhes, e o vinho está lhe dando coragem.

– Já faz tempo que estão planejando ter um bebê?

Vanessa ri, mas é uma risada autodepreciativa.

– A gente pensava que nunca conseguiria ter filhos. E aí pá! Do nada, aconteceu.

– O Haruto está feliz?

– Mas é claro... Por que a pergunta?

– Por nada. – Mas, então, tomada por um desejo de falar algo verdadeiro, ou talvez seja o vinho depois de tantos meses sem ingerir álcool, Daisy conta: – Às vezes, me pergunto se o Jon e eu... Quer dizer, eu *sei* que ter um bebê é a coisa certa a se fazer, mas me pergunto se o Jon realmente quer a criança.

– Sério?

Daisy acena que sim.

– Ele já demonstrou arrependimento? – Vanessa completa as taças.

Daisy inspira fundo, depois expira. Explica que Jon tem um concorrente inesperado para o cargo que ele tinha certeza de que receberia. E isso abalou os planos dos dois.

– Parte de mim acha que o Jon só disse sim à gravidez por causa desse trabalho – Daisy confessa, e pega o vinho recém-servido.

– Não é possível que você acha isso.

– Bem, ele sabe que *eu* acredito que um bebê faria bem ao nosso casamento, e que criar uma unidade familiar me deixaria feliz. E sabe que se estou feliz, meus pais estão felizes, e meu pai foi quem ofereceu a promoção, então... – A voz de Daisy desaparece. Ela limpa a garganta. – Então talvez ele só tenha ido na onda.

Vanessa fala baixinho:

– Não sabia que o seu casamento estava tendo problemas.

– Eu não deveria ter falado disso.

– Como foi?

Daisy vê o mundo escurecer. O vento aperta, e uma nuvem cobre o Sol.

– Eu... acho que passei da conta com o vinho. Estou me sentindo um pouco esquisita, para falar a verdade, meio tonta.

– Vou pegar um pouco de água.

Vanessa vai depressa até a casa e volta com uma jarra de água gelada e copos limpos. Então enche um copo para Daisy, que engole metade da água, mas não parece ajudar com a cabeça.

Um movimento em uma janela superior na casa vizinha chama sua atenção. Ela se vira e nota uma mulher em uma cadeira de rodas as observando de uma janela de canto. Vanessa está sentada com as costas para a idosa, então provavelmente não a vê. Daisy se sente estranha, como se a visão estivesse estreitando. Olha para o céu, as nuvens estão ficando mais pesadas. Aquele bando desarrumado de corvos ainda circunda o local, como pequenos urubus.

– Daisy?

– Oi?

– Você estava me contando que acha que um bebê pode consertar o seu casamento.

Daisy esfrega a testa, tentando se centrar. O vento frio sopra ainda mais forte, balançando a barra da toalha de mesa, mas ela se sente quente, suada.

– Eu... Jon causou problemas no Colorado. Fez uma idiotice. Precisei arrumar a bagunça dele das duas vezes.

– Como assim?

– Eu... Não é nada. As mulheres... Elas o acusaram de algumas coisas. Extrapolaram o ocorrido, queriam atenção. E eu ajudei a resolver as coisas sem ele saber.

O olhar de Vanessa fica intenso, o que assusta Daisy. Ela passou dos limites, não devia ter tocado no assunto.

– Pode compartilhar o que aconteceu? – Vanessa pergunta discretamente.

– É como você disse. Essas personalidades masculinas tipo A... Ele só cometeu um erro. Coisa de homem... É tão difícil crescer sendo homem hoje em dia.

– Que tipo de erro?

Daisy engole em seco, tenta clarear os pensamentos, mas de novo sente que está caindo em uma armadilha feita por ela mesma, e não dá para voltar atrás agora que deixou a amiga curiosa. Tenta sinalizar com a mão que o assunto é desinteressante e diz:

– Ah, o primeiro incidente foi mil anos atrás, ele era praticamente um adolescente ainda. O outro foi no Colorado, e com certeza foi armação, não foi culpa do Jon. Essas duas mulheres, sabe-se lá por que, tentaram destruir a vida dele.

– Do que exatamente elas o acusaram?

Daisy está contra a parede. No desespero, olha para a Casa de Vidro. Precisa atravessá-la para chegar ao carro. Tem que encontrar um jeito educado de sair dali. Como é que ela entrou mesmo nesse assunto? Mas parte de Daisy sabe a resposta. Ela anseia por uma aliada, uma amiga de verdade. Está solitária. É da natureza humana compartilhar, desabafar. Mas foi um erro. O cérebro dela está agindo estranho. Sente-se tão cansada. Tão confusa... Precisa ir para casa. Precisa de um cochilo.

– Daisy?

Ela se balança, limpa a garganta.

– De estupro.

Vanessa a encara, em choque.

– Mas é claro que ele não fez isso, Vanessa. Era tudo mentira. Só queriam atenção. Quando se é famoso, quanto mais visibilidade se tem, mais as pessoas tentam te derrubar. É a natureza humana. Elas mentiram sobre as gravidezes também. Umas mentirosas.

A expressão de Vanessa muda. Daisy se desespera. Ultrapassou os limites, e a então amiga está prestes a virar ex-amiga.

– Você precisa entender, Vanessa, que o Jon sofria muita pressão no período pré-olímpico. Ele era jovem, ficou muito bêbado em uma festa, passou a noite com uma garota apaixonada por ele, também muito bêbada, que se jogou em cima dele. E os outros caras ficaram instigando e meio que se envolveram também.

Vanessa fica boquiaberta.

Daisy não consegue mais parar. Precisa normalizar a situação. *Precisa* fazer Vanessa entender. *Precisa* que Vanessa a entenda, que a aprove e a apoie.

– A garota exagerou o acontecido. Saiu dizendo que foi estuprada, um estupro coletivo, e depois começou a dizer que estava grávida do Jon, mas graças a Deus ninguém acreditou. Ela foi até a polícia, que se sentiu na obrigação de abrir uma investigação, mas nem mesmo eles conseguiram nenhuma testemunha para corroborar a história, nenhuma prova, porque não tinha nada, e então, é claro, não houve indiciação.

– Então ele alega que o sexo foi consensual?

– E foi.

– E com os outros caras também?

– O que quer que tenha acontecido, eles eram adolescentes se divertindo, inclusive ela. O Jon errou por negar a relação sexual a princípio, porque sentiu vergonha. Assim, ela não fazia mesmo o tipo dele. Era umazinha obesa, feia, com a pele ruim e uma má reputação, mas ele estava de porre. Além disso era meu namorado. Depois, quando a garota disse que estava grávida dele, Jon confessou ter transado com ela, e que outros caras tinham participado. Pode ter sido algum deles.

– Fizeram um teste de paternidade?

– A garota foi embora. Não ouvi mais nada sobre bebê nenhum, então claramente era mentira. As acusações dela poderiam ter custado muito ao Jon e à metade da equipe de esqui. Isso quer dizer que não haveria mais as duas medalhas de ouro para o país nas Olimpíadas seguintes. Ela poderia ter destruído o futuro do Jon...

– E o seu.

Uma onda de irritação acerta Daisy.

– Sim, sim, e o meu. Nós tínhamos planos para o futuro.

– Mas, Daisy, e se o que a garota falou for *verdade*?

Daisy esfrega o rosto.

– Olha, mesmo que houvesse algum fragmento de verdade, a minha mãe pagou uma fortuna aos pais da garota, para uma poupança para a faculdade, desde que ela desmentisse tudo e parasse de criar confusão. A família dela *nunca* conseguiria aquele dinheiro todo, Vanessa, a não ser que ganhassem na loteria. Eles saíram no lucro. A mãe dela era empregada, limpava quartos de hotel e de casas. E o pai trabalhava na estação de tratamento de esgoto. Se pensar bem, eles têm é sorte de o Jon nunca ter os processado por danos morais; além do mais, receberam uma montanha de dinheiro.

– Suborno? *Sua* mãe pagou os pais *dela* para ficarem calados?

– Preciso ir para casa. Não estou me sentindo bem. Desculpa ter trazido esse assunto. Podemos só deixar para lá, por favor?

Vanessa a encara. A força do olhar cava um túnel bem no meio da cabeça de Daisy. Ela fica enjoada.

– Você comprou a mulher do Colorado também?

Daisy fica de pé e bambeia um pouco.

– Obrigada pela comida. Preciso ir para casa.

Vanessa se levanta e toca gentilmente o braço de Daisy.

– Sinto muito que você tenha passado por isso, Daisy. Homens não prestam. Eles conseguem mesmo ser uns merdas.

Lágrimas enchem os olhos de Daisy. Ela concorda com um aceno de cabeça.

– Posso fazer alguma coisa por você?

– Não, eu... eu estou bem. De verdade.

– E se ele fizer algo assim de novo?

– O Jon?

– Sim, o Jon. Quer dizer, caras como ele... Não mudam, Daisy, mudam? Apenas aprendem. Evoluem. Se adaptam. Encontram formas de serem mais cuidadosos e não serem pegos da próxima vez.

A respiração de Daisy vem cortada.

– Se ele fizer, eu... juro, da próxima vez, eu me separo dele. Meto um belo de um processo no homem. Ele não vai mais poder ver o nosso filho. E vou *ganhar* qualquer processo, porque... porque tenho uma boa apólice de seguro. Posso usar essa garantia. Uma mulher sempre precisa se resguardar quando se casa com um homem feito meu marido.

Quase sussurrando, Vanessa fala:

– Uma garantia?

Daisy confirma, encorajada pela preocupação de Vanessa, e pela própria necessidade de continuar tendo a aprovação da amiga, o amor dela.

– Alguém no alojamento da equipe de esqui gravou partes do "incidente" no celular. E ele veio parar nas minhas mãos depois. Copiei a gravação e fiz o dono do telefone deletar o vídeo na minha frente. Mantive a cópia. Está guardada em um pen drive em um cofre na minha casa. Também tenho cópias dos acordos de não divulgação assinados pela stripper do Colorado. E uma cópia do acordo que minha mãe assinou com a mãe daquela garota em Whistler. Tudo prova de que o Jon fez aquelas coisas. E... – Daisy se dá conta do que está falando. Ela cala a boca.

Vanessa se abaixa e lhe dá um abraço apertado.

– Vai ficar tudo bem – Vanessa sussurra. – Vai ficar tudo bem.

E Daisy chora.

DAISY

25 de outubro de 2019. Sexta-feira.
Seis dias antes do assassinato.

Transtornada, Daisy dirige para casa. Provavelmente não deveria estar atrás do volante, pois mente e corpo estão totalmente alterados. Como foi que Vanessa arrancou tudo aquilo dela? Como foi que aquilo começou? Daisy se lembra: ela deixou escapar o medo de que talvez Jon não queira o filho.

Assim que Daisy vira na entrada do Chalé Rosado, vê um pedaço de papel pardo saindo da caixa de correio. Ela conduz até a porta da garagem, estaciona, sai do carro e vai pegar a correspondência. Precisa mesmo dar uma respirada. Mas tropeça e se apoia na caixa de correio para não cair. Sente uma pontada. O coração bate forte. Ela está quente apesar do vento frio do outono. Daisy se agarra à caixa de correio, meio tonta, desconectada da realidade. Folhas saltitam ao redor de seus pés.

Não devia ter bebido. Foi direto para a cabeça, de um jeito ruim. Daisy se convence de que é resultado de ter ficado tanto tempo sem beber, desde que descobriu estar grávida.

Ela pega o envelope pardo. Gela. É igualzinho ao que Jon levou para dentro na semana passada. Sem nome, sem endereço. Seus batimentos aceleram mais. Olha ao redor das casas. Mais folhas são levadas das árvores e se espalham pela calçada. Um passeador de cães está na esquina, segurando a guia de um lulu-da-pomerânia que tenta fazer xixi. O vizinho idoso de Daisy está de quatro perto da calçada, arrancando flores mortas da cerca. Um corvo grasna. Ela olha para cima. O pássaro a observa dos fios telefônicos. Ela odeia corvos.

Daisy umedece os lábios e abre o envelope com um rasgo.

Dentro, há mais uma folha A4 de papel fotográfico brilhante. Daisy a tira de dentro. Sua respiração para. É a imagem de uma faca de trinchar perto de uma lápide que diz:

DESCANSE EM PAZ, BEBEZINHO LINDO. 🏴‍☠️

E embaixo da foto, impressa em letra de forma, estão as palavras:

♫ NEM TUDO É BRINCADEIRA DE CRIANÇA... MORRA, BEBÊ, MORRA, MORRA, MORRA. ESPERO QUE SEU BEBÊ MORRA. ♫

O medo atravessa Daisy. E por trás dele vem chegando uma explosão colossal de raiva.

Existe apenas uma pessoa, uma única pessoa no mundo inteirinho, para quem essas palavras e imagens fariam algum sentido.

A *stalker* do Colorado.

Charley Waters, a stripper.

Daisy olha para todos os lados novamente. Será que Charley está ali? Será que veio atrás deles? Será que os está perseguindo outra vez?

Ela está me manipulando. Essa puta está me desestabilizando.

Daisy cambaleia depressa até a cerca e chama pelo vizinho idoso.

– Frank! Ei, oi! Frank?

O homem levanta o rosto, depois fica de pé e se aproxima da cerca.

– Olá, Daisy. Como estão vocês? Tudo ok? – Ele cerra os olhos e se aproxima. – Você está passando mal?

Ela está tremendo, muito. O rosto está da cor de uma beterraba. A pele está pegando fogo; os olhos, queimando.

– Estou bem. Estou ótima. Por acaso viu alguém se aproximar da minha casa e colocar algo na caixa de correio?

– Não que eu lembre. Fiquei aqui fora praticamente o dia todo, passando o tempo no jardim. Tem certeza de que está bem? Posso pegar um copo d'água para você, ou outra coisa?

– Ninguém suspeito se aproximou da nossa caixa de correio?

Ele franze a testa, analisando a mulher meticulosamente.

– Não vi nada estranho.

– Tem certeza? Nada fora do comum mesmo?

– Só a empregada. A de sempre, como sempre.

Daisy fica olhando para ele.

– A empregada – ela repete devagar.

– Da Holly Ajuda. A que vem com um carrinho amarelo, um Subaru com o logo nas portas.

– Obrigada, Frank. – Daisy se vira e vai andando devagar até a porta de casa, com a respiração agitada.

Lá dentro, anda de um lado para o outro na sala. A empregada? Não é possível que alguma empregada da Holly Ajuda saiba o que Daisy secretamente fez com Charley Waters lá em Silver Aspens.

Sabe que deveria ligar para a polícia. Denunciar Charley. Avisar que ela está ali. Aquela *stalker* vingativa e perigosa que está violando a ordem de proteção e atravessou a fronteira para ir atrás deles.

Mas aí Daisy teria que explicar por que acha que a mensagem veio especificamente de Charley Waters. De jeito nenhum vai admitir que aterrorizou, coagiu e depois pagou a mulher para eliminar a cria de Jon. E que fez tudo isso porque nem que a vaca tussa deixaria aquela pé-rapado daquele lixo de stripper usar um filho em comum para se amarrar a Jon por toda a eternidade. Nem pensar. Mulheres assim sempre voltam querendo mais: mais dinheiro, mais pensão alimentícia, mais atenção. Enquanto essa criança vivesse, Jon estaria de certa forma acorrentado à mãe.

Daisy continua a ir de um lado a outro, apoiando a lombar com a mão. Só existe uma opção.

Ela sobe as escadas, encontra a agenda, procura pelos contatos, localiza o número de celular de Charley e liga para ela.

O telefone toca. Daisy fica tensa.

No instante que a ligação é atendida, Daisy berra:

– É você? É você quem está fazendo isso comigo? Mas que porra é essa... Você vai ver o processinho que vou meter em você, Charley Waters.

– Daisy? Daisy Rittenberg? É você?

– Não se faça de desentendida. Você veio até a minha casa. Está me seguindo de novo. Veio até o Canadá atrás de nós e está me perseguindo. Se escondendo no beco atrás da minha cerca-viva, me seguindo. Foi você que colocou aquele bilhete dentro do meu carro. Eu sei que é você comentando aquelas merdas no meu perfil do Instagram. Você já era, Charley Waters. Você está morta. Eu vou acabar com você.

– Não sei do que você está falando.

– Só você sabe do boneco Chucky. Só você.

– Chucky?

– Aqueles que te mandei. As mensagens que usei para te ameaçar a se livrar do bebê do Jon, antes de você voltar atrás e concordar que ficaria com o dinheiro e faria o aborto. Antes de você assinar o acordo de silêncio no qual concordou legalmente que nunca mais tocaria no assunto, nem entraria em contato conosco. Antes de receber a ordem de proteção. Vou ligar para a polícia agora mesmo... Dizer que você está nos assediando e assustando outra vez.

Um longo silêncio se faz. A boca de Daisy está tão seca quanto osso em pó. Conseguiu encurralar Charley. Está no papo. Foi Charley quem fez isso, o silêncio diz tudo. Uma mistura de ira e triunfo alimenta o peito de Daisy, fazendo-a se sentir grande e forte.

– Não acredito que você falou tudo isso, Daisy – Charley diz tranquilamente do outro lado da linha. – Você simplesmente veio e confessou o que fez comigo... com o Chucky. Admitiu que me assediou e me coagiu a fazer um aborto, e que depois me pagou para fazer isso. Quanto eu recebi mesmo?

Daisy abaixa a voz, e as palavras saem constritas:

– Nem pense em tentar arrancar mais meio milhão de mim, Charley Waters. Não tenho tempo para as suas porcarias. Eu te paguei para ficar com a porra da boca calada. É você quem está me *trollando* no Instagram? Você nos seguiu até aqui? Está me manipulando?

– Ah, espera, já sei. É por causa da Kit, não é?

Daisy estanca.

– Quem é Kit?

– Olha, moça… – Charley de repente começa a falar mais rápido, talvez dando-se conta de que falou mais do que devia e tentado desviar do assunto. – Você é louca. Doidinha da cabeça. E quero que saiba que é *você* que está quebrando nosso contrato fazendo essa ligação, e…

– Ah, por favor.

– E eu estou gravando tudo. Me ligue outra vez, Daisy Rittenberg, faça mais ameaças, e eu vou direto para os jornais com este áudio, porque a outra metade do acordo era que você me deixaria em paz.

A chamada é encerrada.

Daisy encara o celular. O sangue lateja.

Quem diabos é "Kit"?

MAL

1º de novembro de 2019. Sexta-feira.

Mal e Benoit sobem as escadas até o apartamento de Kit Darling. São 20h43, e a chuva metralha o telhado da escadaria.

Lula e o restante da equipe ainda trabalham para localizar os North, enquanto Mal e Benoit vasculham a residência da empregada em busca de pistas de onde ela pode estar. Mal também espera obter algo que forneça amostras de DNA para comparar com o sangue coletado na cena do crime.

Ao chegarem no segundo andar do prédio antigo na zona leste de Vancouver, Benoit diz:

– Daisy Rittenberg não ter reconhecido aquela foto da Darling… Acredita mesmo?

– Não acredito em nada, no momento – Mal responde enquanto caminham, checando os números dos apartamentos. O corredor tem uma iluminação fraca e cheira ao *curry* do restaurante indiano no andar de baixo.

– E Vanessa North não ligar para Daisy ou Jon Rittenberg depois de ela supostamente derrubar flores e uma torta por conta de uma emergência médica?

– Daisy afirma ter conhecido Vanessa na aula de yoga pré-natal. Ty Binty também disse que Daisy ia ao bistrô com a amiga grávida. Podemos conferir com o resto da turma de yoga amanhã. Talvez eles possam nos dizer algo sobre o paradeiro de Vanessa e Haruto North.

Ao chegarem ao apartamento de Kit Darling, Benoit congela. A mão dele se ergue, interrompendo o movimento de Mal. Ele põe um dedo diante dos lábios e aponta.

Há uma luz acesa. A porta está ligeiramente aberta, e uma sombra se movimenta do lado de dentro.

Os detetives trocam um olhar intenso. Benoit sinaliza para Mal, e, sem nenhuma palavra, movem-se simultaneamente, cada um assumindo posição de um lado da porta do apartamento. Escutam o som de algo se quebrando lá dentro, seguido de um gemido.

Sacam a arma.

Parada ao lado da porta, arma em riste, Mal estende o braço e bate.

– Olá? Tem alguém aí? É a polícia.

Silêncio.

– Olá? – Benoit grita – Polícia. Vamos entrar!

Mal empurra a porta, que se escancara. Benoit gira, parando diante da entrada, dando cobertura à Mal enquanto ela entra.

Veem um homem curvado sobre uma mesa próxima da janela, com as costas para eles.

– Polícia. – A voz de Benoit reverbera pelo pequeno apartamento. – Se afaste da mesa, senhor. Identifique-se.

O homem se vira. Ele os vê, prende a respiração. Joga as mãos para cima e derruba a jarra de vidro que estava segurando. Ela bate no chão e se estilhaça, espalhando cacos para todos os lados do apartamento.

– Parem! – o homem grita com as mãos ao alto. – Por favor. Eu... eu não estava fazendo nada de errado.

– Identifique-se, senhor – Benoit ordena.

– Perdão? – O homem vira a cabeça de lado e se inclina um pouco para a frente, como se não pudesse ouvir.

– Seu nome, senhor – Benoit grita. – Qual é o seu nome?

– S-Samuel Berkowitz. E-eu moro no apartamento do lado – ele gagueja, tremendo de medo.

– E o que está fazendo neste apartamento? – Benoit pergunta. – Por que não respondeu antes?

– Me perdoe. Não consigo ouvir.

Benoit fala mais alto:

– O que está fazendo neste apartamento, senhor? Por que não nos respondeu?

Mal olha para a bagunça no chão. Parece ração de passarinho.

– Não estou usando meus aparelhos auditivos. Se... se importa se eu colocar?

Benoit abaixa a arma. Mal mantém a dela apontada para o homem mais velho, caso seja algum truque.

Sam Berkowitz, com mãos trêmulas e manchadas pela velhice, mexe desajeitadamente no bolso e pega os aparelhos auditivos. Então os coloca com dificuldade, de tanto que está tremendo.

– Não gosto de ficar com eles o tempo todo – o homem explica. Os olhos dele ficam marejados, e lágrimas se acumulam em suas rugas. – Vim pegar a comida do Mórbido. É o corvo perneta da Kit. E-eu tenho uma cópia da chave do apartamento dela, e ela tem do meu também, caso algum de nós precise de ajuda com alguma coisa. Ela me pediu para alimentar o Mórbido caso alguma coisa acontecesse com ela. Vocês... me assustaram.

– Pedimos desculpas, senhor. Sou o cabo Benoit Salumu. – Ele guarda a arma.

– E eu sou a sargento Mallory Van Alst. – Mal prende a própria arma no coldre debaixo da jaqueta. Então mostra o distintivo. – Estamos tentando localizar Kit Darling.

– Ela está oficialmente desaparecida, então? – Sam Berkowitz pergunta. Ele parece abatido.

– Podemos te ajudar a sair de perto desse vidro quebrado, senhor? – Benoit avança, e os cacos rilham debaixo dos coturnos dele. O cabo segura o braço do homem e o guia com cuidado para longe dos estilhaços em meio às sementes espalhadas pelo chão.

– Posso me sentar? – o senhor pergunta. – Meu coração... um susto desses. Parece um cavalo galopando.

Benoit puxa uma cadeira e ajuda Sam Berkowitz a se sentar.

– Precisa de auxílio médico, senhor? Posso checar seus batimentos? Sou treinado em primeiros socorros – Benoit informa.

O homem enrola a manga e estende o braço.

– Está tudo bem, só preciso recuperar o fôlego.

Mal nota uma tatuagem no interior do antebraço do homem. Benoit também a vê. Eles se entreolham.

Campo de concentração, Mal pensa. Sam Berkowitz é um sobrevivente do Holocausto. O peito dela se aperta. Benoit checa os batimentos do sr. Berkowitz, e Mal vai até a cozinha pegar um copo d'água para o senhor.

Ao abrir a torneira, olha ao redor da cozinha. É pequena, velha. Há um vaso de manjericão no parapeito da janela. Ela vê uma coleção de pequenas xícaras coloridas, e de fotos e cartões-postais pendurados na geladeira, mostrando lugares como Tailândia, Islândia, Quênia, ilhas Galápagos, Patagônia, Austrália, Camboja. Enquanto a água corre, Mal confere a parte de trás de alguns dos postais. Não há mensagens, nem selos. Não foram mandados por ninguém. Kit Darling deve tê-los comprado de alguma outra forma e os guardou. Mal se aproxima para examinar a foto de um grupo de jovens. Kit está entre eles. Há outra foto da empregada sozinha diante de uma cachoeira. Está rindo, vibrante, bronzeada, com o cabelo loiro solto esvoaçando e o braço cheio de pulseiras.

Mal termina de encher o copo e o leva para Sam Berkowitz.

– Sabe quem são aquelas pessoas com Kit Darling na foto da geladeira, sr. Berkowitz?

Os olhos dele se enchem de lágrimas.

– São os amigos dela do grupo de teatro. Não sei o nome deles, só o do Boon. Ela coleciona aqueles cartões-postais. São todos de lugares que ela gostaria de conhecer. A Kit sonha em viajar pelo mundo, sabe? Ela sempre diz que é isso que vai fazer se ganhar na loteria. O que aconteceu? Ela está bem?

– É isso que estamos tentando determinar. – Benoit solta o pulso do homem. – Parece que seu coração se acalmou sozinho, senhor. Avise-nos se voltar a se sentir mal. Desculpa por ter te assustado daquele jeito.

Mal estende o copo para o homem. Ele bebe a água, segurando o copo com ambas as mãos.

– Soubemos que a Kit faltou ao trabalho hoje – Mal informa. – A empregadora dela e o amigo estavam preocupados. Pode nos dizer quando a viu pela última vez?

– Anteontem. Ela me ajudou a subir umas sacolas de mercado até o meu apartamento. Sabia que tinha algo de errado. Eu senti. Ela estava muito calada, meio pensativa. Então me pediu para alimentar o corvo selvagem se algo acontecesse a ela. – As lágrimas voltam a seus olhos. – Deveria ter feito alguma coisa. Pude ver que ela estava assustada.

– O que quer dizer com "se algo acontecesse a ela"? – Mal pergunta.

– Eu perguntei. Ela me disse que se por acaso morresse, ou desaparecesse de repente, ou algo estranho do tipo – Berkowitz conta.

Mal olha para Benoit.

– Por acaso ela disse por que estava assustada? – Mal pergunta.

– Só que... Bem, cerca de uma semana atrás, talvez mais, ela me perguntou se eu havia visto alguém nas sombras de frente para o nosso prédio na noite anterior. Ela disse que ele estava vigiando as janelas dela.

– "Ele"? – Mal inquire.

Berkowitz faz que sim com a cabeça.

– E alguns dias antes, ela mencionou ter sido seguida por alguém desde a estação SkyTrain. Um homem vestido de preto, ela contou.

– Ela chegou a descrever o homem? – Benoit pergunta.

– Disse que ele tinha o cabelo castanho-claro, era alto e forte. Mas foi só isso que ela viu.

– Ela disse mais alguma coisa? – Mal insiste.

– Não, mas fiquei preocupado. E ontem não a ouvi chegar em casa, nem vi o carro dela estacionado na vaga lá fora. E hoje de manhã, Mórbido estava voando em círculos do lado de fora da minha janela. Ele fez a volta até a minha sacada. Foi como se estivesse tentando me dizer alguma coisa. Todo agitado, ele estava, pulava de um lado para o outro com a única perna. Tinha algumas sementes, então dei para ele. Depois vim aqui e bati na porta da Kit, chamei por ela, mas ninguém atendeu. O amigo dela, Boon, veio depois, à tarde, procurá-la . Aí ele bateu lá no apartamento e me perguntou se eu a tinha visto. Parecia muito preocupado. Ele me contou que a Kit não estava atendendo o celular. Então usamos minha chave para abrir o apartamento e entrar juntos. Queríamos conferir se ela não tinha caído no banheiro e batido a cabeça ou outra coisa terrível. Mas não havia ninguém.

Mal passa a vista pelo apartamento enquanto ele fala. É um ambiente pequeno e aconchegante, cheio de cacarecos. Decoração estilo *boho*: abajur de pedra de sal, velas, capas de almofadas da Ásia com pedacinhos de espelhos costurados; macramé; um monte de planta; pôsteres de produções teatrais; máscaras de teatro grego na parede; prateleiras repletas de livros.

– Sabe se a Kit tem feito algo de diferente ultimamente, ou se tem visto alguém além das pessoas de sempre? – Mal diz.

Berkowitz balança a cabeça.

– Tudo que eu sei é que ela parecia um pouco distraída nesses últimos meses. Talvez desde julho. Foi quando ela começou a escrever. Acho que isso conta como diferente? Não tinha notado ela fazendo isso antes.

– Escrever o quê? – Mal pergunta. – Algo como um diário?

– Ela disse que era para a terapia, uma sugestão da terapeuta.

– Kit Darling estava fazendo terapia?

– Eu sinceramente não sei mais do que isso. Apenas a vi sentada na sacada um dia. Estava escrevendo em um caderno rosa-choque com bolinhas roxas. Perguntei se estava escrevendo o próximo grande romance da geração. Ela simplesmente riu e me disse que era para a terapia, e que foi ideia da psicóloga.

– E não pensou em perguntar por que ela estava na terapia? – Benoit pergunta.

– Quem pergunta às pessoas por que elas vão a um psicólogo? É errado perguntar esse tipo de coisa.

– Sabe onde ela guarda o caderno? – Mal pergunta.

– Claro que não. Imagino que ela o carregue consigo, para anotar as coisas quando elas ocorrem. É o que eu faria.

Mal e Benoit terminam de interrogar Sam Berkowitz, Benoit leva o idoso de volta ao próprio apartamento, e Mal começa a procurar o diário, ou qualquer coisa que possa esclarecer os movimentos recentes de Kit Darling, além de algo que possa ser usado para recuperar uma amostra de DNA.

No banheiro, encontra uma escova de cabelo com fios loiros finos. Os cabelos têm a raiz escura. Ela ensaca a escova de cabelo e a de dentes. Como há suspeitas de um crime grave, a papelada para isso já foi processada pela equipe.

Benoit retorna. Enquanto Mal vasculha o quarto de Kit, ele encara a área de convivência.

– Sem notebook, sem tablet, nem celular por aqui – ele avisa.

– Aqui também não – Mal responde. – Ela deve ter levado essas coisas.

Benoit se junta a Mal no quarto.

– Talvez estejam no carro dela.

Mal encontra um recipiente cilíndrico no chão, próximo ao guarda-roupas. Ela o apanha. Parece vazio. Abre a tampa.

– Uma urna de cremação – diz, surpresa. – O que Kit Darling faz com uma urna vazia no chão do quarto?

– Talvez não consiga superar a perda de um parente? – Benoit sugere ao abrir a porta do guarda-roupa. Ele se abaixa, puxa um tênis, confere o interior. Seu olhar corre para o de Mal.

– Número 36 – diz. – O mesmo que o tênis ensanguentado na Casa de Vidro.

DAISY

26 de outubro de 2019. Sábado.
Cinco dias antes do assassinato.

Na manhã seguinte à que Daisy achou a mensagem do Chucky com a lápide, ela tem o Chalé Rosado só para si. É sábado, e Jon está jogando golfe com clientes de fora da cidade. E depois, vai jantar com eles. O marido avisou a ela que poderia ir noite adentro. Os clientes são, potencialmente, grandes investidores para o novo resort, e ele precisa conquistá-los. Jon parece muito preocupado. Daisy está certa de que ele está tramando algo, e que tem a ver com Ahmed Waheed. Pelo menos Jon achou os tênis que estavam faltando essa manhã. No mesmo lugar que sempre estiveram: no fundo do closet, perto dos sapatos de golfe. Ela, entretanto, não encontrou ainda o pingente de diamante desaparecido.

Daisy se afunda em uma das cadeiras da sala de estar e repousa os pés em uma otomana. Toma um gole de chá. Está exausta depois da noite insone se revirando na cama, e os pés estão ainda mais inchados. Só consegue pensar na mensagem ameaçadora deixada na caixa de correio e nas palavras de Charley Waters:

É por causa da Kit, não é?

E no que o vizinho disse.

Só a empregada. A de sempre, como sempre.

Daisy volta a pensar no pingente de diamante. A empregada não o levaria, não é? Mas ela pode ter visto alguém suspeito na propriedade, ou se aproximando da caixa de correio, ou espreitando na rua por detrás dos arbustos no quintal.

Daisy não faz ideia de quem é essa empregada que dirige um pequeno Subaru amarelo. Sempre preferiu pensar nela como uma fadinha anônima. Não como uma mulher com vida própria. Daisy sequer sabe o nome dela. Então toma uma decisão.

Segunda-feira é dia de faxina, de novo. Vai ficar em casa até a mulher chegar de manhã. Vai perguntar pessoalmente se a mulher viu alguém suspeito rondando o Chalé Rosado.

E vai perguntar sem rodeios se por acaso ela viu o pingente de diamante.

Talvez a mulher só tenha guardado em algum lugar "seguro", por que Daisy não quer presumir o pior da empregada. A Holly Ajuda foi bem recomendada. O serviço tem ótimas avaliações na internet, é assegurado, bem-conceituado. Até Vanessa usa.

Mas chegou a hora de conhecer a empregada.

MAL

1º de novembro de 2019. Sexta-feira.

São quase 22h quando Mal e Benoit estacionam do lado de fora da casa alugada de Boon-mee Saelim, na zona leste da cidade.

Saelim atente à porta assim que batem. Esperava por eles, pois ligaram avisando que iam. Ele é um pouco mais alto que a média para homens. Tem a pele lisa e escura, a testa larga. Maçãs do rosto marcadas. E olhos pretos intensos. Tem um piercing no nariz, alargadores prateados e veste camiseta preta e calças jeans. É um rapaz bonito, Mal pensa.

– Podem me chamar de Boon, por favor – pede depois de os policiais se apresentarem. – Vocês se importam se conversarmos do lado de fora, no seu carro ou algo do tipo? Divido a casa com outras pessoas, e ela está cheia agora e... – A voz dele falha. Os olhos brilham com lágrimas. – Vai ser mais fácil conversar longe do barulho – diz.

Os detetives conduzem Saelim até a viatura. O homem se senta no banco de trás, e eles nos da frente, virados para o rapaz. Deixam a luz interna acessa. A chuva bate no teto e desliza pelo para-brisa. Está frio, então deixam o motor ligado. As janelas estão ficando embaçadas.

– Quando foi a última vez que viu a Kit? – Benoit pergunta.

Boon fecha os olhos, e Mal imediatamente pressente a mentira. É uma interrogadora veterana. Mas talvez ele apenas esteja tendo dificuldades de controlar as emoções.

– Acho que dois dias atrás.

– Você *acha*? – Mal questiona.

Ele olha nos olhos dela.

– Veja bem, Boon – Mal começa. – Sam Berkowitz, vizinho da Kit, disse que você foi ao apartamento dela para procurá-la. Ele também disse que você estava preocupado. Holly McGuire, da Holly Ajuda, também nos contou que você expressou preocupação pela sua amiga íntima. Você passou o dia procurando a Kit, e ainda não conseguiu estabelecer quando foi que a viu pela última vez?

– Por acaso eu sou suspeito?

– Você é?

Ele cerra os olhos. Sua energia fica hostil.

– Não a vi hoje. Nem ontem. Eu a vi no dia anterior ao Halloween, então foi na quarta-feira, para nossa sessão de D&D.

– D&D? – Benoit pergunta.

– Dungeons & Dragons, é um jogo.

– Como ela estava quando a viu? – Mal pergunta.

– Alterada, para ser sincero. Não tem estado normal desde o dia quinze de julho.

– Uma data bem específica – Mal comenta. – O que aconteceu nesse dia?

– É o aniversário de morte da mãe dela. A Kit ficou arrasada com a perda. Foi um processo longo e difícil para ela. Depois da morte, ela não conseguiu se desfazer das cinzas. Mas quando o dia quinze de julho chegou esse ano, falei que iria com ela. Fomos até o Lighthouse Park e espalhamos as cinzas. Essa foi uma coisa que aconteceu naquele dia específico. E no mesmo dia, logo depois de espalhar os restos da mãe, ela começou a trabalhar em uma casa nova. Desde então, tem ficado cada vez mais estranha.

– Sabe que casa é essa? – Benoit pergunta.

– O Chalé Rosado. Os Rittenberg.

Mal fica alerta.

– E a Kit te falou dos Rittenberg especificamente?

– Uhum. Compartilhamos muito de nossas vidas, somos bem próximos. Crescemos na mesma cidade de esqui, mas ela estava algumas séries atrás de mim na escola, então não a conhecia na época, mas nos conectamos aqui na cidade, alguns anos atrás, quando nos cruzamos em uma cafeteria de shopping.

– E como o envolvimento com os Rittenberg pode ter criado problemas? – Benoit pergunta.

Boon se remexe no banco, esfrega os joelhos e pigarreia.

– Eu não sei, ela não me contou.

– Pensei que vocês compartilhavam muitas coisas – Mal afirma.

– Por isso disse que ela estava alterada. A Kit ficou estranha, distante. Alguma coisa aconteceu, e não sei se aconteceu naquela casa, no Chalé Rosado, ou se ela estava passando por alguma dificuldade com o luto mal resolvido. Quando perguntei, ela se recusou a tocar no assunto. Isso abriu um rombo na nossa relação, ok? Eu continuei insistindo, porque aquilo estava me deixando magoado. Senti como se Kit tivesse me cortado de sua vida. E ela ficou ainda mais na defensiva, mais fechada. Então não faço ideia. Até passei dirigindo por aquela casa para ver. Quando a Kit descobriu que fiz isso, ela perdeu a cabeça. Ficou totalmente descontrolada. Disse que ultrapassei limites e que eu não podia me meter na vida profissional dela. Mas não era só o trabalho. O que quer que estivesse rolando começou a afetar a vida pessoal. A Kit estava destruída. E... – Ele expira com força. – Ela parecia bem assustada essas últimas semanas. Nervosa, arredia. Até meio paranoica.

– E não disse o porquê?

Ele coça o queixo.

– Não. Suspeitei que tivesse a ver com os clientes. Acho que ela viu algo. Eu... – Boon murmura um palavrão, depois coça ainda mais o rosto. – Ok, eu só vou falar isso porque estou preocupado com ela. Tipo, muito preocupado. A Kit tem um problema sério de querer bisbilhotar as coisas. É tipo um vício. Ela faz piada com o assunto, mas é sério. É sério nível tarja-preta. E acho que ela tem passado dos limites. Eu avisei, algum tempo atrás, que ela ia acabar se metendo em confusão. Disse que ia acabar vendo alguma coisa que algum cliente queria manter segredo, e isso poderia ser perigoso para ela.

Mal e Benoit observam Boon em silêncio. A tensão pesa dentro do veículo.

Lentamente, Mal fala:

– Quando você diz "bisbilhotar"...

– Quero dizer remexer guarda-roupas, tentar abrir cofres, hackear computadores. E... – Os olhos dele se enchem de emoção novamente. – Parece traição, mas ela tem um perfil no Instagram com o nome @foxandcrow. Os dois malandros, a raposa e o corvo. É a maneira dela de ridicularizar o mundo das falsas narrativas. Uma sátira de um estilo de vida das redes sociais, um em que todo mundo projeta uma espécie de marca, como se estivessem vendendo um produto. Ela finge que é uma garota rica com um estilo de vida mega glamoroso que vive viajando pelo mundo. E eu participo às vezes, porque parecia divertido. Se não machuca ninguém, tudo bem, não é? Mas ultimamente ela tem postado cada vez mais fotos dela *dentro* da casa dos clientes, inclusive usando as tralhas deles. Mas a maioria é dentro da casa dos Rittenberg. Tem... – Ele desvia o olhar.

– Continue – Mal diz. – Por favor, Boon. Pode ser importante.

Ele umedece os lábios.

– Tem uma foto dela na frente do berço do bebê deles, e ela está segurando um ultrassom na frente da barriga. A legenda faz parecer que é *ela* quem está grávida. Talvez eles tenham visto. Isso com certeza deixaria qualquer um de cabelo em pé. Ou talvez a Kit tenha encontrado alguma coisa no Chalé Rosado. Eu acho que é isso... que ela encontrou alguma coisa que os Rittenberg querem manter guardado. Tipo um segredo dos grandes. Tipo, eu... nem tenho coragem de dizer.

– Você quer dizer algo pelo qual alguém mataria para manter secreto? – Benoit pergunta. – É o que está tentando dizer, Boon?

Boon abaixa a cabeça, encara as mãos sobre o colo.

– É, é disso que tenho medo – ele fala baixinho. – Muito medo. Ela está tão vulnerável daquele jeito, totalmente fora do eixo.

– E você acha que o desaparecimento dela está ligado a esses clientes em particular? – Benoit pergunta.

Boon engole em seco.

– Não sei, mas foi depois de começar no Chalé Rosado que ela ficou esquisita.

– Você mencionou que você e a Kit cresceram na mesma cidade – Benoit diz.

Boon hesita.

– Whistler. Saí assim que terminei o terceiro ano. Ela largou a escola e foi embora também.

– Você esquia, Boon? – Mal pergunta.

Ele prende um riso.

– Engraçado como todos pensam que você esquia só porque mora em uma cidade boa para esquiar. Sabe quanto custa o ingresso para o teleférico, detetive? Nunca tivemos dinheiro para esquiar. Meus pais trabalhavam no McDonald's. A dona da franquia de Whistler viu que era impossível contratar pessoas locais para trabalhar. E a galera que se aglomera nesses lugares todo ano, vindo de todo canto do mundo e querendo trabalho, vai pela vivência do esqui. Brigam para serem contratados perto das montanhas, ou competem por trabalhos que oferecem passes grátis de esqui. Essas pessoas não viajam do Reino Unido, Austrália ou Japão para trabalhar no McDonald's. Então a dona começou um programa para importar mão de obra das Filipinas e da Tailândia, o tipo de gente pobre desesperada para imigrar para o Canadá. Foi o que meus pais fizeram, e foi assim que acabei indo morar em uma cidade cara por causa do esqui, e estudando na única escola do vale, que era cheia de crianças ricas.

Mal o analisa. Consegue notar a amargura. Chuta que o tempo na escola foi difícil para ele.

– E quanto à Kit? – ela pergunta, mansa. – Por acaso ela esquia?

– A mãe dela limpava quartos de hotel e casas, e o pai trabalhava na estação de tratamento de esgoto. A Kit nunca teve grana. Se teve a chance de esquiar ou andar de *snowboard*, foi porque alguém doou. O que isso tem a ver com o desaparecimento dela?

Mal mantém o olhar no de Boon.

– Os clientes que você mencionou. Jon Rittenberg. Era um grande esquiador da modalidade *downhill*. Atleta olímpico. Aparentemente cresceu em North Shore, o que significa que esquiou bastante em Whistler. A equipe de esqui também tem um alojamento lá.

– E daí?

– Por acaso você ou Kit chegaram a conhecer Jon Rittenberg nessa época? Quando eram crianças. A cidade é pequena, talvez tenham se cruzado – Benoit diz.

Boon não fala nada, mas sua postura mudou, agora se nota uma rigidez em seu corpo. Esse cara está escondendo alguma coisa. Mal suspeita que pode ter ligação com a cidade. Boon-mee Saelim sobe um pouco na lista de suspeitos de Mal.

– Mas você já tinha ouvido falar de Jon Rittenberg na infância, não é? – Mal pergunta.

Boon passa a língua nos lábios.

– Já tinha ouvido falar, sim. Uma das pistas de esqui foi nomeada em homenagem a ele.

Mal tenta uma nova abordagem.

– Pode nos dizer onde a Kit guardaria o diário dela?

– Diário?

– Sim, um caderno pessoal. Rosa, com bolinhas roxas.

– Não sabia que ela tinha um diário.

– Sabe quem é a psicóloga dela? – Benoit pergunta.

Os olhos de Boon se viram rápido na direção de Benoit.

– A Kit não vai ao psicólogo.

– Então ela não compartilha tanto assim com você? – Mal indaga.

– Olha, eu saberia se ela tivesse uma psicóloga. Eu sugeri uma, muito tempo atrás. E ela me disse que nem se a vaca tossisse procuraria terapia.

– E por que você fez a sugestão?

Boon de repente parece encurralado.

– Vocês vão ficar aí me perguntando coisas irrelevantes, ou têm mesmo um plano para encontrar a Kit? Porque ela está em perigo. Eu sei que está. Posso sentir aqui dentro.

– Você e Kit estão envolvidos romanticamente, Boon? – Benoit pergunta.

– Eu sou gay. Estava namorando até pouco tempo atrás. Nós terminamos. A Kit é como uma irmã para mim, mais que uma irmã.

– Ela tem irmãos, parentes próximos com quem possamos entrar em contato?

– A Kit era filha única. O pai morreu quando ela tinha dezenove anos, e agora a mãe também se foi.

– A Kit está em algum relacionamento amoroso? – Mal pergunta.

– Não. Foi casada por pouco tempo. Isso estragou os relacionamentos para ela.

Uma surpresa borbulha dentro de Mal. Não esperava por isso.

– O que aconteceu com o casamento?

– Ele, Todd Darling, queria filhos. Ela não podia dar isso a ele. – Boon engole em seco.

Os instintos de detetive de Mal detectam algo. Ela pensa nas postagens de Instagram que Boon acabou de descrever: Kit segurando um ultrassom do bebê de outra pessoa, posando no quarto daquele mesmo bebê, fingindo ser dela.

– Boon – Mal fala com mais gentileza. – Vou te mostrar algumas fotos no tablet. Uma delas pode ser um pouco perturbadora, é da cena do crime. Tudo bem por você?

Ele concorda, mas parece apavorado.

Mal mostra uma fotografia do tênis ensanguentado.

– Você reconhece esse tênis?

Ele encara a imagem. A força do pranto silencioso faz tremer os ombros do rapaz. Lágrimas começam a escorrer por sua face. Boon passa a mão no nariz, funga e acena que sim.

– É dela. É da Kit. – Ele levanta o rosto. – O que aconteceu? Isso é da Casa de Vidro? Ai, Deus, por favor, deixe que a Kit esteja bem. Ela está ferida?

– Por que você acha que é da Casa de Vidro, Boon? – Mal pergunta, serena.

– Eu ouvi no jornal que a polícia tinha ido até a casa. As pessoas estavam dizendo que era uma equipe da unidade de homicídios. Tentei passar por lá, mas a rua estava bloqueada. A Kit trabalha lá.

– E essa foto? Por acaso reconhece isso? – Mal mostra uma foto do pingente de diamante.

– Não.

– Ok, e quem são as pessoas nesta imagem? – Mal mostra a Boon uma foto que ela tirou da fotografia do grupo de teatro, que estava presa na geladeira de Kit.

– Essa é a Kit. Esse sou eu. – Ele aponta. – Esse é Azim Shariff, um professor de filosofia. Aqui é a Ella Carter, companheira dele. E esse é Onur Osman, um socorrista, e essa é Vicky-Lee Murtagh. Ela trabalha no laboratório de patologias. É o nosso grupo de D&D, somos todos próximos. Também estamos no mesmo grupo de teatro amador.

– Mais uma pergunta, Boon. O sobrenome da Kit…

– É o nome de casada, ela manteve. Era Katarina Popovich antes. Começou a usar "Kit" depois de sair da escola e se mudar para a cidade grande.

– E o que aconteceu com Todd Darling? – Benoit pergunta.

– Emigrou para o Reino Unido. Casou com uma inglesa. Eles têm uma menininha e um bebê recém-nascido.

– A Kit parecia preocupada com a impossibilidade de engravidar? – Mal pergunta.

– Sim. Isso acabou com o casamento dela. O Todd queria filhos, e aparentemente a Kit não tinha falado dos problemas no útero antes do casamento. Isso criou um problemão entre os dois. O Todd disse que estava ok, que aprenderia a lidar com isso. Mas acredito que ele tenha se sentido traído. Foi a Kit que acabou se afastando dele e o abandonou. Acho que queria dar a ele a chance de se casar novamente e ter as coisas que ele sempre quis na vida.

– Por que ela escondeu do futuro marido que não podia engravidar? – Mal pergunta.

Boon dá de ombros.

– Acho que ela só teve medo de que o Todd não fosse querer se casar com ela. Acho que queria desesperadamente se sentir amada, desejada.

– E agora o ex dela tem bebês – Benoit diz.

– É.

– Isso a chateou?

– Provavelmente, um pouco. Talvez bastante.

Mal resolve falar:

– No passado, você chegou a recomendar terapia à sua amiga, Boon. Afirmou que ela é viciada em bisbilhotar. E tem estado alterada, talvez por um luto mal resolvido. Acha que ela ficou abalada por algo que viu no Chalé Rosado. Ela tem um perfil questionável no Instagram, posa com roupas dos clientes e finge estar grávida do filho deles. Você diria que sua amiga é emocionalmente instável?

Ele inspira fundo.

– A Kit é só um pouco excêntrica, inconvencional, teatral, às vezes dramática. Mas é tudo um escudo. Por dentro ela é mole, gentil. – Os olhos dele se enchem de emoção outra vez, e Mal lhe dá um lenço. Boon assoa o nariz. – É como se ela sentisse que ao se esconder à vista de todos, atrás da maquiagem, das fantasias, dos papéis do teatro, da vida de mentirinha dela no Instagram, então as pessoas não vão ver além disso, não vão enxergar a Kit escondida, ferida. Não vão perguntar muitas coisas.

– E o que ela está escondendo para ter medo de perguntas? – Benoit inquire.

– Eu não sei. Acho que uma coisa muito, muito ruim aconteceu na época da escola. E é por isso que ela largou o colégio e foi embora da cidade.

– E ela nunca falou disso com você? – Benoit pergunta.

Boon desvia o olhar.

– Não.

Mal sente que é mentira.

– Poderia ir até a delegacia amanhã, Boon? Prestar um depoimento oficial, nos dar uma amostra de DNA?

– DNA? *Eu*? Para quê?

– Apenas com propósito eliminatório.

– O-ok, eu acho.

Depois que Boon sai do carro e caminha na chuva de volta à casa, Mal diz:

– Ele está escondendo alguma coisa.

– Certeza que está – Benoit responde.

Eles assistem em silêncio ao rapaz abrir a porta da frente. Uma luz amarela brilha na escuridão. Boon entra, fecha a porta, e a luz desaparece.

DAISY

28 de outubro de 2019. Segunda-feira.
Três dias antes do assassinato.

Só mais cinco semanas, Daisy pensa enquanto pressiona a lombar com força. Está no andar de cima, no quarto do bebê, de onde consegue ver a frente da casa, à espera da empregada. Ela caminha em frente à janela enquanto tenta soltar o nó de um nervo no quadril.

Ela olha a hora. Jon saiu muito cedo de novo naquela manhã. E vai chegar tarde. Disse a ela para não esperar acordada; vai sair com os potenciais investidores novamente. A TerraWest, ao que parece, está se empenhando com vinho, jantar e entretenimento. Jon disse que, depois do jantar, talvez vão a uma boate. Os clientes são da China e querem conhecer a vida noturna local, Jon falou. Daisy fica um pouco receosa com isso. Não tem certeza de que pode confiar no marido. A conversa com Vanessa a perturbou profundamente.

Foi em uma "casa de entretenimento adulto" que Jon e os clientes encontraram a dançarina exótica Charley Waters. E veja o que aconteceu.

E se ele fizer algo assim de novo? Quer dizer, caras como ele... não mudam, Daisy, mudam? Apenas aprendem. Evoluem. Se adaptam. Encontram formas de serem mais cuidadosos e não serem pegos da próxima vez.

Sua respiração fica irregular.

Eu largo ele. Meto um belo de um processo no homem. Ele não vai mais poder ver o nosso filho. E vou *ganhar* qualquer processo, porque... porque tenho uma boa apólice de seguro.

Daisy sente uma pontada e para de andar quando as costas se contraem outra vez. Os pensamentos espiralam de volta aos documentos e ao pen drive que guarda no cofre. Se Jon alguma vez repetir o que fez em Silver Aspens, está frito.

Se ele não tivesse arrumado encrenca com uma stripper, Daisy não estaria sujeita a toda essa ameaça, paranoia e assédio pelos quais está passando agora. Não estaria com medo da merda do Chucky ou de *haters* de Instagram. Não ficaria vendo sombras vestidas de preto atrás de árvores, nem pensaria que tem alguém a seguindo.

Outra vozinha ressurge das profundezas de Daisy.

Foi você que escolheu protegê-lo, que arrumou a bagunça dele. Você que aprendeu com sua mãe que, para manter a própria reputação e a da família intactas, às vezes a mulher precisa tomar medidas radicais e fechar os olhos para algo. É você quem escolhe acreditar que isso é coisa de homem, que eles vão agir assim especialmente em grupos, e é você que escolhe ignorar o que te incomoda. É você que ainda *escolhe acreditar que tem vadias lá fora seduzindo e provocando os homens para ganhar favores, que os homens são incapazes de resistir a sexo de graça, e que a culpa é dessas mulheres.*

Daisy escuta um carro se aproximar. Ela volta correndo para a janela e observa a frente da casa. Um carro da Holly Ajuda se aproxima e estaciona perto da casa. Daisy dá um passo atrás, ficando ligeiramente atrás da cortina. Sem chamar atenção, assiste à empregada sair e começar a descarregar o aspirador de pó e os itens de limpeza. De longe, ela parece atraente. Loira, com uma silhueta magra. Move-se com energia. Daisy sente uma pontada de rancor. A empregada começa a carregar o aspirador até a porta.

Daisy vai depressa até o andar debaixo. O casaco e a bolsa já esperam perto da saída. Vai sair assim que tiver falado com a mulher. Não tem intenção de ficar em casa vendo essa pessoa limpá-la.

Através do vidro fosco que desce ao lado da porta, consegue ver a sombra da empregada se aproximar. Ela abre a porta.

A mulher se sobressalta e suspira assustada. Estava ocupada com a caixinha da chave.

– Ah, me desculpe – a empregada diz. – Pensei que… – Ela aponta para o caixinha com senha que Daisy e Jon instalaram especificamente para o serviço de limpeza. – Fui informada de que normalmente não há ninguém em casa, e que eu devia usar a chave. Peço desculpas. Deveria ter batido para ter certeza.

– Sem problemas. Estou de saída. Só queria te conhecer. – Ela sorri. – Meu nome é Daisy.

A mulher parece tensa, desconfiada.

A-há! A empregada está aprontando alguma. Daisy poder ver, consegue sentir. O coração acelera.

O olhar da empregada se abaixa para a barriga de Daisy, que defensivamente coloca uma mão sobre o bebê.

– Meus parabéns – a empregada diz.

Daisy assente.

– E seu nome é…?

– Ah, desculpa. Meu nome é Sofia. Sofia Ramos. Prazer em te conhecer. – A empregada estende a mão.

Uma facada de decepção acerta o peito de Daisy. O nome dela não é Kit.

Ao se aproximar para apertar a mão da mulher da limpeza, Daisy diz:

– Queria perguntar se você viu o meu colar. É um pingente de brilhante. O diamante está preso a uma armação de ouro em formato de lágrima. Normalmente eu deixo…

– Ah, eu não sou a empregada de sempre. Estou fazendo uma substituição, sou a nova empregada.

– O quê?

– A empregada antiga, Kit, teve um conflito de horários. A Holly me designou para assumir o lugar dela. Estarei trabalhando para o Chalé Rosado daqui em diante.

O coração de Daisy palpita.

– *Kit*?

– Sim.

– Kit *o quê*?

– Não tenho certeza do sobrenome da Kit. Sou nova na Holly Ajuda. Não conheci todos os funcionários ainda.

– Ah.

– Algum problema?

– Não, não. Eu... A Kit tem feito um trabalho tão bom aqui no Chalé Rosado, e... eu talvez queira mandar flores para agradecer. Com um bilhete personalizado. Você por acaso tem um endereço ou telefone para contato?

Sofia franze a testa.

– Não tenho, sinto muito. Você pode tentar falar com o escritório da Holly Ajuda, de repente?

– Sim, sim. Vou fazer isso, com certeza.

DAISY

28 de outubro de 2019. Segunda-feira.
Três dias antes do assassinato.

Depois da tentativa frustrada de encurralar a empregada chamada Kit, Daisy busca refúgio em um café no centro. Pede um *chai latte* e se senta a uma mesa perto da janela. Fica observando os pedestres se protegerem com os casacos enquanto avançam em meio ao vento tempestuoso do outono e pisoteiam as folhas mortas.

Ela decide dar a cara a tapa. Pega o celular, procura o site da Holly Ajuda e liga para o escritório.

– Holly Ajuda, quem fala é Sabrina. Como posso ajudar? – A voz é aguda e irritantemente alegre.

– Poderia falar com Holly McGuire, por favor? – Daisy pede.

Ela é posta em espera por alguns instantes.

– Holly falando.

Daisy se ajeita na cadeira.

– Oi, Holly, meu nome é Daisy Rittenberg, sou uma de suas clientes. Uma funcionária sua, Kit, tem arrumado a nossa casa, o Chalé Rosado, e soube que foi substituída. Gostaria de saber se aconteceu alguma coisa.

– Com a Kit? Ah, ela teve um conflito de horários, então realocamos os colaboradores. Está tudo ok com a sua nova empregada?

– Por enquanto, ótimo. Encontrei com ela hoje de manhã. Será que você poderia me dizer o sobrenome da Kit?

Um momento de silêncio, e Holly o quebra:

– Por quê? Há algum problema?

– De forma alguma. A Kit tem feito um excelente trabalho. Sentimos muito que a perdemos. Gostaríamos de mandar um buquê de flores com um bilhete personalizado, como agradecimento, e me dei conta de que nunca peguei o sobrenome dela.

– Obrigada. A Kit sempre recebe ótimos feedbacks. Muitas indicações são feitas por causa dela. É Kit Darling.

O coração de Daisy bate mais rápido. Ela escreve "Darling" em um guardanapo.

– Teria um endereço para que eu possa enviar as flores?

– Pode mandar aqui para o nosso escritório principal. Vou garantir que chegue nas mãos dela. Muito obrigada.

– Espera, por favor, seria muito mais especial para ela ser surpreendida em casa, não acha?

– Sinto muito, sra. Rittenberg. Apesar de ser uma ideia encantadora, não faz parte da nossa política divulgar informações pessoais de nossos funcionários.

Daisy tenta de novo, mas Holly se recusa a dar mais detalhes sobre a funcionária. Daisy xinga em silêncio, agradece mais uma vez e desliga.

No mesmo instante abre um navegador no celular e começa a procurar "Kit Darling" na internet.

Encontra uma modelo de Nova York chamada Kit Darling. Encontra muitas outras Kit Darling: uma veterinária, uma pesquisadora do Reino Unido, alguém com o nome de Kit que completou várias ultramaratonas, uma escritora do Arizona chamada Kit Darling, mas ninguém que pareça ser empregada em Vancouver.

Daisy retorna ao site da Holly Ajuda e abre o link "Sobre Nós", esperando encontrar fotos das empregadas. Mas encontra apenas a foto de Holly McGuire e sua contente equipe administrativa.

Distraída, ela começa a morder o lábio enquanto pensa. Então lembra que Vanessa também usa os serviços da Holly Ajuda. Daisy liga para a amiga.

– E aí, Daisy? – Vanessa diz. – Estava pensando em você agorinha mesmo... Queria saber se você e o Jo...

– Você contratou o serviço de limpeza da Holly Ajuda, não é?

Há uma pausa.

– Sim, por quê?

Daisy pigarreia.

– Sabe quem é a sua empregada? Encontrou com ela pessoalmente?

– Claro que sim. Do que se trata?

– Qual é o nome dela?

– Você está tendo problemas com o serviço?

– Não, estava só me perguntando se temos a mesma empregada.

– Fala da Kit?

O peito de Daisy fica quente.

– Sim... sim, acho que é ela mesma. Kit Darling?

– Ela está fazendo um trabalho bom para vocês? Por que a pergunta?

Daisy finge um longo suspiro.

– Parece que ela está tendo problemas com os horários, então nos mandaram outra pessoa. Queria enviar uma nota de agradecimento... E eu... você não sabe onde ela mora, sabe?

Vanessa fica em silêncio por um momento. Daisy pode ouvir a dúvida ali. Especialmente depois daquele almoço estranho delas. Precisa se acalmar.

– Tudo bem, deixa para lá. Estava só pensando em mandar uma mensagem de agradecimento.

– Você pode mandar pela agência dela. – Vanessa sugere.

– Farei isso. Obrigada.

– Mas, ei, antes de desligar. Você e o Jon querem vir jantar aqui? Adoraria que você conhecesse o Haruto de verdade dessa vez. E que nós dois conhecêssemos o Jon. Pensei em talvez fazer uma noite de Halloween? Pode ser legal. Antes de nós duas ficarmos cercadas por fraldas, peitos vazando e noites insones... Enquanto ainda somos seres humanos vagamente autônomos?

Daisy ri, mas a ansiedade bate quando se lembra da confissão que fez sobre Jon. E se Vanessa resolver falar disso na frente dele? Ela ficou claramente chocada. Daisy nunca teria tocado no assunto, mas estava alterada naquele dia. A paranoia começa a se revolver dentro de si, enroscando-se ainda mais em seu peito. Ela olha pela janela, para todos aqueles rostos anônimos passando pelo café. O vento sopra e os galhos se retorcem. Daisy acredita que o inverno chega hoje. Isso lhe traz uma sensação ruim.

– Daisy? Está aí?

– Eu... Sim, um jantar seria incrível. Vou confirmar com o Jon, mas tenho certeza de que ele topa.

– Lá pelas seis? Coquetéis, ou *mocktails*, para começar?

– Parece ótimo. – Daisy força uma risada. – E sim para os *mocktails*. Chega de fazer experimentos com vinho estando grávida. Depois de tanto tempo sem álcool, e misturado aos hormônios... Acho que passei da conta. Estava alterada, tenho até dificuldade de lembrar de partes da nossa conversa. Não disse nada estranho demais, disse? Porque se disse, por favor, deixa para lá.

Vanessa hesita, mas só por um nanosegundo.

– Tudo bem, sem problemas. Então, vemos vocês na quinta?

Daisy concorda e desliga. Sente-se completamente fora do eixo. Vanessa deve estar se questionando por que as perguntas sobre a empregada. As palavras de Charley soam novamente na mente de Daisy:

Ah, espera, já sei. É por causa da Kit, não é?

Kit Darling estava limpando o Chalé Rosado quando aquela coisa do Chucky apareceu na caixa de correio. O vizinho de Daisy disse que ninguém além dela se aproximou da casa.

Poderia a empregada, a pessoa com uma chave da casa de Daisy, ser quem mandou as outras mensagens e comentou nas postagens do Instagram? Que entrou no carro dela? Como um raio, Daisy é atingida com a imagem das chaves reservas do carro dela e de Jon penduradas no armário do corredor. A empregada teve acesso a elas.

Poderia Kit, a empregada, ser quem roubou o diamante? No que mais ela pode ter mexido?

Daisy fica enjoada. É totalmente possível, mas *por que* diabos essa empregada faria tais coisas?

A lembrança de Chucky *metendo, metendo, metendo* a faca começa a tomar conta de seu cérebro. Ela é seguida daquelas palavras: *Espero que seu bebê morra. Morra. Morra.*

Raiva começa a circular no sangue de Daisy. Ela fica irrequieta, tensa, irracional. Amassa o guardanapo com a palavra *Darling* e o segura, então xinga.

Se a "Kit" está fazendo isso, eu mesma vou achar e esfaquear essa empregada.

MAL

1º de novembro de 2019. Sexta-feira.

Mal tira o casaco molhado e o pendura em um gancho no corredor do duplex.

– Peter? – chama ao se sentar no banco para tirar as botas.

A resposta não vem. Já é tarde, mas as luzes do andar de baixo estão acesas. O nervosismo aumenta. Depressa, Mal vai a passos abafados até a cozinha, ainda de meias.

Peter está à mesa. Para de ler o jornal e sorri olhando para ela. O interior da casa está aquecido. A lareira a gás está acesa na sala de estar.

– Oi, meu bem – ele diz ao abaixar o jornal. – Como foi o restante do dia? Conseguiu localizar a vítima?

O coração de Mal se aperta. Por um segundo cruel, tudo parece estar de volta ao normal. Cautelosa, incerta se esse é um momento bom e lúcido do marido, ou se sua cabeça exausta apenas está lhe pregando peças, ela fala:

– Ainda não. Eu me esqueci do que já contei para você. – Ela abre um armário e pega uma taça. Serve-se de vinho tinto e estende a garrafa para ele. – Quer um pouco?

– Não. Acabei de tomar um chá, obrigado. Você me disse ao telefone que houve um incidente violento em uma residência de luxo em North Shore, mas sem sinal dos moradores ou de uma vítima.

Ela sorve a bebida e fecha os olhos por um instante, engolindo tanto o vinho quanto a emoção. Coloca a taça na mesa, abre a geladeira e pega o resto de lasanha. Põe um pouco em um prato.

– Ainda sem sinal de uma vítima – diz enquanto leva ao prato ao micro-ondas. – Localizamos o casal que foi visto em um Audi na casa. Mas nem os donos da casa, nem a empregada, que supostamente também estava na residência, foram localizados. – Mal abre a porta do micro-ondas, e o coração se aperta. O prato de lasanha de Peter ainda está lá dentro, ele esqueceu. Ela olha a hora: 23h15.

De costas para ele, ela pergunta:

– Você comeu, Peter?

Silêncio.

Ela se vira. Ele parece confuso.

– Só queria saber se quer mais alguma coisa para comer – ela diz.

– Eu estou bem. Já jantei.

Ela acena em concordância, retira a lasanha e coloca o próprio prato no micro-ondas. Enquanto a comida esquenta, bebe mais vinho. O olhar de Peter se volta para a lareira da sala de estar. Ele observa as chamas, inexpressivo. E, em um piscar de olhos, o companheiro de Mal se perdeu novamente, roubado por essa doença estranha e desconcertante. A primeira vez que notou as pequenas mudanças em Peter foi mais de sete anos atrás. Depois ele sofreu uma queda, e os médicos acharam que ele tinha tido um derrame. Em seguida, vieram os episódios de depressão. Peter perdeu interesse nas coisas de que gostava, como a jardinagem, e ficou cada vez mais esquecido e irritadiço. Foi perdendo os filtros sociais. Começou a brigar com ela com mais frequência, tinha acessos de raiva, xingava. Viveu casos espantosos de agressividade no trânsito, um dos quais levou a polícia até a porta da casa deles. E aí o trabalho dele foi perdendo a qualidade, os colegas e estudantes começaram a se queixar. O diagnóstico oficial, entretanto, demorou a vir.

Mal carrega o prato e a taça até a mesa e se senta de frente para Peter.

– Como foi seu dia?

Ele encontra o olhar dela e pondera a questão por um momento.

– Li no jornal sobre aquela idosa de 71 anos que está desaparecida, aquela com Alzheimer.

– Sylvia Kaplan?

Ele assente.

– Ela saiu andando da casa na zona leste de Vancouver e nunca mais voltou. A filha disse que já estão à procura dela há quase dois meses. A última vez que a viram foi em uma parada de ônibus em Renfrew. Eles acham que ela pegou um ônibus, desceu em algum lugar durante a noite e ficou sem saber onde estava.

– Dá pena, eu sei. Acontece demais.

– Estavam falando que precisamos de um sistema oficial de *Silver Alert* na província, que nem o *Amber Alert* para crianças.

– Concordo. – Ela pega uma garfada de lasanha e analisa os olhos de Peter enquanto mastiga. Estão se enchendo de lágrimas. Mal solta o garfo e segura a mão dele. – Você está bem?

Ele inspira fundo e desvia o olhar.

– A gente consegue, Peter – ela diz. – Nós dois, na saúde e na doença, ok?

Ele se recusa a olhá-la nos olhos.

– Peter?

Ele se vira.

– Não vou deixar você se perder.

– Quero falar com aquelas pessoas – ele diz.

– Que pessoas?

– As que tratam da morte digna, sobre suicídio assistido.

Adrenalina corre pelas veias de Mal. Por um instante, fica sem palavras. Ela ainda não tinha se permitido a pensar no assunto. Não ainda.

– Não quero ser um vegetal em uma casa de repouso – Peter fala, irritado. – Só deitado em uma cama, com a pele se perdendo para as escaras, esquecendo como comer e até engolir, precisando de alguém para trocar minhas fraldas. Não quero fazer você passar por isso, Mal, nem ninguém.

Mal inspira fundo, bem devagar.

– Ok – ela fala baixinho –, depois falamos disso.

Ele esmurra a mesa. A taça dela balança, e Mal fica tensa, preparando-se para mais um acesso de raiva.

– Falar! Sempre falar, falar, falar. Eu quero *agir*! – O olhar dele queima no dela. Lágrimas escorrem pelo rosto dele; as mãos tremem.

– Eu sei, Peter. Eu entendo. Assim que esse caso for resolvido, marcamos uma consulta com o seu médico, pode ser? Perguntamos a ele sobre o suicídio assistido. Vamos discutir *todas* as opções.

Peter olha feio para ela por um bom tempo.

– Não é fácil ter acesso ao sistema de eutanásia por causa de demência. O PROCESSO exige legalmente que você esteja ciente até o fim.

– Eu sei, mas existem precedentes. Vamos dar um jeito. – Ela força um sorriso. – Nós dois, combinado?

– Quero isso formalizado -- ele diz, batendo na mesa com a ponta do dedo. – Quero ter por escrito que, quando eu não reconhecer mais você, Mal, nem lembrar mais do nome dos membros da minha família, não quero mais continuar vivendo. É aí que vou precisar de eutanásia. Não quero você passando por dificuldades para trocar minhas cuecas e limpar minha bunda e enxugar minha baba.

Por um instante, Mal não consegue falar.

– Ok? – ele pergunta.

– Ok – Mal responde. – Um passo de cada vez. Mas que tal você deixar marinando por hoje e ver como se sente sobre isso amanhã de manhã?

– Já estou marinando esse assunto há meses. Qualquer porcaria de manhã dessas, vou acordar e vai ser tarde demais.

Mal termina de jantar sem muita coragem, enquanto Peter fica sentado observando o fogo. Então ela o ajuda a ir para a cama. Ele parece mais cansado do que o normal hoje. Mal o cobre com um cobertor, dá um beijo nele e apaga as luzes.

A caminho do andar debaixo para terminar o vinho perto da lareira e ruminar os acontecimentos do dia, seu celular toca. É Lula.

– E aí, Lu – ela cumprimenta, cansada. Acaba de chegar à cozinha. – O que ainda está fazendo acordada?

– Pergunto o mesmo, chefe. Podemos esperar até a reunião amanhã às seis, mas imaginei que fosse querer saber imediatamente.

– O que é?

– Localizamos Vanessa e Haruto North com ajuda da Interpol. Nós…

– *Interpol*?

– Os North estão em Singapura. Na casa principal deles. Northview é uma residência secundária. Eles compraram a casa há pouco mais de oito meses. Falei com eles por telefone, na presença de oficiais de Singapura, então estamos confiantes de que a identidade deles confere.

– Como... Quando eles viajaram para Singapura?

– Alegam ter estado em Singapura, a residência primária do casal, nos últimos seis meses e mais alguns dias.

– Os *dois*?

– Os dois.

A cabeça de Mal gira.

– Beulah Brown diz que viu Vanessa North grávida na casa vizinha semana passada.

– Aí é que está – Lula diz. – Vanessa North não está grávida.

– *Como é?* – Mal rebate.

– Vanessa North não está grávida. Tem mais de quarenta anos, e diz que seria um milagre se estivesse.

JON

28 de outubro de 2019. Segunda-feira.
Três dias antes do assassinato.

Jon está sentado com Mia em uma mesa discreta. São 21h34, e estão em um pequeno piano-bar no centro da cidade. Ele já está altinho por causa dos drinques que tomou antes de ir para lá, e dos coquetéis que ele e Mia tomaram. Uma energia sexual intensa formiga em sua pele. Daisy e o bebê estão rapidamente desaparecendo na margem distante da mente de Jon. A atenção está totalmente voltada para a mulher sedutora diante dele.

O local foi sugestão de Mia, e é perfeito. Escondido, discreto. Jon se sente seguro neste casulo elegante pouco iluminado. Nenhuma decoração brega de Halloween, melodias de jazz tranquilas no piano, uma cantora com voz rouca e sexy. Está a quilômetros de onde disse a Daisy que estaria com os possíveis investidores chineses da TerraWest.

– Então, como foi mesmo que você conseguiu meu número? – pergunta a Mia, que está ainda mais bela do que ele se lembrava. A mulher está usando um vestido de veludo vermelho-rubi, e os cabelos estão soltos, caindo sobre os ombros. O vestido destaca o verde em seus olhos.

Ela sorri, toma um gole do martíni e fala com delicadeza:

– Para tudo se dá um jeito, não é?

Ele sorri. Saber que essa sereia correu atrás dele é maravilhosamente inebriante. Saber que ela quer seu corpo o está deixando louco.

Ela se aproxima, e a respiração dele acelera.

– Sabe como é, não é, Jon? Ter uma ânsia? Perseguir incansavelmente, tomar aquilo que deseja e que deveria ser seu?

– É assim para você no mundo dos bancos?

– O negócio pode se tornar predatório, sim. – Com os dedos, ela traceja as costas da mão de Jon, o olhar fixo no dele. – O que você deseja neste exato momento, Jon? Neste exato minuto. O que deveria ser todo seu?

Ele engole em seco, o corpo esquenta.

– Acho que você sabe.

Ela inclina a cabeça. A luz das velas reluz em seu cabelo. Aqueles olhos verdes o fascinam.

– Digo, além de sexo. O que acha que está faltando em sua vida? Porque vendo de fora parece que você tem tudo, não acha? Uma esposa atraente, com uma fortuna de herança, um bebê a caminho, e as fofocas da área de resorts dizem que está sendo cotado para o novo cargo de DIRETOR DE OPERAÇÕES quando o Claquoosh inaugurar.

Pensamentos dissonantes tomam Jon à menção de Daisy, do bebê e da promoção que não está mais garantida. Ele quebra o contato visual, pega a bebida na mesa e toma um gole. Por um momento, observa a cantora próxima ao piano de cauda. Ela canta versos sobre se arriscar no amor.

– Desculpa – ela diz, mais baixo. – Toquei em uma ferida.

– Não, não. Tudo bem. – Ele volta a mirá-la.

Ela se inclina mais para perto. Jon nota o decote, e sente a virilha esquentar com um calor latejante, do tipo que o deixa tão duro que é terrivelmente doloroso. Ela passa os dedos de leve nas costas da mão dele de novo.

– Não vou falar mais desse assunto, da sua família. Só quero estabelecer bem os nossos parâmetros, Jon. Estou ciente de que você é um homem casado e de família. Ainda assim, aqui está você. Então não quero começar com o pé esquerdo e te dar a ideia de que tem algo a mais aqui... Entende o que quero dizer?

– Eu...

Mas ela o silencia pondo um dedo sobre os lábios dele.

– Também tenho uma vida confortável. – Ela titubeia, incerta se deve revelar mais. – Também estou em um relacionamento e quero mantê-lo intacto, ainda assim, aqui estou eu. Mas tenho sã consciência dos meus motivos para estar aqui: conexão física, sem compromisso. E você?

O coração dele bate igual a um tambor. Faz o sangue pulsar em suas veias, no mesmo ritmo com que sua virilha lateja. Ele está tonto, estranhamente tonto. Como se o mundo inteiro se estreitasse, restando apenas aquela sereia chamada Mia, de vestido vermelho-rubi, e ele não consegue pensar na situação como um todo. Sente-se zonzo.

– Mesma coxa – ele fala. – Quer dizer, mesma *coisa*. Shem compromisho. – As palavras dele estão ficando distorcidas. Quanto foi mesmo que eles já beberam? Quantos drinques ele tomou no jantar com os clientes antes de ir para lá? Mesmo assim, quer mais um, então levanta a mão para pedir outra rodada.

O garçom enche o copo deles, e Mia fala ao apanhar o dela:

– Então quer o melhor de dois mundos? O homem de família e o homem da farra.

– Todo mundo quer ter tudo, não?

Ela ri. Ele observa a extensão pálida do pescoço dela. Não consegue mesmo pensar direito. Toma um gole da bebida e acaba derrubando um pouco na camisa.

– Por acaso falar do seu trabalho está fora dos limites? – ela pergunta.

As palavras flutuam ao redor da cabeça dele, depois vão embora. Jon tem dificuldade de focar.

– Falar do meu tarabalho é ok. É... – Ele ri, e a risada é tão engraçada a seus ouvidos, que ele ri ainda mais e acaba se sentindo enjoado. Ele pigarreia para tentar explicar. – Estou rindo porque já estava tudo certo, masss agooora... – A frase fica no ar quando ele perde a linha de raciocínio. Jon fica sentado em silêncio por um momento, tentando recobrar o foco e lembrar-se do que estava falando. Vê dois homens em um canto, de frente para onde ele e Mia estão. Por acaso o estão observando? Das sombras. Não dá para ver bem o rosto deles, mas Jon sente-se observado.

– O que já estava certo?

– Quê?

Ela coloca a mão na coxa dele e a arrasta para o alto, na direção da virilha. Jon de repente se sente apreensivo, meio encurralado. Como se algo estivesse dando errado, mas a cabeça não está alerta o suficiente. A mão dela sobe mais, cobre a sua ereção.

– Jon – ela sussurra –, você está a salvo aqui, comigo. É o nosso segredo. Pode falar.

– Não é nada. Só... a emperessa está pensando em dar o trabalho para uma pessoa de cor. As aparências. Preciso... mostrar... Eu sou o melhor candidato para... para a vac... a vaga.

Ela o observa. A visão dele está distorcida, os lábios vermelhos dela parecem maiores do que eram e os olhos estão mais verdes.

– E como você vai fazer isso? – Ela segura o pênis ereto dele, e Jon mal consegue raciocinar com todo o prazer que sente com o toque.

– Só... só achar alguma coija... algum po-podre, que prove que o meu rival não é flor que se cheire.

– E como vai achar esses podres? – Ela massageia a sua ereção.

A visão de Jon gira. Ele acena com a cabeça.

– Um detetive p-particular... Contratei um.

Ela sorri.

– E quem é esse rival, JonJon? – ela sussurra perto da orelha dele, toca o lóbulo com a ponta molhada da língua.

– A-Ahmed Waheed. Me fale de você, Mia... o seu...

– Suba comigo, Jon. – O hálito quente dela acerta a orelha dele. – Aluguei um Airbnb lá em cima. Tenho bebida lá também. Podemos continuar de lá, vem. – Ela segura a mão dele. – Vem comigo.

Jon não tem certeza se está sonhando ou se no maior porre do mundo. Quantas doses de uísque e cervejas ele bebeu? Sabe que foram muitas doses de tequila antes de chegar aqui. Perdeu as contas.

Estão no elevador. Beijando-se. Ele aperta a bunda dela com as duas mãos, puxa o quadril dela contra a sua coxa enquanto o elevador sobe e sobe. Não se lembra de chegar à porta do elevador, nem de entrar nele. Nem como chegou ao quarto dela. Entram, ela o beija, enterra a língua em sua boca.

Estão dentro de um quarto, a cama é baixa. Paredes de vidro dão vista para as luzes da cidade. Que parte da cidade é essa? Parece diferente. Não lembra dessa vista. Há um letreiro rosa neon. Jon aperta os olhos tentando ler a placa. CABARET LUXE. Reconhece o letreiro. Já levou clientes ali antes. Sim, agora sabe onde estão: Yaletown. Região badalada. Devem estar olhando na direção do False Creek. Mia está desfazendo o nó da gravata dele, tirando sua camisa. As mãos dela estão em seu peito nu, deslizando a camisa para fora de seus ombros. Ela está rindo, empurrando-o na direção da cama.

Ela levanta o vestido, sobe nele. É só vidro, ele pensa enquanto Mia abre seu zíper, apenas janelas de vidro entre eles e todas aquelas luzes brilhantes da cidade, e todas aquelas janelas dos apartamentos olhando na direção deles. Mais um pensamento vago se forma em sua mente: qualquer um pode estar vendo de qualquer uma daqueles milhões de janela... Logo em seguida, consegue pensar apenas no que ela está fazendo com o corpo dele. Todo o resto se dissipa.

MAL

1º de novembro de 2019. Sexta-feira.

– Deixa eu ver se entendi – Mal diz a Lula pelo telefone. – Vanessa North afirma que *não* está grávida, e que ela e o marido passaram os últimos seis meses em Singapura?

– Correto. Os North são, ambos, cidadãos da República de Singapura – Lula informa. – Haruto é banqueiro no Singapura-Pacífico Internacional. Todos os anos ele passa alguns meses na sede norte-americana do banco, em Vancouver, que é quando ele e a esposa costumam ficar na Casa de Vidro. O retorno está planejado para janeiro. Estiveram na casa apenas por dois meses antes de voltarem a Singapura. Vanessa é natural do Canadá, trabalha para uma ONG e viaja bastante pela África. Confirmamos esses detalhes com o nosso contato da Interpol. Estou encaminhando para você as fotos dos North e cópias do passaporte deles. Ambos afirmam não ter conhecimento nenhum sobre o que ocorreu na casa. Fazem uso dos serviços da Holly Ajuda desde o dia primeiro de maio para manter o estado de conservação da casa e fiscalizar o serviço de jardinagem e o sistema de segurança enquanto estão fora. Os North não sabem quem é a empregada que atende a casa deles e dizem nunca ter conhecido Kit Darling.

As palavras de Beulah Brown veem à mente de Mal.

A barriga já está mostrando. Vi Vanessa na sexta passada. Foi a primeira vez que vi a moça de cabelo castanho também. As duas almoçaram um pouco tarde na beira da piscina. Ambas estavam claramente grávidas.

– E apesar disso, Beulah Brown afirma ter visto Vanessa North na última sexta, almoçando na beira da piscina com Daisy Rittenberg, e que ela estava definitivamente grávida – Mal diz.

– Bom, não pode ter sido ela. Já confirmei as informações dos North – Lula diz. – Eles não estão em solo canadense há mais de seis meses.

Mal agradece a Lula e imediatamente liga para Benoit.

– Isso pode explicar a sensação que a casa tinha de ser um ambiente frio e cenográfico, não uma casa de família – o parceiro diz.

– Mas não explica mais porcaria nenhuma.

– Acha que a sra. Brown pode apenas estar enganada? – ele pergunta. – Aqueles opioides podem fazer um estrago com a noção de realidade da pessoa. E temos o depoimento de Horton Brown dizendo que a mãe imagina coisas; além do histórico de cinco ligações falsas para a emergência.

– Ou... Beulah Brown viu alguém que ela *pensou* ser a Vanessa – Mal fala. – Ela chegou a mencionar que os óculos não estavam mais servindo bem e que tinha o binóculo havia apenas duas semanas. Além disso, se os North compraram a Casa de Vidro oito meses atrás e estiveram lá apenas por dois antes de viajar para Singapura, talvez a sra. Brown nunca tenha dado uma boa olhada na Vanessa verdadeira quando ela esteve na cidade. Talvez tenha apenas presumido que era a mesma pessoa.

– Bem, podemos riscar Vanessa North da nossa lista de possíveis vítimas. As perspectivas da Darling não estão muito boas agora.

JON

29 de outubro de 2019. Terça-feira.
Dois dias antes do assassinato.

Ao acordar, Jon sente a cabeça pesada. A última coisa de que se lembra são risadas. Luta para se orientar, nada faz sentido. Está em uma cama, nu. Consegue ver as luzes da cidade, um letreiro rosa neon. Está enjoado, muito. Passando mal. Tenta se levantar, mas o mundo gira e o braço dele é puxado para trás: está preso à cama. Sente uma contração no estômago e vomita no tapete. O cheiro lhe dá mais ânsias. Limpa a saliva da boca com as costas da mão livre. Estremece, vira o rosto. Espanto toma-lhe o corpo.

O punho está preso à armação da cama. Algemas, algemas *acolchoadas*. Ele puxa o braço. Está trancada. O pânico vem. Não consegue respirar. A visão se estreita. Está suado, quente.

Foco. Pânico mata. Pense. O que aconteceu? Como cheguei aqui?

Jon tenta controlar a respiração, organizar os pensamentos. Agora ele lembra. Estava com Mia.

Porra.

O pânico volta a açoitá-lo. Ele resiste enquanto tenta juntar as peças do que aconteceu.

Estavam no bar lá embaixo. Ele ficou bêbado, muito. Subiram o elevador. Houve beijos. Foi levado para o Airbnb que ela alugou.

Mais uma onda de adrenalina acerta Jon. O apartamento de alguém, ele está no apartamento de um estranho. Pelado e amarrado à cama. Tem que sair dali. Olha freneticamente ao redor do quarto. Está mal iluminado, ainda está escuro lá fora. Vê o brilho vermelho de um relógio do outro lado da cama. São 1h29 da madrugada.

Daisy! Daisy deve estar arrancando os cabelos de preocupação. Vai chamar a polícia.

A visão de Jon gira novamente. A virilha está pegajosa. Sente uma queimação no ânus. *Ai, Deus.* As roupas dele estão amontoadas no chão. Há uma garrafa vazia de tequila, três copos de dose e um de uísque. O coração de Jon vacila.

Havia mais pessoas? Quem diabos esteve ali? O que aconteceu? Lágrimas surgem em seus olhos. Ele está tremendo. Vê uma chave na mesa de cabeceira.

Será a chave das algemas?

Tateia com a mão livre para alcançá-la e se solta. Senta direito na cama, esfrega o rosto e depois toca as partes íntimas. Ele transou. Seu olhar se volta para os copos. Mas com quem? Que porra ele fez?

Foi ela. Ela me drogou. Batizou minha bebida. Eu devia ter notado que tinha algo estranho acontecendo lá embaixo. Ela estava fazendo muitas perguntas.

A realidade acerta Jon como um martelo quando se lembra de Mia insistindo em saber de seu concorrente, perguntando o nome de Ahmed Waheed, de dizer a ela que contratou um detetive particular para caçar os podres dele. E de imediato Jon sente medo, muito medo. Não faz ideia do que está acontecendo, no que aquilo vai dar. Só consegue pensar em Daisy. Priorizar, ele precisa definir prioridades.

Daisy *não* pode descobrir o que aconteceu. Ou Jon estará acabado. Sabe disso com todas as forças.

Um pensamento pior o acomete.

E se Labden e Henry estiverem por trás disso? Mia o estava observando do bar na noite em que Henry o convidou para lá. Foi armado? Sabiam que ele cairia nessa?

Ou será que Daisy é quem está por trás disso? Testando Jon?

Ele mergulha o rosto nas mãos, balança para a frente e para trás, geme.

Pensa rápido. Se Daisy já não ligou para a polícia, logo o fará. Precisa sair dali.

Jon cambaleia sobre as mãos e joelhos, perde o equilíbrio, tenta evitar o próprio vômito enquanto recolhe meias, gravata, camisa, calça, sapatos e cueca.

Encontra a carteira e abre. Está tudo ali ainda. Inclusive os 250 dólares em dinheiro. Não foi um simples roubo.

Encontra o celular. Pelo menos deixaram o telefone. Olha para os copos e taças de vinho novamente e sente o estômago revirar.

O que foi que eu fiz? Que merda fizeram comigo? Por que meu cu está queimando?

Em prantos, Jon veste a calça, depois a camisa. Mas, ao colocar o braço na manga, vê um pequeno adesivo redondo preso na dobra interna do cotovelo. Congela. Com cuidado, ele puxa o band-aid minúsculo. Há um furinho na sua pele. Adrenalina explode em seu sangue. Injetaram algo nele. Jon entra em desespero. Pode ter sido por isso que apagou, que não lembra de nada. A não ser... que seja algo pior. Algum veneno ou vírus que ainda vai fazer efeito, talvez anos mais tarde, como o da Aids.

Vai correndo para o banheiro e fica paralisado ao ver uma carreira de pó branco ao lado de uma lâmina de barbear e um canudo.

Merda.

Cocaína? Por acaso ele usou drogas? Precisa sair dali. E rápido.

Às pressas, ele molha o rosto e tenta focar seu reflexo no espelho. Parece um fantasma. Lembra-se de uma coisa. Mia montando nele. Tenta se lembrar quem mais estava no quarto, quando podem ter chegado, mas não consegue. Simplesmente não consegue. Pensa no pênis pegajoso, na queimação no ânus. Não quer nem pensar no que pode ter acontecido ali. Lágrimas quentes voltam aos olhos de Jon, junto com uma vergonha insuportável. Humilhação. Horror. Medo puro.

Espalma o balcão do banheiro e se encara no espelho.

Não sei o que você fez comigo, Mia Reiter, mas juro que, se te encontrar, vou matar você, sua filha da puta.

O FOTÓGRAFO

À 1h44, o fotógrafo vê Jon Rittenberg cambalear para fora da torre de um condomínio em Yaletown. Desliga a luz interna do lado do motorista, acerta o foco da lente e tira várias fotos enquanto seu alvo caminha errático pela rua.

O fotógrafo fica tenso. Por um momento é confrontado pela possibilidade de Jon Rittenberg ir parar no meio do trânsito e acabar morrendo atropelado. Isso muda a situação. Ele segura a maçaneta, mas, assim que começa a abrir a porta, um táxi amarelo se aproxima, e Jon acena para ele.

O coração do fotógrafo se acalma. Ele observa por um momento, depois aponta a câmera e fotografa Jon Rittenberg entrar no banco traseiro do táxi, deve ter ligado pedindo o veículo.

O fotógrafo dá a partida e segue o táxi pelas ruas da cidade. O trânsito a essa hora está livre, então toma o cuidado de ficar a uma boa distância. Imagina que o táxi esteja seguindo até a garagem no subsolo da TerraWest, onde Jon Rittenberg havia estacionado o Audi dele. Mas aquele homem não está em condições de dirigir, e isso também lhe causa preocupação. O fotógrafo não quer ser responsável por Jon Rittenberg dirigindo intoxicado, nem ser obrigado a interagir com seu alvo.

Novamente o fotógrafo relaxa ao perceber que o táxi segue uma direção diferente. Mas não é a do Chalé Rosado. Jon Rittenberg não está indo para casa.

Aonde diabos ele vai?

Algumas quadras mais adiante, o fotógrafo entende.

Ah, seu malandrinho...

O táxi vira no Vancouver General Hospital e para em frente à emergência.

Jon desce do carro, vai cambaleando até a entrada e passa pelas portas de vidro.

O fotógrafo estaciona em uma vaga ali perto. Desliga o motor, verifica a hora e observa. Deste ponto consegue ver através das grandes janelas de vidro que dão para a sala de espera bem iluminada. Vê Jon Rittenberg se dirigir e se acomodar em uma cadeira de plástico. Ele se curva para a frente, larga a cabeça nas mãos. Mas ninguém o chama. O fotógrafo se pergunta se o homem sequer solicitou atendimento.

Em menos de vinte minutos, uma pequena BMW branca aparece na rotatória que dá para a emergência. O veículo para abruptamente. Uma mulher sai pela porta do motorista. Está grávida de vários meses. Ela atravessa as portas automáticas correndo.

É Daisy Rittenberg.

Jon chamou a esposa para buscá-lo.

Que safado sem vergonha.

O fotógrafo observa enquanto Daisy Rittenberg avista o marido. Fica sem reação por um instante, depois vai depressa até ele. Jon se levanta e abraça a esposa. Ela o segura em seus braços por um bom tempo, alisando as costas dele, depois o rosto. Parece estar chorando. O marido coloca a mão sobre a barriga dela, faz uma pergunta. Ela acena positivamente e enxuga as lágrimas. Depois passa o braço pelo do marido e o conduz na direção do carro.

O DIÁRIO DA EMPREGADA

Você não vai lembrar bem o que aconteceu por causa do drinque batizado. Mas também não vai esquecer por completo. Vai passar o dia seguinte, o outro, as próximas semanas, meses, anos e décadas tentando fazer as duas coisas: lembrar e esquecer. Vai querer e não querer saber. E de cada pedacinho de lembrança que conseguir recobrar dos horrores daquela noite vai questionar a veracidade. Porque todo mundo que esteve lá vai contar uma história diferente. Vão dizer que a culpa é sua, que é uma mentirosa, beberrona, uma puta oportunista e vingativa que não bate bem da cabeça. Porque não há a mínima possibilidade de o que você disse que aconteceu realmente ter acontecido. São bons garotos, não fariam algo assim.

Às vezes, anos depois, em meio às suas atividades diárias, você acha que já está melhor, que deixou tudo para trás, então vai sentir um cheiro, ouvir um trecho de música ou ver uma cor específica, e um pedaço partido de memória vai cortar seu cérebro como vidro. Você vai ficar sem reação, experimentar uma intensa confusão enquanto todos os circuitos neurais despertam os hormônios do medo pelo seu corpo, os mesmos neuroquímicos associados àquela noite, porque, como ensina a neurociência, neurônios que juntos disparam para sempre estão ligados. Aí, mesmo que a sua mente não consiga juntar todas as peças, você percebe que o seu corpo as junta. O seu corpo sabe, mas não se comunica adequadamente com o cérebro para contar a história daquele trauma, formando uma narrativa compreensível. E você precisa dessa narrativa para atingir a plenitude novamente. No desespero, você se agarra a uma garrafa de vinho, ou a comprimidos, ou sai pela tangente de qualquer outro tipo de dependência. Seja correr maratonas, lutar kickboxing, entrar em uma dieta, se destacar no trabalho, bisbilhotar coisas perigosas, ou se esconder atrás de máscaras, maquiagem e papéis de teatro, transformando-se na Garota Invisível. Tudo isso te ajuda a se esconder do Monstro que vive dentro de você. E quando a conta chega, você simplesmente tenta outra coisa. Mas sempre está fugindo daquele Monstro sem rosto, daquele lugar escuro. E sabe o que mais? Não dá para fugir, porque ele está dentro de você. O Monstro é você.

E aí, um dia, você se vê dentro da casa dele.

Vê um quadro.

Encontra finalmente a prova de que não era mentirosa, todos os outros que são.

E enterrada naquela prova está a evidência de uma traição ainda maior que acerta perto demais do coração, que destrói tudo que você pensou ser verdade na sua vida.

Descobre que não pode confiar no seu melhor amigo; que ele é um mentiroso também.

E descobre que a sua mãe, de cujas cinzas você mal conseguia se desfazer, te coagiu a se livrar do seu bebê em troca de dinheiro. Um dinheiro que ela talvez tenha acreditado que te ajudaria a ir para a faculdade; que te ajudaria a deixar a violência sofrida no passado e alcançar seus sonhos de infância. Mas não ajudou. Aquela aparente falta de apoio na época, a tentativa de varrer tudo para debaixo do tapete, de proteger o seu pai da nojeira daquilo tudo… Essas coisas só pioraram a situação. Em vez disso, você quase acabou com a própria vida, terminou largando a escola e indo embora da cidade.

Por acaso sabe como é, Querido Diário? Ver aqueles quadros, descobrir que está dentro da casa dele, onde ele vai ter um filho que você nunca vai poder ter, encontrar a assinatura da sua mãe em um acordo de não divulgação, em um cofre, junto da assinatura de uma mulher chamada Annabelle Wentworth? É como se puxassem um gatilho, e a bala te acerta bem na cabeça. Tudo em seu crânio explode. Aquela carapaça endurecida há décadas em torno de você? Obliterada em instantes. E toda aquela escuridão vaza pelas rachaduras e te preenche tão rápido e com tanta força que parece que seu frágil casulo de pele humana vai explodir.

Você se dá conta de que está só; que sempre esteve só.

Como alguém consegue lidar com isso?

Eu ruminei a questão em meus pensamentos, depois me perguntei nestas páginas, como minha terapeuta sugeriu: por quê? Por que minha mãe fez isso? Por que Annabelle Wentworth, a mãe da Daisy, protegeu o namorado abusador da filha dela? Por que mulheres traem outras mulheres assim? Estamos assim tão cooptadas, dependentes e sujeitas a um consentimento internalizado ao patriarcado? Temos tanto medo assim de "arrumar problema"?

Por que o meu melhor "amigo" me enganou desse jeito? Por que o Boon inclusive veio falar comigo naquela cafeteria naquele dia tanto tempo atrás? Porque tenho certeza agora de que não foi o destino. Ele me procurou com um propósito. Será que foi para encontrar a salvação da própria alma? Curar-se da própria culpa? Foi tudo pelo bem dele mesmo?

Quaisquer que sejam as respostas, agora estou cara a cara com o Monstro do qual vinha me escondendo. E de repente, estou diante de dois caminhos possíveis. Há apenas duas opções: aceitar isso e me permitir ser violada novamente, continuar sendo a Garota Anônima e me esconder ainda mais atrás de minhas máscaras e estratégias de enfrentamento; ou dessa vez me manter firme, reagir, fazer com que olhem para mim, não ser mais o fantasma.

Se a polícia e a justiça nunca vão me defender, preciso fazer a minha própria justiça. E agora tenho as ferramentas para isso.

Então, Querido Diário, como deve ser a justiça? Será que ela significa ficar quites? Espalhar a dor por aí? Obrigar uma reparação? Demandar uma confissão? Um pedido de desculpas? Nem sei se sei. Nenhuma dessas coisas vai levar embora o dano que me foi feito. E é aí que penso: se o Boon e os outros tivessem sido corajosos o suficiente para ir adiante com a verdade, se minha mãe tivesse mandado Annabelle se foder com aquele dinheiro, se minha mãe tivesse lutado para que a polícia continuasse investigando, então o Jon teria sido parado. Charley nunca teria sido atacada. Talvez haja mais vítimas. Talvez muitas ainda se tornarão. Isso me dá um propósito, me empodera e me dá forças. Não preciso de justiça, preciso detê-lo.

E a ela.

E a outros como ela.

Mulheres como eu precisam mostrar aos homens que não vão sair impunes se tentarem algo assim.

– Qual o problema? – Boon me pergunta, enquanto estamos sentados em um tronco na praia Jericho, comendo sanduíches ao ar livre e observando um grupo de banhistas molhados arrastarem boias rosa-choque atrás deles e subirem e descerem com as ondas. O dia está claro, quase sem vento. Nem quente nem frio. Os picos nevados das montanhas além da água parecem maiores e mais próximos. Parecem monstruosos, para dizer a verdade, por causa de alguma ilusão de ótica. Aquela serra se estende para o norte, até minha velha casa, o pequeno resort de esqui cinco estrelas em que minha mãe limpava quartos, e meu pai tratava a merda que os quarenta mil visitantes deixavam para trás a cada fim de semana. A gente conseguia dizer pelo cheiro da estação de tratamento se o fim de semana tinha sigo bom para os negócios.

– Como assim, "qual o problema"? – Dou uma mordida no meu sanduíche de avocado. Boon veio me encontrar na praia no meu horário de almoço, antes do meu próximo cliente. Ficou preocupado depois da minha ligação.

– Kit, você me ligou e disse que precisava me ver. Desculpa não poder ter ido de imediato, mas agora estou aqui. O que está acontecendo?

Dou mais uma mordida no sanduíche e mastigo devagar. Do nosso tronco, consigo traçar uma linha sobre o mar até onde a Casa de Vidro está. Imagino Beulah Brown, na casa ao lado, mirando o binóculo na direção do nosso tronco acinzentado.

– Tenho pena da Beulah – digo. – E o filho dela é bem esquisito. Uma coisa é a Beulah espionando os vizinhos, mas o Horton… é bizarro. Não confio nele.

– Você está mudando de assunto.

Olho para ele, ele me encara de volta. Não sorrio. É isso, vou passar dos limites. Nossa amizade nunca será a mesma; e parece piada eu considerar isso, já que nossa amizade nunca foi o que eu pensei que fosse.

– Você se lembra de quando a gente se conheceu, Boon? Naquela cafeteria?

Ele franze a testa. Parece nervoso.

– Sim, por quê?

– Você era só um cara aleatório que me perguntou se podia se sentar comigo. E eu disse que claro. Na época fiquei me perguntando se te conhecia de algum lugar, porque você me era estranhamente familiar. E aí você disse "Você é a Katarina, não é?" Você se lembra disso?

– Kit, onde você quer che…

– Imagino que eu deva ter ficado igualzinha a alguém que tenha visto um fantasma – digo. – Porque naquele instante lembrei de onde te conhecia. Era da época da escola, e eu não queria nada com ninguém de lá, nem da minha antiga cidade. E na hora comecei a mapear todas as rotas de fuga possíveis daquele shopping. Foi aí que você perguntou: "Você é de Whistler, não é? Estudou algumas séries atrás da minha." E tomou um gole do seu chocolate quente, olhando para mim por cima da borda da xícara,

e ficou com um pouco de chantili na ponta do nariz, o que me fez sorrir a contragosto. Lembra?

– Porra, Kit, fala logo. Aonde você quer chegar com isso?

– Você disse que eu tinha mudado, que estava linda. Disse que gostou do meu cabelo novo, loiro. Foi esperto o suficiente para não comentar sobre o meu corpo magro. Você me disse que seu nome era Boon-mee, mas que todo mundo te chamava de Boon. Caminhamos até o ônibus juntos, e falei que já que tínhamos vindo de um lugar tão pequeno, que você devia saber o que tinha acontecido comigo.

– Foi por isso que fui até sua mesa, Kit. Já tinha te visto no café algumas vezes. Sempre me senti mal pelo que aconteceu com você. Muitos de nós na cidade sentimos. Eu acreditei em você, sempre acreditei. Acreditei cem por cento na sua história sobre Jon Rittenberg e a equipe de esqui.

Eu abaixo meu sanduíche e o encaro. Meu coração começa a martelar.

E ele diz:

– E eu te disse naquele dia que também sofria bullying na escola. Disse que conhecia caras iguais ao Jon Rittenberg. Eles me faziam de alvo depois da escola, porque eu era gay, e eles sabiam, mesmo eu ainda estando no armário na época, não tinha nem completamente admitido o fato para mim mesmo. Em uma cidade pequena como aquela, com só uma escola, em que a mesma turma vai do jardim de infância até o terceiro ano do ensino médio, sempre as mesmas caras, naquela mesma sala, ano após ano, uma série atrás da outra, sem escapatória. Não dá para se esconder, não tem para onde correr. Se for marcado no pré-escolar, vai continuar marcado pelo resto da vida letiva. Vai sofrer bullying, ser humilhado, ninguém vai gostar de você. Então você começa a virar o que dizem que você é, começa a acreditar neles. E quando eu te vi naquela cafeteria, depois daquele tempo todo, precisava te falar que me senti mal, que acreditava em você. Acho que eu queria dizer que sentia muito. Sinto muito pelo que aconteceu com você.

– Será que sente? Sente muito mesmo, Boon?

Ele parece aturdido.

Inspiro fundo e viro meu rosto na direção do sol. Fecho os olhos, fico sentindo os raios gentis em minha pele.

– Sabe aqueles clientes novos de que te falei outro dia?

– Sei – Boon responde.

Eu me viro para ele.

– Ele voltou para cá. Recebi a casa dele para faxinar.

– Como é?

– Meu cliente novo é Jon Rittenberg. Estou faxinando a casa dele.

Boon fica pálido.

– E sabe do que mais? Eu bisbilhotei um pouco a casa. Ok, um bocado. E encontrei uma gravação... daquela noite.

– Do que você está falando?

Eu olho fixamente nos olhos dele por um bom tempo. Vejo o momento em que ele começa a entender. Ele fica boquiaberto e pálido. Boon engole em seco, seus olhos marejam.

– Quer dizer... aquela noite no alojamento da equipe de esqui?

– Você sabe exatamente do que estou falando. – Minha voz sai tranquila, baixa. – Alguém gravou no celular quando me drogaram e me estupraram. Gravaram quem estava lá naquela noite, com som e tudo. Todos aqueles adolescentes que disseram que nunca aconteceu, estão todos ali, naquela gravação. Daisy Rittenberg também estava na festa. Ela fez uma cópia e a manteve guardada em um cofre todos esses anos. E agora tenho uma cópia no meu celular.

A boca dele se abre. Nenhuma palavra sai.

– Eu não sei o que eu sou para você, Boon...

– Você é minha amiga, Kit. E eu sou seu amigo. Melhor amigo.

– Não sei mesmo o que te levou a falar comigo naquele dia na cafeteria nem porque se esforçou tanto para virar meu amigo. Nem porque tenta ser tão legal comigo, tão gentil. Acho que posso adivinhar: vergonha, culpa. Talvez tivesse medo de que se fosse o

único a falar a verdade e dizer o que testemunhou, fosse sofrer tanto bullying que não sobreviveria ao último ano do colégio. Talvez fosse medo de aqueles caras falarem para o mundo todo e para seus pais que você era gay. E aí você se escondeu, ficou calado, na sua. Ajudou a perpetuar o mal. Mas, esse tempo todo, você sabia. Você podia ter me salvado, talvez até ter salvado o meu bebê.

– Kit, por favor. Eu posso explicar. Eu…

– Tudo que sei, Boon, é que você tem uma dívida comigo. Uma dívida enorme, não só por ter ficado calado, mas por ter me enganado esse tempo todo.

Eu puxo o celular de dentro da bolsa e o faço assistir à gravação.

MAL

2 de novembro de 2019. Sábado.

Mal pega o café e toma mais um gole. São 5h55, e ela e a equipe estão reunidos na sala de inquérito. Ela não dormiu durante a noite e está de pé à base de adrenalina potencializada por cafeína.

– Agora que localizamos os North e identificamos os Rittenberg, estamos trabalhando com a hipótese de que Kit Darling é nossa vítima – Mal explica, colocando o café de volta na mesa. – Mandamos alguns pertences pessoais do apartamento dela para um laboratório particular, junto com amostras de sangue da cena do crime para agilizar a comparação do DNA. Os resultados preliminares devem chegar até o início da noite de hoje.

Benoit complementa:

– Vanessa e Haruto North até o momento não parecem ter envolvimento direto, já que estão fora do país, mas a propriedade é deles, e Kit Darling é empregada deles. Mas o que já estabelecemos foi um link direto entre os Rittenberg, a cena do crime na Casa de Vidro e Kit Darling. O que precisamos é: motivo, oportunidade, meio. Precisamos daquele tapete, daquele Subaru Crosstrek, do DNA dos dois Rittenberg para confirmar a presença deles dentro da casa. E precisamos revistar o Chalé Rosado e apreender e revistar aquele Audi. Nosso objetivo é encontrar evidências extras que possam nos garantir esses mandados.

– E quanto à mulher grávida que Beulah Brown pensou ser Vanessa North? E a mulher que visita o Pistrô com Daisy Rittenberg, que Binty acredita ser Vanessa North? – Jack pergunta. – E a mulher que Daisy Rittenberg disse que a convidou para jantar na Casa de Vidro?

– Vamos mostrar a foto de Vanessa North a Ty Binty hoje – Mal diz. – Vamos ver o que ele diz. Também vamos levar a foto ao estúdio de yoga, e trazer Daisy e Jon Rittenberg até a delegacia para mais perguntas.

– O Audi dele está cheio de lama – Arnav aponta. – A lama pode ter vindo do local da desova. Estava chovendo forte naquela noite.

– Isso – Mal responde. – Vamos continuar vasculhando as gravações das câmeras de segurança para ver se encontramos algo lá pela Marine. E também vamos precisar de mandados para acessar os registros telefônicos e histórico financeiro de Kit Darling. As transações recentes, para quem ela ligou ou mandou mensagem, quem entrou em contato com ela... Tudo para nos ajudar a reconstruir os movimentos dela até o incidente. Também precisamos ficar de olho nas redes sociais dela.

Mal conta nos dedos perguntas e tarefas a serem feitas.

– Os Rittenberg têm perfis nas redes sociais? Sabemos que a Darling tem uma conta no Instagram com o nome @foxandcrow. O que ela postou por lá? Ela tem outras contas com nome próprio? Precisamos de um histórico datando até a época em que ela morava na vila do resort de esqui. O amigo, Boon-mee Saelim, falou de um evento traumático do passado que fez Kit Darling largar a escola e sair da cidade. Que evento foi esse? Precisamos localizar o diário dela, e também mergulhar nos antecedentes dos Rittenberg. Jon Rittenberg fez parte da equipe de esqui nacional. A equipe tem um alojamento e treinava na cidade em que Kit Darling cresceu. Há um possível cruzamento aí.

Enquanto Mal delega tarefas, alguém bate forte na porta. Todos olham para o policial uniformizado que entra. Os olhos dele estão brilhando.

– Pegamos eles! – ele diz. – Encontramos os dois veículos nas gravações das câmeras de segurança. O Subaru e o Audi.

A sala mergulha em tensão.

– Pode passar as imagens aqui no monitor? – Benoit pergunta.

Em poucos minutos, todos estão ao redor da mesa, inclinados em silêncio na direção da gravação granulada das câmeras de segurança.

– Veem ali? – O oficial aponta. – Um Subaru Crosstrek e um Audi S6 sedan são registrados saindo da Marine Drive. E nessa câmera, indo na direção da área industrial da North Vancouver. E ali vemos os carros mais uma vez, do lado de fora de um terreno de obras da ADMAC na costa. A área está cercada para a renovação de um silo abandonado. Entramos em contato com a ADMAC, e nos informaram que há câmeras de segurança no local. Já nos deram acesso. – Ele aperta uma tecla.

O grupo vê o Audi S6 sedan e o Subaru Crosstrek transitando pela área à frente dos silos.

– Outra câmera da ADMAC os detectou novamente ali. – Ele aponta. – Cruzando os trilhos indo na direção da água. – Eles assistem aos dois veículos, um atrás do outro, atravessar os trilhos e saírem do enquadramento da câmera. Vão se sacudindo pelo que parece ser uma estrada lamacenta e esburacada paralela à costa. Então desaparecem do alcance da câmera. O tempo está nebuloso, molhado e escuro.

– Infelizmente, a câmera que aponta para as docas está quebrada. Mas dezessete minutos depois, aqui está o Audi retornando. Ele passa pela frente dos silos aqui – o oficial aponta –, depois sai do canteiro da ADMAC ali, indo na direção da Marine. Temos imagens dele atravessando a ponte Lions Gate de novo.

– Possivelmente indo para a casa em Point Grey – Benoit diz.

– E quanto ao Subaru, alguma gravação dele saindo? – Lula pergunta.

– Negativo. O Subaru nunca saiu do local. Enviamos dois policiais até lá. Acabamos de receber uma ligação deles. Há marcas recentes de três veículos no local. As marcas que batem com o modelo padrão do Subaru vão na direção das docas. Há indícios de que o veículo caiu na água. Há dois pares de pegadas no local e marcas de arraste na lama, como se algo pesado tivesse sido arrastado até a beira das docas.

– Acho que encontramos o local da desova – Mal murmura.

A energia da sala muda.

– O Audi é do mesmo modelo S6 estacionado do lado de fora do Chalé Rosado.

Mal aperta o botão da caneta. Abre e fecha, abre e fecha.

– Precisamos de amostras da lama nos pneus de Jon Rittenberg. Pode dar zoom nas placas do Subaru e do Audi quando entram nas dependências da ADMAC?

– Já conseguimos melhorar as imagens da placa do Subaru, está registrado no nome de Katarina Darling. Mas a placa do Audi está coberta por lama.

– Você disse três tipos de marcas de pneus – Mal observa.

Ele sorri e passa uma gravação diferente.

– Essas imagens são do alto, das câmeras da ponte, as famosas câmeras do pulo. Elas alcançam parte da área debaixo da ponte. Vejam isso, ocorre onze minutos antes da chegada do Audi e do Subaru ao terreno da ADMAC. – Ele aperta PLAY.

Eles assistem em silêncio a um carro de luxo sedan dirigir paralelo à água, aproximando-se da ponte, depois desaparecer debaixo dela.

Uma curva sutil aparece na boca do policial.

– Isso, amigos, é outro veículo, o terceiro. É um Mercedes-Maybach. E, enquanto o Subaru desaparecia além da beira da doca, aquele Mercedes ainda estava estacionado nas sombras debaixo da ponte. Não existe outra forma de sair, senão por onde ele entrou. – Ele aperta PLAY novamente. – E lá está ele, indo embora.

Eles veem o Mercedes-Maybach sair de debaixo da ponte. Ele atravessa a neblina e a chuva no caminho de volta, paralelo à água. Desaparece do alcance da câmera antes de chegar até a doca.

– Depois de detectarmos o Mercedes – o oficial diz –, voltamos mais nas gravações da ADMAC. O veículo entra no local de obras da ADMAC onze minutos antes da chegada do Audi e do Subaru. – Ele aponta para a filmagem. – Como podem ver ali, parece haver duas pessoas dentro do Mercedes, uma no assento do motorista, outra no do passageiro. O motorista parece ser uma mulher, por conta do cabelo longo. O veículo deixa então o terreno sete minutos depois do Audi. Ainda com duas pessoas dentro.

– Conseguiu a placa desse veículo? – Benoit pergunta. – Porque, o que quer que tenha transcorrido fora das câmeras na antiga doca, os passageiros do Mercedes-Maybach devem ter testemunhado.

O policial mostra uma versão aumentada da placa do Mercedes. Ele olha para cada um dos oficiais na sala e sorri.

– Vocês nunca vão adivinhar no nome de quem está esse carro.

– Ah, vai logo, desembucha – Lula diz em tom gozador.

– Tamara Adler. Da Kane, Adler, Singh e Salinger. Uma das maiores firmas de advocacia da cidade, responsáveis por aquele caso badalado que está nos jornais, envolvendo um dos membros da Assembleia Legislativa de Vancouver pelo distrito eleitoral de Vancouver-Point Grey, Sua Excelência Frank Horvath?

– Tamara *Adler* é a nossa testemunha? – Gavin pergunta.

– Quem quer que sejam aquelas duas pessoas dentro do carro da sra. Adler, elas são as nossas possíveis testemunhas – Mal fala devagar. – E quem quer que sejam, se viram o que aconteceu, simplesmente não reportaram para a polícia, não se apresentaram. Quero falar com Tamara Adler. – Ela se levanta depressa. – Lula, informe a polícia de North Vancouver. Peça que cerquem toda a área de construção da ADMAC. Jack, contate a ADMAC, mande paralisarem a obra imediatamente. Gavin, agilize a papelada para o mandado de busca e apreensão para o Audi dos Rittenberg e para o Chalé Rosado. Quero que Jon Rittenberg seja trazido para cá. Quero uma amostra de DNA, coleta de material subungueal, fotografias documentando os ferimentos dele. Quero amostras de DNA de Daisy Rittenberg também. E quero uma equipe de mergulho e um barco de resgate naquelas docas já.

DAISY

29 de outubro de 2019. Terça-feira.
Dois dias antes do assassinato.

Daisy ajuda o marido a se acomodar na cama depois de buscá-lo na emergência do VGH. Suas emoções são um poço lamacento de alívio e ansiedade. Ficou tão preocupada quando Jon não chegou em casa à 1h00 que telefonou para um dos colegas de trabalho com quem ele deveria ter saído para jantar com os chineses. Mas o colega disse que todos foram embora do restaurante por volta das 22h00, e que pensou que Jon iria direto para casa.

Daisy estava prestes a ligar para a polícia quando o telefone tocou. Era Jon. Ele estava no VGH. Sofreu um desmaio a caminho do carro, e alguém o encontrou apagado na calçada e chamou uma ambulância. Jon disse que o médico acreditava que ele tenha sofrido um pequeno derrame. Ele estava bem, mas precisava voltar para um check-up e marcar consulta com um especialista.

– Graças a Deus pelo bom samaritano que te encontrou – Daisy sussurra ao se sentar no canto da cama segurando a mão dele. – Isso poderia ter tido outro fim.

Jon fecha os olhos e concorda com um aceno. Ela alisa o cabelo dele. O marido está com uma cara péssima, pálido como um fantasma, os olhos fundos. E cheira a vômito.

– Podemos te limpar de manhã – ela sussurra e beija-lhe a bochecha. – Estou tão aliviada por você estar em casa.

Ele acena mais uma vez com os olhos fechados e aperta a mão dela.

Daisy diminui a intensidade da luz, mas não a apaga. Então desce para fazer chá.

Ao colocar a chaleira no fogo, agradece ao ser que comanda o universo. Vendo as coisas assim, por um fio, como hoje à noite, Daisy se dá conta de que não quer criar o filho sozinha. Nunca. Quer o marido ao lado dela quando a criança nascer. Ela *precisa* de Jon. Precisa que ele seja um homem bom e leal, na saúde e na doença, até que a morte os separe. Lágrimas enchem seus olhos. E sempre foi assim, desde o dia em que o conheceu na escola. Foi por isso que ficou tão magoada quando Jon cometeu aqueles erros estúpidos. Foi por isso que tentou desesperadamente arrumar a bagunça dele. Daisy *precisa* acreditar que se casou com o homem certo. Precisa acreditar que ele é bom, que vai ser um pai maravilhoso e que a ama. Porque, senão, qual é a alternativa?

Ela se recusa a aceitar a alternativa.

As pessoas podem chamar de dissonância cognitiva. Os psicólogos podem dizer a ela que humanos são perfeitamente capazes de acreditar em duas coisas opostas ao mesmo tempo, ou engajar em comportamentos que contradizem seus valores pessoais. Podem dizer a ela que humanos são exímios inventores de pensamentos e narrativas que corroborem a dissonância interior. Daisy sabe que é verdade. Foi capaz de enterrar coisas horrendas no fundo de seu subconsciente e fechar os olhos para elas. É um mecanismo de sobrevivência. Tudo que ela quer é sobreviver.

Enxuga as lágrimas. Espera que o filho cresça sendo bom. Há tanta pressão para que rapazes "virem homens", vivem dizendo a eles que "homem não chora", que têm que "ser homem". Jon sofreu essa pressão, mas não tinha nenhum mentor para ajudá-lo a navegar nesse mundo. O próprio pai o abandonou, foi criado apenas pela mãe. Era um menino perdido que sempre procurou se provar. Talvez tenha sido sempre uma busca por atenção do pai ausente. Talvez o pequeno Jon estivesse constantemente lutando para fazer com que o pai distante ficasse orgulhoso e voltasse para casa. Talvez o pequeno Jon se culpasse pelo pai ter ido embora. E aí o Jon adolescente se perdeu.

Daisy enxuga mais lágrimas. As mãos começam a tremer. Ela se recusa a pensar no fedor de álcool no marido, no cheiro de vômito não explicado, no fato de nunca ter visto o médico da emergência com os próprios olhos. Ela se convence de que esse pequeno derrame, ou do que quer que Jon diga que o médico chamou, é um mal que veio para o bem, pois ela tem certeza de que viu o medo nos olhos dele. Jon está com medo do que aconteceu.

Talvez ela e Jon agora possam ambos serem mais gratos. Agora podem proteger um ao outro com mais afinco e proteger aquilo que significa começar uma pequena família.

MAL

2 de novembro de 2019. Sábado.

Tamara Adler leva Mal até seu escritório suntuoso. A mulher é sócia da seleta firma de advocacia Kane, Adler, Singh e Salinger.

– Por favor, sente-se – ela diz a Mal.

A vista do escritório talvez seja incrível, Mal pensa, mas agora está desoladora, sendo sufocada por nuvens baixas. Chuva forte bate na janela. Mal se senta em um sofá perto da janela. Benoit está no canteiro de construção da ADMAC, esperando pela equipe de mergulho da polícia e dos peritos.

– O que posso fazer por você, sargento? – Adler está empertigada e impecavelmente vestida com um terninho creme. O cabelo ruivo penteado à perfeição se move com elegância na altura do queixo. As unhas estão feitas. *Cara* é a palavra que vem à mente de Mal. E *controlada*. A advogada certamente não demonstra ser uma mulher que testemunhou uma atrocidade de dentro do carro estacionado debaixo de uma ponte em um canteiro de obras altas horas da madrugada. Mas Mal sabe que as pessoas raras vezes são o que parecem ser.

A detetive vai direto ao ponto. Abre uma pasta e retira várias impressões de imagens das câmeras de segurança. Espalha todas sobre a mesa de centro diante da advogada.

– Essas imagens foram registradas pelas câmeras de segurança no canteiro de construção da ADMAC próximo ao antigo estaleiro da North Vancouver. Como pode ver, pela hora e data marcadas, a gravação mostra as primeiras horas da sexta-feira, dia primeiro de novembro. O Mercedes-Maybach nessas imagens está registrado em seu nome, sra. Adler. – Mal olha nos olhos da advogada. – Poderia me dizer quem estava dirigindo o seu carro nessas fotos? Olhando bem para esta imagem ampliada aqui – ela aponta –, a pessoa no assento do motorista parece ser você.

Tamara Adler examina as fotos. Nenhum músculo sequer se move em seu corpo, mas Mal pode sentir a tensão da mulher. As engrenagens na cabeça dela estão girando em busca de uma explicação, de uma saída. Mal percebe o exato momento em que a advogada decide encarar abertamente o assunto. A sra. Adler levanta o rosto e olha dentro dos olhos de Mal.

– Podemos manter isso fora da imprensa?

– Não posso prometer nada, mas quanto maior for a cooperação inicial, mais fácil vai ser para você e quem estava com você no carro ficarem fora do radar da mídia.

Adler respira fundo e volta a atenção para as fotos. Ela as estuda, calculando as chances de os membros da polícia conseguirem descobrir por eles mesmos quem é a pessoa que está no banco do passageiro.

– Quem é a pessoa, sra. Adler? E parece ser um *ele*. Mais cedo ou mais tarde, o identificaremos sem sua ajuda, ainda mais se publicarmos as imagens e pedirmos informações nas redes sociais. Recebemos um bocado de dicas ao mobilizar a comunidade desse jeito.

A advogada molha os lábios, estende a mão até a jarra d'água na mesa e se serve. Depois oferece a jarra a Mal.

– Estou bem – Mal diz.

A advogada toma um golinho. Um brilho suave apareceu em seu cenho. Tamara Adler está achando a situação angustiante.

– Estava com Frank Horvath – ela diz, enfim. – E não posso deixar de frisar como isso vai prejudicar a reputação dele, a nossa reputação, se essa informação vazar. Vai afundar um processo legal que...

– O que você e Sua Excelência Horvath testemunharam na propriedade da ADMAC naquela madrugada, sra. Adler? A julgar pela localização do seu veículo, deve ter visto alguma coisa.

A advogada olha pela janela.

– Havia mais alguém presente? Algum outro veículo?

Adler não fita Mal, continua encarando a janela.

– Uma moça está desaparecida. Temos razões para acreditar que você e o passageiro em seu carro podem nos ajudar a entender o que aconteceu com ela. – Mal bate a ponta do dedo com firmeza em uma das imagens obtidas das câmeras do pulo. A sra. Adler se vira para olhar. – Vê como seu veículo vem até aqui, depois sai na direção leste? Em determinado momento, ele apontava diretamente para a velha doca.

Tamara Adler respira.

– Você não sabe se vimos algo.

– Como eu disse – o tom de Mal é frio, ríspido –, a cooperação vai deixar as coisas mais fáceis para você e para o membro da Assembleia Legislativa Frank Horvath. E para a família de cada um de vocês.

A sra. Adler fica de pé. Caminha com seus saltos caros até as janelas que vão do chão ao teto. Ela cruza os braços e encara a neblina e as nuvens baixas.

– Vimos os dois carros – ela fala, controlada, com as costas viradas para Mal. – Um sedan maior e um hatch menor. O sedan era escuro; o hatch, claro. Acredito que era um Subaru Crosstrek, demos um para nosso filho no aniversário dele, então estou familiarizada com o modelo. – Ela para e se vira na direção de Mal. – Duas pessoas com roupas de chuva desceram dos carros e tiraram um tapete enrolado, ou algo parecido, do banco de trás do sedan. Elas arrastaram aquilo até a beira da doca e o empurraram para a água. Depois vimos as pessoas lançarem o hatch no mar. – Ela olha para Mal por um bom tempo. – Pareceu que prenderam o acelerador do Subaru. Frank e eu... estávamos tendo um caso. Mas o caso não existe mais. Ficamos os dois com medo de falar com a polícia e ter nossa relação indecorosa exposta. As consequências seriam catastróficas para nós dois, e nossos cônjuges e filhos, meus clientes e os constituintes dele.

– O que vocês acharam que aquelas pessoas tinham no tapete enrolado? – Mal pergunta.

– Não sei o que havia no tapete.

– Não pensaram que duas pessoas jogando um Subaru Crosstrek no Burrard Inlet na calada da noite poderiam estar cometendo um crime grave, tentando encobrir algo, esconder evidências?

O maxilar da advogada se contrai, os braços dela se fecham com mais força ao redor da barriga. Os olhos marejam.

– Poderia ter sido qualquer coisa – ela fala baixo. – Descarte ilegal... qualquer coisa.

– Certo. E o que você e Sua Excelência Horvath fizeram a seguir?

– Fomos embora. Deixei o Frank no carro dele, que estava estacionado na cidade. Cada um foi para sua casa. – Ela se senta de frente para Mal e se inclina para a frente. Tem um olhar intenso no rosto. – Eu... nós... vamos prestar depoimentos oficiais como testemunhas, mas foi só isso que vimos, é só o que sabemos.

– Você seria capaz de identificar os dois motoristas?

– Não, eles estavam distantes. E estava escuro, chovendo, com um forte nevoeiro, e os dois estavam completamente cobertos por roupas de chuva escuras. Um parecia ter um capuz sobre a cabeça dele, e...

– *Ele* era um homem?

– Eu... supus ser um homem. Era mais alto. O outro parecia mais arredondado e mais baixo.

– O mais baixo poderia ser uma mulher?

– É possível.

– Poderia estar grávida?

– O quê?

– A pessoa mais baixa poderia ser uma mulher grávida?

– Eu não pensei nisso. Acho... que é possível.

– Poderia ir à delegacia prestar seu depoimento formal hoje?

– Sim. Vou levar o Frank, seria melhor se você não fosse até o escritório dele.

Em silêncio, Mal recolhe as fotos e as coloca na pasta.

– Os filhos do Frank são mais novos que os meus – Adler diz. – Seria muito difícil para eles se o casamento do Frank acabasse. E como membro da Assembleia Legislativa... o que ele faz pelos desabrigados, pela crise de opioides, pela moradia social... Se isso for exposto, todo esse bom trabalho terá sido em vão. Os oponentes vão crucificá-lo. Nunca imaginamos que alguém nos veria tendo um caso no meu carro, ou que algo assim poderia acontecer. Somos cuidadosos, é por isso que vamos a lugares como aquele.

Mal levanta o rosto e encontra os olhos da advogada.

– A nossa vítima desaparecida também tem pessoas que se importam com ela, sra. Adler. Ela nunca imaginou que seria atacada, enrolada em um tapete e arremessada no mar, se foi isso que aconteceu. – A detetive fica de pé. – Pelo seu bem e o de Frank Horvath, espero que sua decisão de não ligar para a emergência não tenha resultado em um atraso que custou a vida dela.

JON

31 de outubro de 2019. Quinta-feira.
O dia do assassinato.

Jon se retrai quando as luzes da manhã atravessam as persianas e apontam um dedo acusador para ele. Fecha um pouco os olhos e toma um momento para ajustar a visão. À medida que desperta, medo e ansiedade se arrastam de volta à sua consciência. Está deitado, em segurança, mas o pesadelo com Mia Reiter ainda turva sua mente e corpo.

Ele se senta e, com cuidado, põe os pés para fora da cama. Não foi trabalhar nem terça nem quarta-feira. Passou a maior parte do tempo em casa dormindo, mas ainda se sente aéreo. Segue não conseguindo recordar exatamente o que aconteceu. Acredita que Mia o drogou, mas não sabe o porquê… por ora. Ele não tem absolutamente nenhuma memória de quem mais esteve no quarto. Essa talvez seja a coisa mais aterrorizante de todas. E ele estava amarrado. Muito provavelmente foi violentado sexualmente dada a dor ao redor do ânus.

Ele escuta Daisy lá embaixo na cozinha. Está ouvindo música. Sente o cheiro de bacon e café, e o estômago embrulha. Como ela pode ouvir música em um momento como esse? Mas Daisy não sabe o que aconteceu. E ele sente um profundo medo de que é possível que logo ela descubra. É uma bomba-relógio dentro da cabeça dele, fazendo tique-taque, tique-taque, tique-taque sem parar, esperando a casa cair. Será que vai ser chantageado? Extorquido? O que Mia Reiter quer dele? Por que tem uma marca de agulha na dobra do seu braço?

O volume da música aumenta lá embaixo, depois que Daisy liga o depurador de ar. Ele consegue identificar partes da letra sobre um coração partido e um amor destruído pela traição. Seu humor piora.

Pega o celular. Sem mensagens. Nenhuma chamada perdida. Ele hesita, levanta-se e fecha a porta do quarto. Liga para o número de Mia.

Vai direto para uma mensagem automática.

O número que você ligou não existe.

O coração acelera.

Tenta de novo.

O número que você ligou não existe.

Ele fica parado um instante sob a luz fraca da manhã de outono que entra pela janela, paralisado com o pensamento de que a situação está longe de acabar. Ele está sendo aterrorizado, manipulado ao ponto de questionar a realidade. Sendo obrigado a esperar apreensivo pelo momento em que a bomba vai explodir, e não faz ideia de quando ela vai cair zunindo bem no alto de sua cabeça, nem no que isso vai implicar.

Ligou para o escritório avisando que não poderia ir trabalhar, pois estava doente, ontem e antes de ontem. Ele *estava* passando mal. Sentindo-se um merda. Ainda está assim. Mentiu para Daisy sobre o médico precisar de um retorno, então foi obrigado a seguir com a mentira e ir a uma consulta falsa ontem. Daisy insistiu em ir com ele, o que complicou a situação. Ela o levou até o hospital e esperou no carro, enquanto Jon entrou no hospital. Dentro do imenso complexo hospitalar, ele foi até a capela. Lá, sentou-se em silêncio junto às velas e esperou a consulta falsa transcorrer. Ao retornar para o carro, disse a Daisy que, para o médico, o desmaio provavelmente foi causado por estresse. Isso acontece às vezes, mas, por segurança, recomendou um especialista. O especialista ligaria para marcar a consulta. Enquanto isso, Jon deveria reduzir o ritmo, repousar, comer bem, hidratar-se, fazer exercício, controlar o estresse. Jon disse à esposa que tinha deixado todas essas coisas de lado. Daisy segurou a mão dele e disse que faria o possível para ajudá-lo. Lembrou a ele que eram um time. Jon sentiu o antigo amor que um dia teve pela esposa e naquele instante pensou que tudo poderia se resolver. Mas agora, na luz fria do amanhecer, sente a pressão da incerteza pairando sobre si e se arrepende de talvez já ter estragado tudo.

Olha a hora. Tem uma reunião importante hoje no trabalho. Precisa se recompor. Toma um banho, veste-se e desce.

Vê Daisy de costas e nota o quanto a bunda dela está maior. Ela segura uma faca grande na mão. A lâmina reflete a luz do sol quando ela parte uma toranja. As duas metades da fruta se abrem para relevar a polpa cor de rubi suculenta. Jon encara a faca. É tão afiada, resplandece tanto à luz branca, e há tanto vidro e brilho ali, e aquela polpa vermelha. A cabeça dói.

Ela se vira. Sorri.

Ele vê os dentes dela, o rubor nas bochechas, a barriga. Ela está vestida com um avental esquisito de Halloween com estampa de abóbora.

Sente-se enjoado, uma sequela das drogas da outra noite, pensa. Isso combinado ao medo. O cortisol bombeado pelo seu sangue parece veneno. O olhar de Jon para na barriga da esposa. A data prevista para o nascimento está próxima. Lá dentro a prole cresce, revira-se, chuta e chupa o dedão. É um menino, chutando e chutando sem parar. Um futuro esquiador, talvez. Jon sente uma pontada de tristeza ao pensar no próprio pai; aquele péssimo exemplo de amor e acolhimento paterno. Ele faz um pacto com o diabo, ou com Deus, não tem certeza de qual. Mas jura que, se sobreviver às consequências do erro terrível e insensato de se envolver com Mia, ele vai ser o melhor pai que puder ser, pelo resto da vida do filho. Vai estar lá para apoiá-lo sempre. Será um pai presente. E vai amar o seu garotinho.

O sorriso de Daisy se transforma em preocupação.

– Dormiu bem? Tem certeza de que está bem para ir trabalhar?

– Uhum, tenho aquela reunião importante hoje. – Ele se serve de café.

– Liguei para um nutricionista – Daisy diz. – E para um *personal trainer*, para uma avaliação. Contei sua história para eles, e...

– Daisy, agora não.

Ela se retrai, parece muito corada.

– Que horas você chega?

– Na hora normal do jantar.

– Ah, você se esqueceu?

– Do quê?

– Do jantar de Halloween, aquelo com a Vanessa e o Haruto North hoje.

– Quê? Jesus, hoje, não. Eu…

– Por favor, Jon, por mim. Vai ser bom para nós dois fazer algo diferente.

Ele a observa em silêncio. Sente-se mal, por tudo. Tem medo de perdê-la.

– Claro, está bem. Você é minha prioridade.

– Obrigada. Eles disseram para chegarmos lá pelas 18h, para começar com alguns coquetéis. Pensei em levar umas flores e uma torta para a sobremesa, podemos pegar no caminho. Tudo bem?

– Sim, claro.

Quando finalmente estaciona o Audi S6 sedan na garagem do subsolo no trabalho, a mente de Jon já está mais calma. Do carro, liga para Jake Preston. Está paranoico, pensando que a situação com Mia foi orquestrada por Labden, ou Henry, ou talvez até por Ahmed Waheed. A voz sedutora de Mia se enrola aos seus pensamentos.

E quem é esse rival, JonJon? E como vai achar esses podres?

Jake atende no segundo toque.

– Jake Preston.

– Aqui é Jon Rittenberg. Já conseguiu alguma coisa?

– Vou precisar de mais tempo. Seu cara não tem nenhuma poeirinha, Jon. Tão limpo que me faz pensar que ele está escondendo alguma coisa. Mas não achei nenhum antecedente criminal. Ele não vai a festas, corre todos os dias, faz academia, yoga…

– Yoga? Pelo amor de Deus.

– É, yoga. É adepto daquelas merdas de saúde holística. Compra orgânicos na feira, gosta de apoiar os negócios locais, visita galerias de arte nos fins de semana. Ama esportes: *snowboard* no inverno, *kitesurf* no verão. Tem relacionamento estável, a namorada se mudou para Vancouver com ele. Trabalha com finanças.

– Finanças? – O coração de Jon palpita. – Que tipo de finanças… bancária?

– É, isso mesmo. Um trabalho remoto para uma empresa do Reino Unido, mas também faz muitas viagens de negócios.

A mão de Jon se fecha ao redor do celular. Ele olha para a escuridão da garagem.

– Qual o nome dela?

– Escuta, amigo, pensei que não queria fazer isso por telefone. Achei que preferia pessoalmente.

– Só me diz a merda do nome dela.

– Mila Gill.

– *Mia*?

– Não, Mila. M-I-L-A.

– De onde ela é? De que país?

– Da Inglaterra.

– Você disse que ia encontrar o podre, Jake. Eu *preciso* de alguma coisa, cacete. Tudo que você me disse, eu poderia conseguir sozinho. É inútil. Preciso de algo que eu possa usar. Agora. – *Antes que algo aconteça comigo.* – Você me prometeu que encontraria.

– Eu disse que encontraria se houvesse algo para ser encontrado. Fabricar um *kompromat*, Jon, aí são outros quinhentos. Eu disse desde o início que precisava saber dos nossos parâmetros. Plantar evidências comprometedoras vem com outra cotação, também.

Jon passa a mão pelo cabelo. *Mia. Mila. Banqueira. Finanças. Viaja bastante...* Ele tem um pressentimento horrível.

– Faça isso – ele diz. – Não me importa quanto custa. Só faça.

Jon desliga, desce do carro e tranca as portas, depois sobe o elevador. A cada andar que sobe, mais a ansiedade que pesa em sua cabeça o empurra para baixo.

Ele sai do elevador e vai caminhando na direção do escritório. Anna, a recepcionista, está vestida tal qual a Mortícia, e Jon logo se lembra de que é Halloween.

– Bom dia, Anna – ele cumprimenta.

Enquanto Jon se aproxima, ela o encara por debaixo da peruca preta. O rosto dela está branco como pó e os lábios com contorno preto não mostram um sorriso. Jon sente que algo está estranho. Ele nota Ahmed no cubículo de vidro dele. O rival o olha nos olhos, também não sorri. Os lábios dele são uma linha severa. Ahmed observa Jon fixamente, com olhos obscuros, indecifráveis por trás dos óculos redondos, e um alerta se acende na mente de Jon. Ele se convence de que estão assim apenas porque ele se esqueceu de se fantasiar. Estão apenas pensando que ele está sendo um chato, estragando a brincadeira deles.

– Jon – Anna diz. E ela pigarreia antes de falar de novo. Ele nota o sangue falso escorrendo dos cantos da boca da recepcionista. – O Darrian quer falar com você no escritório dele.

O chefão.

Jon fica paralisado.

– Por quê? O que rolou?

Anna evita contato visual.

– Ele apenas pediu que você fosse lá assim que chegasse.

– Certo. – Jon volta a fazer o caminho para seu escritório.

Anna pula da cadeira e corre atrás dele.

– Jon! O Darrian disse para ir direto, Jon…

– Só vou guardar a porcaria da minha maleta, tá legal?

Ela engole em seco e fica esquisita ali com a boca ensanguentada.

– Desculpa, Jon. É só que ele insistiu que você fosse direto para o escritório dele.

Jon a encara. Pela visão periférica, pode ver outros em seus cubículos de vidro com os rostos erguidos, olhando para ele. Todos parados. Todos em silêncio. Então ele entende. Entende tudo.

A casa já caiu.

MAL

2 de novembro de 2019. Sábado.

– A primeira aula de Vanessa North conosco foi no dia sete de agosto, uma quarta-feira – a instrutora de yoga fala enquanto examina o banco de dados no computador.

– Ela vinha com regularidade? – Mal pergunta. Foi ao estúdio de yoga logo após seu encontro com Tamara Adler. No caminho, ligou para atualizar Benoit com as informações repassadas pela advogada. O parceiro lhe disse que os mergulhadores estavam dando início às buscas.

– Sim. A Vanessa aparentemente vinha com frequência depois da primeira aula, tanto nas segundas quanto nas quartas-feiras. – A instrutora olha para Mal. É uma mulher de aparência genuína, no início dos cinquenta anos, não usa maquiagem, tem uma expressão afável e o cabelo grisalho longo e ondulado. – Do que se trata? Pergunto apenas por que a Vanessa não participou das últimas aulas, e fiquei imaginando se estava tudo bem com o bebê.

Mal evita a pergunta da instrutora.

– Você teria os dados do cartão de crédito de Vanessa North em seu sistema?

A mulher verifica, franze as sobrancelhas e diz:

– Ah, parece que ela sempre pagou em dinheiro.

– E quanto às informações para contato? Ela chegou a preencher algum formulário de saúde ou avaliação física?

A mulher verifica o sistema outra vez.

– Sim, ela preencheu os formulários obrigatórios. E temos um endereço registrado no sistema. Mas não posso mesmo passar nada disso a você, sargento, sinto muito, não sem um mandado.

– Posso voltar com um mandado, senhora, mas cada segundo é importante. A vida de uma mulher pode estar em perigo. E se você confirmar ou negar que o endereço no sistema é Sea Lane, 5244, West Vancouver?

A instrutora demonstra nervosismo.

– Sim, posso confirmar isso. Acho que não faz mal lhe passar o número do celular dela. – A instrutura de yoga lê o número para Mal.

Mal o digita no telefone.

– Mais uma pergunta – Mal diz enquanto abre uma foto de Vanessa North dada pela polícia de Singapura. Ela mostra para a instrutora. – É essa a mulher que participava das aulas de yoga?

– Não. Vanessa North tem o cabelo mais longo, com mais mechas castanho-avermelhadas. Olhos grandes castanho-esverdeados. O nariz e as bochechas também são diferentes. E ela é mais nova. – A instrutora franze as sobrancelhas. – Quem é essa?

– Essa é Vanessa North.

– Então… quem é a mulher que vem para a yoga?

– É uma boa pergunta. Obrigada pela cooperação. – Mal empurra um cartão de visita pela mesa até a mulher. – Se pensar em mais alguma coisa, ou se sua cliente aparecer novamente, por favor, ligue para mim.

Enquanto volta para a viatura descaracterizada, Mal liga para o número que a instrutora deu a ela. Vai direto para uma mensagem automática.

O número que você ligou não existe.

• • •

A caminho do Pistrô para falar com Ty Binty, Mal recebe uma ligação de Benoit.

– E aí? – Mal pergunta. – Encontraram alguma coisa?

Ela ouve o barulho de um caminhão ao fundo, buzinando. Benoit responde à pergunta de outra pessoa, depois volta à chamada.

– Os mergulhadores encontraram o Subaru. Estava onde imaginamos, bem ao lado das docas. Lá no fundo, desceu direto. As equipes estão estudando a melhor forma de içar o carro. Chamamos um reboque com guincho e outro para transportar o veículo para a perícia – Benoit diz.

Mal inspira devagar, tentado controlar a descarga de adrenalina. A mente se volta para a empregada de rosto bonito com seus coques duplos, para o pequeno apartamento com decoração boho, cartões-postais e sonhos de viagem, para o corvo Mórbido, e ela sente uma tristeza profunda e repentina. Os olhos ardem um pouco, mas ela afasta todos esses pensamentos.

– Algum sinal do tapete? – ela pergunta.

– Ainda não. Tem uma corrente marítima forte que passa em ambas as direções, então ele pode ter ido longe. Também tem muitos detritos e lixo lá embaixo, pouca visibilidade. O avanço é lento, o trabalho é perigoso.

– Ok, valeu. Chego aí assim que falar com Ty Binty. E os mandados?

– Estão na mão. Lula colocou os outros caras para vasculhar os registros financeiros e telefônicos de Kit Darling. E a equipe de vigilância fora do Chalé Rosado informou que Jon Rittenberg não saiu da residência desde a nossa visita. Estão de prontidão para detê-lo, apenas no aguardo do reboque para que possam apreender o Audi e levá-lo para a perícia. A polícia de West Vancouver está trabalhando conosco para trazer Daisy Wentworth para coleta de impressões digitais, amostra de DNA e novas perguntas.

– Quero que as amostras e as impressões digitais dos Rittenberg sejam enviadas imediatamente ao laboratório particular para agilizar o processo – Mal diz. – Se pudermos ligar os Rittenberg à cena do crime diretamente, poderemos colocar os dois na frente de um juiz, fazer o indiciamento e mantê-los em custódia.

Mal desliga, sai do carro e abre a porta do bistrô. O cheiro de pão fresco atiça sua fome imediatamente. Ela olha os doces e salgados enquanto espera Ty Binty sair do escritório nos fundos da padaria.

– Olá, sargento. Bom te ver de novo. O que posso servir para você?

Mal sorri.

– Estou aqui a trabalho, mas não vou dizer não àquele folhado de maçã e a um cappuccino grande, pouco leite, com uma dose extra de café.

Ele abre um sorriso.

– Melhor que as rosquinhas, né?

– Mil vezes melhor.

Enquanto Ty Binty prepara o pedido dela, Mal levanta a foto de Vanessa North para mostrá-la a ele.

– Conhece essa mulher? – ela pergunta. – Já a viu no bistrô?

Ty Binty se inclina para a frente a fim de analisar a foto. Ele torce os lábios.

– Não, creio que não. Pode até ter estado aqui, mas não lembro dela assim de cabeça.

– Mas você reconheceria a amiga de Daisy Rittenberg, Vanessa North?

– Ah, sim, claro. Uma mulher atraente. Olhos grandes e castanho-esverdeados.

– Vanessa pagava pelas refeições dela aqui? Ou a amiga, Daisy Rittenberg, cuidava da conta?

– Vanessa pagava com frequência. Acho que alternavam entre si.

– Com cartão?

– Dinheiro, Vanessa sempre pagou em dinheiro. Ela parecia preferir assim.

JON

31 de outubro de 2019. Quinta-feira.
Treze horas e trinta minutos até o assassinato.

Com a maleta em mãos, Jon marcha por entre os colegas que o observam por trás das mesas em seus cubículos de vidro. A porta de Darrian Walton fica no final do corredor e está entreaberta. Jon bate e entra no escritório de canto grande e luxuoso do chefe.

Darrian, alto, bronzeado e com um corte militar grisalho, está de cara fechada, em pé atrás da escrivaninha preta enorme. O coração de Jon acelera ainda mais quando ele vê um envelope pardo sobre a mesa de Darrian. Ainda encarando o envelope, Jon percebe algo em sua visão periférica. Vira-se e se depara com Henry, sentado mudo em uma poltrona próxima a uma estante de livros.

– Darrian – Jon diz. – Você queria me ver.

Jon espera que ele lhe diga para se sentar, mas o pedido não vem. Darrian continua parado. Ele passa a ponta dos dedos da mão direita sobre o envelope.

– Isso foi entregue pessoalmente no escritório hoje – Darrian começa com um tom monótono. Os olhos azul-claros miram os de Jon.

Jon umedece os lábios.

– Sabe o que tem aqui, Jon?

Fragmentos de memória atravessam sua cabeça: os lábios vermelhos de Mia, vários copos de dose, a queimação no ânus, a marca de agulha na dobra do braço, o pênis pegajoso. Um frio intenso se espalha por Jon.

– Não – ele responde.

Darrian levanta o envelope e derrama o conteúdo sobre a mesa. Fotos brilhantes se espalham pela superfície.

O choque é como um soco no estômago. A respiração presa na garganta. Involuntariamente, ele se aproxima. As imagens mostram Mia o beijando do lado de fora do Cão e Caçador na noite em que se conheceram; mostram ele e Mia na mesa depois que Henry foi embora; ele com as mãos nos bolsos observando-a se afastar. Ele e Mia se beijando a caminho da suíte do Airbnb, os dois tocando as mãos no piano-bar, ele cambaleando para fora do prédio na rua escura, logo antes do táxi chegar para levá-lo ao VGH.

Darrian espalha mais as fotos, expondo outras mais embaixo. Jon fica mergulhado em horror ao ver fotos dele pelado na cama. Mia, seminua, montada em cima dele. As outras fotos mostram dois homens, em cima e ao lado dele. Seus corpos nus emaranhados no de Jon. Ele sente a bile no fundo da garganta. Não consegue respirar. Está tendo um choque anafilático. Henry permanece como uma estátua no canto da sala. O ar parece ser sugado para fora do escritório.

Darrian mexe outra vez nas fotos, e Jon vê ainda mais coisas: o Audi dele parado no estacionamento da praia Jericho, com a porta do passageiro aberta e Jake Preston saindo do carro com um envelope na mão. Outra imagem mostra uma placa ao lado de uma porta que diz PRESTON – DETETIVE PARTICULAR.

– Tenho pena da Daisy, Jon – Darrian fala. – Eu me sinto mal pelo Labden e pela Annabelle. Mas enquanto sua vida sexual é sua, Jon, isto... – Ele levanta um documento. – *Isto* é inaceitável. Sabe o que é isso, Jon?

Pavor toma conta dele, e Jon não fala nada.

– Isso aqui, Jon, é um contrato com um famoso detetive particular contratado por você para escavar a vida de um colega da TerraWest, fazendo uso de raça e religião, tentando desenterrar podres de um concorrente por uma vaga de trabalho. E isto – ele pega a cópia de outro documento impresso – é uma lista de detalhes pessoais roubados de arquivos confidenciais dos recursos humanos da TerraWest e entregues a esse investigador.

Os olhos de Jon queimam de raiva. Irado, ele relanceia Henry, que o encara, mas não move um músculo.

– Foi você que fez isso, Henry? – Jon aponta para as fotos e documentos. – Armou para mim?

– Saia daqui, Jon – Darrian fala, calmo e frio. – Saia da minha sala. Saia do prédio. E nunca mais volte.

– Quem entregou isso a você? – Jon pressiona. – Quem trouxe isso ao escritório?

– Eu disse: saia daqui.

– Eu posso explicar. Armaram para mim. Eu… Ahmed Waheed… foi *ele* que fez isso. Com o Henry, eles armaram para mim.

– Cai fora daqui. Não quero ver a sua cara nunca mais. Nunca.

Jon fica aturdido. Encara Darrian, depois olha desesperado para Henry.

– Não me faça chamar a segurança – Darrian diz.

Jon se vira e sai andando devagar, rígido, na direção da porta, com a maleta na mão. Tudo isso é surreal. O tempo parece se distender. O som se dilata e se distorce. É como se estivesse escutando e vendo tudo do outro lado de um longo túnel.

Ele chega à porta.

Darrian fala:

– Henry, vá com ele. Assegure-se de que ele vá direto para o elevador.

Jon se vira.

– Eu tenho coisas no meu escritório. Eu…

– Alguém da segurança vai encaixotar seus itens pessoais e entregar a você na porta da frente do prédio. Um manobrista vai trazer seu carro. Pode esperar na calçada do lado de fora.

Assim que Jon sai do escritório, Henry fica de pé e o segue. No corredor do lado de fora da sala de Darrian, Jon se vira abruptamente para encarar o homem.

– Foi você. Tudo faz sentido agora. Você me convidou para o bar e ela estava lá esperando. A mulher foi atrás de mim depois de você me encher de uísque, depois de me dar o cartão do detetive particular. E depois batizaram minha bebida. Você armou para mim, seu merda. Ahmed Waheed provavelmente nunca esteve na disputa para a posição de DIRETOR DE OPERAÇÕES. Você só queria garantir que ia me afundar para ele ter uma chance. É isso?

Henry abaixa a voz até um sussurro grave.

– Cuidado, Jon. Tenha muito cuidado. Eu tentei te ajudar, joguei uma corda para você. Não posso fazer nada se você a usou para se enforcar. Deveria ter vergonha do que fez. Humilhou sua esposa, seu sogro, sua sogra… Poderia ter tido tudo. Vai ter sorte se conseguir voltar a trabalhar nessa área de negócios outra vez.

Enquanto Jon tenta discutir com Henry, dois seguranças grandalhões vêm chegando pelo corredor.

– Sr. Rittenberg – um dos guardas fala alto –, precisamos do seu cartão de acesso e de estacionamento. Por favor, venha conosco.

– Não. Não vou porra nenhuma. Vou tirar as minhas coisas do meu escritório.

Os homens flanqueiam Jon. Seguram os braços dele e começam a arrastá-lo na direção dos elevadores.

– Me larguem. Saiam de perto de mim!

Ele vê todo mundo assistindo, sentados com suas fantasias estúpidas de Halloween e um brilho nos olhos. O tipo de brilho sádico que vem quando você vê alguém de quem não gosta se dar mal. Talvez eles sempre o tenham odiado. Talvez ele fosse um valentão. Talvez fosse só um babaca arrogante, e o que vê nos olhos daquelas pessoas agora é o brilho da *schadenfreude*, a alegria pela desgraça alheia. Jon se cala e caminha resignado ao lado dos seguranças até as portas do elevador.

Lá embaixo, eles o botam para fora do prédio da TerraWest.

Ele chega à calçada. As portas da TerraWest se fecham atrás de si. Começou a chover e o vento está cortante. Folhas mortas cobrem o pavimento. Pedestres abaixam a cabeça, encolhidos debaixo dos guarda-chuvas.

Jon está ali parado sem o casaco. O rosto, o cabelo, a camisa estão encharcados. E o corpo dele treme de vergonha e humilhação.

E raiva.

Ele vai matar a desgraçada da Mia Reiter e todas as pessoas envolvidas nisso. Vai rasgar a garganta delas com as próprias mãos.

MAL

2 de novembro de 2019. Sábado.

Mal e Benoit estão de pé debaixo da chuva, vendo o pessoal no barco de mergulho entregar cabos de guindaste aos mergulhadores na água, para que os levem até o fundo e os prendam no Subaru. Um caminhão reboque espera na beira da doca para receber o veículo submergido. Carros da perícia estão parados por perto, de prontidão para recolher evidências. Uma tenda foi montada para funcionar como centro de comando.

Um time secundário de mergulhadores continua à procura do tapete e de um corpo na área embaixo da ponte. Auxiliares os guiam de cima de botes infláveis de casco rígido, fazendo uso de linhas. É um trabalho perigoso. A visibilidade é baixa, a corrente é forte e os detritos atrapalham o progresso. O terreno inteiro está cercado, mas pedestres começaram a se juntar na ponte lá no alto para observar o que está transcorrendo lá embaixo. Um helicóptero circula próximo às nuvens.

Benoit olha para cima, para o helicóptero.

– Helicóptero da imprensa. A história vai começar a sair.

– Espera só eles descobrirem que um ex-atleta olímpico de esqui está envolvido, sem falar em um membro da Assembleia Legislativa se agarrando com uma advogada bambambã no carro dela na noite de Halloween perto dos silos abandonados – Mal diz.

O celular dela toca bem na hora que a operadora do barco de mergulho sinaliza para o operador do guindaste começar a içar o veículo submergido.

– Sargento Van Alst – ela diz ao atender.

– Sou eu, Lula. Estou usando o telefone de outra pessoa. Trouxeram Jon Rittenberg. O Audi foi apreendido e está a caminho do laboratório de criminalística. Temos uma equipe revistando o Chalé Rosado nesse momento. Já processamos as digitais do sr. Rittenberg, coletamos amostras de DNA e subungueais. Também coletamos as roupas dele como evidência, e documentamos os ferimentos. As amostras e digitais foram enviadas ao laboratório particular, como solicitado. Vamos detê-lo até você chegar, mas, só para você saber, ele já chamou um advogado figurão.

– E quanto a Daisy Rittenberg? – Mal pergunta.

– A polícia de West Vancouver está em rota para buscá-la.

O guindaste começa a operar.

– Valeu, Lu. Estou a caminho.

Ela desliga e observa junto a Benoit os cabos se moverem. O Subaru amarelo corta a superfície. Água do mar jorra por uma janela aberta e por debaixo das portas enquanto o Subaru é levado até o alto do reboque. Bem devagar, ele vai sendo abaixado. O logo da Holly Ajuda parece tão inocente que é de partir o coração. O caminhão se rebaixa um pouco com o peso da carga assim que os pneus do carro tocam a carroceria.

Dois peritos de macacão branco sobem no reboque e começam a fotografar e avaliar o carro antes que seja preparado para o transporte até o laboratório.

– Sargento, cabo. – Um deles chama os detetives. Com a mão protegida por uma luva, ele ergue uma sacola com fecho em zíper. Tem água vazando dela, e dentro, mergulhado em água do mar, está um caderno rosa-choque com bolinhas roxas. – Encontrei no porta-luvas – o perito fala. – O compartimento estava aberto. Também encontrei uma bolsa feminina no banco do passageiro. As coisas dentro se espalharam pelo lado do passageiro. Até o momento, identificamos um chaveiro da Subaru, uma carteira e um celular.

O coração de Mal se aperta.

– O diário dela – Benoit fala baixinho – Conseguimos o diário dela.

– O saco está fechado, mas o plástico furou. Vamos precisar separar e secar as páginas com cuidado – o perito avisa.

O outro perito se inclina sobre a janela do Subaru e tira uma foto.

– O pedal de aceleração parece estar preso com um pedaço de madeira – ele explica a Mal.

O telefone da detetive toca outra vez. Ela verifica o identificador de chamada.

– É do laboratório – ela diz a Benoit. Então se afasta do barulho para responder. – Detetive Van Alst.

– Oi, Mal, aqui é a Emma Chang, do laboratório. Temos alguns resultados preliminares. As amostras de DNA do cabelo e da escova de dentes de Kit Darling batem com o DNA do sangue na cena do crime.

Mal suga o ar bem devagar e inspira fundo. Por mais emocionante que seja ver os pedaços começando a se juntar, ainda a entristece pensar que o corpo de uma mulher jovem muito provavelmente será a próxima coisa que os mergulhadores vão retirar do fundo daquele fiorde frio e escuro.

– Obrigada, Emma.

– Mas tem outro DNA na cena do crime – Emma complementa.

– Compare com as amostras mais novas que estão indo até você.

Mal se despede e volta até Benoit.

– O sangue na Casa de Vidro é de Kit Darling, mas ela não estava só. Mais alguém perdeu sangue por lá.

– Jon Rittenberg, talvez? Aqueles ferimentos dele...

Ela acena lentamente em concordância, mordendo um lábio e refletindo, enquanto observam os peritos em seus macacões se movendo ao redor do veículo amarelo na carroceria do caminhão de reboque. O nevoeiro começou a se fechar.

– Consegue segurar as pontas por aqui? Quero tentar tirar alguma coisa do Jon antes que os advogados dele se preparem melhor.

DAISY

2 de novembro de 2019. Sábado.

Daisy está sentada na sala de estar da casa de seus pais, assistindo ao noticiário, com os pés apoiados em um travesseiro. As pernas estão ficando bem inchadas. Também começou a reter líquido na face. Sente-se enjoada, exausta. As mãos descansam sobre a barriga, e ela sente o filho ainda não nascido se mexer. Seus olhos se enchem de emoção. Ela espera a mãe terminar de se aprontar para levá-la ao hospital. Os pais temem pela saúde dela, levando em conta os acontecimentos recentes.

Um alerta do plantão noticiário surge na tela da televisão.

Mergulhadores da polícia encontram
carro de empregada desaparecida.

Daisy respira fundo. Fica completamente parada. Assiste às filmagens de um canteiro de obras na costa de North Vancouver, onde ficam os antigos silos; o lugar que está sendo projetado para receber condomínios de luxo. Está tudo cercado por fitas amarelas de isolamento. Barricadas e viaturas com suas luzes piscantes bloqueiam as vias até o local. A filmagem aérea mostra pessoas se aglomerando na ponte para observar. A câmera vira para mostrar viaturas perto da água, vans, um guindaste, um reboque com um carro amarelo em cima. Há barcos da polícia na água.

Um repórter com microfone está diante de uma das barreiras perto do local. Está chovendo, e alguém segura um guarda-chuva sobre a cabeça dele.

– Estamos ao vivo aqui diante de um empreendimento da ADMAC, em North Vancouver, porque recebemos notícias em primeira-mão de que mergulhadores da polícia localizaram o Subaru Crosstrek amarelo pertencente a Kit Darling, empregada desaparecida que trabalha para o serviço de limpeza Holly Ajuda. O veículo foi trazido à superfície e será transportado ao laboratório criminológico. Mergulhadores continuam à procura de mais evidências submersas. O caso estaria ligado a um crime ocorrido em uma mansão de luxo à beira-mar em West Vancouver, onde Kit Darling e seu carro foram supostamente vistos pela última vez na noite de Halloween.

Uma foto de Kit Darling aparece na tela.

A transmissão então passa para uma repórter do lado de fora da Casa de Vidro.

– A casa atrás de mim foi onde vizinhos afirmaram ter visto o Subaru da Holly Ajuda, assim como um Audi cinza-escuro, na noite de Halloween. Agora, o lugar é a cena de um crime violento. Até o momento, a polícia divulgou poucas informações.

Daisy tem a sensação de que vai vomitar, mas, ao mesmo tempo, não consegue se mexer. Está presa às palavras da jornalista e pelo desenrolar das imagens.

– Kit Darling trabalha nessa casa há seis meses, de acordo com outra colaboradora do serviço Holly Ajuda. O lugar pertence a Vanessa e Haruto North. Uma vizinha afirma ter visto Darling na casa naquela mesma noite, assim como um casal desconhecido que chegou no Audi. Testemunhas relatam que a mulher, ainda não identificada, tem cabelo castanho e estaria nos últimos estágios da gravidez, e o homem foi descrito como alto, forte e de cabelo loiro-escuro. Uma testemunha também alega ter visto, pelas janelas da sala de estar, móveis revirados e uma grande quantidade de sangue.

A câmera muda para um homem pálido com cabelos castanhos e ralos.

– O morador da casa ao lado, Horton Brown, diz que foi a sua mãe idosa que chamou a polícia.

A imagem se aproxima de Horton. Ele está de pé na rua do lado de fora da Casa de Vidro. Fitas de isolamento balançam atrás dele. A chuva cai sem trégua.

– Você chegou a ver o casal misterioso que dirigia o Audi? – a repórter pergunta a Horton antes de levar o microfone para perto dele.

– Minha mãe viu os dois. Ela vive no quarto do andar de cima. Está em cuidados paliativos. Mas tem uma boa visão daquela janela ali. – Ele aponta. A câmera desliza para a casa de tijolos, depois volta a focar Horton. – Ela disse que a mulher grávida é a mesma que visitou a Casa de Vidro uma semana atrás. Ela almoçou com Vanessa North na área da piscina.

– Mas fomos informados de que Vanessa North está atualmente em Singapura, e que já está lá há muitos meses – a repórter informa a ele.

– Bem, eu só a vi de costas, e parecia Vanessa. A outra mulher estava sentada virada para nossa casa, então minha mãe pôde ver bem a moça. Ela veio em uma BMW branca naquele dia.

Daisy tapa a boca com a mão. Não consegue nem piscar.

– Onde está o Jon?

Daisy se sobressalta, a cabeça vira bruscamente para o lado. A mãe está ali. Será que viu a notícia toda?

– Onde está o Jon... Foi ele quem fez isso? – A mãe dela está estranha, com uma expressão intensa.

Daisy não consegue articular as palavras. A garganta está apertada pelo medo.

A mãe entra na sala e puxa uma cadeira. Ela se senta, se inclina para perto de Daisy e segura as mãos dela.

– Daisy, querida, você precisa falar. Precisa me contar o que aconteceu. Aquele homem estava falando de você e do Jon? Aquela é a casa da sua amiga, não é? Você me disse que ela morava na Casa de Vidro. Foi ali que vocês foram jantar? O que aconteceu?

Lágrimas enchem os olhos de Daisy.

– Eu não fiz nada. Nós não fizemos... – Ela para de falar assim que se dá conta, e se recompõe. – Nós chegamos na casa. Tive contrações ainda na porta. Fomos embora no mesmo instante.

– A empregada desaparecida estava lá? Você viu aquela mulher? O que aconteceu com ela?

– Eu não a vi.

– E que história é essa sobre sua amiga, a Vanessa, estar fora do país? Se ela te chamou para jantar…

– Daisy! – O pai entra correndo pelas portas duplas. – Tem carros da polícia vindo até nossa casa.

Assim que ele fala, luzes vermelhas e azuis piscam pela sala. Daisy se levanta um pouco desajeitada e corre até a janela.

Três viaturas preto e branco da polícia de West Vancouver com as luzes acesas no teto sobem a rampa recurvada que dá para a casa dos Wentworth. Duas delas estacionam ao lado do carro de Daisy. Outra para na transversal, atrás da BMW, bloqueando a saída.

Ela pensa naquela noite na Casa de Vidro.

– Eu preciso de um advogado – sussurra para a mãe – Preciso de um advogado muito bom. Você pode arranjar um para mim?

DAISY

31 de outubro de 2019. Quinta-feira.
Seis horas e seis minutos até o assassinato.

Daisy está arrumada e pronta para o jantar quando Jon entra pela porta carregando a maleta.

Ela vai até ele, equilibrando a barriga, fica na ponta dos pés e o beija.

– Deixei uma roupa para você na cama. – Ela o quer bem arrumado. Daisy é vaidosa: quer impressionar Vanessa e Haruto.

– Não sei se estou no clima hoje, Dê.

Ela olha bem para o marido e nota que ele está com uma aparência terrível.

– Oh, Jon, você parece doente. O que houve? Quer que te leve de novo no hospital?

– Não, estou bem. Só cansado. – Ele passa os dedos pelos cabelos. Os fios molhados ficam de pé.

Ela percebe que, além disso, a camisa dele está úmida, e ele cheira a álcool. Daisy fica muito preocupada.

– O que foi?

– Foi só... um dia difícil. Aqueles investidores deram para trás.

– Era essa a reunião importante de hoje de manhã?

– É. – Ele se vira de costas para ela e abre a porta do armário da entrada. Tira o casaco molhado e o pendura.

– Pegou chuva?

– Óbvio.

– Jon?

Ele se vira para ela.

Daisy o analisa.

– Recebeu alguma notícia ruim sobre o cargo novo? Isso é por causa daquele tal de Ahmed Waheed?

– Não, Daisy. Já disse que foi só um dia cansativo.

Ela encara as costas do marido quando ele se vira outra vez. Algo terrível aconteceu. Ele está mentindo para ela.

– Tem certeza de que sair para jantar...

– Está tudo bem – ele corta. – Já disse que vou ficar bem.

Ele vai ao andar de cima para se trocar, mas Daisy sabe... ela sente. As coisas não estão nada bem.

Quando retorna, Jon está de banho tomado e vestido, apresentável. Ela dá um sorriso forçado, um beijo na bochecha e diz que ele está bonito.

– Liguei para reservar a torta e as flores para levarmos para os North – ela avisa. – Podemos pegar no caminho, tudo bem?

Ele faz que sim com a cabeça e apanha as chaves do carro.

A chuva ainda cai quando saem do Chalé Rosado. As ruas da vizinhança estão cheias de fantasminhas e duendes carregando potes imitando luminárias de abóbora, sacolas de doces e lanternas. Abóboras esculpidas tremeluzem e brilham nas janelas. Enquanto Jon dirige, Daisy o observa. Ele está distante, claramente apreensivo.

– Sinto muito pelos clientes – ela diz.

Ele acena. Um músculo tensiona na base de seu maxilar.

– Outros virão – ela sugere. – Outros investidores. O novo resort é um...

– Está tudo bem, Dê. Não se preocupe com isso.

Ela segura a língua e olha para o lado de fora. Quer saber mais sobre como as coisas estão progredindo em relação à escolha do novo Diretor de Operações, mas não tem coragem de perguntar. Pelo menos não hoje. Ela quer que tudo transcorra perfeitamente na frente dos amigos.

Depois de acessar a via costeira da North Shore, eles viram para a Casa de Vidro, e Daisy vê que um carro já está parado lá na frente. É amarelo, um Subaru Crosstrek. A porta lateral está adesivada com o logo da Holly Ajuda.

Seu coração salta e começa a bater forte. A empregada de Vanessa está na casa? Daisy só consegue pensar na conversa que teve com a amiga.

"Estava só me perguntando se temos a mesma empregada."

"Fala da Kit?"

"Sim... sim, acho que é ela mesma. Kit Darling?"

Pensa em Charley Waters e no boneco Chucky.

"É por causa da Kit, não é?"

A boca de Daisy fica seca. Ansiedade corre pelo seu corpo. Ela olha para o marido.

Jon repara o Subaru, e desvia o olhar para a enorme e moderna mansão de vidro, ferro e concreto. Todas as luzes estão acesas lá dentro. É uma caixa de vidro brilhante em meio à escuridão triste do Halloween.

– Bacana, o lugar – ele fala mais baixo.

– Não é? – Daisy responde, mas a mente ainda está no Subaru e na empregada. O coração galopa. Talvez seja outra empregada da Holly Ajuda.

– O que foi? – Jon pergunta – Parece até que viu um fantasma.

– Eu... Não é nada. Só estou pensando que a Vanessa e eu... nós provavelmente temos a mesma empregada.

Eles saem do carro. Daisy carrega a torta e o buquê, porque Jon está olhando algo no celular.

Ela chega ao caminho pavimentado. Pode ver através da porta de vidro e do painel lateral. Velas estão espalhadas por todos os lados. Jon vai um pouco atrás dela, ainda ocupado com o telefone.

– Jon, pode tocar a campainha, por favor? Estou com as mãos ocupadas.

Ele guarda o celular e dá um passo adiante para tocar a campainha.

Ela soa lá dentro.

Daisy vê as velas tremeluzirem.

Jon toca novamente.

Vanessa surge no campo de visão de Daisy. Está com chifres de glitter vermelhos e carrega um tridente. Daisy começa a sorrir. A amiga está fantasiada para o Halloween: saia preta minúscula, um rabo de diabinho com uma seta no fim, meia-calça listrada de bruxa, sapatos pretos com salto-alto quadrado... Um aventalzinho de empregada cheio de babados, uma gargantilha de veludo no pescoço... O sorriso de Daisy vai desaparecendo à medida que Vanessa se aproxima. Imediatamente nota, mas é em câmera lenta que compreende o que está vendo. A Vanessa-demônio está usando uma camiseta preta cropped, com um desenho do boneco Chucky segurando uma faca.

Morra, morra, morra, morra, bebezinho lindo, morra...

O cérebro de Daisy implode.

A amiga não está com a barriga de grávida.

O coração bate forte.

Tique-taque...

Vanessa abre a porta. Está com um sorriso largo no rosto que expõe dentes de vampiro.

– Oh! Olá, Daisy – Vanessa diz. – E você deve ser o Jon? Vamos, entrem, entrem.

Oh! Olá, Daisy.

Seja bem-vinda, Daisy.

Há quanto tempo, Daisy.

Chucky sabe quem a mamãezinha malvada é. Chucky sabe o que a mamãezinha malvada fez.

Daisy pisca, atônita. Sua visão se estreita.

É Vanessa. Aquela é a sua amiga, mas ela não está grávida.

– O que aconteceu com... – Daisy murmura uma meia pergunta enquanto o cérebro tenta processar o que está vendo.

– Ah, está falando disso? – Vanessa levanta a mão, tira os chifres e o cabelo. Ela recoloca os chifres, e mostra os dentes de vampiro em um sorriso novamente.

Os olhos de Daisy olham para as mãos da amiga. O demônio está segurando o cabelo de Vanessa. Então os olhos disparam para o alto e se prendem nos da demônia. Os olhos dela não são os de Vanessa, são azul-claro.

Daisy fica tonta. Os braços perdem a força, e a torta e as flores caem aos seus pés. A torta se abre, a caixa desmancha e o recheio roxo-escuro das frutas começa a vazar. Em um movimento rígido e lento, Daisy se vira para o marido.

O rosto dele está branco como papel. Ele está paralisado, como se tivesse visto o demônio... e a criatura fosse real.

O DIÁRIO DA EMPREGADA

E daí que as pessoas fingem ser diferentes do que são? É mentira? É crime?

É só questão de perspectiva? Uma narrativa enganadora?

Todos nós projetamos algo. Até pela forma que escolhemos nos vestir: boho, smart, casual, artsy, gótico, sofisticado, socialite, sexy, tomboy, motoqueiro chic, dança chic. Nós demonstramos algo ao mundo, de uma forma ou de outra.

Usar peruca e maquiagem colorida, lentes de contato, andar e falar com um sotaque diferente é tão distante assim de postar uma selfie *no Instagram com o efeito borrado, ou um filtro, ou cortando o fundo que não combina com a imagem que queremos projetar para o mundo? Qual a diferença entre usar uma fantasia e tirar uma foto na frente de um hotel cinco estrelas, mas nunca dizer que ficamos lá de verdade, deixando as pessoas chegarem às próprias conclusões por meio de justaposições? (Tipo posar em frente a um Tesla azul, ou a um berço de bebê na casa de outra mulher, ou com as roupas de grife do closet de Vanessa North).*

Somos todos enganadores. Eu, você e os demais. Ninguém é um narrador totalmente confiável. A vida é ficção, cada pedacinho dela. Vemos as coisas através dos filtros de nossas próprias cosmovisões, nossos desejos, medos e amores, nossos próprios traumas. Nenhuma pessoa sequer nesse planeta é capaz de interpretar uma coisa exatamente da mesma maneira. O mundo é dinâmico nesse aspecto.

Quando falo à minha terapeuta que interpreto personagens em público, atuação de rua, ela sorri, e eu pergunto qual é a graça.

– Você é uma trickster, Kit, uma malandra – ela diz. – E isso não é ruim. Essas figuras têm uma função importante nas artes e na vida. Eu defendo que se essa personagem foi malandra o suficiente para se tornar parte da sua vida, então é hora de lhe dar atenção. Essas figuras são a definição da dualidade. São tanto heroicas quanto vilanescas, tolas e sábias, benignas e malignas. São tanto amáveis quanto odiáveis, amigáveis e amedrontadoras. São, ao mesmo tempo, da luz e da escuridão. Se você se vê atraída ou repelida por uma figura malandra ou palhaça, disruptiva ou ilusionista, é um sinal claro de que precisa explorar as partes escondidas, enterradas, da sua própria natureza, porque o papel do malandro é cutucar com uma vara as suas pretensões, cosmovisões, ilusões, falsas crenças e "leis" próprias. E nessa provocação malandra há sempre uma mensagem escondida.

Penso na minha conta @foxandcrow, em todas as coisas que posto por lá: o espelho travesso que aponto para o mundo dos posers *e das fachadas. E acredito na minha terapeuta.*

– Se falhamos em acolher as lições do trickster, Kit – ela diz –, estamos negando a nós mesmas a capacidade de testemunhar a nossa própria sombra.

Então, Querido Diário, está vendo? As palavras tiradas da boca da minha terapeuta: eu tenho um papel importante. O meu joguinho tem um propósito.

Mas às vezes jogos se tornam perigosos.

Nem todo mundo gosta de ser passado para trás…

DAISY

31 de outubro de 2019. Quinta-feira.
Cinco horas e cinco minutos antes do assassinato.

O olhar de Daisy corre do marido aturdido de volta para a mulher com chifres de diabo. Ela mira nos grandes olhos azuis da demônia. Não são os olhos gentis e acolhedores de Vanessa. Não é a amiga dela. Não está grávida. E por seu cérebro estar digerindo uma sopa de dissonância cognitiva tão grande, e não funcionando adequadamente, ela diz:

– O quê... Onde está o bebê?

– Fala da minha barriga? – O sorriso dela se abre, e os dentes de vampiro captam a luz. – É de silicone. Sabe quantos modelos diferentes dessas barrigas falsas de grávida dá para comprar pela internet? Joga no Google para ver. Faz você pensar para que as pessoas usam isso. Ensaios fotográficos falsos? Só para sair andando por aí? Fazer um test-drive da gravidez? Sabia que dá até para comprar bebezinhos ultrarrealistas falsos pela internet? Eu peguei uma barriga de grávida falsa da companhia de teatro. Foram dois tamanhos diferentes para mostrar a progressão da gravidez. Peguei a peruca emprestada também. Usei elas todas em uma produção, *As três vidas de Mary*. Foi daí que veio a ideia. – Os lábios vermelhos da demônia se abrem em um sorriso outra vez, e Daisy não consegue tirar os olhos dos dentes de vampiro.

Ela vira o sorriso para Jon.

– E como você está, Bombardeiro-Rittenberg?

– Mia – ele sussurra assustado.

– Que… quem é Mia? – Daisy pergunta com medo da resposta.

– Vocês não vão entrar, então? – A demônia sorri docemente.

Jon parece colado ao concreto. Um tinir esquisito apita na mente de Daisy. Tem alguma coisa perigosa no jeito que a mulher-diabo e Jon se encaram, coisa íntima mesmo. E isso está dizendo a Daisy que essa não é a primeira vez que o marido e essa loira se veem. O buraco é bem mais embaixo.

– Na verdade, é Kit – a mulher diz. – Sou sua empregada no Chalé Rosado. – O sorriso dela some, e o rosto fica sério enquanto olha de um para outro. A luz reflete do glitter nos chifres. – Mas talvez os dois se lembrem de mim como Katarina. – Ela faz uma pausa. – Katarina Popovich. Ou talvez não. Eu só tinha dezesseis anos na época. Minha aparência também era diferente. A vida pode mudar as pessoas tão profundamente, não é? Seja por desígnio ou por acidente. – Ela dá um passo para trás e abre mais a porta de vidro. – Entrem.

– Daisy, vamos embora. Agora. – Jon agarra o braço dela.

– As coisas podem ficar muito, mas muito feias mesmo para vocês se não entrarem. – A mulher inclina a cabeça loira. – Mais ou menos como ficaram hoje, Jon. Nossa, não foi péssimo? Deve ter sido um baque e tanto. Ser demitido daquele jeito, não é? Arrastado para fora pela orelha e jogado na sarjeta debaixo da chuva. Os paus-mandados da segurança atirando seus pertences na calçada dentro de uma caixa de papelão. E você nem pôde tirar o próprio carro da garagem, *tsc*.

– Jon? – A voz de Daisy sai como um grasnido rouco. – Que… Do que ela está falando? Que história é essa de ser demitido?

Jon se vira para Daisy. O rosto dele se contorce de raiva. Os olhos ficam tempestuosos.

– Daisy, porra, você é idiota? – Ele aponta para a mulher. – Essa é sua amiga? A tal Vanessa "perfeita"? Mas que mulherzinha estúpida. Como você se deixou enganar desse jeito? Puta que pariu. Desde julho que vê essa mulher de barriga falsa, e o tempo todo ela é a Katarina? A puta que tentou acabar com minha vida há sei lá quantos anos? E você deixa ela se meter assim na nossa vida? Que merda tem de errado contigo?

Daisy começa a tremer. Ela relembra o dia em que "Vanessa" abriu o tapete de yoga ao seu lado na grama, do jeito que a mulher sorriu para ela, e foi ela mesma quem se aproximou da nova e amigável mamãe grávida. *Ela* convidou Vanessa para tomar café mais tarde no bistrô. Pensa em como foi fácil conversar com Vanessa. Precisava tanto de uma amiga, e se apegou tão rápido a Vanessa. Achava incrível os bebês estarem para nascer tão perto um do outro. Mas, enquanto isso, "Vanessa" também estava limpando a casa de Daisy? Mexendo nas coisas dela? Mas como... e Daisy se dá conta: apesar de a yoga ser no dia de faxina, e apesar de ter almoçado com Vanessa também nesses dias, foi sempre depois do meio-dia. Vanessa nunca podia almoçar cedo. Sempre havia uma reunião, ou outro "compromisso" antes do meio-dia. Daisy se sente fraca ao pensar no que confessou a Vanessa na beira da piscina.

– O que aconteceu hoje, Jon? – Daisy cobra uma resposta. – Do que ela está falando?

– Ele foi demitido – a empregada diabólica diz. – Jon, você sequer contou à sua mulher que te botaram para fora hoje? Não contou que saiu para beber no parque com os mendigos até dar a hora de voltar para casa?

Daisy fica boquiaberta. Ela encara o marido e o corpo dela estremece por inteiro.

– É verdade, Jon?

Vanessa-Kit acrescenta:

– Imagino então que ele não tenha te contado sobre o caso com a Mia, nem sobre os homens com quem ele fez um *ménage*.

– *Como é que é?*

A mulher sorri.

– E, Jon, aposto que a Daisy não te contou sobre a "apólice de seguro" dela.

– Que seguro? – Jon pergunta.

– Estão vendo? Temos tanto para conversar. E, por favor, antes de entrarem, notem... prestem bastante atenção. – Ela aponta o tridente na direção das câmeras de segurança do lado de fora da porta da frente, depois para um dos cantos da casa. – Há câmeras – ela diz. – A casa é toda monitorada por um sistema de segurança que transmite ao vivo para um monitor sendo assistido em outro quarto dentro desta mesma casa. As imagens também estão sendo transmitidas para outro local, e estão sendo gravadas. – Ela faz uma pausa, deixando que a ficha dos dois caia. – Se qualquer coisa acontecer comigo, se tentarem me machucar, as outras pessoas que estão na casa vão responder. E, se eu desaparecer, a polícia vai receber automaticamente cópias da gravação, assim como cópias da "apólice de seguro" da Daisy. Entenderam?

Daisy olha para a câmera do lado de fora, um calafrio sobe por sua espinha. Ela e Jon são ratos de laboratório na placa de Petri de vidro e mármore que é essa casa.

– É mentira – Jon diz.

– Quer pagar para ver? – a demônia responde. – Ah, e se em vez disso decidirem ir embora, o seguro da Daisy vai direto para a polícia e uma lista já selecionada de veículos de imprensa. – Ela para olhando para Jon. – Algo que vai mandar você para a prisão, JonJon. Grave minhas palavras. O que está naquele "seguro" não prescreve. Vai destruir você. E os Wentworth também.

– Jon, vamos entrar. Precisamos entrar – Daisy sussurra.

MAL

2 de novembro de 2019. Sábado.

Mal volta à delegacia para interrogar Jon Rittenberg. Estão chegando a um momento crítico. A mídia está fechando o cerco rápido.

Ao entrar na sala da crimes graves e tirar o casaco molhado, Mal é chamada por Lu até a mesa dela. A expressão no rosto de Lula indica que é urgente.

– Colocamos Jon Rittenberg na sala de interrogatório número doze, e Daisy Rittenberg na seis – ela diz. – Daisy alega desconforto por razões médicas, e os advogados já estão com ela, então talvez queira começar por lá. Aparentemente está com 36 semanas de gestação. Antes de você ir, precisa ver uma coisa. – Lu abre uma série de notícias de jornais na tela de seu computador. – Estávamos procurando informações na internet sobre os Rittenberg e a Darling, e sobre a cidade em que Kit Darling cresceu. Dá uma olhada nisso.

Uma fonte preta grita no topo de uma página digitalizada de jornal:

“NUNCA ACONTECEU”

Atleta de renome mundial, “JonJon” Rittenberg, afirma que as alegações de assédio sexual são “tudo mentira” e que isso “nunca aconteceu”.

Devagar, Mal puxa uma cadeira e se senta diante do monitor enquanto lê:

> Uma jovem não identificada pela polícia de Whistler alega ter sido drogada e estuprada por Jon Rittenberg, que está na corrida para as Olimpíadas, e outros companheiros de esqui, durante uma festa no alojamento da equipe no último sábado à noite.

Os batimentos de Mal aceleram. Ela se aproxima da tela e continua lendo.

> A polícia interrogou o sr. Rittenberg e outras pessoas, mas até o momento nenhum indiciamento foi feito...

Mal segura o mouse e clica para abrir o próximo link. Outro artigo ocupa a tela, desta vez de um tabloide de má reputação.

Acusações de assédio sexual retiradas
Rittenberg está livre para esquiar

Mal varre o texto.

> ... a jovem não identificada retirou todas as acusações contra Jon Rittenberg e outros membros não citados da equipe de esqui. Ela fez isso depois que nenhuma testemunha que esteve na festa badalada do alojamento se apresentou para corroborar sua versão dos acontecimentos. Testemunhas presentes na festa dizem que a "garota" estava mentindo, e que, se ela realmente chegou a ter relações sexuais com o atleta olímpico, foi com consentimento. As testemunhas acrescentaram que ela estava muito bêbada e era apaixonada pelo famoso e jovem esquiador.

Mal rola a página, depois clica em outro artigo.

> A polícia de Whistler diz que, no momento, não está dando seguimento às investigações. A acusadora retirou as queixas.

> "Era tudo mentira", disse Max Dogoyne, um esquiador de *downhill*. "Eu sei quem é a pessoa que acusou o Jon. Ela praticamente se jogava nele. Tem um pôster dele dentro do armário dela na escola. Chegou bêbada e entrou de penetra na festa justamente para tentar se encontrar com ele. Se qualquer coisa aconteceu entre ela e o JonJon, esse é o jeito dela de retaliar. Provavelmente ficou magoada quando descobriu que não passou de uma transa casual para ele."
>
> Alessandra Harrisson, que também esteve na festa, disse que conhece a jovem que fez as acusações. Ela afirma que a moça descobriu que estava grávida e queria colocar a culpa em Jon Rittenberg. "Ou isso, ou ela estava inventando que foi 'estupro' para os pais não pensarem que era promíscua ou sei lá o quê."

– Uau – Mal sussurra depois de passar a vista por vários outros relatos sobre o assunto. Ela olha para Lu. – Se ela tinha um pôster do "JonJon" no armário, provavelmente estava no ensino médio. Quantos anos tinha o Rittenberg nessa época?

– Dezenove – Lula responde. – Localizei a oficial responsável pela investigação inicial que foi mencionada nos artigos. É a cabo Anna Bamfield. Acabei de falar com ela no telefone. Ainda trabalha para a Real Polícia Montada do Canadá, mas agora é sargento no destacamento de Williams Lake. Bamfield disse que se lembra bem do caso. Ela disse que acreditou na versão da vítima sobre o ocorrido, a jovem que fez as queixas tinha apenas dezesseis anos. A garota fez os exames médicos, e havia indícios de sexo forçado, lacerações na vagina e múltiplas amostras de sêmen. Mas nenhuma pessoa naquela festa apareceu para testemunhar. E ninguém admitiu saber quando a vítima saiu da festa nem como ela chegou em casa. Os jovens que a sargento entrevistou ou disseram que era mentira, que nada aconteceu, ou que foi uma relação consentida entre a garota e Jon. Alguns chamaram a menina de "puta" e disseram que ela transava com todo mundo. A Bamfield disse que havia rumores de alguém com um celular que poderia ter gravado os eventos, mas ela não conseguiu confirmar a informação. A vítima retirou as acusações de súbito e foi embora.

– Foi embora? – Mal pergunta.

– Saiu da cidade. Saiu da escola. Largou os estudos. Os pais dela se recusaram a prosseguir com as investigações.

Mal encara Lula.

– E o nome dela?

– Katarina Popovich.

Com voz serena, Mal diz:

– Acho que acabamos de descobrir nosso motivo.

JON

31 de outubro de 2019. Quinta-feira.
Cinco horas e três minutos antes do assassinato.

Jon agarra o braço da esposa quando ela tenta entrar na Casa de Vidro.

– Não. Ela...

– A gente *precisa* entrar. – Daisy puxa o braço para se soltar e vai na direção da porta.

O corpo de Jon está carregado de choque, indignação, medo. Essa mulher que posou como Mia Reiter, que o seduziu e armou para que ele sofresse abuso sexual, é Katarina Popovich? Esse é um nome que esperava não ter que ouvir nunca mais na vida. Achava que ela tinha ido embora para sempre. Nunca sonhou com a possibilidade de ela ressurgir do passado e cruzar seu caminho novamente.

Não desse jeito.

Não de peruca e com batom vermelho, magra, gostosa e sexy, com olhos verdes falsos e um sotaque e um jeito de andar que deixavam os joelhos dele fracos. A Katarina de dezesseis anos que o denunciou para a polícia de Whistler, que acusou a ele e aos amigos de estupro coletivo, era uma balofa cheia de espinhas, uma putinha desesperada do colégio. Uma fã obcecada que, de acordo com outros alunos, tinha um pôster dele dentro do armário da escola.

Ela *queria* abrir as pernas para ele. E para metade da equipe de esqui.

O caldeirão de emoções dentro de Jon se transforma em fúria. Foi *ela* quem fez isso. Ela batizou a bebida dele e o atraiu até aquele apartamento.

Ela que o algemou e levou outros homens até o apartamento, tirou fotos comprometedoras dele e as entregou à TerraWest.

Como ela sabia do detetive particular?

Eu contei para ela, quando ela era Mia. No piano-bar... Falei que contratei um detetive particular para encontrar os podres de um colega chamado Ahmed Waheed.

E como ela pôs as mãos no contrato que ele assinou com Jake Preston?

Sou sua empregada. Então um pensamento acerta Jon: ele tem uma cópia do contrato no computador de casa. Será que Katarina conseguiu acessá-lo? Ela já está dentro da casa deles há meses. Bisbilhotando. No que mais ela pôs as mãos? É amiga de mentira da Daisy desde julho. Que outros segredos Daisy deixou escapar?

Aposto que a Daisy não te contou sobre a 'apólice de seguro' dela.

Algo que vai mandar você para a prisão, JonJon. Grave minhas palavras. O que está naquele 'seguro' não prescreve. Vai destruir você. E os Wentworth também.

Jon avança e segue a esposa e sua nêmesis demoníaca para dentro da casa de vidro e por entre as velas bruxuleantes.

Katarina os leva até a sala de estar branca. Além das portas de correr, Jon vê o brilho esverdeado de uma piscina de borda infinita iluminada. A superfície ondula com a chuva e o vento. Algumas folhas mortas flutuam lá. O nevoeiro esconde o oceano além da piscina, e Jon escuta o gemido triste de uma sirene de neblina vindo de um navio-tanque escondido.

Ele se sente aéreo, desorientado. Ainda sente os efeitos de ter sido drogado três noites atrás. Está com dificuldades de assimilar o que Katarina fez com ele. Deve tê-lo seguido, ou mandado alguém segui-lo, do trabalho até o parque esta manhã. Ele não teve coragem de voltar para casa e dizer a Daisy que havia sido demitido. Em vez disso, foi até uma loja de bebidas e comprou uma garrafa pequena de uísque. Caminhou com a bebida até um banco debaixo de um castanheiro-americano no parque perto da praia, e ficou lá sentado, com a maleta do lado, bebendo da garrafa escondida em saco de papel.

Um mendigo bêbado sentou-se do lado de Jon com o próprio saco de papel marrom. Aquele fracassado fedorento ainda ofereceu um gole a ele, como se estivessem na mesma situação. Enojado, Jon se levantou e foi para outro banco. Sentou-se lá sozinho, bebendo e observando a chuva e a neblina sobre o mar até que fosse hora de voltar para o Chalé Rosado.

Quando chegou em casa, foi incapaz de confessar a Daisy o que tinha acontecido no trabalho. Ainda não parece real. Tudo está distorcido e de cabeça para baixo, é o que ele pensa enquanto observa Satanás com camisa minúscula, minissaia, cauda e chifres vermelhos. Como é que pode essa empregada loira ficar com a cara da Mia? Ou soar como ela? Ou andar como ela? Mas, ao mesmo tempo, ele também consegue ver que é ela, porém não consegue discernir a Katarina adolescente gorducha de antes enterrada nessa mulher.

– Sentem-se – a empregada convida, estendendo a mão para o sofá branco.

Nem Jon nem Daisy se sentam.

– Eu obedeceria, se fosse vocês. – A voz dela fica seca e fria, está falando sério.

Devagar, os dois se sentam, ficam na beira das almofadas do sofá. Jon consegue sentir o olhar de Daisy sobre ele, as perguntas sobre "Mia", sobre o *ménage* com outros homens. Ele se recorda da queimação ao redor do ânus, da pequena marca de agulha na dobra do braço. Parece que vai vomitar.

– Vocês podem me chamar de Kat – a empregada diabólica diz enquanto serve bebidas nos copos à frente deles. – Um espumante rosé gelado para a moça – ela diz ao encher a taça na frente de Daisy. – Sei o quanto você está precisando disso. E para você, Jon, um Balvenie Caribbean Cask, catorze anos. – Ela segura a garrafa de uísque e serve. Com um sorriso sinistro, entrega o copo a Jon. – Sei o quanto você gosta do Balvenie, Jon. – O sorriso dela se abre mais, e os dentes de vampiro parecem crescer.

"Kat" se senta em uma cadeira de frente ao casal. Serve a própria bebida. Parece um martíni com vodca e azeitonas.

– Vamos abrir o jogo – ela diz, e coloca a taça cuidadosamente em uma mesa ao lado. – Apenas me tornei Mia depois de ver o que a Daisy tinha guardado no cofre dela. Ali eu entrei realmente em um caminho sem volta. Ver a gravação, a *prova* do que aconteceu naquela noite na festa do alojamento de esqui. Isso e os acordos de não divulgação, um dos quais vai afundar a reputação dos Wentworth. – Ela dá de ombros. – Talvez até leve Annabelle Wentworth à justiça, porque, pelo meu entendimento, aquilo consiste em obstrução da lei.

– *Qual* prova? – Jon berra. Ele se vira para a esposa. – Do que ela está falando, Daisy?

– Quem é Mia, Jon? – a voz de Daisy sai baixa e assustadoramente calma. Jon fica com medo. A face dela está cada vez mais rubra, com duas manchas muito fortes se formando no alto das bochechas. A pressão dela está subindo, e, por tabela, Jon fica preocupado com o bebê, mas muito mais preocupado com o que ainda vai sair da boca de Kat.

Daisy se vira para Kat.

– Como assim isso vai levar minha mãe à justiça?

Kat cruza as pernas cobertas por meia-calça e se recosta na cadeira. Ela apanha a taça de martíni e toma mais um gole lento.

– Parece que vocês dois precisam entender algumas coisas. Daisy, o seu marido foi demitido hoje pela manhã. Descobriram que ele havia roubado informações pessoais do banco de dados do RH da TerraWest e que contratou um detetive particular para tentar incriminar um colega chamado Ahmed Waheed. A informação que Jon entregou ao detetive particular estipulava que ele desse atenção à raça e à religião de Ahmed Waheed. Seu marido também foi fotografado nu, na companhia de uma mulher chamada Mia e de dois homens não identificados. – Ela toma outro gole, inclina-se para a frente e coloca o martíni na mesa.

– Jon, sua mulher tem uma gravação de um celular do que aconteceu no alojamento de esqui em Whistler, quando você tinha dezenove anos. A gravação mostra você batizando a bebida de uma garota de dezesseis anos e rindo disso com os colegas de equipe. Ela mostra você dando a bebida para a garota, que estava muito feliz só de te conhecer naquela noite. Mostra também ela desmaiando, e você e um grupo de rapazes ajudando a menina drogada a subir cambaleando até o quarto no andar de cima. Mostra você tirando o jeans dela, abrindo as pernas dela e estuprando a menina enquanto os outros o incentivavam. – Kat para de falar. Os olhos dela miram os de Jon, penetrantes. – Acho que é por isso que você e seus amigos chamam a droga de "abre-pernas".

Ele engole em seco. Está ficando tão quente, tão tonto, que acha que vai desmaiar. Ele lança um olhar para Daisy.

– Onde você arrumou uma gravação como essa? E por que guardou algo assim?

Daisy se recusa a olhar para ele. Os olhos dela permanecem presos à empregada.

– E, Daisy – Kat diz –, imagino que não contou ao seu marido que tentou ameaçar e manipular Charley Waters até ela abortar o bebê do Jon? E como, quando isso não funcionou, você pagou uma quantidade obscena de dinheiro para matar o bebê? Quanto foi mesmo? Quinhentos mil dólares? Tudo dela, desde que ela abortasse, assinasse um acordo de não divulgação e retirasse as acusações de abuso sexual feitas contra o Jon. E em troca, você garantiria que todas as acusações de perseguição contra ela fossem retiradas.

Daisy continua evitando o olhar de Jon. As mãos dela apertam as coxas com força.

Kat continua:

– Contou para ele de onde tirou a ideia? Contou qual foi sua inspiração?

Kat volta a atenção para Jon.

– Ela não contou, não foi? As filhas aprendem com as mães. Annabelle Wentworth pagou uma pequena fortuna para os pobres pais imigrantes da estudante de 16 anos que descobriu que estava grávida depois do estupro. Mas com a condição de que a mãe dela a persuadisse a se livrar do bebê, e que os pais não seguissem com as queixas em nome da filha.

– O bebê não era meu – Jon retruca. – Podia ser o espermatozoide de qualquer um daqueles caras.

Kat fica em silêncio. Uma expressão dura e assustadora toma conta de seus olhos.

– Ah – ela diz, mansa –, está admitindo, então, o que aconteceu?

Jon olha para as paredes e para o teto, procurando câmeras.

– Quem está assistindo a isto? – ele pergunta.

Kat se inclina para a frente.

– Acho que Annabelle pensou que não valia a pena arriscar e deixar a menina ter o bebê, porque, se o teste de paternidade provasse que era seu, você estaria preso irreversivelmente a mim, por meio do nosso filho, pelo resto da vida da criança. E não era isso que Annabelle queria para a querida Daisy, não é? Melhor fazer o problema com a pobre estudante desaparecer. Fácil de resolver, já que dinheiro era pouca coisa para Annabelle, mas grande coisa para os meus pais.

Kat fica de pé. Ela cruza a sala com seus saltos altos quadrados. Ela gira, encara os dois sentados na ponta do sofá.

– O conteúdo daqueles contratos deixa bem claro que Annabelle Wentworth sabia a verdade sobre o que aconteceu naquela noite. Provavelmente porque Daisy sabia a verdade sobre o que aconteceu naquela noite. E os garotos e as garotas riquinhos, também. E sabe o que dói mais? É saber que minha mãe nunca me contou o que ela assinou. Fiquei arrasada quando ela sugeriu deixar tudo para lá, porque nós nunca teríamos chance contra pessoas como vocês. Ela me orientou a ficar quieta, disse que, se eu fizesse escândalo, você poderia me processar por difamação ou algo assim. Imagino que essa tenha sido a ameaça que Annabelle fez à minha mãe, que provavelmente nunca contou nada para meu pai. Ele era conservador, seguia as morais tradicionais. Minha gravidez, minha acusação de estupro, eu ter bebido... Virei uma vergonha para ele. Meu pai me desrespeitou. Me achava repugnante. Ele ouviu todos dizerem que eu era mentirosa, uma putinha bêbada que se jogou em cima do "JonJon" Rittenberg e dos outros garotos também, e que fiquei grávida e tentei esconder minha promiscuidade com uma alegação de estupro. – Kat estende a mão para o que parece ser um controle remoto sobre o balcão do bar.

– E quando de fato me livrei do bebê, meu útero rompeu. Tive uma infecção. E nunca mais pude ter filhos.

Ela aperta um botão no controle remoto. Uma grande tela surge como uma fênix de um bloco branco de concreto. Ela aperta PLAY.

Uma gravação granulosa meio travada da noite da festa no alojamento de esqui enche a TV. A casa é tomada pelo som de risadas, brincadeira e música. Kat aumenta o volume.

Jon fica boquiaberto. Ele sente a bile chegar ao fundo da garganta.

– Desliga isso! – Daisy pula do sofá. – Para com isso. Agora.

Kat aperta PAUSA.

– O que você quer? – As palavras de Daisy saem apressadas. – Só diz o que você quer.

– Você se lembra das manchetes dos jornais, Jon? – Kat pergunta. – Elas diziam: "Nunca aconteceu". Diga que aconteceu. Admita na minha cara que me estuprou, que você e seus amigos me drogaram e me estupraram juntos. Quero ouvir você dizer.

Desesperado, Jon olha para Daisy. Ele pensa em todas as coisas que Kat já lhe fez e teme pelo que ela fará a seguir. A mulher é doida. Insana. Ele precisa ganhar tempo. Eles precisam apaziguá-la, tirá-la dessa casa e depois descobrir como vão dar fim a isso, como farão a mulher desaparecer.

– Ok – Jon diz, sem nenhuma pressa. – Aconteceu. Dá para ver que aconteceu pela gravação. Foi no calor do momento, estávamos todos bêbados, na pira das corridas daquele dia, das vitórias, a sensação de glória e de poder. As coisas saíram do controle. Deu tudo errado. Me desculpa. Só nos diz o que você quer.

– Novecentos mil dólares.

– Quê? – Jon fica perplexo.

– Ela disse que quer novecentos mil dólares, Jon. – A voz de Daisy está estranhamente calma. O pescoço dela está tenso, a boca é uma linha fina em seu rosto.

– Impossível. – Jon diz.

Kat acrescenta:

– Quero que seja transferido diretamente da sua conta do CityIntraBank para a minha do mesmo banco. É uma transferência entre contas do mesmo banco, pode ser feita por esse tablet aqui. – Katarina pega um iPad no bar e vai até Jon. Ela o oferece para ele. – Já está na página do banco. E já alertei à gerente da minha conta que vou receber um presente do pai do meu filho. Já foi autorizado. Tudo o que você precisa fazer é entrar na sua conta e fazer a transferência.

– Isso é absurdo. Meu filho? Que mentira...

– Será mesmo?

Jon umedece os lábios.

– Não tenho esse dinheiro todo. Pelo menos não líquido. Não...

– Pague, Jon – Daisy fala, com calma.

Ele se vira para a esposa. Os olhos dela estão duros como gelo. O rosto está todo tenso e feio da rigidez do inchaço.

– Pague – ela sussurra.

– Não temos recursos suficientes. Nós...

– Pague da nossa conta conjunta dos Estados Unidos. Pague agora. Faça o que ela manda.

– Daisy... isso é...

– Eu acredito nela. Ela vai mandar esse vídeo para a imprensa. Ele vai parar na polícia. Você viu o que tem ali, e todos os outros caras que estavam presentes... Dá para ver o rosto deles que podem ser identificados. Então vão ser citados também, depois de todos esses anos. Eles também têm empregos, filhos, esposas e vidas e, marque minhas palavras, vão fazer tudo que puderem para proteger tudo isso. Vão sentir o cheiro de sangue na água e se virarem contra você, até mesmo acordos para testemunhar contra você. Pague os novecentos mil e talvez se salve da prisão. Talvez até veja nosso filho nascer.

– Porra, Daisy, para que você guardou aquela gravação? Isso é culpa sua. Sem ela, não estaríamos sentados aqui à mercê dessa puta. E de onde diabos você tirou isso?

– De um dos seus amigos. Vi que ele estava gravando durante a festa. Eu exigi que ele me entregasse o telefone. Copiei a gravação para o meu e o fiz deletar do dele.

– Copiou?

Ela engole em seco.

– Por quê?

É Kat quem responde:

– Tal mãe, tal filha. Ela gosta de ter uma apólice de seguro contra o macho problemático dela. Com essa garantia, ela tem um trunfo na manga, pode influenciar as coisas a terem o desfecho que ela quer. Acho que você nunca se deu conta, Jon, do quanto ela te controla. Ela manda em tudo na relação de vocês. Ela, a família e o dinheiro deles.

– Se a gente te pagar agora – ele corta –, como vamos ter certeza de que você não vai mais voltar?

– Não vão.

Cada átomo do corpo de Jon grita para que ele ataque aquela mulher. Quer triturá-la, obliterá-la, fazê-la desaparecer para sempre, para que ela nunca mais ressurja na sua vida.

– Eu quero aquele vídeo – ele diz.

– Não seja idiota, Jon – Daisy dispara. – Podem existir um monte de cópias por aí. Só pague para ela calar a boca. Já funcionou antes.

– E aí está ela, de volta, querendo mais. – Ele se vira para Katarina. – Eu vou te matar – ele diz. – Vou te matar se você sequer pensar em voltar, porra. Eu...

– Lembre que tudo que você está falando agora está sendo gravado, Jon – Kat diz. Ela acena para o tablet. – Transfira o dinheiro.

Jon apanha o tablet. Suando, digita a senha da conta on-line. Ele se convence de que, assim que sair dessa casa, vai entrar na conta para reverter a transferência. O celular apita. Ele checa e copia o código enviado pelo banco. Consegue sentir o cheiro do medo exalando de si mesmo. É acre, misturado com o cheiro velho do álcool que bebeu durante o dia no parque. Ele olha para Daisy.

Os olhos dela são pedras afiadas.

– Faça – ela diz.

Jon inspira fundo e pede os dados da conta de Katarina. Ela os dá. Ele coloca as informações e digita a quantia. Hesita, mas por fim seleciona TRANSFERIR.

– Obrigada, Jon. – Kat estende a mão para o eletrônico. Depois se senta e começa a digitar no iPad.

– O que está fazendo? – Jon pergunta.

– Apenas transferindo o dinheiro para minha conta *offshore*. Não se preocupe, como eu disse, já havia informado ao banco da transação e resolvido os detalhes com minha gerente. O banco ficou no aguardo da transferência. Só pense no quanto custaria a pensão alimentícia, os gastos com educação e saúde que teria que pagar. Não apenas para o meu bebê, se ficasse provado que era seu, mas pelo da Charley também. – Ela clica em um último botão, depois levanta o rosto. – Ou se eu te processasse no juizado civil, como ainda posso fazer, especialmente com as provas que tenho. Acho que, considerando o que vocês fizeram comigo, como destruíram minha saúde física, ameaçaram meus pais, todo o trauma em consequência disso, o estresse, a perda da minha educação formal e de uma chance de uma vida mais lucrativa... Acho que conseguiria mais do que novecentos mil. Além das custas legais que seriam suas também. E a imprensa, tanta exposição. Imagine as manchetes: "medalhista de ouro, herói do esqui nacional, ex-atleta olímpico admite participação em estupro coletivo de estudante de Whistler com outros membros da equipe." E depois ele e a família da namorada, o fundador da TerraWest, Labden Wentworth, e a corretora líder de mercado, Annabelle Wentworth, tentaram obstruir a Justiça? Considere isso aqui como uma solução mais simples. – Ela olha nos olhos dele. – Considere isso aqui a justiça que o sistema negou a mim.

Ela olha para o tablet.

– Pronto, está feito. Que tal um brinde? – Ela pega a taça e a ergue. – Saúde.

– Está resolvido? – Daisy pergunta.

Kat joga a cabeça de lado.

– Está.

– Podemos ir embora? – Daisy pergunta.

Kat estende a mão na direção da porta.

– Sintam-se à vontade.

– Eu juro que não vai ficar assim. Isso aqui não acabou – Jon diz.

– Talvez não para você – Kat fala baixinho. – Mas para mim acabou.

DAISY

31 de outubro de 2019. Quinta-feira.
Três horas e quarenta e um minutos antes do assassinato.

Daisy fica tal qual uma estátua enquanto Jon dirige. Os limpadores vão de um lado a outro do para-brisa. O nevoeiro perto da ponte está denso.

– O que ela quis dizer com "talvez não para você, mas para mim acabou"? – Jon pergunta.

Daisy cerra os dentes e fecha as mãos em punho sobre o colo. O coração bate rápido. Rápido demais. Não vai dar corda para isso agora. Porque para ela já deu. Já devia ter largado Jon desde o que aconteceu com Charley. Foi burra. Dissonância cognitiva, foi isso que aconteceu. Queria acreditar em algo diferente, mas homens como Jon não mudam.

Apenas aprendem. Evoluem. Se adaptam. Encontram formas de serem mais cuidadosos e não serem pegos da próxima vez.

– Vamos conseguir o dinheiro de volta – Jon repete pela décima vez. – Vamos recuperar tudo. Fala comigo, Daisy. Por favor, cacete, qualquer coisa.

– Você disse que estava com clientes, Jon. Mas *Mia*? Só pode ser brincadeira. E você diz que *eu* sou idiota por cair na farsa dela da mãe da turma de yoga? Enquanto isso, bastou uma mulher de batom e vestido justo olhar com jeitinho para você não resistir e arriar as calças. E aquilo que ela falou sobre outros homens?

– Foi armação. Me drogaram e armaram para mim.

– Porque você é um babaca! Porque só sabe pensar com o pau. Você é um alvo fraco e fácil. Você e sua masculinidade frágil. Eu... – Ela enxuga lágrimas. – Eu sabia que era mentira. Lá no fundo, eu sabia. Mas queria tanto acreditar em você. Pensei que, com o nosso filho chegando, as coisas poderiam realmente mudar. E esse papo todo sobre o detetive particular? Procurar provas para queimar seu colega? Esse tal de Waheed provavelmente merece a promoção mil vezes mais que você. Merece cada centavo que vier com o cargo de Diretor de Operações. E você recebeu exatamente o que merece.

Jon gira o volante quando um carro corta à frente. Quase bate em uma moto na faixa ao lado. Ele xinga.

– Ela me estuprou... Ela e aqueles homens. Me drogaram e me algemaram a uma cama.

Daisy encara o marido. É como se ele fosse um completo desconhecido.

– E imagino que você não foi ao quarto dela por vontade própria? Que não *queria*?

– Não daquele jeito, eu... – Jon trava. Daisy vê lágrimas no rosto dele. – Eu nem sei o que aconteceu, Dê. Não sei se transei com aqueles caras. Nem me lembro da aparência deles.

– Consegue ver o que acabou de acontecer? Não enxerga mesmo? Ela fez você provar do próprio veneno.

Ele pisa fundo no freio, quase acerta o carro da frente.

– Só preste atenção aonde está indo antes que acabe matando o filho que ainda nem nasceu – ela vocifera.

– Mas isso vai além do que ela fez comigo. Além do dinheiro que ela pegou.

– Quer dizer o dinheiro que você voluntariamente deu quando ela pediu?

– É chantagem, extorsão.

– Por quê? Porque você poderia ser indiciado, julgado e ir parar na prisão se a notícia se espalhar?

– Daisy, é disso que estou falando, caralho. Ela não vai parar. Até onde eu sei, ela vai direto para a polícia amanhã entregar aquela gravação. Era tudo que ela queria quando tinha dezesseis anos, me meter na prisão.

Daisy abaixa a cabeça e fecha os olhos. Uma carapaça se forma em torno de seu coração.

– Talvez seja melhor assim.

– Que história é essa?

– Você não tem nem emprego. Perdeu tudo. Tudinho. Todas as coisas que tentamos construir esses anos todos...

– Você não está me escutando, ela vai voltar para cima da gente, Daisy. Aquela mulher vai voltar pedindo mais. Ela tem esse poder sobre nós agora, e ainda não acabou, não. Ela arrancou o pedaço que queria, mas *ainda* pode me entregar para a polícia. Enquanto ela existir, ainda pode nos controlar. Você ouviu o que ela disse, crimes sexuais não prescrevem aqui na província. Temos que dar um jeito nisso. Aquela desgraçada. Eu juro que... que vou matar ela. Enquanto estiver andando por aí, ela vai controlar a nossa vida.

– Jon.

Ele se cala ao tom da voz dela. Faz a curva para a rua deles. É uma rua tão bonita, Daisy pensa. Moram em uma casa tão cativante. Mas agora ela se levanta como uma prisão enquanto os dois estacionam lá na frente.

– O que é? – Jon pergunta.

– Tem mais?

– Como assim?

– Mais mulheres vão sair da toca se isso se espalhar? Você passou dos limites com outras? Nas viagens a trabalho, outras funcionárias, dançarinas exóticas e prostitutas? Se a Katarina abrir a boca, haverá outras com coragem para te enfrentar também?

Ele estaciona o carro na garagem e vira o rosto para a janela.

O silêncio dele é a resposta dela.

Daisy abre a porta do passageiro e sai. Segura o casaco sobre a cabeça para se proteger da chuva e traça seu caminho até a porta do Chalé Rosado. Há apenas um objetivo em sua mente: arrumar uma mala, pegar as chaves do carro e ir para longe dessa casa. Para longe de Jon.

Vai direto para o andar de cima, encontra uma mala, joga alguns produtos de beleza, roupa íntima, pijamas e uma muda de roupa dentro. Depois procura o cofre com os documentos na gaveta de calcinhas e o coloca sobre as roupas na mala.

Jon aparece na porta do quarto.

– Daisy, me escuta... estou falando sério. Ela tem nós dois nas mãos.

– Não. *Nós*, não. Ela tem *você* nas mãos, Jon.

– Nós somos um time. É da nossa reputação que estamos falando. Nós...

– Nunca fomos um time. Agora eu sei. – Ela fecha a mala e a põe no chão, depois a arrasta na direção da porta do quarto.

– O nome dos seus pais vai parar na sarjeta com isso.

– Acabou. A gente acabou. Saia da minha frente, por favor.

Ele estende o braço para tocar nela.

– Daisy...

– Sai de perto de mim. – Ela aponta o indicador para o rosto dele. – Eu juro que, se você encostar em mim, eu mesma levo essas coisas para a polícia.

– Porra! Como você pôde ser tão burra e guardar aquela gravação para começo de conversa? A culpa é *sua*. Se esse vídeo não existisse, nada disso teria acontecido.

Daisy passa pelo marido. A mala que arrasta atrás de si vai batendo nos degraus enquanto desce. Ele vai atrás da esposa, passa por ela na cozinha e obstrui o caminho até a porta da casa.

– E se sua mãe não tivesse inventado de pagar os pais dela...

– Então eles teriam feito um teste de paternidade, Jon. Talvez o bebê fosse seu, talvez fosse de um dos outros caras. Mas, de quem quer que fosse, a pessoa poderia se voltar contra você e os outros envolvidos para dividir a culpa também. O mesmo com a Charley, você ficaria amarrado a ela para sempre. Essas garotas não desaparecem assim tão fácil. Eu arrumei a sua bagunça, e os acordos foram para que elas não voltassem sem ter que pagar as multas gigantescas que não conseguiriam pagar. Eu guardei os documentos por um motivo, Jon. Guardei para o caso de você ser de verdade o grande babaca que você é. – Daisy está tão irritada que o corpo treme, o que a deixa preocupada com o bebê. Ela precisa sair dali e se acalmar.

Ele põe um dedo na cara dela, quase tocando o nariz de Daisy, e fala cheio de escárnio:

– Você *sabe* que estou certo. Enquanto estiver viva, aquela mulher vai ser um perigo. Ela é um monstro.

– Um monstro criado por *você*. Por favor, saia da minha frente.

Ele se recusa a sair. Daisy não gosta da expressão irada no rosto dele, está ficando assustada. Ela fecha a cara para ele, tenta mostrar força, tenta passar por ele.

A mão de Jon se fecha em seu braço, dura, os dedos se afundam na pele de Daisy. Ela agarra uma faca na ilha da cozinha e aponta para ele.

– Sai de perto de mim. Sai da minha frente.

Surpreso, ele a solta e sai da frente. Arrastando a mala com uma mão, e agarrando a faca de trinchar com força na outra, Daisy vai de costas até a porta, encarando o marido.

– Para onde você está indo? – Ele grita quando ela sai da casa.

Ela bate à porta e atravessa a chuva depressa até a BMW, com a mala sacudindo atrás de si. Abre a porta do passageiro, joga a faca no chão do carro, ergue a mala até o assento. Depois dá a volta e entra no veículo. Liga o motor e dá ré, tremendo, enquanto Jon sai correndo da casa e na direção do carro.

Daisy acerta a caixa de correio com o para-choque enquanto sai da garagem. Ela acelera, mas vira demais o volante e as latas de coleta seletiva do vizinho são arremessadas para longe. Tremendo igual vara verde e ofegante, Daisy realinha o carro e dirige na direção de North Shore.

JON

31 de outubro de 2019. Quinta-feira.
Três horas e onze minutos antes do assassinato.

Jon assiste enquanto o carro de Daisy acelera de ré pelo acesso da casa. Na pressa para fugir dele, ela amassa a caixa de correio e depois atropela as latas de lixo do vizinho. Ele pragueja e volta para dentro do Chalé Rosado batendo os pés. Fica de um lado a outro da sala de estar, apanha uma garrafa de tequila e vira vários shots em sequência. E depois mais alguns. Está desesperado, cada vez mais e mais irado, mais irracional. Ele *ainda* não tem certeza se Katarina o violentou. Ou até mesmo estuprou. Não chegou a perguntar sobre a marca de agulha no braço, porque estava com medo de que Daisy ficasse sabendo. O que será que ela injetou nele? Será que precisa fazer algum exame de sangue? Será que seria melhor fazer um teste para infecções sexualmente transmissíveis?

Ele passa as mãos pelo cabelo. Daisy está certa. Ele perdeu tudo: o emprego, a mulher que acabou de ir embora com o bebê dele. Daisy foi para a casa dos pais, ele tem certeza disso. O que significa que ele está ferrado. Acabou.

Labden Wentworth vai vir para cima dele com todas as armas do seu arsenal. Vão abandoná-lo e deixá-lo às moscas. Dessa forma, se for a julgamento, se for preso, já estarão livres dele, terão lavado as mãos.

Mais shots, e, quando a tequila termina, ele busca o uísque. Não tem. Encontra um conhaque. Enche o copo até a boca e bebe. Vai de um lado a outro da sala de novo, tenta ligar para Daisy. Ela não atende, vai direto para a caixa postal.

Jon tenta o telefone fixo da casa dos Wentworth. Ninguém atende. Liga para o celular de Annabelle Wentworth. Para sua surpresa, ela atende.

– Annabelle, aqui... é... o Jon. – Está ficando difícil de falar. Quanto ele já bebeu? Quanto tempo passou desde que Daisy saiu? Ele vê o próprio reflexo no espelho e fica chocado com o que olha de volta para ele.

– A Daijy... taí?

– O quê?

Ele tenta enunciar melhor as palavras.

– Daisy. Quero falar com a Daisy.

– Você está bêbado, Jon?

– Daisy...

– Ela não está aqui.

– Onde... tá?

– Não sei, ela não está em casa? Estou ficando preocupada, Jon. O que aconteceu?

Jon desliga depressa. Ou Annabelle está mentindo, ou Daisy foi para outro lugar. Ele acha que Annabelle está escondendo a esposa.

Ferrou.

E se aquela Katarina-demônia enviar a gravação para a polícia, ele vai parar na prisão, além de tudo. O que vai acontecer a um homem como ele atrás das grades? Ai, Deus.

Isso ele ainda pode impedir.

É a única coisa ainda sob seu controle.

Pode impedir que ela vá até a polícia.

Jon agarra o casaco e vai correndo para o Audi. Ele entra e respira fundo para recobrar o foco. Se o pararem, vai receber um cartão de revés "vá para a prisão sem receber nada". Precisa dirigir com cuidado, mas também precisa chegar lá depressa.

Liga o motor e sai para a rua. Aperta os olhos para enxergar através da chuva e dos limpadores de vidro, dando bastante atenção às faixas brancas e amarelas enquanto vai na direção da ponte e atravessa para North Shore. O trânsito melhorou. Esse clima miserável afugentou quem saiu para brincar de doces ou travessuras e os mandou direto para a cama.

Jon vira na via costeira. Imediatamente, vê todas as luzes da Casa de Vidro ainda acesas. Com as mãos firmes no volante, os ombros tensos, desliga os faróis e atravessa devagar o nevoeiro e a escuridão com o Audi, indo na direção da casa. O coração dele palpita ao ver que o carro amarelo ainda está lá.

Ela já era.

Com os pneus estalando no pavimento molhado, ele passa pela casa e para em uma esquina diagonal à propriedade. Desliga o motor e observa a casa. Agora que está aqui, não tem mais certeza do plano. Pega o cantil que trouxe consigo e toma um gole para criar coragem. Pensa nas câmeras. Precisa ter cuidado para não ser gravado pelo sistema de segurança. Há um portão que dá para o quintal, perto do Subaru dela. Se passar por ele e se esgueirar pela lateral da casa até a piscina, talvez consiga entrar pelas portas de correr de vidro grandes lá nos fundos.

Fica tenso ao notar outro carro na rua. Os faróis apontam na direção do seu carro, cegando-o momentaneamente. Jon se abaixa no banco e o espera passar.

Mas o veículo reduz a velocidade. As luzes viram para a entrada da Casa de Vidro.

Jon se levanta e é tomado pela surpresa. É outro Audi, do mesmo modelo e cor do dele. As placas estão cobertas de lama.

Ele vê alguém com roupas de chuva pretas sair pela porta do motorista e ir correndo na direção do portão do quintal. Seu coração começa a martelar. Vê duas silhuetas se moverem dentro da casa e, quinze minutos depois, quando o relógio do painel do carro mostra 23h21, um grito agudo corta o ar. O grito de uma mulher. Jon prende a respiração, naquele instante, é tomado por medo. Fica encolhido no banco e observa pelo vidro embaçado.

Ele vê duas figuras com roupas de chuva passarem pelo portão do quintal. Estão arrastando algo grande.

É um tapete enrolado.

Fodeu.

Está bêbado demais para pensar com clareza, para fazer qualquer coisa. Bêbado demais para chamar a polícia, porque de repente seu cérebro está tão turvo que não consegue pensar em algo para dizer sem que isso o incrimine. Tudo que sabe é que não quer ser visto ali.

Não quer ter nada a ver com aquilo.

As figuras levantam, puxam e arrastam o tapete até o banco de trás do Audi. Uma pessoa entra do lado do motorista do Audi. A outra vai depressa até o Subaru e entra. Os carros aceleram para longe. Uma luz se acende na janela do andar de cima da casa vizinha. Ele escuta os pneus dos carros cantando ao virarem no fim da rua.

Jon entra em pânico. Liga o carro. Sem acender os faróis, dirige lentamente para se afastar. Um pouco mais adiante, vê uma vaga longe da rua. Os galhos de uma árvore grande pendem sobre o espaço. Jon hesita, mas acaba estacionando. Desliga o carro e se afunda no banco. Está com medo. E bêbado demais para dirigir sem ser pego.

MAL

2 de novembro de 2019. Sábado.

Enquanto abria caminho pelo corredor estéril para interrogar Daisy Rittenberg, Mal relembra as palavras de Boon-mee Saelim. *"Acho que uma coisa muito, muito ruim aconteceu na época da escola. E é por isso que ela largou o colégio e foi embora da cidade."*

Se as acusações de estupro estiveram por todos os jornais, e Boon-mee era aluno da única escola na cidade, como é possível ele não saber o que a "coisa muito ruim" era? Mal ficou com a sensação de que ele estava mentindo, ou escondendo alguma coisa. Agora está mais certa disso. Assim que chega à sala de interrogatório em que Daisy está sendo mantida, liga para Lula.

– Ei, Lu. Por acaso o Saelim veio prestar o depoimento oficial e oferecer uma amostra de DNA?

– Negativo. Estamos à procura dele. Parece ter desaparecido sem aviso, tanto da residência, quanto do local de trabalho. Ele não atende o celular, os amigos não sabem do seu paradeiro e o veículo não está em casa.

– Me avise assim que o encontrar. – Ela desliga e abre a porta da sala de interrogatório número seis.

Ao entrar, dá de cara com uma Daisy Rittenberg inchada e corada sentada ao lado de um homem impecavelmente vestido, com feições aquilinas, pele escura e olhos pretos penetrantes. Mal o reconhece imediatamente. É Emilio Rossi, um advogado criminal cuja reputação veio de ser um cão de guarda para casos de alta visibilidade de crime organizado e assassinato.

– Emilio – Mal o cumprimenta.

O cara não perde um segundo. Antes mesmo que Mal possa se sentar, ele fala:

– Minha cliente necessita de cuidados médicos imediatos. Está sofrendo com um inchaço crescente e pressão arterial elevada. Estamos preocupados com a possibilidade de ser uma pré-eclâmpsia, trombose venosa profunda, doença cardíaca ou até celulite infecciosa. Todas essas coisas precisam ser descartadas clinicamente. Ela precisa ver a médica, repousar e reduzir o estresse.

Mal fica preocupada. Precisa agir rápido.

– Boa tarde, sra. Rittenberg, ou já está de noite? O tempo está voando hoje. Posso te chamar de Daisy?

A mulher se recusa a olhar nos olhos de Mal, nem sequer responde à pergunta.

A detetive coloca o caderno e a pasta do caso na mesa entre eles.

– Sinto muito dizer, mas as coisas não estão parecendo boas para você, Daisy. Temos testemunhas e evidências que colocam você na cena do...

– Minha cliente não nega ter estado na casa, sargento – Rossi diz, sem rodeios. – Também não nega usar o mesmo serviço de limpeza que eles. Minha cliente admite ter sido convidada para jantar em Northview. Foi até lá com o marido, no carro dele, um Audi, por volta das dezoito e catorze, mas, ao se aproximarem para tocar a campainha, minha cliente sentiu contrações dolorosas. Assustada, derrubou o buquê e a sobremesa que tinha consigo. A senhora Rittenberg e o marido foram embora imediatamente.

– Você procurou atendimento médico assim que saiu de lá, Daisy? Existe algum registro de que...

– As contrações se resolveram sozinhas a caminho de casa – Rossi diz. – Os Rittenberg decidiram que repouso era a solução adequada e, naquele momento, tinham a intenção de ir ao médico no dia seguinte. Em casa, minha cliente teve uma discussão com o marido. Ela arrumou uma mala e foi para a casa da mãe.

– Com dores fortes? – Mal pergunta.

– As contrações haviam diminuído bastante àquela altura – Rossi fala. – Quando chegou à casa da mãe, minha cliente ficou de cama, em repouso.

Não saiu da residência dos Wentworth até agora. Ela disse que o marido estava com muita raiva quando foi embora de casa. Ele a ameaçou fisicamente. Já havia bebido bastante, e ela suspeita que ele voltou a beber mais ainda depois que ela saiu. Minha cliente não pode atestar pelo paradeiro dele, nem sabe dizer se ele voltou mais tarde para a residência Northview.

Mal se recosta na cadeira, ergue uma sobrancelha e analisa Daisy.

– E por que você pensaria que seu marido poderia voltar à Casa de Vidro sem você? Para terminar o jantar?

Rossi intervém:

– Minha cliente está apenas transmitindo o fato de que tem um álibi: seus pais. E que não sabe se o marido tem um.

Mal umedece os lábios, o olhar ainda fixo em Daisy.

– Por que você e seu marido discutiram, Daisy? Por que ele te ameaçou?

– Minha cliente confrontou o marido sobre um caso.

– Um caso com quem?

– Uma mulher chamada Mia – Rossi diz. – É tudo que ela sabe.

– Então está jogando a bomba no colo do Jon, Daisy?

– Ela não está fazendo nada disso.

Mal se inclina para afrente.

– E como você explica a faca que a polícia de West Vancouver achou no seu carro?

– Como eu disse, o marido a ameaçou no Chalé Rosado. Minha cliente apanhou uma faca no balcão da cozinha para impedi-lo de ir atrás dela.

– Você foi direto para a casa de seus pais, Daisy, ou quem sabe deu uma passadinha na Casa de Vidro antes?

– Escuta, se estiver apenas jogando verde...

– Daisy, mandamos sua amostra de DNA e impressões digitais para serem processadas com prioridade, e logo teremos resultados do laboratório. E então compararemos o seu DNA com a evidência encontrada na cena do crime. Se...

– Se você encontrar DNA dela no interior da casa, é porque ela foi almoçar em Northview sexta passada. Ela bebeu vinho em algumas taças e usou uma faca de trinchar para cortar o salame.

Mal inspira fundo. Abre a pasta e desliza uma foto até Daisy.

– Reconhece esse pingente?

Daisy olha para a foto, mas não diz nada.

– E quanto a essas imagens? – Mal mostra a Daisy várias fotos copiadas do perfil dela do Instagram, @JustDaisyDaily. São *selfies* que mostram o pingente de diamante pendurado logo abaixo do pescoço dela.

– Esse pingente – Mal começa, enquanto toca em uma das fotos – foi encontrado entre as almofadas do sofá da Casa de Vidro.

Emilio Rossi expira impaciente. Checa o relógio.

– Como eu disse, minha cliente não contesta o fato de ter estado dentro da casa. Ela pode ter perdido o pingente na sexta passada, ou a empregada pode tê-lo roubado. A mesma empregada que trabalhava na Casa de Vidro. Ela pode ter derrubado a peça lá. Nada disso vai ser considerado em juízo, e você sabe.

Mal passa a língua pelos dentes.

– Daisy, por que Kit Darling recentemente pediu para não atender mais a sua casa?

O advogado intervém:

– Minha cliente procurou saber o motivo da mudança, porque achava que a empregada estava fazendo um bom trabalho. Foi informada pela empresa Holly Ajuda de que foi a própria empregada quem pediu para ser transferida, por conta de um conflito de horários. Agora, se já terminou, sargento, minha cliente precisa ver um médico.

– Só mais duas perguntas. Daisy, você sabia que sua empregada, Kit Darling, foi a estudante de dezesseis anos que acusou o seu marido, dezoito anos atrás, de estupro com agravantes?

O rosto de Daisy fica vermelho como um tomate. Ela seca os lábios com uma mão trêmula e fala com o advogado:

– Não estou me sentindo bem. Vou desmaiar.

Emilio Rossi fica de pé. Ele segura Daisy pelo braço para ajudá-la a se levantar da cadeira.

– Encerramos por aqui.

– Só mais uma – Mal fala com firmeza. – Você reconhece essas pessoas? – Ela desliza duas fotos sobre a mesa e as vira na direção de Daisy.

Ela olha para as fotos.

– Não.

Mal toca uma das fotos.

– Essa aqui é Vanessa North. E esse aqui... – Ela toca a outra. – ... é Haruto North. Esses são os seus amigos.

Daisy fica ainda mais vermelha. E continua sem olhar nos olhos de Mal.

– Não são eles.

– São eles. Esses são os donos da casa na qual você foi jantar.

– Não sei do que você está falando. Acho que vou desmaiar. Eu... eu preciso de um médico.

Enquanto Rossi ajuda Daisy a se levantar e ir até a porta, ele olha por cima do ombro para Mal.

– A empregada desaparecida era uma estudante de dezesseis anos que acusou Jon Rittenberg de estupro? Parece que você tem o seu motivo para o marido bem aí, detetive. Imagine descobrir que sua empregada é a mesma mulher que tentou acabar com você e a sua carreira no passado?

Eles saem. A porta se fecha.

Mal junta depressa as fotos e os arquivos. Antes de interrogar Jon Rittenberg, passa pela sala de inquérito.

– Alguma atualização sobre o Saelim? – Mal pergunta a Lula.

– Negativo. – Lula responde, e estende a mão para pegar o celular. – Ele ainda está foragido. Como foi com Daisy Rittenberg?

– Ela já percebeu os sinais – Mal diz. – Acabou de dar uma rasteira no próprio marido. Agora vamos ver o que *ele* tem a dizer sobre o caso.

MAL

2 de novembro de 2019. Sábado.

O ex-atleta olímpico, duas vezes medalhista de ouro, "JonJon" Rittenberg, antes um exemplo de proeza atlética masculina, agora está jogado na cadeira, com os cotovelos na mesa e a cabeça curvada sobre as mãos. A advogada dele, uma mulher que lembra Mal de Tamara Adler, levanta-se prontamente assim que a detetive entra na sala. Ela estende a mão de unhas feitas.

– Sandra Ling, advogada de Jon Rittenberg.

Mal aceita a mão esguia e macia da advogada e a aperta com força.

– Sargento Mallory Van Alst. – Ela se senta e coloca a pasta na mesa, diante de si. A sala está quente e fede ao suor e álcool metabolizado que irradia dos poros de Jon Rittenberg. Ele está com a barba por fazer, mal-arrumado. O curativo na mão dele está imundo.

– Vou te chamar de Jon, tudo bem? – Mal prefere usar o primeiro nome nos interrogatórios. Tem mais efeito, corta mais fundo, é mais pessoal.

Jon levanta a cabeça da mesa e olha feio para ela, o ódio amargo está aparente em seus olhos.

– Sem comentários – ele diz. – Você não tem nada contra mim, não tem direito de me deter aqui. Não fiz nada de errado. Diga a ela, Sandra. – Ele ordena à advogada. – A Sandra vai dizer o que a gente precisa dizer. – Ele abaixa a cabeça com um grunhido. Claramente passa mal. Os arranhões no rosto e pescoço parecem ter infeccionado.

– Meu cliente precisa de atendimento médico – Sandra Ling diz. – Os policiais causaram ferimentos físicos nele durante a prisão e…

– Ouvi dizer que você tentou fugir e caiu porque estava embriagado, Jon. – Mal aponta. – E aqueles arranhões no seu pescoço e o ferimento na sua mão… Eu mesma os vi antes da sua prisão. Como você se cortou?

– Ele foi empurrado contra o chão pelos policiais durante a prisão – Ling diz.

– Ah, por favor – Mal rebate, virando-se para a advogada. – Você mesma consegue ver que esses arranhões não são novos. Para mim, parecem ferimentos de defesa ocorridos durante um confronto violento. Foi assim que você se cortou, Jon? O que aconteceu? Como se machucou?

Jon se recusa a levantar o rosto e olhar para ela.

– Que tal me dizer com suas próprias palavras o que aconteceu quando você e sua esposa chegaram à Casa de Vidro às dezoito e catorze da noite de Halloween?

Ele continua sem se mover. A advogada dele fala:

– Ele nunca esteve na…

Mal levanta a mão, interrompendo a advogada.

– Não precisamos desses joguinhos. Jon, temos o depoimento da sua esposa. Ela disse que ambos chegaram à Casa de Vidro no seu carro, um Audi, por volta das dezoito e catorze. Temos o depoimento de testemunhas que corroboram isso. Também temos testemunhas que dizem ter visto o seu carro entrar no canteiro de construção da ADMAC, na North Vancouver, mais tarde naquela mesma noite.

Ele olha abruptamente para ela.

– Mas que mentira. Eu nunca fui lá. Eu…

A advogada o interrompe colocando uma mão firme em seu braço e lhe lança um olhar de alerta.

Mas ele continua:

– Nunca estive em nenhum terreno da ADMAC. Eu voltei para a Casa de Vidro, ok, eu…

– Jon. – A advogada o corta e lhe lança um olhar inflamado.

Ele a encara.

– Não vou deixar me incriminarem.

A sra. Ling se aproxima e sussurra na orelha dele.

– Eu já disse. Você não precisa falar. Só precisamos ouvir o que a polícia tem a dizer. Eles só estão plantando verde para colher maduro.

Mal intercede rapidamente:

– Então você admite ter voltado para a casa.

– Escute, sargento – Ling diz –, a não ser que esteja preparada para levar meu cliente perante um juiz e acusá-lo de alguma coisa para que possamos discutir a fiança, não temos nada mais a contribuir nesse momento.

– Quando os resultados do DNA e das digitais chegarem, nós...

– Se tiver algo a dizer quando esse momento chegar, sabe onde encontrar meu cliente. Vamos, Jon. Estamos de saída.

Jon se empurra para ficar de pé.

– Quando você descobriu que sua empregada era a mesma pessoa que te acusou de estupro? – Mal pergunta.

O corpo dele fica tenso. O olhar se prende ao de Mal. A advogada se move rapidamente na direção da porta e a abre.

– Jon?

Ele caminha na direção da advogada e da porta aberta.

– Quem é Mia, Jon?

Ele pestaneja. O rosto se contrai e a boca se achata. A advogada o puxa depressa pelo braço, chamando a atenção dele, e os dois seguem para o corredor.

Mal se recosta na cadeira. Enquanto os vê partir, o celular toca. É Benoit.

Ela atende.

– Nós a encontramos, Mal. Os mergulhadores encontraram o tapete e ela. Está lá no fundo, presa debaixo de escombros metálicos e muito limo. Deve ter sido empurrada pela corrente. Estão estudando como fazer a extração.

REPERCUSSÕES

Mal se sente enfraquecida e cansada. Os mergulhadores não conseguiram resgatar o corpo antes do anoitecer por conta de problemas com a maré e de visibilidade, mas conseguiram trazer o tapete e um tênis branco com marcas alaranjadas que são idênticas ao tênis encontrado ao lado da cama *king size* na Casa de Vidro. Mal agora está em casa para dormir. Sentada ao lado de Peter no sofá da sala apertada, cercada por estantes de livros, mas com a cabeça cheia de imagens mentais do corpo de Kit Darling preso no fundo do mar, coberto de limo, os cabelos loiros flutuando ao redor da cabeça em meio à escuridão. Peter encara a TV, está passando o jornal, e um gato se aconchega no colo dele. Ele também parece cansado, Mal pensa. Parece mais disperso que o normal esta noite. Ela sente uma pontada de solidão e se aproxima do marido, coloca uma mão na coxa dele.

– Você está bem?

Ele olha para ela, parece confuso por um momento.

Ela sorri.

– Comeu bem no jantar hoje?

Ele faz uma careta confusa, depois faz que sim com a cabeça.

– Acho que sim. Como foi o seu dia?

Peter já perguntou isso quando ela chegou em casa, e ela contou que finalmente encontraram o corpo. Explicou também que os mergulhadores fariam uma nova descida para tentar recuperá-lo assim que amanhecesse. Mas agora ela apenas responde:

– Foi ok, mas mal posso esperar pela aposentadoria. – É mentira, mas também uma necessidade. Peter claramente precisa de alguém em casa.

Ela poderia contratar um cuidador. Mal tem a lembrança repentina de Beulah presa no andar de cima da casa com as pessoas que vão lá cuidar dela. Peter e Mal prometeram muitos anos atrás que estariam presentes para apoiar um ao outro quando as coisas ficassem difíceis. Na saúde e na doença. E as coisas vão ficar difíceis muito mais cedo do que Mal esperava. Seus pensamentos continuam em Beulah, decide que fará uma visita à idosa depois que o caso for encerrado, para agradecer a ela por ligar para a emergência.

A transmissão passa para um local próximo ao canteiro de obras da ADMAC.

– Ah, aí está. – Ela pega o controle remoto e aumenta o volume.

Uma repórter está de pé debaixo de refletores, próxima à entrada cercada do local. Ela segura um microfone.

– A busca pela empregada desaparecida, Kit Darling, parece ter chegado a uma triste conclusão no início desta noite. Uma fonte próxima à investigação informou que os mergulhadores localizaram o corpo de uma mulher debaixo d'água, perto da área de onde o Subaru amarelo da Darling foi retirado do Burrard Inlet. O corpo está preso debaixo de escombros e a uma profundidade considerável. No momento, a equipe está elaborando uma estratégia para recuperar com segurança os restos mortais, o esperado é que isso ocorra amanhã.

A câmera passa à âncora na sala da redação.

– Pamela, a polícia explicou melhor algum outro aspecto da investigação?

– Até o momento, tudo que sabemos é que o ex-atleta olímpico Jon Rittenberg e a esposa foram levados à delegacia para serem interrogados, mas que já foram liberados. Evidências encontradas na cena do crime, conhecida como Casa de Vidro, ainda estão sendo processadas. Imagino que os resultados podem demorar a sair, mas, assim que o corpo for recuperado, será realizada uma autópsia, o que deverá fornecer pistas adicionais sobre o que aconteceu naquela noite violenta e fatídica. O crime ocorreu em uma mansão de luxo na orla de West Vancouver.

• • •

Beulah assiste à repórter Pamela Dorfmann no pequeno aparelho de televisão de seu quarto.

Está profundamente triste com a notícia de terem encontrado o corpo de Kit. As imagens do esquiador Jon Rittenberg e da esposa Daisy aparecem na tela, e Beulah sabe, sem dúvida alguma, que esse é o mesmo casal que viu saindo do Audi.

Está contente por ter ligado para a emergência. Não achou *de verdade* que Horton poderia ter machucado alguém, mas está aliviada por saber que outras pessoas estão sendo interrogadas, e não o filho dela. Ela já viu Horton atrás da cerca em algumas ocasiões, observando a empregada trabalhar na casa vizinha. Também já viu Horton espionando as moças almoçando na área da piscina. Tem estado preocupada com ele há um bom tempo.

Beulah descansa a cabeça nas costas da cadeira e fecha os olhos, sente o contentamento de ter servido a um propósito, de ter desempenhado um papel importante e emocionante. Mas vai sentir falta da empregada, do sorriso e do aceno alegre dela. Enquanto é levada pela sonolência do opioide, diz a si mesma que é bobo acreditar que vai voltar a ver pessoas em uma pós-vida celestial. Mas gosta de imaginar que pode esbarrar com Kit, a empregada, e dessa vez conhecê-la de verdade.

Beulah chega a um sono mais profundo. Parte dela sabe que hoje é a noite da qual ela não vai acordar. Ao amanhecer, já não estará mais ali, e a casa será de Horton.

• • •

Boon entra na pequena loja de conveniência de um posto de gasolina bem iluminado, próximo à cidade de Hope. Lá fora está um breu, e a chuva forte cai. Ele veio de uma cabana remota no alto das montanhas para comprar suprimentos. Fugiu para lá depois que os policiais foram falar com ele. Tem zero intenção de ceder uma amostra de DNA, ou de falar com a polícia. Deu para ver a linha de pensamento que estavam seguindo.

Enquanto coloca feijões enlatados na cesta, nota uma pequena televisão atrás do balcão da loja. Fica paralisado ao identificar o texto que aparece na tarja inferior.

POLÍCIA ENCONTRA CORPO NA ÁGUA.

Boon deixa cair a lata que segurava. Ela rola para debaixo das prateleiras. Com o olhar preso à tela da televisão, se aproxima a passos lentos do balcão.

– Você pode aumentar o volume? – pergunta ao caixa.

O caixa olha para a televisão, procura o controle e aumenta o som.

Boon escuta, atento.

"A busca pela empregada desaparecida Kit Darling parece ter chegado a uma triste conclusão no início desta noite..."

– Encontraram o corpo – o caixa diz, sinalizando com o polegar para a tela.

Boon engole em seco, e lágrimas enchem seus olhos. Com cuidado, coloca a cesta sobre o balcão e sai da loja. Vai andando na chuva até o carro.

O DIÁRIO DA EMPREGADA

Sentados em um tronco na praia, com meu sanduíche meio comido caído na areia, Boon mergulha o rosto nas próprias mãos. Ele balança para afrente e para trás e geme, como se estivesse com dor. Acabei de forçá-lo a assistir à gravação que copiei para o meu celular.

– Eu sinto muito, Kit, muito, muito, mesmo. Por Deus, me perdoa.

– Eu te amei, Boon, com todo o meu coração. Você era o meu mundo, sabia?

Ele olha para mim com os olhos cheios de lágrimas. Elas escorrem rosto abaixo. Meu peito dói. Parte de mim morreu quando escutei a risada estridente e nervosa na gravação da Daisy. A outra parte está morta e fria como pedra, e não consigo sentir nadinha. Nunca mais na vida serei capaz de confiar em alguém.

– Eu ainda não tinha saído do armário, Kit. Eu tive medo. Alguns dos caras que estavam no alojamento naquela noite eram os mesmos da escola, os que me chamavam de bicha, que me encurralaram nos vestiários no clube, abaixaram minha calça e me ameaçaram com uma garrafa, dizendo que iam enfiar na minha bunda. Estava morrendo de medo de ser o único a me arriscar a contar a verdade e acabar sendo exposto, ou pior. Eu realmente acreditava que iam me espancar e me matar se eu dedurasse eles, o Jon e o resto do time.

Ele enxuga as lágrimas.

– Eu era um garoto idiota e assustado sem ter para onde correr. Meus pais teriam morrido de desgosto se descobrissem o que eu era, o que eu sou. Kit, me escuta, você sabe que minha mãe e meu pai ainda não sabem. Já me assumi para o resto do mundo, mas não consigo me assumir para eles ainda, simplesmente não consigo, não depois de tudo que eles fizeram para tentar me dar uma vida melhor neste país. Eles são incapazes de entender. E agora minha mãe está doente e provavelmente não vai melhorar. E prefiro que os dois morram sem saber a verdade sobre o filho deles. Eu tenho muita vergonha de nunca ter te defendido. E... eu gostaria de ter sido corajoso, valente. Gostaria de ter sido um daqueles jovens heroicos que arriscam tudo para defender os mais fracos, mas não fui. Era um menino frouxo que não entendia completamente a própria sexualidade. Só queria me sentir parte de alguma coisa, queria ser aceito, ser amado. Será que tem algum cantinho do seu coração que consegue entender isso?

– Você tem sido meu melhor amigo todos esses anos, Boon. Poderia ter me contado que estava lá.

– Mas aí eu teria perdido sua amizade, Kit. E não posso te perder. Passei a vida toda tentando compensar o que fiz com você.

– E me perdeu mesmo assim.

– Eu faço qualquer coisa, Kit, se você me perdoar. Pode me perdoar? Por favor.

Eu me viro e olho para o mar. De certo modo, entendo o que o Boon jovem fez ou, no caso, não fez. Eu conheço o medo, a exclusão. Também sofri bastante bullying. Tudo que eu queria era sentir que eu fazia parte de algo, ser amada, aceita e admirada. Talvez o tempo me ajude a absorver e aceitar isso. E talvez não. Por que devemos sempre "entender" nossos abusadores, os vilões, a perfídia do mal, as pessoas que nos desapontam? Entender ajuda a nos curar?

Acho que nada cura de verdade um trauma. Você só encontra uma narrativa para aprender a conviver com ele.

Acho que chegou a hora de admitir para você, Querido Diário, que nunca tive uma terapeuta. Sempre imaginei que, se tivesse, ela me incentivaria a começar um diário. Mas a razão pela qual realmente comecei a escrever um diário foi para contar a minha história. Queria deixar algo especificamente para ser encontrado pela polícia.

Queria contar a eles sobre o Jon e a Daisy, e sobre o que aconteceu naquela noite no alojamento.

Comecei meu diário no dia em que descobri estar dentro da casa deles.

Mas sabe de uma coisa? Minha terapeuta imaginária estava certa. Apesar de ter começado o diário com um propósito, ele acabou virando uma coisa completamente diferente. Eu perguntei de verdade "por quê?". E fui perguntando e perguntando até finalmente cair pelo alçapão.

Você me ajudou a ver meu mundo de uma maneira diferente, Querido Diário.

Me ajudou a ficar firme, a me defender.

Me ajudou a perceber que não quero mais ser A Garota Anônima, nem um fantasma.

Agora o meu plano é ser VISTA.

Se tenho medo de ter cavado muito fundo e não conseguir mais sair? Com certeza. Estou morrendo de medo de não sobreviver a isso, de que o tiro saia pela culatra, de morrer.

Mas já estou em um ponto do qual não há mais volta. Sou Thelma e Louise acelerando na direção do penhasco...

MAL

4 de novembro de 2019. Segunda-feira.

Mal está no laboratório de criminalística. É cedo da manhã de segunda, e Benoit está lá no terreno da ADMAC para supervisionar as novas tentativas de recuperar o corpo preso. O processo foi cancelado ontem por conta de uma tempestade forte e das correntes fortes trazidas pela maré alta.

– Encontramos fios loiros aqui no assento traseiro do Audi, entre o assento e as costas do banco – Otto Wojak, chefe do laboratório, diz. Ele conduz Mal ao redor do veículo apreendido de Jon Rittenberg, apontando para onde as evidências foram encontradas no carro.

– O cabelo era pintado? – Mal pergunta.

– Sim, com raízes escuras. Consistente com o cabelo encontrado na suíte principal da Casa de Vidro. Também achamos sangue no banco de trás, aqui. E uma gargantilha de veludo partida, também com traços de sangue.

A foto de Kit Darling com a gargantilha preta vem à mente de Mal.

– E quanto à lama dos pneus e placas? – ela pergunta. – É a mesma das amostras de solo do canteiro da ADMAC?

– Teremos os resultados do comparativo dos solos em breve. – Otto se agacha e aponta para as ranhuras dos pneus. – Entretanto, esse padrão é consistente com as marcas encontradas no local, assim como as do Subaru.

– Posso ver os itens recolhidos do Subaru?

Otto conduz Mal até uma mesa longa perto do Subaru Crosstrek amarelo do outro lado da garagem do laboratório.

– Tudo aqui já foi fotografado e catalogado. Esse é o bloco de madeira que foi encontrado pressionando o acelerador. – Ele aponta. – E essa carteira foi achada na frente do carro. Dentro dela estavam esses itens. – Ele move o dedo sobre alguns objetos enquanto fala. – A carteira de motorista da Darling, cartões Visa e Master no nome dela, um cartão do banco CityIntraBank, setenta dólares em dinheiro, algumas moedas, um cartão de academia, cartão de fidelidade de farmácia, cartão de mercado, da biblioteca, alguns ingressos de teatro, um recibo de uma rede de *fast-food*... Essa é a bolsa que estava dentro do veículo. E esses itens foram encontrados dentro dela.

Mal caminha ao longo da mesa, analisando os itens: maquiagem, e bastante; batons em cores fortes e vibrantes; uma escova de cabelo; cinco pirulitos de diferentes sabores, estão grudentos, por causa da água, e sem as embalagens; tiras de chiclete de canela; a chave do Subaru; um pequeno relicário contendo as fotos de um homem e de uma mulher. Mal observa a foto mais de perto, pensando se podem ser a mãe e o pai de Kit Darling. Ela pensa na urna que encontrou no chão do quarto de Kit e relembra as palavras de Boon-mee Saelim:

A Kit ficou arrasada com a morte da mãe... E no mesmo dia, logo depois de espalhar os restos da mãe, ela começou em uma casa nova. Desde então, tem ficado cada vez mais estranha.

– São coisas que qualquer mulher carrega na bolsa – Mal diz, observando os itens na mesa. – Identidade, carteira de motorista, cartões de crédito... – Ela olha para Otto. – E o celular? E o diário?

– As folhas do caderno foram separadas com cuidado e agora estão sendo secadas individualmente. O texto foi escrito com uma caneta gel roxa que se dissolve mais fácil na água se comparada a uma caneta esferográfica normal, mas ainda deve ficar legível depois que terminarmos o processo. E estamos tentando recuperar os dados do aparelho celular, ele sofreu danos na água.

– Ele por acaso estava dentro de um saco vedado?

– Sim, mas a sacola estava furada, provavelmente quando o carro foi avariado durante a queda na água.

– Diria que é estranho carregar o diário dentro de um Ziplock?

– Esse é o seu trabalho, detetive. O meu é explicar a ciência por trás do que encontramos, mas se tivesse que arriscar um chute, diria que a pessoa que protegeu o diário queria que ele ficasse seco.

Ela olha para Otto.

– Vamos fotografar as páginas assim que estiverem secas, e melhorar as imagens digitalmente quando for necessário. Vamos mandar cópias para a sua equipe assim que estiverem prontas. Também vamos tentar acessar o conteúdo do celular quando ele estiver seco.

– E os itens trazidos do Chalé Rosado?

Otto a conduz pelo laboratório. Vários técnicos de jaleco branco olham de suas estações de trabalho e cumprimentam com um aceno. O chefe do laboratório abre algumas imagens em um grande monitor.

– Esses são os sapatos encontrados no fundo do closet de Jon Rittenberg. A lama do solado parece com a lama encontrada no canteiro da ADMAC. Como eu disse, ainda estamos aguardando os resultados do comparativo dos solos. – Ele aponta. – Também encontramos vestígios de sangue humano nas ranhuras aqui, e na superfície do bico, aqui. – Ele olha nos olhos de Mal. – Recebemos os resultados das amostras de DNA que você mandou ao laboratório particular hoje mais cedo.

O coração dela acelera. Um sorriso estremecido aparece nos lábios de Otto.

– Jesus, Otto. E...?

– O sangue no sapato do sr. Rittenberg pertence a Kit Darling. O sangue no Audi também pertence a ela, assim como o cabelo.

– Você poderia ter me dito isso assim que entrei pela porta.

Ele solta uma gargalhada profunda e diz:

– E qual seria a graça?

Mal revira os olhos, mas seu pulso está acelerado.

– E o que mais você estava escondendo?

– A impressão parcial da pegada no sangue encontrada na cena do crime tem um padrão consistente com as solas dos sapatos encontrados no closet de Jon Rittenberg. O sangue dele também está na cena. E as impressões digitais patentes e latentes retiradas de itens na sala de estar batem com as de Daisy e Jon Rittenberg.

Otto abre fotografias dos copos quebrados encontrados próximos da mesa de centro virada.

– O DNA de Daisy Rittenberg está na boca dessa taça de vinho. E o de Jon Rittenberg, nesse copo de uísque. O de Kit Darling foi encontrado nessa taça quebrada de martíni, aqui. – Ele abre outra foto. – Essa é a faca de trinchar retirada da piscina. – Ele aponta. – Traços de sangue da Darling foram encontrados no fundo desses sulcos do cabo, aqui. E as digitais de Daisy Rittenberg estão no cabo da faca.

Mal encara as imagens. As palavras de Emilio Rossi ressurgem na mente dela.

Se você encontrar DNA dela no interior da casa, é porque ela foi almoçar em Northview sexta passada. Ela bebeu vinho em algumas taças e usou uma faca de trinchar para cortar o salame.

Ela reflete sobre o comentário anterior do advogado.

O marido estava com muita raiva quando foi embora de casa. Ele a ameaçou fisicamente. Já havia bebido bastante, e ela suspeita que ele voltou a beber mais ainda depois que ela saiu. Minha cliente não pode atestar pelo paradeiro dele, nem sabe dizer se ele voltou mais tarde para a residência Northview.

Mal morde os lábios. As evidências colocam os Rittenberg dentro da casa, apesar das afirmações deles de terem ido embora depois de derrubar as flores e a torta. Além disso, eles têm um motivo. Existem testemunhas, uma cronologia, imagens do sistema de segurança que colocam o Audi no canteiro da ADMAC, mais testemunhas que viram o Subaru e o tapete serem despejados, mas, para ela, alguma coisa não está se encaixando. Está deixando passar algo.

Mal agradece a Otto e volta para o carro. Liga para Benoit a caminho da delegacia.

– Nada ainda por aqui – ele diz. – Uma ressaca marinha trouxe mais limo e maré alta. A equipe suspendeu as buscas novamente. Esperam que uma janela segura se apresente dentro de algumas horas, quando a maré virar. Eu vou te atualizando.

Mal desliga e dirige o resto do caminho até a delegacia, irrequieta e impaciente, querendo mais resultados do laboratório. Ela também entrou em contato com um especialista em manchas de sangue para avaliar a cena do crime e aguarda ansiosa pelo relatório. Tudo parece tão perto e ao mesmo tempo tão distante.

Ao entrar na sala da divisão, é recebida por Jack Duff.

– Adivinha quem acabou de se entregar voluntariamente?

Mal tira o casaco e o pendura.

– O suspense vai me matar, Jack. Quem?

– Boon-mee Saelim.

Ela vira os olhos na direção de Jack.

– Da última vez que tive notícias, ele não estava em lugar nenhum.

– Ele está com a cara acabada – Jack comenta. – Como quem não dorme há dias. Insiste que só vai falar com você ou com o Benoit.

MAL

4 de novembro de 2019. Segunda-feira.

Mal encontra Boon sentado em um sofá azul-escuro dentro de uma das salas de interrogatório mais confortáveis. Está com a aparência terrível, balança a perna e mexe os dedos, irrequieto.

A sargento se senta de frente para ele, coloca o caderno e a caneta na mesa baixa entre eles.

– Sabe que estávamos à sua procura, Boon?

– Eu preciso de um advogado?

– Você tem direito a um. Também posso te passar um número caso deseje assistência jurídica. Me avise. Enquanto isso, vamos começar com onde você esteve. E, só para você saber, está diante de uma câmera, e a conversa está sendo gravada.

O olhar de Boon corre para a câmera afixada perto do teto. Depois olha para a porta fechada, como se estivesse duvidando de sua escolha.

Mal espera.

– Estive em uma cabana perto de Hope – ele diz, enfim, enquanto esfrega a coxa.

– Por que você fugiu?

– Não fugi. Precisava viver o luto. Perdi uma amiga, a minha melhor amiga.

O corpo de Mal se enrijece.

– Então você *sabia* que a Kit tinha morrido?

– Não. Estava triste por ter perdido ela como amiga, por causa de uma coisa que fiz muito tempo atrás, e ela descobriu.

– Então por que veio agora, Boon? O que te fez sair da cabana?

– Estava em um posto de gasolina e vi no noticiário que os mergulhadores encontraram o corpo dela. Eu... – A voz dele fica embargada, e os olhos, marejados. – Não era para ter sido assim. Não era para ela ter morrido. – Ele funga e enxuga as lágrimas.

– Me explique o que você quer dizer com isso, no seu tempo. Comece do começo.

Ele limpa o nariz, e Mal empurra uma caixa de lenços na direção dele. Boon tira um e assoa.

– Kit e eu... O grupo todo... muitas vezes nos fantasiamos para atuar no improviso, sabe? Aquelas apresentações pop-up. A gente entrava em um Walmart, ou um supermercado, ou ia a algum parque, e interagia com as pessoas, provocava elas. Era um joguinho nosso, uma brincadeira.

– Como a conta do Instagram de Kit? Nós verificamos o perfil dela, o @foxandcrow que você nos contou. Boa parte das fotos postadas foram com você, Boon.

– Como eu disse. A gente jogava esse joguinho, era normal. – Ele esfrega o rosto. – No final de setembro, ela me pediu para participar de outro "jogo". Queria que eu fingisse ser um personagem chamado Haruto North. Me pediu para ir a um bistrô buscá-la. Kit seria a esposa do Haruto, uma mulher chamada Vanessa. Eu cheguei no bistrô e encontrei a Kit de peruca e com uma barriga de grávida falsa, a que ela usou para a sua personagem, Mary, na peça que fizemos, *As três vidas de Mary*. Ela estava almoçando com uma mulher que depois eu descobri ser Daisy Rittenberg. Fui na dela, improvisei. Atuei como um homem controlador, um pouco agressivo, um marido dominador.

– E por que a Kit te pediu para fazer isso?

Ele inspira fundo, e por um instante parece que Boon-mee está decidindo se pula de um precipício e acaba com a própria vida.

– E... eu não fui totalmente sincero da primeira vez que conversamos, detetive. Eu sabia o que tinha acontecido com a Kit no alojamento de esqui em Whistler. Eu estava lá.

– Na festa? Testemunhou o suposto estupro?

Ele encara as mãos em cima do colo.

– Sim, e nunca falei para a polícia. Poderia ter salvado a Kit e impedido o Jon e os outros de fazer algo daquele tipo novamente, mas não fiz nada. Fui um facilitador, e a culpa cresceu como um monstro dentro de mim. A Kit descobriu recentemente que estive lá. Eu disse que faria qualquer coisa por ela, qualquer coisa que a ajudasse a me perdoar por mentir para ela por todos esses anos. Então ela me pediu para fazer algumas coisas, inclusive atuar como Haruto. – Boon levanta o rosto e olha nos olhos de Mal.

– Eu tinha uma dívida com ela, sargento. Se não tivesse ficado de boca fechada dezoito anos atrás, talvez a Katarina tivesse um filho, talvez o pai dela não tivesse ficado desapontado com ela a ponto de querer botá-la para fora de casa. Talvez o pai dela não tivesse ficado tão estressado e tido um ataque cardíaco e morrido. A Kit era tão inteligente, as notas dela eram tão boas, ela teria ido para a faculdade. Teria amor-próprio, a vida dela seria diferente. Os policiais teriam indiciado Jon e os outros. Mas eu fiquei quieto.

Mal é um poço de adrenalina.

– Você entende que crimes sexuais não prescrevem aqui na província, Boon, e que qualquer coisa que diga aqui pode ser usada como prova?

Ele faz que sim com a cabeça.

– Na época, por que não falou com a polícia?

– Eu ainda não tinha me assumido como gay. Passava por situações terríveis de bullying, e ainda faltava um semestre para me formar. Morri de medo de falar e virar um alvo. Por isso me escondi, fiquei calado. Falhei com a Kit. Então, é, sargento, eu tenho uma dívida com ela. – Ele titubeia, e as lágrimas voltam a seus olhos. – Há muitos tipos diferentes de amor, sabia? E eu amo a Kit. Ela é a minha vida. Minha irmã, minha melhor amiga, tudo. E eu a queria de volta, me odiei profundamente por enganá-la. Por isso fiz tudo, atuei em todos os papéis que ela me pediu. Então, quando entendi o que ela estava fazendo, avisei que era perigoso demais. Disse que, se Jon ou Daisy Rittenberg descobrissem, fariam *qualquer coisa* para não serem expostos. Mas ela continuou, como se não tivesse nada a perder. E talvez não tivesse mesmo – Boon fala baixinho. – Não depois de descobrir que eu também a traí.

– E o que exatamente a Kit estava fazendo com os Rittenberg?

– Manipulação, abuso psicológico. Estava pregando peças neles. Só sei partes. Ela trollava a conta de Instagram da Daisy, deixava bilhetes ameaçadores no carro, dentro do carro. Na caixa de correio do Chalé Rosado. Até fez Jon Rittenberg ser demitido. Ela me pediu para seguir o homem e tirar fotos. A Kit tem acesso ao computador do Jon, então às vezes sabia onde ele estaria. Começou a fingir ser uma mulher sedutora, Mia, e tirei fotos dela e do Jon juntos. Enquanto o seguia, descobri que o Jon tinha contratado um detetive particular, e a Kit achou o contrato no computador dele. Por fim, ela me fez entregar tudo à TerraWest, o lugar onde Jon trabalha, todas as fotos do "caso" do Jon e da Mia e mais uma cópia do contrato com o detetive particular. Ele foi demitido naquela manhã, no mesmo dia do ataque na Casa de Vidro. Jon dirigiu do trabalho até uma loja, comprou uma bebida e ficou sentado no parque bebendo o dia todo. Eu... se eu soubesse que a Kit estava planejando encontrar Jon e Daisy Rittenberg naquela mesma noite, eu teria impedido. Ele estava bêbado e enfurecido.

– O que aconteceu naquela noite, Boon?

Ele umedece os lábios, parece receoso de começar a falar, ou quanto falar.

– Não sei. Tudo que sei é que... ela pegou "emprestado" algumas bolsas de sangue e outros equipamentos com o nosso amigo que é socorrista e voluntário em um hemocentro. Ela tirou o próprio sangue em três datas diferentes, desde julho, eu acho. Guardava na geladeira na Casa de Vidro, porque sabia que os donos estariam fora por um tempo.

O coração de Mal segue um ritmo forte.

– Kit Darling estava planejando uma cena falsa de crime?

Boon seca uma lágrima da bochecha e concorda com um aceno.

– Estava armando para que os Rittenberg fossem investigados por assassinato. Mas o tiro saiu pela culatra. Jon Rittenberg voltou para a casa e... – A voz de Boon fica presa na garganta. Ele mergulha a cabeça nas mãos e começa a chorar.

Mal sai da sala para buscar água para ele. Enquanto está na sala da divisão, avisa aos outros para que assistam à transmissão da câmera da sala. Então volta e oferece o copo d'água e mais lenços para ele.

Boon assoa o nariz, toma um gole de água e se recompõe.

– Pode continuar, Boon – Mal diz. – No seu ritmo.

– A Kit queria que parecesse que ela perdeu sangue o suficiente para a polícia acreditar que ela morreu. Também plantou o próprio sangue em sapatos no closet do Jon, e no carro dele. Ela arrancou fios de cabelo e colocou na traseira do carro também. Tinha até ido uma noite ao canteiro da ADMAC e coletado um balde de terra. Fez lama e colocou debaixo dos sapatos de Jon. Depois usou a mesma lama para cobrir as placas do carro dele. Ela tinha acesso aos carros dele e da Daisy, as chaves reserva ficavam no Chalé Rosado. A Kit devolveu os sapatos, colocou no fundo do closet. Comprou um par idêntico para simular pegadas no sangue na Casa de Vidro. E tirou o colar da Daisy do Chalé Rosado para deixar na Casa de Vidro.

– Ela planejou isso por meses?

– Nunca tive certeza do que ela estava planejando. Era como se o plano continuasse evoluindo e aumentando de tamanho quanto mais ela se envolvia com os Rittenberg e quanto mais aprendia sobre eles. E talvez se lembre, sargento, que todos nós gostamos de jogar. É o que nos unia. Nosso grupo sempre topava um jogo, um *role-play* imaginativo. Somos *malandros* e palhaços, pregamos peças e temos orgulho disso. E se vocês acharam sangue do Jon na cena, foi porque a Kit tirou ela mesma um pouco de sangue dele, depois de o seduzir até um Airbnb, como Mia. É um dos lugares que ela faz faxina. Ela drogou o Jon. E antes que me pergunte com o quê, e onde ela conseguiu, eu já digo que não sei. Provavelmente de alguém que ela conhece que lida com tráfico, ketamina, cocaína e GHB. – Boon toma outro longo gole de água. Depois seca a boca com mãos trêmulas.

– Um tempo atrás, a Kit me perguntou vários detalhes sobre uma cena que preparei para um programa de TV em que trabalho. É sobre um médico legista. Eu preparei manchas com perfil de expiração, manchas com perfil de projeção. Manchas alongadas nas paredes... E... acho que ela se inspirou nisso para fazer algo parecido na Casa de Vidro.

– Boon, você esteve presente na Casa de Vidro na noite de Halloween?

– Não.

– Ela fez isso sozinha? Encontrou com os Rittenberg sozinha?

Ele engole em seco.

– Ela… A Kit me pediu para fazer algumas coisas naquela noite, sem perguntas. E eu fiz. Já disse, detetive, eu devo a ela. Devo meu ser inteiro a ela. Prometi no dia que fomos à praia que faria *qualquer* coisa para pagar pelo que fiz, e ela me disse que nada seria ilegal de fato.

– O que ela pediu?

– A Kit alugou um Audi S6 sedan, que nem o do Jon. Estacionou perto do apartamento dela naquela tarde, e também cobriu as placas com lama, para que as câmeras de trânsito não conseguissem registrar.

– E assim o veículo seria confundido com o de Jon Rittenberg?

– Isso. Ela sabia que havia câmeras no canteiro da ADMAC também. Teve essa ideia quando viu as câmeras do pulo, presa no trânsito um dia. Olhou para baixo e viu como elas talvez conseguissem gravar a área perto dos silos. Foi até o terreno da ADMAC durante um fim de semana, tarde da noite, no escuro, para dar uma olhada e aí viu as docas.

– De onde ela decidiu jogar o próprio carro?

Ele faz que sim com a cabeça.

– Ela me pediu para buscar o Audi no apartamento dela e levar até a Casa de Vidro a uma certa hora da noite de Halloween. Me disse para ir vestido de roupa de chuva preta e de boné, camuflado. Ela me pediu para estacionar atrás do Subaru dela e entrar na casa pelo portão do quintal, em silêncio, e ir até as portas de correr de vidro ao lado da piscina. Quando cheguei e vi o lado de dentro, fiquei em choque. Tinha sangue para todo lado, os móveis estavam revirados, tinha vidro quebrado. A Kit estava impaciente, nervosa. Também estava vestida com roupas de chuva, grandes demais, e com capuz. Estava usando a barriga de silicone falsa por baixo.

– Então ela parecia estar grávida? Poderia se passar pela Daisy e você pelo Jon?

– Pensando agora, sim. Ela estava de pé do lado de um tapete ensanguentado enrolado. Um dos tênis dela estava lá dentro. Me pediu para ajudar a carregar o tapete pelo deque da piscina até a rampa de entrada dos carros, e para ajudar a colocar o tapete no banco de trás do Audi. Disse que precisava agir como se um corpo pesado estivesse dentro dele. Perguntei que tipo de jogo ela estava jogando, e tudo que ela me disse foi: "você me prometeu, Boon". – Ele limpa a garganta.

– Então, logo antes de começarmos a arrastar o tapete, ela joga uma faca ensanguentada na piscina e solta um grito horripilante. Carregamos o tapete até o carro, até o banco de trás do Audi alugado. Ela entrou no carro, fantasiada de Daisy. E eu entrei no Subaru. Depois fomos correndo até o terreno da ADMAC usando os dois carros. Derrubamos o tapete no Burrard na frente das câmeras. Acho que ela acreditava que vocês achariam as gravações em algum momento. Depois mandamos o Subaru pelas docas com a identidade dela, a carteira, telefone, tudo dentro. Inclusive o diário, que ela guardou em um saco Ziplock para que vocês... a polícia... encontrassem e lessem. Não sei o que estava escrito nele. Imagino que algo que incrimine o Jon. Não faço ideia se tem alguma verdade lá, ou se é uma versão nada confiável.

– Então não havia corpo no tapete? – A mente de Mal está agitada, os mergulhadores da polícia definitivamente acharam um corpo feminino debaixo da água, descendo a corrente de onde o Subaru entrou na água.

– Não.

– Está falando a verdade, Boon?

– Estou.

– E o que aconteceu depois?

– Ela me pediu que a deixasse a algumas casas de distância da Casa de Vidro. Disse que tinha esquecido algo na casa. E depois fui devolver o Audi na locadora.

– E você a deixou lá? Perto da Casa de Vidro?

Os olhos dele se enchem de lágrimas de novo.

– Deixei, e foi o pior erro da minha vida. Porque, enquanto estava me afastando, pensei ter visto outro Audi estacionado mais adiante na rua. Não pensei na hora, porque ainda estava muito abalado por termos afundado o carro da Kit. Mas agora tenho certeza de que era ele. Ele voltou. Pode ter nos seguido até o local de desova.

– Jon?

Ele acena em concordância.

– Não faz sentido, Boon, a Kit pedir para voltar à cena. Ela gritou, possivelmente para alertar os vizinhos. Uma equipe já deveria estar a caminho para responder ao chamado...

– Ela insistiu. Disse que deixou uma coisa importante para trás, e como a gente tinha acabado de afundar os cartões, o telefone, a identidade e tudo o mais, só consegui pensar que era um telefone descartável ou um passaporte ou sei lá. De onde eu a deixei, ela tinha acesso ao calçadão que beira o mar na frente das casas. Imagino que, se ela visse alguém dentro da Casa de Vidro, não entraria. Ela me disse que estávamos quites. Me disse adeus. E... eu nunca mais a vi.

– A que horas deixou sua amiga?

– Perto da meia-noite e meia.

Mal se recosta na cadeira e analisa Boon em silêncio por um tempo. Tenta ler a postura dele, procura por sinais de que está mentindo.

– Você não acha mesmo que a Kit pensou que o Jon e a Daisy seriam acusados de assassinato, não é, Boon? Ela deve ter levado em consideração os testes de sangue revelarem que as hemácias mostram sinais de degradação por estarem armazenadas fora do corpo, em uma geladeira? Ou que a macha artística de sangue dela mostraria anomalias para um especialista?

– Eu não acho que a Kit acreditava conseguir criar um assassinato perfeito que nunca existiu. Tudo que ela queria era criar uma ligação entre o Jon e a Daisy e a cena de um crime aparentemente violento, e fazer a polícia chegar e abrir uma investigação que, com certeza, chamaria atenção da mídia. A Kit tinha esse jeitão teatral, detetive. Queria ser notada, queria que tudo passasse ao vivo na TV, nas redes sociais, virasse o assunto das conversas, de especulações. Era uma narrativa falsa, como o perfil dela no Instagram, feito para furar as nossas realidades de mentira. Mas ela cometeu um erro fatal: subestimou o Jon. Ele era perigoso demais. A Kit cutucou um monstro com a vara curta e pagou o preço por isso. – Boon tira algo do bolso enquanto fala. Ele se inclina para afrente e coloca um pen drive na mesa, mas mantém a mão sobre ele, protegendo-o.

– O que é isso? – Mal pergunta.

Ele inspira fundo, uma respiração trêmula, e diz:

– Há duas gravações neste pen drive, e mais cópias de dois documentos legais. Uma das gravações e os documentos foram os que a Kit encontrou dentro de um cofre no Chalé Rosado enquanto fazia faxina. Foram a gota d'água para ela. A segunda gravação... – A fala de Boon fica presa na garganta. Ele cai de novo no choro, assoa o nariz. – ... é da noite de Halloween, na Casa de Vidro. A Kit gravou a conversa dela com os Rittenberg.

– Ela gravou os dois *dentro* da casa?

– Sim, a coisa toda.

– As câmeras de segurança não estavam funcionando na casa naquela noite, Boon. Nós checamos.

– Ela desarmou o sistema, não queria que a gravação fosse parar no site que os North podem ver. Ela sempre desativava o sistema quando fazia faxina, mas naquela noite ela prendeu uma daquelas camerazinhas esportivas a um par de chifres de demônio que estava usando. A gravação que ela fez... eu encontrei no meu e-mail na manhã seguinte, em links para uma pasta do Google Drive com esses arquivos. Está tudo lá, a interação toda com os Rittenberg. O e-mail tinha uma nota dizendo que ela me mandou os links assim que eles saíram da Casa de Vidro, uma garantia no caso de algo acontecer com ela. Eu... eu deveria ter ligado para vocês na mesma hora.

– Você disse que há duas gravações aí. O que há no vídeo que você disse que ela achou no cofre?

– É uma gravação de um celular da noite em que ela foi violentada... o estupro coletivo que ela sofreu quando tinha dezesseis anos. Os documentos são acordos de não divulgação. Um está assinado pela mãe da Daisy e a mãe da Kit, prometia que a Kit ia abortar e retirar as acusações em troca de um pagamento de meio milhão de dólares à sra. Popovich. O segundo foi assinado entre Daisy e Charlotte Waters. Charlotte, ou Charley, foi outra das vítimas do Jon. Mesmo acordo: Charley retiraria todas as acusações contra o Jon quanto a um suposto estupro em Silver Aspens, no Colorado, um ano atrás.

– Ok – Mal fala devagar, enquanto seu cérebro tenta assimilar rapidamente as novas e chocantes informações. – Vamos precisar dar uma olhada em tudo nesse pen drive, Boon. – E eles precisariam olhar mais câmeras de segurança para ver se Jon Rittenberg foi filmado retornando ao canteiro da ADMAC, possivelmente com o corpo de verdade da empregada dessa vez.

Boon tira a mão de cima do pen drive, permitindo que Mal o pegue. Em voz baixa, ele fala:

– Vai ver na gravação o motivo de Jon não ter escolha a não ser voltar para a Casa de Vidro e dar um fim às coisas. – Ele faz uma pausa. Seus olhos se assombram e parecem afundar para a escuridão das órbitas. – Dá para ver que a Kit deu um passo maior que a perna. Ela estava se autodestruindo, e eu não fiz nada para impedir. Pensei que estava ajudando, mas foi o contrário. Quando ouvi no jornal que encontraram um corpo, me dei conta de que Jon deve ter pegado a Kit quando ela voltou para a casa, e depois jogou o corpo dela na água no canteiro de obras da ADMAC.

MAL

4 de novembro de 2019. Segunda-feira.

Antes de se sentar com a equipe para assistir às gravações que Boon entregou, Mal dá um toque para saber como as coisas estão com Benoit.

– Os mergulhadores estão voltando lá para baixo agora – ele diz ao atender. – Devem ter um período decente para mergulhar até o anoitecer. Ligo assim que souber de algo.

Ela se despede, depois se junta aos investigadores diante de uma tela grande.

Todos ficam em silêncio, a apreensão pesa sobre eles assim que ela aperta PLAY.

Eles veem Daisy e Jon esperando do outro lado da porta de vidro, Daisy com o buquê de flores brancas e a torta nas mãos. Jon está ocupado com o celular. Veem os Rittenberg levantarem a vista quando a câmera começa a se aproximar. Veem Daisy ficar boquiaberta, com uma expressão genuína de surpresa. A porta se abre. Escutam o que deve ser a voz de Kit Darling.

– Ah, olá, Daisy. E você deve ser o Jon? Vamos, entrem, entrem.

Daisy parece confusa. Ela diz:

– O que aconteceu com…

– Ah, está falando disso? – A voz de Kit Darling fala.

Mal se inclina para afrente quando Daisy derruba as flores e a torta.

– O quê… Onde está o bebê? – Daisy pergunta.

– Fala da minha barriga? – Novamente a voz de Kit surge. – É de silicone. Sabe quantos modelos diferentes dessas barrigas falsas de grávida dá para comprar pela internet? Joga no Google para ver. Faz você pensar para que as pessoas usam isso. Ensaios fotográficos falsos? Só para sair andando por aí? Fazer um test-drive da gravidez? Sabia que dá até para comprar bebezinhos ultrarrealistas falsos pela internet?

Os investigadores assistem a Jon e Daisy Rittenberg serem levados até a sala de estar. Os policiais não movem um músculo enquanto observam Darling servir bebidas aos Rittenberg, depois mostrar a gravação da noite no alojamento de esqui. Veem Jon fazer uma transferência bancária, cheio de raiva no rosto, com o corpo retesado.

– Ele parece que vai matar alguém – Lula sussurra.

Observam Daisy e Jon Rittenberg saírem de casa. A filmagem termina.

Mas, de repente, Kit Darling aparece na tela. Ela virou a câmera para si. Sorri, bem de perto. Mal sente um choque involuntário de nervosismo ao ver os dentes de vampiro e os lábios vermelhos encherem a tela. Kit está com uma maquiagem pesada. Ela aponta para os chifres na cabeça.

– A minicâmera estava presa aqui – ela diz.

Parece que a vítima fala diretamente com todos na sala, de um lugar além de seu túmulo subaquático, causa uma sensação esquisita. Os outros também sentem isso, Mal pode ver no rosto dos demais.

– É Halloween – Kit diz –, não acham apropriado? A diabinha toma o que lhe é devido.

A gravação termina.

Rapidamente, Mal abre a filmagem do crime sexual e aperta PLAY.

Os investigadores analisam a gravação antiga e granulosa. Quando ela se encerra, todos ficam em um silêncio profundo e atordoante.

Mal pigarreia.

– Temos material para acusar Jon Rittenberg e mais alguns de seus companheiros de equipe por estupro. – Ela aponta para o monitor. – Tudo que precisamos para fazer o indiciamento está aqui nessa filmagem. Vamos fazer a detenção, levá-lo a uma audiência e prosseguir com o indiciamento. Podemos resolver o resto enquanto o mantemos preso.

– Eu não compro a história de Boon Saelim ter levado Kit Darling de volta para a cena. Especialmente depois de ela ter gritado daquele jeito. A história não encaixa – Jack diz.

– É estranho – Lula fala –, mas pensem no seguinte: eu chequei, e levou mais de noventa minutos para que os primeiros oficiais chegassem à Casa de Vidro. Beulah Brown era conhecida por fazer ligações falsas. O centro de resposta da polícia de West Vancouver está acostumado a ir até lá e encontrar apenas guaxinins na lixeira dela ou sombras no vento. O chamado da sra. Brown foi marcado como de baixa prioridade quando outra emergência surgiu logo após a dela. Houve um atraso significativo na resposta para a ocorrência, então é possível que a Darling tenha retornado, e que o Rittenberg tenha tido tempo de sequestrá-la ou matá-la, ou os dois. É possível que Boon Saelim esteja dizendo a verdade.

– Ele me disse que pode identificar os outros participantes na gravação do alojamento de esqui – Mal diz. – Vamos botar o Boon para trabalhar nisso. Nós... – O celular dela toca. – É o Benoit.

Mal ergue a mão, e atende a chamada.

– Pode falar, Benoit, você está no viva-voz.

– O corpo dela já está quase livre. Logo a trarão à superfície.

Mal se levanta e apanha o casaco.

– Estou a caminho. Lu, bote o Saelim para identificar aqueles caras. Consiga um depoimento por escrito, detalhando a participação dele. Arnav, monte uma equipe e prenda Jon Rittenberg. Gavin, informe à promotoria. Toque o bonde das acusações. Jack, trabalhe com nossa assessora de imprensa e vamos ficar à frente da divulgação dessa vez.

Mal veste o casaco e corre para a saída da delegacia. Ao entrar no carro, sente o peso da ironia. Kit Darling está conseguindo exatamente o que queria. Um teatro. Com Jon e Daisy sob os holofotes.

Kit está finalmente conseguindo sua vingança. Ela ganhou.

E o custo: a vida.

MAL

4 de novembro de 2019. Segunda-feira.

As nuvens estão baixas, carregadas e escuras. A chuva corta na diagonal, levada pelas rajadas de vento.

Mal está de pé ao lado de Benoit, na beira da água, onde um muro de sacaria foi montado. O chão debaixo de seus pés está lamacento. Estão próximos à ponte, perto de onde Tamara Adler confirmou ter estacionado o Mercedes-Maybach para transar com o membro da Assembleia Legislativa Frank Horvath. O barulho do trânsito ruge acima, e o som metálico da ponte ressoa.

Mal se fecha mais em seu casaco enquanto o bote de casco rígido tripulado guia os mergulhadores debaixo da água. Em sua mente, Mal recobra a fotografia de Kit Darling. Ela se lembra das palavras de Beulah Brown:

É bonita. Já vi o rosto de perto com o binóculo. Ela sempre acena quando me vê, uma querida... Penteia o cabelo em dois coques no alto da cabeça, que nem orelhinhas de gato.

A garganta de Mal se fecha com emoção. Talvez a depravação e o sofrimento de ano após ano desse trabalho finalmente a tenham exaurido. Quem sabe a aposentadoria não caia bem? Ela levanta o rosto na direção de Benoit. Ele abre um sorriso de consolo, mas ainda triste. Também está abalado. É um homem empático, e, apesar de a empatia servir como ferramenta para um investigador, especialmente quando se trata de interrogatórios e se colocar no lugar da vítima ou do vilão, essa qualidade tem um lado ruim para policiais da divisão de homicídios. Aqueles que conseguem manter os sentimentos afastados duram mais, porque esse trabalho consome a pessoa, e depois de trinta anos, Mal está sentindo o desgaste.

– Tudo bem? – ele pergunta.

– Uhum, só pensando sobre a ironia do Rittenberg ter trazido ela aqui.

– Acha que o Saelim está dizendo a verdade?

– Descobriremos. Já coloquei uma equipe para analisar mais imagens das câmeras de segurança.

– Fico aliviado por termos encontrado a moça.

– E que caso para encerrar a carreira.

– De aplaudir de pé, com certeza. – Ele interrompe o contato visual e vira o rosto. – Vou sentir sua falta, Mal.

– Ainda vou estar por perto. Sempre que quiser tomar um café ou repassar um caso. Só Deus sabe como sinto falta de fazer isso com o Peter.

– Pelo menos Sam Berkowitz vai alimentar o corvo dela – ele diz, e quatro mergulhadores emergem da água, com a cabeça coberta pelas roupas de mergulho, parecendo focas saindo para brincar da água tempestuosa. A luz reflete das máscaras deles. Mal fica tensa ao ouvir o grito de um dos trabalhadores a bordo. Devagar, os mergulhadores içam o corpo. Ela está de cabeça para baixo. Mal vê o cabelo loiro flutuando como um leque ao redor da cabeça. Os mergulhadores nadam com ela até a costa. Ela está usando um casaco lilás.

Enquanto os mergulhadores e o corpo se aproximam, Mal e Benoit disparam pela encosta de blocos de concreto molhados. Um helicóptero rebomba no alto, escondido pelas nuvens. Uma multidão volta a se formar na zona de pedestres da ponte. Até o fim da noite, a produção teatral de Kit Darling estará nas televisões e redes sociais de todas as pessoas. A imprensa vai ficar sabendo da prisão de Jon Rittenberg por conta de um crime sexual ocorrido há dezoito anos. Os outros envolvidos no ato violento estarão como baratas tontas, preocupados com o que os aguarda. Daisy Rittenberg vai estar à espera do nascimento de seu bebê, incerta do que isso vai significar para o seu casamento, para o filho... e para ela própria. Annabelle e Labden assistirão aos jornais e ligarão para seus advogados pensando na própria exposição.

Os mergulhadores alcançam os blocos de cimento. Os braços da falecida balançam de leve ao lado do corpo, ela vem flutuando no formato de uma cruz. Mal vê pulseiras em um braço e um relógio no outro. Jeans. Botas.

Os legistas abrem caminho pelas pedras, carregando um saco para cadáveres.

Devagar, os mergulhadores a viram. Mal recua ao ver a explosão de piolhos-do-mar que expõe a face da mulher. O nariz dela desapareceu. Seus olhos são órbitas vazias. Os lábios estão carcomidos. As bochechas são agora buracos de carne que expõem os dentes em um sorriso macabro.

– Cacete. – Benoit fala baixinho – Sei que piolhos-do-mar, caranguejos, estrelas-do-mar e outros bichos podem deixar um corpo só no osso em poucos dias, mas… – Ele não termina a frase. Pigarreia.

O cérebro de Mal se agita.

– Botas – ela sussurra. – E o cabelo… não é loiro. É grisalho. – Ela vira o rosto depressa na direção de Benoit. Adrenalina corre em suas veias.

– Não é ela – Mal fala baixinho. – Não é Kit Darling.

O DIÁRIO DA EMPREGADA

Kat apanha o drinque com um guarda-chuvinha ao seu lado e toma um gole. Tem gosto de coco e lichia. O ar está quente e envolve suavemente seus braços. A brisa tem cheiro de mar. Kat está de biquíni, canga na cintura e um grande chapéu de palha. Ela está no pátio de um bar com teto de palha à beira-mar, em Bali, ironicamente chamado de Karma Beach Bar. Sempre quis visitar Bali. O voo veio de Laos, via Jacarta, hoje pela manhã. Kit abre um caderno verde-azulado com espiral. Vai começar um novo diário, uma página nova. Conseguiu até encontrar canetas de gel roxas em uma loja do aeroporto de Jacarta. Toma mais um gole, coloca o drinque de volta na mesa e empunha a caneta. Então escreve:

Às vezes, quando a gente começa uma jornada, ou um diário, tem uma ideia de para onde quer ir. Aí caminha naquela direção, faz um plano, prepara um itinerário de como chegar lá. Mas a estrada nunca é reta. A gente acaba enfrentando tempestades, deslizamentos bloqueiam o caminho, avalanches acontecem, obras na pista... Talvez perceba um viajante precisando de carona, então você oferece... E sua jornada, seu enredo, seu destino, muda.

O meu diário era mesmo parte de um plano para incriminar Jon Rittenberg? Para envolvê-lo em uma investigação de assassinato? Expor o que ele e a esposa fizeram a mim todos aqueles anos atrás? De certa forma, sim. Comecei tentando escrever meus pensamentos no dia em que descobri estar na casa dele. Tinha que fazer alguma coisa. Não podia ignorar saber que ele estava de volta, e que eu estava dentro do casulo particular dele. Não dava para ignorar que ele estava enfim tendo um bebê, enquanto eu não pude ter nenhum por causa das ações dele.

Pretendi usar meu diário com um confessionário para a polícia encontrar. Por isso o deixei protegido em meu carro. Queria que os investigadores pudessem ler minhas palavras, mesmo que o carro afundasse na água. Por acaso isso transforma minhas palavras em manipulação? Eu acho que não, não de verdade. Porque, apesar de ter começado como começou, meu diário se transformou. Virou terapia, um caminho para me ajudar a me curar. Minha terapeuta imaginária estava certa. "É só começar, Kit. Deixe extravasar. E pergunte: por quê? Por quê? Por quê?", e de repente eu caí mesmo por um alçapão. Encontrei a Kat escondida no avesso da minha consciência. Ela conversou comigo da casa de espelhos distorcidos nos túneis junguianos da minha alma. Aquela Kat queria ser vista, queria se unir à Kit que eu acabei me tornando depois do ataque. E de repente eu vi uma imagem bem diferente de mim mesma. E do mundo. Vi como meus vícios e meus tiques me ajudaram a me esconder das coisas dolorosas. Minha consciência começou mesmo a conversar comigo. A Kat de verdade encontrou a sua voz nas linhas de caneta roxa em um caderno de bolinhas...

Kat levanta o rosto quando escuta um turista americano sentado no bar berrar para que o bartender aumente o volume da televisão atrás do balcão. Kat fica paralisada ao ver o que está na tela. É o programa *Bom Dia Global*. Os âncoras, Ben Woo e Judy Salinger, convidaram um policial da divisão de homicídios e uma advogada criminal aposentados para comentar "O misterioso caso da empregada desaparecida e o corpo errado".

Rapidamente, Kat recolhe caneta e diário, coloca-os na sacola de palha, pega o drinque e vai até o balcão do bar. Então assiste atentamente ao programa.

A apresentadora, Judy, começa:

– Uma família de Vancouver finalmente encontrou respostas quando mergulhadores da polícia em busca da empregada Kit Darling resgataram, em vez disso, o corpo de uma idosa com demência que estava desaparecida. Sylvia Kaplan, de 71 anos, foi vista pela última vez em uma rua perto de sua casa em East Vancouver, há quase dois meses. Buscas extensivas na área para encontrar a sra. Kaplan não obtiveram resultados. Até segunda-feira, dia quatro de novembro, quando mergulhadores encontraram o corpo da idosa preso no fundo do mar. Investigadores descobriram, desde então, que a sra. Kaplan embarcou em um ônibus que fazia a travessia para a North Shore. Ela desembarcou perto de um parque a leste do local onde o corpo foi encontrado. Os investigadores acreditam que ela estava confusa e desorientada, e que acabou indo parar perto da água, onde pode ter escorregado e caído no mar. As correntes fortes provavelmente a carregaram na direção da ponte, onde o corpo ficou preso a detritos submersos.

Depois, Ben fala:

– Então como fica o caso da nossa empregada desaparecida, que forjou uma cena de assassinato com o objetivo de expor o esquiador olímpico que a violentou sexualmente dezoito anos atrás? O sargento aposentado da polícia canadense, o Leon Tosi, e a advogada criminal, a Renata Rollins, estão aqui para nos ajudar a entender esse mistério que tem chamado a atenção de telespectadores por toda a América do Norte, e até mesmo no Reino Unido e na Austrália.

Leon se inclina para a frente e diz:

– Ben, apenas um alerta. Apesar de Jon Rittenberg ter sido mesmo acusado dessas coisas, ele ainda aguarda julgamento, então, por ora, vamos continuar nos referindo ao caso como um "suposto" crime sexual. E quanto ao paradeiro de Kit, tudo que sabemos até o momento é que há registros de que ela usou o passaporte para embarcar em um voo no Aeroporto Internacional de Vancouver com destino ao Aeroporto Internacional de Wattay, em Laos, na manhã seguinte ao assassinato forjado. E registros de transações financeiras obtidos pela polícia mostram que Jon e Daisy Rittenberg transferiram novecentos mil dólares americanos para a conta da Kit, que imediatamente moveu o dinheiro para uma conta *offshore* nas Ilhas Cayman.

– Então ela tentou forjar a própria morte e fugiu com o dinheiro – Judy provoca, com um sorriso no rosto.

Renata responde:

– Não está claro para mim se a Kit pensou mesmo que sairia impune, ou se seu objetivo era dramaticamente colocar os Rittenberg na berlinda da imprensa e da justiça.

É Judy quem continua:

– A polícia vai atrás dela no Laos? Ela será processada? É isso que todo mundo está perguntando no Twitter, no Facebook, no Instagram, no TikTok, no YouTube... Kit Darling virou uma celebridade. Uma heroína dos oprimidos. Todos estão torcendo por ela.

– Processada pelo quê? – Ben pergunta. – Fraude? Extorsão? Obstrução da Justiça? Fraude processual por alterar a cena do crime, isso é uma infração, não é?

Renata responde:

– Normalmente, a fraude processual tem a ver com a alteração da evidência com o propósito de obscurecer ou atrapalhar uma investigação *real* de homicídio. A cena montada por Kit... Ela nunca afirmou se tratar de um assassinato. Ninguém foi ferido de verdade.

– Eu a vejo como vítima – Judy exclama. – O sistema falhou com ela. A comunidade falhou com ela. Os pais falharam com ela, e os amigos também. A justiça foi negada a ela lá no passado.

– E quanto à extorsão? – Ben pergunta. – Ela levou o dinheiro dos Rittenberg.

É Leon quem responde:

– Daisy Rittenberg afirmou em depoimento que o dinheiro foi dado como presente à Kit. E Jon Rittenberg não está negando essa afirmação. Daisy disse que, quando descobriu quem Kit era, ela se sentiu muito mal, e quis oferecer alguma compensação.

– Provavelmente é menos do que o que os Rittenberg teriam que desembolsar em custas legais se a Kit tivesse vencido um processo civil contra eles – Renata diz. – E Jon Rittenberg está em silêncio sobre todo o resto. Ele está diante de um grande processo judicial. Se for condenado, pode ficar em reclusão por um bom tempo. Os outros acusados daquela noite também enfrentam acusações sérias. Provavelmente farão acordos, alguns podem até testemunhar contra o Jon.

– Além disso, outras mulheres se apresentaram com novas acusações de crimes sexuais – Leon diz.

– O sr. Rittenberg corre sério risco de consequências legais – Renata concorda. – E quanto à polícia ir atrás de Kit ao redor do mundo... Ela é esperta. Escolheu ir ao Laos, e o país não tem acordo de extradição com o Canadá.

– Mas o governo ainda pode solicitar a extradição – Ben diz.

– Bem, esse tipo de esforço diplomático poderia ser considerado a depender da severidade do crime, como um assassinato, por exemplo, e da probabilidade de condenação. A minha aposta é que nada vai acontecer. Kit vai continuar livre, Jon vai ser preso. E a esposa dele vai enfrentar acusações de obstrução à justiça também.

– E quanto ao amigo de Kit, o que a ajudou?

Leon responde:

– O que entendi de uma fonte envolvida com a investigação é que Boon-mee Saelim assinou um acordo em troca de sua cooperação total na identificação de todos os outros envolvidos que drogaram e estupraram Kit, ou Katarina Popovich, como era conhecida na época.

– Ele também vai testemunhar contra Jon Rittenberg no julgamento – Renata complementa. A advogada aposentada sorri e dá de ombros. – E quanto ao "assassinato"... Nunca aconteceu, como diziam as manchetes dos jornais de antigamente.

Uma imagem de um jornal antigo aparece na tela. A manchete em preto berra:

"Nunca aconteceu"

> Atleta de renome mundial, "JonJon" Rittenberg, afirma que alegações de assédio sexual são "tudo mentira" e que isso "nunca aconteceu".

A tela volta a mostrar Ben.

– Eu diria que *isso* é uma ironia da justiça.

– Ou carma – Judy diz, sorrindo.

• • •

Kat relembra a noite em que fingiu ser Mia e seduziu Jon a acompanhá-la até o Airbnb que ela limpava. Ela o beijou e sentiu repulsa. Mas a raiva a manteve firme. Depois que Jon desmaiou, Boon, usando luvas, cobriu o pênis do ex-esquiador com uma substância pegajosa que trouxera consigo e passou um creme Icy Hot para dores musculares na região anal de Jon. Essa coisa queima que é uma beleza quando encosta nas partes íntimas. Kat queria torturá-lo psicologicamente. Queria plantar a semente da dúvida na mente de Jon. Queria que ele se preocupasse com o que realmente aconteceu em um nível profundamente pessoal e sexual. Queria que Jon se sentisse violado, que sentisse na pele o que as mulheres de quem ele abusou talvez tenham sentido.

Boon também levou um colega, e eles representaram seus papéis teatrais, posando fingindo estar com Jon enquanto ele estava nu e drogado na cama. Kat tirou fotos. Todos foram embora. Boon ficou no carro dele do outro lado da rua, esperando até Jon acordar e sair cambaleando do prédio.

Kat não se sente bem por aquela noite, mas Jon e outros homens como ele fazem esse tipo de coisa com mulheres todos os dias. Sempre fizeram e provavelmente sempre farão. E ainda fazem pouco caso, dizendo que "ela queria. É mentira dela. Ela estava bêbada."

"Nunca aconteceu."

E a vida segue.

A não ser que a gente se manifeste. A não ser que a gente mostre a eles como uma vítima se sente.

– Ei – um cara com sotaque australiano fala.

Kat se vira para ele.

– Você é igualzinha a ela, a empregada do noticiário.

Ela sorri.

– Escuto muito isso.

Kat desce do banco de bambu e pega a bolsa de palha. Vai para a praia e caminha um pouco debaixo do sol. Orquídeas perfumam o ar. O oceano, um azul-cristalino, se estende até o horizonte difuso. Atrás dela, em terra, a névoa circunda os vulcões taciturnos ao longe. Ela para, tira uma *selfie*.

Kat confere a foto, depois faz o *upload* para o perfil @foxandcrow. Ela digita:

#delíciadekarma #aáguataamorninha #vemnadar
#próximaparadaviladovô

Ela aperta "compartilhar".

Kat sorri e guarda o celular na bolsa. Boon vai ver a foto. Vai saber o ela quis dizer.

As palavras da TV ecoam em seu coração enquanto ela caminha pela areia.

"Eu diria que *isso* é uma ironia da justiça."

"Ou carma."

"Nunca aconteceu."

E, ao mesmo tempo, aconteceu. Kit matou o Monstro dela naquela noite. O Monstro do trauma que a fazia se esconder, que a tornou invisível. Um fantasma.

Agora ela foi notada.

E Jon e Daisy também.

É, gata, o carma realmente é uma delícia, ela pensa ao desembrulhar um pirulito vermelho. Ela suga o doce enquanto caminha sob os raios do sol poente da Indonésia.

MAL

Mal toma um gole de café enquanto lê as páginas finais do diário escaneado de Kit Darling. Benoit está no outro canto da sala, também lendo. É fim de tarde, está silencioso, e lá fora a neve cai.

Quando tentei escrever a parte COMO TERMINA *pela primeira vez, tinha apenas migalhas de uma memória. Fragmentos que apareciam em pesadelos, me acordavam encharcada de suor. Eles pareciam vir de muito longe, de algum lugar escondido, que não fazia realmente parte de mim. Quase como se as memórias pertencessem a outra pessoa. Ficava me perguntando se colocá-las no papel poderia atrair as partes faltantes, o contexto.*

Então comecei em terceira pessoa, me distanciando. Anotei pequenos trechos. Mas, quanto mais eu escavava a vida da Daisy e do Jon, quanto mais fundo eu ia, e depois de encontrar a gravação e ouvir as vozes, a música, de ver de novo os rostos daquela noite… todos os pedaços colados um no outro. Eu vi o quadro todo. Ficou claro, todas as cores evidentes.

E agora vou voltar ao começo outra vez. Não é COMO TERMINA. É COMO COMEÇOU. *Estou reescrevendo e colocando em primeira pessoa. Sou eu. Imediato. Pessoal. Meu. Real. Visão. Não um sonho. Sem me esconder. Não "ela", mas "eu".*

COMO COMEÇA

Devagar, vou e volto entre sonho e lucidez. Uma fagulha de consciência me queima. Não é um sonho. Não estou na minha cama. Não estou segura. O pânico fervilha. Onde estou? Tento engolir, mas minha boca está seca. Sinto um gosto estranho na garganta. Uma fisgada ainda mais forte de consciência me atravessa. Sangue, é gosto de sangue. Fico ofegante. Tento mexer a cabeça, mas não consigo. Um pano molhado e áspero cobre o meu rosto. Estou presa, com os braços bem amarrados de cada lado do corpo. Algo cobre minha cabeça. Percebo a dor. Está insuportável. Ombros, costelas, barriga, entre as pernas. A dor pulsa no meu crânio. A adrenalina invade minhas veias. Meus olhos se abrem, mas não consigo ver. O pânico escorre pelo meu cérebro. Abro a boca para gritar, mas o grito sai abafado. O que é isso? Onde estou?

Foco. Foco. Pânico mata. Você precisa pensar. Tente se lembrar.

Mas minha mente está embotada. Esforço-me em busca de um fio de claridade, luto para focar meus sentidos. Frio... como estão frios os meus pés. Mexo os dedos dos pés, sinto o ar. Ambos os pés descalços? Não, só um. Há um sapato no outro. Estou ferida. E muito, penso. Uma memória densa se infiltra em meu cérebro lento: luta, imobilização, ataque violento. Há uma sensação de ter sido contida, subjugada. E então machucada. No momento, estou enrolada em alguma coisa, e em movimento. Sinto o sacolejo, as vibrações. Esse é o som de um motor? De um carro? Sim, estou em um veículo. Noto vozes. Estão no banco da frente; e eu, no de trás. As vozes... soam nervosas. Estão discutindo. Ao fundo, uma música tranquila toca. Um rádio. Definitivamente estou em um carro... e estão me levando a algum lugar.

Escuto as palavras:

– Larga... culpa dela... estava pedindo. Não é culpa...

Mais uma vez sou levada para a escuridão. Presto atenção nas vozes, e aí que me dou conta. Daisy. É a voz de Daisy Wentworth e da amiga, cujo nome eu não sei. A amiga está reclamando com a Daisy. Acho que é a Daisy quem está dirigindo.

– Você não pode só largar ela, Daisy. Está congelando, vai nevar hoje. Ela pode morrer.

– A culpa é dela. Ela estava pedindo.

– Ela foi drogada. Você viu o que ele...

– Cala a boca. Nem um pio, tá legal? A gente vai deixar ela na porta da casa dela. Os pais vão achar ela lá. E ela não vai lembrar de nada, e se lembrar, é tudo mentira. Entendeu?

Silêncio. Resta apenas a música tranquila do carro. Os pneus guincham na neve e no gelo sempre que o carro vira. Sei onde estamos agora, perto da minha casa.

– Você consegue entender que o Jon e todos aqueles caras vão ser expulsos da equipe. Os treinadores vão ter problemas por não supervisionarem a festa do alojamento. Eles podem ir para a prisão. Adeus corrida de esqui, sem mais chances de medalha. Essa puta vai acabar com eles. É isso que você quer?

– O que eles fizeram...

– Os caras fazem essas coisas quando estão em grupo. Nunca teriam feito isso se estivessem sozinhos. Estavam chapados, se achando o máximo, bêbados. Eles não são assim. Isso nunca mais vai acontecer. Ele me pediu ajuda para tirar ela do alojamento.

– Ele está te usando, Daisy.

– Ele me ama. Não vou deixar ela fazer isso comigo... Estragar as minhas chances... Ele vai casar comigo. Minha família e a dele já sabem. Nosso futuro já está planejado, e não vou deixar essa imigrante gorda e idiota destruir o que nós dois podemos nos tornar. Trabalhamos duro por isso.

Estou perdendo a consciência. Sinto quando me arrastam para fora do carro e degraus abaixo até o nosso apartamento, que fica abaixo do nível da rua. Sou enrolada em um cobertor velho. Tem cheiro de cachorro.

– Ela é muito pesada – uma voz feminina diz.

– Arrasta ela.

Sinto o impacto de vários baques. A dor explode em meu corpo. Abro a boca para gritar, mas nenhum som sai.

Sinto um choque quando bato na porta da frente.

– Vamos – Daisy sussurra. – Rápido.

– Não podemos deixar ela aqui. Ela pode morrer.

– Olha, alguém acendeu a luz lá dentro. Escutaram a gente. Vem, corre.

Aí devo ter apagado de vez. Quando dei por mim, já tinham se passado quase doze horas, e eu estava na minha cama, com minha mãe cantando ao meu lado, segurando minha mão.

Então vê, Querido Diário, a Daisy também tem que pagar.

• • •

Mal se recosta na cadeira. Passa a mão pelos cabelos.

– O promotor precisa ver isso – ela diz a Benoit, sentado na mesa dele do outro lado da sala. – Isso lança uma nova luz sobre o envolvimento de Daisy Rittenberg e a mãe na tentativa de encerrar as investigações da época. Se for verdade, a Daisy participou ativamente do crime, e alguém que esteve lá, o sr. Saelim ou outros, devem saber quem estava com a Daisy no carro. Precisamos encontrar essa outra moça.

– E, se ela falar, já era para a Daisy. Mas será que ela fala? Será que os outros vão dizer quem era?

– Vamos encontrá-la, e ela vai falar se achar que pode salvar a própria pele. – Mal está prestes a dizer algo mais a Benoit quando Lula abre a porta da sala, e Arnav entra atrás dela, carregando um bolo grande com velas acesas. Gavin vem atrás de Arnav, com um espumante e taças, e depois chega Jack, com balões.

– Não fique com raiva. – Benoit fala rindo da surpresa no rosto de Mal. – Não deu para impedir.

– Feliz aposentadoria, chefinha – Lula fala em voz alta. Ela coloca o bolo com cara de delicioso na mesa em frente a Mal. – Já que não conseguimos convencer você a sair para se embebedar com a gente mais tarde, trouxemos a festa até você. – Ela hesita. – E você pode levar o bolo para casa, para o Peter.

Os olhos de Mal se enchem de emoção.

– Ora, seus... – Ela olha cada um deles nos olhos. – Minha nossa, vou sentir saudade de vocês.

Lula responde:

– Um passarinho me disse que você vai atuar como consultora daquela unidade independente de casos antigos. A que foi iniciada pelo diretor associado da escola de criminologia da Universidade Lougheed, e recebeu um baita financiamento. Ainda vamos ouvir falar de você, chefinha. Posso apostar.

– Quem te disse isso? – Mal pergunta. – Esse convite só chegou agora pela manhã, ainda não decidi. Será que ninguém sabe guardar um segredo nesse lugar?

– Nosso trabalho é expor segredos – Benoit diz. – Agora, assopra essas velas antes que a gente seja obrigado a comer cera!

Mal inspira fundo e sopra. As velas se apagam, exceto uma, que continua crepitando. Ela para um momento, pensando em como algumas chamas realmente não se apagam. Lu está certa. Mal estará de volta com os casos selecionados. Lá do fundo do arquivo morto. Mas no tempo dela, e de Peter. Ela sopra a última vela.

• • •

Boon vê o novo *post* no Instagram.

A amiga dele sorrindo, bronzeada, tão bonita e com a aparência saudável. Em paz, não morta, mas, sim, vivendo o melhor da vida. Ele pensa em quando contou à sargento Mallory Van Alst que tinha deixado Kit perto da Casa de Vidro e que viu o outro Audi. Essa parte não foi bem verdade. Kit tinha esquecido de trocar a foto emoldurada perto do bar. Queria substituir a foto deles dois na Nicarágua pela original dos North. Ela trocou para enganar a Daisy quando ela foi almoçar na Casa de Vidro; foi assim que ele viu o outro Audi e então contou para a policial.

Depois de Kit trocar a foto, Boon a levou até uma estação, onde ela guardou as mochilas em um armário. Estava com o passaporte e um celular descartável. Ela pegou o SkyTrain direto para o Aeroporto Internacional de Vancouver enquanto ele levou o Audi de volta à garagem da locadora.

O coração dele se aperta.

Kit sabe que ele vai ver a postagem no Instagram. Sabe que ele vai olhar a conta todos os dias. Sabe que ele vai saber na mesma hora onde ela está. Na praia Karma. É um dos lugares que sempre esteve na lista de desejos dela, Boon pensa.

E a *hashtag* revelou a próxima parada: #vilavô. É uma mensagem para ele. Boon disse a Kit o quanto queria visitar o vilarejo na Tailândia em que seu "vô" nasceu, onde seus pais se conheceram e se casaram. Onde ele, também, havia nascido.

"Vem nadar. A água está morninha."

Emoções encharcam os olhos de Boon, e ele sorri. A amiga o perdoou. Disse onde vai estar e abriu a porta da frente para ele se juntar a ela, caso queira.

E ele quer.